Nathaniels Seele

Britta Strauß

SIEBEN VERLAG

Nathaniels Seele
Britta Strauß

Covergestaltung: Andrea Gunschera
ISBN: 978-3-941547-27-8

www.sieben-verlag.de

Für:

Jay, der mein Leben mit Inspiration, Liebe, Mut und Zuversicht erfüllt und dessen Kreativität ebenso in diesem Buch steckt, wie die meine,
meine Eltern, denen ich alles verdanke,
Jenny, weil wir so herrlich in der gemeinsamen Leidenschaft versinken können und in Gedenken an jenen Abend, an dem diese Geschichte entstand,
unsere Freundin Hannah, weil sie seit gefühlten Ewigkeiten für uns da ist,
Artanis, die bei gewissen Dingen genauso schmachtet wie ich und von der ich immer wieder merke, wie erschreckend ähnlich sie mir ist.

„Mit Hilfe der Sonne wurde die Erde erschaffen,
und sie soll belassen werden, wie sie war.
Die Erde und ich, wir sind eins.
Das Land und wir leben nach den gleichen Gesetzen
und in vollkommener Harmonie.
Der Eine, der das Recht hat, über das Land zu verfügen,
ist der Eine, der es geschaffen hat."

(Chief Joseph)

Sein Geist war wie der See. Nebel trieb darüber hinweg und verhüllte ihn für die Blicke der Menschen. Darunter lag eine unauslotbare, schwarze Tiefe. Wer unvorsichtig war, ertrank darin. Wurde hinabgezogen. Bis aller Atem verdorrt und dem Blut alles Leben entzogen war.

Nathaniel saß im Sessel auf der Veranda und umklammerte das Weinglas als sei es ein Rettungsanker. Sein Herz hämmerte. Konzentriert lauschte er auf das Geräusch des Wassers, das unter der Veranda an die verwitterten, algenüberwucherten Pfosten schwappte. Er hoffte, dass ihn dieses Geräusch beruhigen würde. Doch diese Hoffnung wurde nicht erhört.

Zornig nahm er einen Schluck Traubensaft, während er mit zitternden Fingern den Talisman um seinen Hals befühlte, als könne er daraus Kraft ziehen. Der süße Geschmack des Saftes war unbefriedigend, doch hätte er echten Wein getrunken, wäre es in ein Spiel mit dem Feuer ausgeartet. In guten Zeiten konnte er sich solche Leichtsinnigkeiten erlauben, doch diese Zeiten waren vorbei. Sein Körper kochte. Obwohl der Abend kühl geworden war, hatte er das Gefühl, von innen verbrannt zu werden. Sein Blut schien sich in Lava zu verwandeln, der Schlag seines Herzens wurde schneller, immer schneller. Der Wille, zu kämpfen, manifestierte sich, geschürt durch die niemals gestorbene Leidenschaft des Kriegers, dessen Namen er vor langer Zeit abgelegt hatte.

Er zog das Hemd aus und warf es zu Boden. Wind strich über seine nackte Haut und kühlte den Schweiß. Doch er machte es nicht besser. Diesmal würde ihm nichts Linderung verschaffen. Gar nichts. Er konnte es nur ertragen. Es eine Weile unter Kontrolle halten und schließlich, ebenso hilflos wie genüsslich, das Unvermeidliche hinauslassen. Jagen, verfolgen, töten. Feuer und Blut. Schmerz und Tod.

Neben ihm erklang ein Winseln. Keinen Atemzug später legte sich eine haarige Schnauze auf seinen Oberschenkel.

„Geh, Chinook. Du kannst mir auch nicht helfen. Los, geh."

Der Hund dachte nicht daran, zu gehorchen. Nathaniel ließ seine Finger durch den Pelz des Tieres gleiten. Es war pechschwarz und durchzogen von silbergrauen Strähnen. Weil das Grau nur die Haarspitzen färbte, sah es aus, als hätte jemand den Hund mit Händen voller Creme gestreichelt. Chinooks Fell vermittelte etwas Beruhigendes, was nur einer der Gründe war, den zugelaufenen Hund zu behalten. Inzwischen bedeutete ihm das Tier mehr als jeder Mensch. Ohne Chinook hätte er keinen Halt mehr im wilden Strudel seines Lebens.

„Hau kola", murmelte er. „Mani wastete yo."

Ob dieser vertrauten Worte hob das Tier aufmerksam den Kopf. So viel Wissen lag in seinem Blick, dass Nathaniel schauderte. Zweifellos spürte das Tier, wie es ihm ging. Besser als jeder andere wusste es, was in ihm ruhte. Wer er war. Was er war. Sorge schien Chinooks Blick zu erfüllen. Vielleicht auch ein Hauch von Vorwurf.

„Los, verschwinde", herrschte er ihn an. „Geh in den Wald. Ich komme nach."

Diesmal entschied sich der Hund, seinen Worten Folge zu leisten. Als er verschwunden war, lehnte Nathaniel sich zurück und beobachtete, wie die Nacht über den See herabsank. Eine Eule rief am nahen Waldrand, während der Himmel sein von der Hitze des Tages ausgebleichtes Blau ablegte und die Farbe von Lapislazuli annahm. Als die Erinnerungen Nathaniel einholten, stieg der Mond über die Wipfel der Tannen und goss sein Licht über das stille Wasser.

Kläglich versuchte er, sich der Bilder zu erwehren. Dieser Kampf war seit eh und je vergebens. Eine Gestalt stand ihm plötzlich deutlich vor Augen. Die magere, in ein schmuckloses Wildlederkleid gehüllte Gestalt einer uralten Frau. Sie stand am anderen Ufer des Baches und musterte ihn aus trüben Totenaugen. Er hörte ihre Stimme, jene Worte säuselnd, die er niemals vergessen würde. Nicht einmal, wenn die Ewigkeit verstrichen war und er alles sonst vergessen hatte.

Du kennst dein Schicksal nicht. Aber ich kenne es. Komm mit mir, wenn du es annehmen willst.

Nathaniel fragte sich, warum er ihr an jenem Abend vor einhundertachtundvierzig Jahren entgegen aller Vernunft gefolgt war, obwohl sein Instinkt so deutlich Vorsicht verlangt hatte. Aber wäre er ihrem Lockruf nicht erlegen, wäre er heute tot. Meist war ihm dieser Gedanke zuwider, denn seine Leidenschaft war groß genug, um mehrere Leben zu füllen. Doch heute, da der Schmerz die Grenze des Erträglichen zu überschreiten gedachte, wünschte er, sein Leben hätte einen normalen Lauf genommen. Jeder kommt mit einer Aufgabe auf die Welt. Die der meisten Menschen bewegt sich in einem kleinen Umfeld, betrifft die Familie, das Glück oder das Verderben weniger Einzelner. Doch für seine Aufgabe erschien ihm manchmal selbst die Ewigkeit zu kurz. Sie lastete schwer auf ihm. An diesem Abend, da er sich nach Ruhe sehnte, zu schwer.

Ein wütender Laut entfloh Nathaniels Kehle. Er brauchte Abkühlung. Eine kalte Dusche vielleicht. Ruhelos stand er auf, ging ins Bad und stellte sich vor den Spiegel, während er seine Schläfen massierte. Der wahnhafte Blick eines Besessenen präsentierte sich ihm, dessen Intensität ihn im tiefsten Inneren verängstigte. Sein langes, blauschwarzes Haar war feucht und zerzaust, seine Augen dunkel umrandet. Die Membran, die das Fremdartige in ihm verbarg, war dünn geworden.

Erst als das kalte Wasser der Dusche auf ihn hinabprasselte und den Schweiß von seinem Körper wusch, durchströmte ihn Erleichterung. Müde lehnte er sich gegen die weiß gekachelte Wand. Seine empfindsamen Nerven spürten jeden Tropfen, der an seiner Haut hinabrann. Tausendfache, kühle Berührungen. Jetzt, da das Fieber langsam wich, übermannte ihn bleierne Müdigkeit. Nathaniel schloss die Augen, um in einen erlösenden Dämmerzustand zu flüchten.

Doch plötzlich wehte die Stimme durch seinen Kopf.

Tu, was sie gesagt hat.

Die Worte klangen sanft. Rau vor Alter und trügerisch liebevoll.

„Niemals", antwortete er und legte seine Hände an die geflieste Wand. „Lass mich in Ruhe. Lass mich wenigstens für ein paar Nächte in Ruhe."

Du musst es tun. Du musst dem heiligen Ort nahe sein. Je näher du ihm bist, umso größer wird deine Macht.

„Verschwinde. Ich will diesen Fluch nicht mehr."

Es ist kein Fluch.

Plötzlich spürte er die Berührung faltiger, kalter Finger an seinem Rücken.

Es ist ein Segen. Und du weißt das. Damals hast du dein Schicksal angenommen. Vergiss das nicht. Die Dinge ändern sich, und gegen manches kannst du nichts tun. Anderes aber liegt in deiner Macht.

„Ich bin müde. Ich will meine Ruhe."

Geh zu ihr, forderte die Stimme, während sich Nägel schmerzhaft in seine Haut gruben. Das große Mysterium hat dir den Weg gezeigt, du darfst es nicht abweisen. Geh zu ihr.

„Nein!" Mit einer jähen Anstrengung verschloss er seinen Geist, den die Müdigkeit geöffnet hatte. Das Gefühl der bohrenden Finger verschwand, ebenso wie die Stimme. Er drehte den Wasserhahn zu, stieg aus der Dusche und band sich ein Handtuch um die Hüften. Als er diesmal in den Spiegel sah, war das Fieber in seinem Blick verschwunden. Jetzt erfüllte Kälte seine Augen. Eine gnadenlose Kälte, die aus ihm kam und doch nicht die Seine war. Heute Nacht würde er ihn nicht kontrollieren können. Heute Nacht verlangte es ihn nach Freiheit. Und es gab nichts mehr, das er dem entgegensetzen konnte.

***

Campbell-Farm, Montana

„Stillhalten, Max." Josephine kraulte dem Buckskin das Stirnhaar. „Schön stillhalten, in Ordnung? Wir beide schaffen das schon."

Gelassen mahlte das Pferd mit den Kiefern und schnupperte an der Hosentasche ihrer Bluejeans, darauf hoffend, noch eine Leckerei zu finden. Josephine kam sich albern vor, als sie mit zitternden Fingern Max' Hals entlangfuhr und vom Gefühl übermannt wurde, die Beine würden unter ihr schmelzen. Ihr Puls raste. Sie war jemand, der gesteckte Ziele zwingend erreichen musste, und nun stand sie wegen dieses Drangs vor einem Abgrund aus Angst.

Als ihr endlich gelang, den Fuß in den Steigbügel zu stecken und sich hochzuziehen, war Max vor Langeweile in einen Dämmerzustand verfallen. Ohren und Kopf des Pferdes gingen in die Horizontale, während Josephine in den Sattel sank und kaum begriff, dass sie oben saß. Nervös rieb sie über den Ärmel ihres schwarzbraunen Karohemdes. Nach vier Jahren saß sie zum ersten Mal wieder auf einem Pferd. Das erste Mal seit dem Sommertag, an dem ihr gemeinsamer Ausritt mit Daniel so tragisch geendet hatte. Was war ihre größte Angst? Von diesem Tier verletzt zu werden? Oder Angst davor, in die Vergangenheit katapultiert zu werden? Sie warf ihren Zopf über die Schulter nach hinten und umklammerte die Zügel so fest, dass ihre Knöchel weiß hervortraten.

Als sie das letzte Mal auf einem Pferd gesessen hatte, war Daniel noch am Leben gewesen. Er hatte auf seiner schwarzen Stute neben ihr gesessen, ein strahlendes Lächeln auf den Lippen und mit purem Vergnügen in den hellblauen Augen. Wunderbar hellblau waren sie gewesen. Wie ein klarer Sommerhimmel.

„Er wäre stolz auf mich“, redete sie sich ein, straffte ihre Schultern und drückte Max die Fersen in die Flanken. „Ganz bestimmt. Also gib dir einen Ruck.“

Trotz aller guten Vorsätze brach Josephine der kalte Schweiß aus, als der Buckskin sich in Bewegung setzte. Unwillkürlich schloss sie die Augen und betete. Wie idiotisch. Wäre Daniel hier gewesen, hätte er sie getröstet. Er hätte ihr zugezwinkert und gesagt, dass er ihr vertraute. Dass sie es schaffen würde. Sein Gesicht tauchte in ihrem Geist auf, so schmerzhaft mit all der guten Laune, die es verströmte.

„Zeit heilt alle Wunden“, hatte jemand bei der Beerdigung gesagt. „Du wirst schon sehen.“ Josephine hätte diesem Jemand gern ein paar Zähne ausgeschlagen und denselben Spruch zurückgegeben. Vollständig geheilt waren die Wunden nicht, doch immerhin überzogen mit einer dünnen, empfindlichen Narbenschicht. Immer noch stand ihr Daniels zertrampelter Körper vor Augen, immer noch sah sie sein Blut im Stroh versickern und wachte nachts am Boden zerstört auf, weil ihre Träume von ihm gehandelt hatten. Von seinen Augen, seinem karamellblonden Haar, seinem spitzbübischen Lächeln. Einige Wochen nach seinem Tod hatte Josephine eine wilde Entschlossenheit gepackt, diese Farm irgendwie zu erhalten. Sie war ihr gemeinsamer Traum gewesen. Nein, sein Traum. Aber er hatte ihn auch zu ihrem gemacht. Der Verkauf von Mais und Getreide, der Rinder und Pferde brachte zwar längst nicht genug ein, um es der Farm finanziell gut gehen zu lassen, aber es hielt sie über Wasser. Was auch an der Handvoll Angestellten lag, die von derselben Entschlossenheit gepackt waren und gern Abstriche in Kauf nahmen, solange die Farm nur erhalten blieb. Sie hoffte inständig, diese Menschen niemals zu enttäuschen. Aber derzeit gewann sie das Gefühl, als wüchse die Arbeit ebenso schnell ins Unendliche wie ihre finanziellen Reserven dahinschmolzen. Genau genommen saß sie nur auf diesem Pferd, weil sie den ganzen Tag ein Gedanke verfolgt hatte: Es ging den Bach runter.

Bring erst mal deine Ängste in den Griff, hatte ihre Vernunft lakonisch geantwortet. Dann sehen wir weiter. Es kann nur von Nutzen sein, wenn du endlich wieder mit den Pferden arbeiten kannst. Jacob schafft es nicht allein. Er ist völlig überfordert. Sicher hasst er dich längst, auch wenn er es nie zeigen würde. Glücklicherweise war weder der gute, alte Jacob zu sehen noch einer der anderen Angestellten. Josephine hielt die Luft an, lenkte Max am Stall vorbei und schwenkte zum Waldrand. Die Kühe auf der Weide glotzten ihnen kiefermahlend hinterher. Es war ein wunderschöner Abend. Lieblich tropfte das Zirpen der Grillen in die Stille hinein und in der warmen Luft lag ein Aroma, das sie an ihre Kindheit denken ließ. Waldboden, Gras, sonnengewärmte Erde, Stallgeruch und Heu. In der Wildnis Montanas hatte Josephine es wiedergefunden – das Gefühl der endlosen Sommer.

Max schnaufte, als er über die aus Steinen errichtete Brücke trottete. Sehnsüchtig warf er dem glucksenden Wasser des Baches einen Blick zu und hätte sich vermutlich lieber darin gewälzt, als einen Reiter mit sich herumzuschleppen. Wobei Josephine keine wirkliche Herausforderung darstellte. Mit ihren 1,57 m bei 48 kg war sie ein Hänfling, den der Buckskin vermutlich nicht einmal spürte. Am Ende vergaß er sie einfach und wälzte sich mit ihr zusammen auf dem Boden.

Josephine begann, mit Max zu reden. Und wenn sie nicht redete, dann zupfte sie in regelmäßigen Abständen an den Zügeln. Die Verkrampfung ihres Körpers legte sich, um schließlich, als sie die Wiese überquert und den Waldweg erreicht hatten, gänzlich zu weichen. Lauer Wind trocknete ihren Schweiß, langsam normalisierte sich ihr Atem. Das Ganze war einfacher, als sie erwartet hatte. Möglicherweise beruhte diese ganze Angstsache auf einem großen Anteil Einbildung. Oder Max, dieses durch und durch brave Musterexemplar bedingungsloser Hingabe, war der geborene Menschenflüsterer. Josephine tätschelte den Hals des Buckskins und wertete sein freundliches Schnauben als Ermunterung. Probeweise ließ sie ihn in den Trab überwechseln, was sich bei Max anfühlte, als schaukele man in einem Fernsehsessel. Zwar kehrte nun der Krampf in ihren Körper zurück, aber Josephine ignorierte ihn wild entschlossen. Vor Daniels Tod war sie eine halsbrecherische Reiterin gewesen. Keinen müden Gedanken hatte sie an Tod oder Verletzungen verschwendet und war durch die Wälder geprescht als sei der Leibhaftige hinter ihr her. Daniel hatte es gehasst. Sie hatte es geliebt.

„Also, Jo“, keuchte sie. „Das kriegst du doch wieder hin. Alles läuft bestens.“

Josephine schloss die Augen und atmete den Duft des Waldes ein. Max kannte den Pfad in- und auswendig, er würde weder gegen einen Baum rennen noch sich verirren. Ehe sie wusste, wie ihr geschah, hatte sie Max das Zeichen zum Galopp gegeben. Weil sie gleichzeitig seine Zügel lockerließ, schoss er los wie ein angesengter Teufel. Ein panischer Schrei entfloh ihrer Kehle. Keine gute Idee. Gar keine gute Idee. Nichts da, schnappte ihr trotziges Alter Ego zurück. Entweder ganz oder gar nicht. Das ist doch ein Leichtes für dich. Früher war dir der wildeste Galopp nicht wild genug.

Josephine drückte sich eng an den Pferdeleib und ignorierte die Mähne, die in ihr Gesicht klatschte. Unter ihr explodierte ungezügelte Kraft. Muskeln zogen sich zusammen, streckten sich, ließen den großen Körper geradezu über den Waldboden fliegen. Stammte dieses hohe Quietschen etwa aus ihrer Kehle? Es klang zugleich begeistert, wie auch zu Tode verängstigt. Vermutlich hatte sie so viel Angst, dass es sich anfühlte, als hätte sie diese Emotion gänzlich verloren. Josephine richtete sich auf, bis sie in jener raubtierhaften Stellung über dem Pferdehals kauerte, die sie damals perfektioniert hatte. Max legte die Ohren an und wurde noch schneller. Sein anmutiger Hals streckte sich nach vorn und bewegte sich im Rhythmus des Galopps. Alles jagte so schnell an ihr vorbei, dass sie gar nicht dazu kam, über Tod und gebrochene Knochen nachzudenken.

Josephines Euphorie glomm langsam auf, begann zögerlich, zu brennen, knisterte scheu und zeigte irgendwann die ersten Flämmchen. Der See, dessen Wasser im Sommer türkis wurde und in dem sie gern ihre morgendlichen Runden schwamm, schoss nur so vorbei. Erschreckte Vögel stoben auf. Als sie aufblickte, sah sie zwischen den Wipfeln den im Abendrot glühenden Himmel. Vielleicht schaffte sie es bis auf den Berg, denn von dort bot sich ein unbeschreiblicher Blick über Montanas Wälder. Andererseits hatte sie dort nicht mehr gesessen, seit Daniel gestorben war. Vermutlich würde sich ein solcher Abstecher als Messer entpuppen, das es kaum erwarten konnte, das Narbengewebe ihrer Wunde aufzureißen.

Josephine lenkte Max nach links, in den Pfad, der in einem weiten Bogen zurück zur Farm führte. Wieder ging er in gestreckten Galopp über – früher hätte sie das als Weicheischaukeln bezeichnet – und preschte über trockene Tannennadeln. Langsam gewann Josephine ihre alte Form zurück. Diese Erkenntnis sorgte dafür, dass sie ihre jahrelang gepflegte Phobie als albern abstempelte. So ausgeprägt konnte sie nicht gewesen sein, wenn sie nach so kurzer Zeit locker im Sattel saß, weder heulend noch zitternd. Ihre zuvor nur zaghaft zündelnde Euphorie entwickelte sich zu einem Feuer. Vermutlich waren ihre Ängste nur ein vorgeschobener Grund gewesen, keine Ausritte mehr zu unternehmen. Andererseits waren die Schweißausbrüche, die Panikattacken und das Zittern am ganzen Körper angesichts von Pferden, die auch nur ansatzweise Nervosität zeigten, sehr real gewesen.

Josephine entschied sich, geheilt zu sein. Ihr Leben war ohnehin schwer genug und lechzte danach, von überflüssigem Ballast befreit zu werden. Was gab es Schöneres, als an einem lauen Sommerabend auszureiten? Es gab nichts Schöneres, war ihre eindeutige Antwort, als sie am Ufer des Baches entlangritt und Sommerdüfte ihre Sinne streichelten. Reste verwitterter Mauern ragten am Rande des Wasserlaufes zwischen den Tannen empor und gaben der Szenerie etwas Geheimnisvolles. Niemand wusste, was früher hier gestanden hatte. Nicht einmal Jacob, und der wusste als fast siebzigjähriger Einheimischer so ziemlich alles über die Gegend.

Josephine tätschelte Max' Hals, zügelte ihn ein wenig und lehnte sich im Sattel zurück. Stolz auf ihre Entschlossenheit und darauf, dass sie über ihren Schatten gesprungen war, erfüllte sie.

Irgendetwas erschreckte das Pferd. Und zwar derart, dass es abrupt die Hufe in den Boden stemmte, schrill wieherte und stieg. Es geschah zu schnell, als dass sie irgendetwas hätte tun können. Ehe Josephine auch nur einen Laut der Verblüffung ausstoßen konnte, flog sie in hohem Bogen aus dem Sattel, fiel in die Tiefe und krachte mit rudernden Armen auf die Böschung. Ihre Hände griffen nach einem Farnbusch, doch es half nichts. Sie riss ihn mit. In wilden Umdrehungen rauschte sie hinunter in den Bach, landete der Länge nach darin und fand sich plötzlich bäuchlings im gurgelnden Wasser wieder.

Ein höllischer Schmerz loderte in ihrem Fuß auf, der ihr sofort eine Gewissheit einpflanzte: Dieser Fuß war gebrochen. Sie hatte lange genug in einem Krankenhaus gearbeitet, um den Unterschied zwischen Verstauchung und Bruch zu erkennen. Bestätigt wurde sie durch die seltsame Stellung des Knochens. Ihr Herz raste wie verrückt. Lebte sie noch? Ja, sie lebte. Benommen blinzelnd wuchtete Josephine sich in eine sitzende Position. Das Pferd stand am Rand der Böschung, ließ die Ohren hängen und sah sie an, als sei es das personifizierte schlechte Gewissen.

Wie ferngesteuert stemmte sie sich hoch. Vor ihren Augen explodierten Sternchen. Auf allen vieren kroch Josephine die Böschung hinauf. Obwohl ihr Gehirn vom Schreck wie betäubt war, kristallisierten sich aus ihrem Gedankenchaos Klarheiten heraus. Sie würde wochenlang für die Arbeit auf der Farm ausfallen. Gut möglich, dass ihr dies den Todesstoß versetzte. Und sie würde sich nie wieder auf ein Pferd setzen.

Die Schmerzen waren höllisch. Spätestens, als sie endlich den Weg erreicht hatte und sich zitternd gegen einen Baumstamm lehnte, erreichten sie die Grenze des Erträglichen. Eine Belastung des Beines war unmöglich. Sie musste es irgendwie schaffen, sich auf Max zu hieven, denn zu Fuß würde der Weg ewig dauern. Andererseits – nein! Sie wollte nicht wieder auf seinen Rücken. Also nahm sie die Zügel auf und arbeitete sich hüpfend vorwärts. Max, entschlossen, seinen Ausraster durch Schleimerei wiedergutzumachen, trottete neben ihr her, rieb seinen Kopf an ihrer Hüfte und schnaufte zärtlich. Josephine war ihm nicht böse. Sie war wütend auf sich. Dieser Zorn brandete mit brachialer Wucht über sie hinweg, brachte die ohnehin dünnen Mauern ihrer Beherrschung zum Einsturz und rieb sie bis auf das Fundament ab. Tränen flossen über ihre Wangen. Sie schluchzte hemmungslos, während sie das Gefühl hatte, jemand wühle mit einem rostigen Tomatenmesser in ihrem Fuß herum. Jede winzige Bewegung schmerzte, dass ihr schlecht wurde. Und so weinte sie noch mehr. Es war auf bittere Weise befreiend. Alles bahnte sich losgelöst seinen Weg nach außen, nachdem sie seit Jahren versucht hatte, die Fassung zu wahren und stark zu sein. Für Daniel, für die Farm, für sich selbst.

Erst, als sie den Wolf heulen hörte, tauchte sie aus ihrem Jammertal auf. Abrupt blieb Josephine stehen. Natürlich gab es hier Wölfe, dessen war sie sich immer bewusst gewesen. In den vergangenen Jahren hatte ihre Zahl sogar zugenommen, zumindest gerüchteweise, denn sie hatte nie eines dieser Tiere zu Gesicht bekommen, sondern sie nur von Weitem gehört. Auch wusste Josephine, dass sie für gewöhnlich keine Gefahr darstellten. Es waren scheue Tiere, so sagte man. Menschen gingen sie aus guten Gründen aus dem Weg. Aber derlei Beschwichtigungen waren leicht aufzustellen, wenn man auf einem Sofa oder an einem Schreibtisch saß, geborgen in den schützenden vier Wänden. Stand man allerdings allein mit einem Pferd in einem finsteren Tannenwald, während sich die Nacht herabsenkte, sah die Sache anders aus.

Für jeden Wolf, der sich entschied, nicht dem gängigen Verhaltensmuster zu folgen, war sie ein gefundenes Fressen. Josephine spürte die Gänsehaut am ganzen Körper. Sie stand hier, mit gebrochenem Fuß, tropfnass und aufgelöst in Angst, die kurz davor war, in Panik überzugehen.

Plötzlich, als wolle er ihre Ängste schüren, heulte der Wolf erneut. Diesmal sehr viel näher. Max warf den Kopf zurück und rollte panisch mit den Augen. Pferde, die das taten, waren ein schrecklicher Anblick. Genauso hatte auch Daniels Stute ausgesehen, bevor ihr Huf seinen Kopf zertrümmert hatte.

Nein. Sie wollte nicht daran denken. Nicht jetzt. Niemals wieder. Die Vergangenheit musste ein für alle Mal ruhen.

Josephine ließ die Zügel fallen, als hätten sie sich in glühende Eisenstangen verwandelt, stolperte zurück und vergaß vor Schreck, ihr Bein zu schonen. Der stechende Schmerz ließ sie in die Knie gehen. Keuchend schnappte sie nach Luft, während Max mit erhobenem Schweif davongaloppierte.

„Komm zurück“, wimmerte Josephine. „Komm zurück, du blöder Gaul.“

Doch der Buckskin verschwand mit wehender Mähne in der Dunkelheit. Sie war allein. Saß tropfend auf einem finsteren Waldweg, während die Dunkelheit lebendig zu werden schien. Ihre Angst gewann eine lähmende Intensität. Josephine wagte kaum, zu atmen, geschweige denn, sich umzusehen. Der Gedanke, im Gebüsch glühende Augen zu entdecken, ließ sie zu Eis gefrieren. Warum hatte sie das getan? Warum war sie so dumm? Sie hätte eingekuschelt in eine Decke auf dem Sofa sitzen können. Stattdessen würde sie vielleicht sterben.

„So schnell stirbt es sich nicht“, antwortete eine Stimme aus dem Dunkeln.

Josephine fuhr abrupt hoch, was ihre Nervenbahnen mit einer Salve greller Impulse bestraften. Ihr wurde schwarz vor Augen. Die Welt kippte zur Seite, wie sie es bei einer Ohnmacht zu tun pflegt, doch irgendwie gelang es ihr, aufrecht sitzen zu bleiben. Jemand stand vor ihr. Aufgetaucht aus dem Nichts. Ein groß gewachsener Mann.

Nein, erkannte Josephine mit merkwürdiger Klarheit, so groß war er nicht. Ihr Eindruck lag nur darin begründet, dass sie so klein war und am Boden hockte. Das hier war eine perfekte Gelegenheit, ihr etwas anzutun. Sie war hilflos, verwundbar und präsentierte sich jedem Subjekt mit boshaften Absichten auf einem Silbertablett.

„Brauchst du Hilfe?“

Der Fremde ging vor ihr in die Knie. Keinerlei Freundlichkeit lag in seiner Stimme, doch ihre dunkle Weichheit war angenehm.

„Ja“, hörte Josephine sich sagen. Sie war völlig konfus. Seine Erscheinung war ungewöhnlich, um nicht stärkere Ausdrücke zu bemühen. Er trug eine abgewetzte Hose, deren Farbe vermutlich ins Braun tendierte sowie ein schwarzes Hemd, dessen oberste Knöpfe offen standen und den Blick auf ein Amulett freigaben. Es schien einer dieser typischen, indianischen Talismane zu sein. Geformt wie ein Rad mit Speichen und verziert mit schillernden, schwarzen Federchen. An den Ohren des

Mannes blitzten silberne Creolen, an den Zeigefingern seiner rechten und linken Hand jeweils ein Onyxring. Ein Indianer. Zweifellos. Das pechschwarze Haar fiel ihm offen über die Schultern und bis auf den Rücken hinab, während seine Augen so dunkel waren, dass man sich, wenn man nicht achtgab, darin verlor wie in bodenlosen Abgründen. Josephine schwindelte, als sie hineinsah. Dieser Mann strahlte akute Gefahr aus. In seinem Blick lag etwas, das die Sanftheit seiner Stimme Lügen strafte. Es war der Hauch von etwas Unbeherrschtem, der ihr das Gefühl vermittelte, als glitten eiskalte Finger über ihre Wirbelsäule. War es eine Warnung ihres Unterbewusstseins? Was, wenn die Wölfe nicht die einzigen Raubtiere in diesem Wald waren?

„Bleib weg von mir", platzte es aus ihr hinaus. „Rühr mich nicht an."

Seine Hände, die sich soeben nach ihr ausgestreckt hatten, erstarrten mitten in der Bewegung.

„Ich will nur nach deinem Fuß sehen."

„Unsinn."

„Unsinn?"

Der Blick seiner schwarzen Augen durchbohrte sie, kroch durch jede Faser ihres Körpers, lähmte sie. Etwas stimmte mit diesem Mann nicht. Und sie war mit ihm allein. Hier draußen, wo niemand sie hören würde.

„Halt still", raunte er. „Ich habe nicht vor, dich umzubringen und zu verscharren."

„Das dachte ich auch nicht", log Josephine.

Er hob eine Augenbraue. „Du riechst nach Angst. Du zitterst. Und du siehst mich an, als würde ich dir die Leber aus dem Leib schneiden und sie essen wollen."

Josephine wimmerte, als er ihren Schuh auszog und die Socke folgen ließ. „Was suchst du hier?" presste sie hervor. „Weißt du nicht, dass es verboten ist, auf fremden Grundstücken nachts herumzuschleichen?"

„Wenn du meinst, dass das Land dir gehört, zieh Zäune."

„Das haben wir."

„Wohl nicht überall. Abgesehen davon waren wir zuerst hier."

Sie seufzte. „Die alte Leier."

„Soll ich dich hier liegen lassen und den Wolf bitten, sich um dich zu kümmern? Ich kenne ihn. Er ist alt und zahnlos. Für leichte Beute wäre er mir dankbar."

Ein Timbre lag in der Stimme des Mannes, das Josephine dazu brachte, stumm zu bleiben. Im Kontrast zu dieser Aggression umfingen seine Finger behutsam ihren gebrochenen Fuß. Es fühlte sich warm und angenehm an. Als er auch noch begann, vorsichtig zu massieren, schienen alle Muskeln in ihr zu erschlaffen. Um ein Haar wäre sie mit verdrehten Augen nach hinten gekippt, aller Angst zum Trotz.

„Fühlt es sich besser an?", fragte er irgendwann.

Josephine starrte auf den Talisman, oder vielmehr auf die dunkle, schimmernde Haut darunter. Der Ausschnitt seines Hemdes gab jetzt, da er sich ein wenig vorbeugte, den Blick auf eine glatte Brust frei. Etwas Helles schimmerte auf den gewölbten Muskeln. Narben vielleicht? Doch ehe sie sicher sein konnte, richtete der Mann sich wieder auf.

„Ja", flüsterte sie. „Wer bist du?" Die Unverschämtheit, dass er sie nicht höflich mit Sie ansprach, war momentan zweitrangig. Dennoch zahlte sie es ihm mit gleicher Münze heim. „Was machst du hier?"

Der Mann antwortete mit Schweigen. Seelenruhig massierte er ihren Fuß und sorgte dafür, dass prickelnde Hitze ihr Bein hinaufkroch. Die Schmerzen wichen. Hypnotisiert verfolgte Josephine die sanften, rhythmischen Bewegungen seiner Hände, während ihr Verstand an der Realität dieser Situation zweifelte und doch langsam und genüsslich resignierte. Als der Mann seine Behandlung nach wenigen, viel zu kurzen Momenten beendete, wich er zurück und sah sie an. Sein Gesicht war schmal, seine Wangenknochen hoch. Die Nase gerade so hauchfein gebogen, dass sie seinem Aussehen eine würdevolle Noblesse verlieh.

Welch ein Kontrast zu Daniel, der offen und freundlich, aber in äußerlicher Hinsicht völlig durchschnittlich gewesen war. Dieser Kerl war dunkel. Undurchschaubar. Er hätte einem alten Gemälde entsprungen sein können. Einer verklärten Darstellung all jener Tugenden, die romantische Gemüter seinem Volk zugeschrieben hatten. Würde, Stolz und wilde Schönheit.

„Versuch aufzustehen", verlangte er.

„Ich … weiß nicht."

„Versuch es."

Widerwillig gehorchte sie und war überrascht. Es tat nicht mehr weh. Der Schmerz war verschwunden. Die Verwunderung war zu groß, um sie in Worte zu fassen.

„Ich denke", sagte der Mann mit einem leichten Neigen seines Kopfes, „du kannst jetzt nach Hause laufen. Es war mir eine Ehre. Du darfst mich jederzeit wieder anfauchen."

„Der Fuß war gebrochen. Ich weiß es genau." Josephine war überfordert. Ihr Verstand drohte, zu kapitulieren.

„Nein, nur verstaucht."

„Ich war jahrelang Krankenschwester. Ich bin sicher, dass er gebrochen war. Und selbst wenn du recht hast, hören solche Schmerzen nicht einfach auf. Was hast du gemacht?"

„Uralte indianische Magie." Die düstere Reglosigkeit seines Gesichtes wurde von einem Grinsen abgelöst, das Josephine als pure Herausforderung wertete. „Belassen wir es dabei. Kannst du damit leben?"

„Nein."

Plötzlich heulte der Wolf erneut. So nah, dass Josephine zusammenzuckte. Den Indianer beunruhigte es nicht. Sein Lächeln gefror zu einer starren Maske, während er sie musterte. Lauernd wie ein Raubtier und mit unverschämter Intensität. Die

Härchen in ihrem Nacken stellten sich auf. Etwas Kaltes kroch durch ihr Gehirn, als schäle der starre Blick des Fremden Schicht für Schicht ihren Geist frei, um ihr verletzliches Inneres zu entblößen.

„Ich könnte dich nach Hause begleiten“, überlegte der Mann. „Aber vermutlich willst du das nicht. Immerhin bin ich ein Fremder, der nachts unverschämterweise auf deinem Grundstück herumschleicht.“

„Nein … ich …“ Vermutlich war sie bei dem Sturz heftig mit dem Kopf aufgeschlagen. „Ich denke …“

„Ja?“

Sein Blick glitt tiefer zu ihren Brüsten. Unwillkürlich schlang Josephine die Arme um ihren Oberkörper.

„Du bist kein Werwolf oder so was?“

Sie hatte ihre Angst und Unsicherheit mit Witz überspielen wollen. Doch dieser Versuch war gründlich in die Hose gegangen.

„Auf was für Ideen kommst du?“ Der Fremde lachte herzhaft. „Nein, bin ich nicht. Enttäuscht?“

„Wieso?“

„Frauen mögen wilde Tiere.“

Er wandte sich um und schritt den Pfad hinab. Einen Moment verharrte Josephine. Erst, als seine schlanke Gestalt in der Finsternis des Waldes verschwamm, setzte sie sich in Bewegung. Nicht einmal der Nachhall von Schmerz war in ihrem Fuß spürbar. Als hätte sich der Knochen wie unter der magischen Berührung selbst repariert. Doch an Magie glaubte Josephine nicht.

Während des gesamten Weges wechselten sie nicht ein Wort. Der Mann schritt vor ihr daher, als wäre er seit Ewigkeiten hier zu Hause, während sie ihm wie ein Schatten folgte. Noch einige Male heulte der einsame Wolf, doch er schien sich zu entfernen. Möglicherweise hatte er enttäuscht den Rückzug angetreten, weil sein Abendessen unerwartete Verstärkung erhalten hatte.

Nach wie vor war Josephine vor Verblüffung wie betäubt. Der Halbmond, der zwischen den Wipfeln der Tannen leuchtete und die Szenerie mit seidigem Licht übergoss, intensivierte das Gefühl, in einer anderen Wirklichkeit gefangen zu sein. Als hätte ihre Wahrnehmung einen Schritt zur Seite getan, um nun neben der Realität herzulaufen. Während Josephine dem Mann schweigend folgte, suchte ihr Verstand nach Erklärungen. Womöglich war es doch kein Bruch. Es konnte keiner sein, denn ihre Knochen waren heil. Mit Schamanismus kannte sie sich nicht einmal ansatzweise aus, aber sie wusste, dass es bestimmte Punkte am Körper gab, auf die man drücken konnte, wollte man Schmerzen lindern. Vermutlich hatte sie damit die Lösung des Wunders gefunden. Er hatte irgendeine Art von bemerkenswerter, aber gänzlich unmagischer Akupressur an ihr vorgenommen.

Irgendwann, als sie nach einer gefühlten Ewigkeit endlich die Farm erblickte, senkte sich ein Schatten auf Josephine herab. Der Anblick des aus Zedernholz gebauten Farmhauses, dessen schwarze Dachschindeln im Mondlicht glänzten, der Anblick der Wiesen, der Kuhweiden und der Stallgebäude – all das strahlte eine schmerzliche Idylle aus. Es war die Kulisse für einen Traum, der grandios gescheitert war. Ein Kloß wuchs in ihrer Kehle. Man sah es der Farm nicht an, dass sie erst vor zehn Jahren erbaut worden war. Da sie größtenteils aus Holz bestand und Daniel eine altmodische Bauweise bevorzugt hatte, hätte sie ebenso gut ein Relikt aus alten Zeiten sein können. Nahtlos fügte sie sich in die Landschaft ein, dass es den Anschein hatte, als sei sie schon immer ein Teil von ihr gewesen. Als sie über die vor Nässe schmatzende Wiese liefen, umgeben vom Gezirpe der Zikaden, sah sie Max bereits mit hängendem Kopf vor dem Stalleingang stehen. Bisher hatte ihn niemand bemerkt, was nicht verwunderlich war. Da zurzeit die Ernte eingefahren wurde, fielen sämtliche Angestellten am Abend todmüde in ihre Betten. Jacob, der wegen seines Alters nicht mehr bei dieser schweren Arbeit half, teilte seinen Tag ein wie ein Huhn. Er ging schlafen, wenn die Dunkelheit hereinbrach, und war munter, sobald sich auch nur die Andeutung einer Dämmerung zeigte.

Josephine hoffte inständig, dass niemand Zeuge wurde, wie sie Seite an Seite mit einem wildfremden Mann über das Farmgelände spazierte. Andernfalls würde sie morgen von zahllosen Fragen gelöchert werden. Insbesondere von Jacob, der zweifellos dafür sorgen würde, dass sich die Neuigkeit wie ein Lauffeuer verbreitete.

„Das Pferd ist völlig verschwitzt." Der Indianer hielt mit energischen Schritten auf Max zu. „Zieh dir was Warmes an, ich versorge ihn."

Zu perplex, um auf seine Worte zu reagieren, lief Josephine ihm hinterher, keinen Gedanken daran verschwendend, dass sie auf diese Weise wirkte wie ein treudoofer Pudel. Tropfnass, frierend und überfordert mit der Situation sah sie zu, wie der Mann mit selbstverständlicher Gelassenheit die Schiebetür öffnete, in den Stall spazierte und sich umsah. Sein Blick huschte hin und her, als analysiere er ungeachtet der herrschenden Dunkelheit binnen Sekunden seine gesamte Umgebung, inklusive Abertausender winziger Details, die sich einem gewöhnlichen Blick niemals offenbart hätten. Als seine Sondierung beendet war, wandte er sich um und hielt zielstrebig auf die Gerätekammer zu. Nur Sekunden später kehrte er mit einer Abschwitzdecke zurück, die er weiß Gott wie in dem stockfinsteren Kabuff gefunden hatte.

„Hat dich mein Anblick in eine Salzsäule verwandelt?" Der Indianer legte die Decke ins Gras und begann, Max abzusatteln. „Jetzt geh schon. Ich werde nichts klauen, falls du dir darum Sorgen machst."

Sein Blick traf sie ohne Vorwarnung. Eine unnachgiebige Forderung lag in seiner Dunkelheit, der sie nichts entgegenzusetzen hatte. Für Momente war es, als berührten kalte Finger ihr Gehirn, betasteten und befühlten es. Ungläubig, doch ohne die Möglichkeit, etwas gegen den Willen ihres Körpers auszurichten, torkelte Josephine zum Farmhaus, stolperte die Verandatreppe hoch und kehrte in die heimeligen vier Wände ein, von denen sie noch vor Kurzem geglaubt hatte, sie würde sie nie wiedersehen. Im Nachhinein war ihr unbegreiflich, wie sie hierhergekommen war und warum sie diesen Wildfremden so bereitwillig allein gelassen hatte. Sie kannte den Mann nicht, sie konnte ihn nicht einschätzen. War sie von allen guten Geistern verlassen? Getrieben von heftiger Unruhe, erledigte sie das Umziehen im Akkord. Hastig tauschte sie das Hemd gegen ein kakifarbenes Kapuzenshirt und die durchgeweichte Jeans gegen eine braune Cordhose. Mit fahrigen Bewegungen drückte sie ihren vollgesogenen Zopf über der Küchenspüle aus, dachte darüber nach, sicherheitshalber ein Messer in ihren Hosenbund zu stecken, und rannte schließlich keuchend vor Eile und waffenlos zurück zum Stall. Im Notfall konnte sie schreiend flüchten oder ihm ein Knie in das Gemächt rammen. Es gab zahllose Versteckmöglichkeiten auf der Farm und Jacob besaß nicht nur einen leichten Schlaf, sondern auch eine Knarre, mit der er umzugehen wusste.

Als Josephine zurückkehrte, war der Fremde in aller Seelenruhe damit beschäftigt, den Buckskin zu versorgen. Er hatte den Schalter der Stalllampe gefunden, nach dem Unwissende normalerweise ewig suchten, weil er versteckt hinter einem wackeligen Regal voller Hufbalsam und Werkzeug lag. Nun malte fahles, gelbes Licht einen Halbkreis in die Nacht, was die Zikaden auf der Wiese animierte, noch lauter zu zirpen und ein Käuzchen aus dem Wald herbeigelockt hatte, das nun auf dem Weidezaun hockte. Konfus lehnte Josephine sich gegen die Stallwand und beobachtete das Geschehen. Der Mann holte einen Eimer Wasser, um mit einem Lappen die Schweißstellen abzuwaschen, die sich unter dem Lederzeug und zwischen den Hinterbeinen des Pferdes gebildet hatten. Er ließ sich Zeit für seine Arbeit. Eine meditative Ruhe lag in allem, was er tat. Max ließ sich willig von dieser Ruhe einhüllen. Vermutlich war sie für ihn eine willkommene Abwechslung, kannte er doch sonst nur Hektik, verkniffene Gesichter und fahrige Gesten, begründet in der Tatsache, dass Zeit auf der Farm ein knappes Gut darstellte. Behutsam rieb der Mann das feuchte Fell des Tieres mit einem Tuch trocken, das er offenbar ebenso mühelos gefunden hatte wie den Lichtschalter. Durchblickte er etwa ihr Chaos? Seinen Bewegungen zuzusehen, sandte einen wohligen Schauder der Entspannung durch Josephines Körper. Zumindest in diesen Momenten, da er sich mit überraschender Behutsamkeit um das Tier kümmerte, erschien es ihr undenkbar, dass dieser Fremde über eine gewalttätige Ader verfügte. Und doch signalisierte irgendetwas ihrem limbischen System, dass Gefahr in seinem Wesen lag. Warum? Hatten die Hände, die sanft das Pferdefell streichelten, schon Schmerzen zugefügt? Lag die Kälte in seinem Blick darin begründet, dass Hass und Zorn zu seinem Leben gehörten?

Max schnaufte selig, als seine Hufe ausgekratzt wurden. Dankbar drückte er seine Stirn gegen den Oberkörper des Mannes, der seine Arbeit daraufhin unterbrach und dem Tier liebevoll die Mähne zerzauste. Josephine wechselte von einem Bein auf das andere. Zweifellos, der Finsterling aus dem Wald verstand sein Handwerk. Zwar konnte man das in Montanas Wildnis von so ziemlich jedem behaupten, doch in der Art, wie er mit Max umging, lag eine Vertrautheit, die außergewöhnlich war.

„Du hast selbst Pferde?“, mutmaßte Josephine und drehte ihren Zopf zwischen den Fingern. Nervosität flutete ihren Geist, denn ein zuvor nur schwammig vorhandener Gedanke nahm plötzlich drängende Klarheit an. Vermutlich würde sie ihn dennoch für sich behalten. So, wie sie sich einschätzte.

„Ich hatte mein Leben lang Pferde“, antwortete er kühl. „Ich lernte reiten, noch bevor ich laufen konnte. So war es Sitte bei uns.“

„Du bist wohl sehr traditionell aufgewachsen.“

„Kann man so sagen.“

Josephine räusperte sich. „Verrätst du mir, warum du nachts hier rumläufst?“

Die Mundwinkel des Indianers zuckten. „Warum? Willst du mich anzeigen?“

„Nicht, solange du uns in Ruhe lässt.“

„Ich hätte mich dir niemals gezeigt, wenn du nicht hilflos vor mir auf dem Waldweg gehockt hättest. Wenn ich nicht gesehen werden will, sieht mich auch niemand.“

„Aha. Tarnmodus, oder was?“

„Nein. Langjährige Erfahrung im Herumschleichen.“

„Heißt das, du streunst schon seit Längerem auf meinem Farmgelände herum? Seit wann?“

Für die Dauer eines Herzschlags funkelte Empörung in den Augen des Mannes auf. „Auf dem Gelände der Farm befindet sich ein Ort, den ich gern besuche. Er bedeutet mir viel. Manchmal gehe ich nachts dorthin, um nachzudenken. Ich war wütend, als man das Land hier verkauft hat, denn es war mir heilig. Es war meinem Stamm heilig. Aber ich will dich nicht mit der alten Leier belästigen. Wie wäre es mit einem kleinen Deal? Du lässt mich, wie du es nennst, auf deinem Farmgelände herumstreuen. Ich schleppe dich dafür nach Hause, falls du erneut in desolatem Zustand irgendwo herumhängst.“

„Ich habe nicht vor, noch mal desolat irgendwo rumzuhängen.“

Der Indianer nickte ernst. „Das läge auch in meinem Interesse.“

„Also gut. Von mir aus besuche dein Refugium, solange du sonst keinen Ärger machst. Aber um eines klarzustellen: Das Einverständnis lag auf beiden Seiten. Ich war bei den Verhandlungen dabei, und von einem heiligen Ort war nie die Rede.“

„Es war die Dummheit einiger Weniger. Aber diese Wenigen werden immer mehr.“

Als er sich aufrichtete, fing sich das Mondlicht in seinen Creolen. Josephine konnte nicht umhin, sein Profil anzustarren. Es lag etwas Hochmütiges darin. Nein, korrigierte sie sich, nur unverschämter, aber vollkommen natürlicher Stolz. Im Geiste sah sie ihn auf einem bemalten Pferd sitzen, herausgeputzt wie auf einem Howard Terpning Gemälde und thronend über der gesamten Welt, die zu seinen Füßen lag. Sie schwiegen sich mit einer Intimität an, die Josephines Herzschlag beschleunigte. Hilflos heftete sie ihren Blick wieder auf den Talisman, nur um nach zwei Atemzügen höher zu gleiten und die Linie seines Kiefers anzustarren. Eine Haarsträhne lag

auf seinem Hals und bewegte sich kaum merklich im Rhythmus des Pulsschlags.
„Man hat uns nicht um unsere Meinung gebeten, als das Land verkauft wurde", fuhr er schließlich fort. „Ich befand mich eine Woche auf Reisen, und bei meiner Rückkehr war mein Zufluchtsort von Zäunen abgesperrt. Ein paar aus unserem Rat haben sich zusammengetan und hielten es für eine gute Idee, ihr eigenes Ding durchzuziehen."
„Dann bist du also doch über die Zäune geklettert."
„Erwischt. Und was willst du jetzt machen?"
„Ich könnte es dir verbieten. Und, falls du mir nicht gehorchst, dich wegen Hausfriedensbruch anzeigen."
„Falls ich dir nicht gehorche? Interessant." Sein inspiriertes Grinsen ließ ihr Herz noch heftiger schlagen. Wütend presste Josephine die Lippen aufeinander und befahl ihrem Körper, Ruhe zu bewahren. Er spielte mit ihr. Eindeutig. Aber sie war noch nie eine leichte Beute gewesen. Für niemanden.
„Es war seit Ewigkeiten mein heiliger Ort", sagte der Indianer. „Es war unser heiliger Ort."
„Das tut mir leid. Aber wir halten uns an die Auflage, das Land pfleglich zu behandeln."
„Tut ihr das?"
„Wie meinst du das?"
„Ich sehe Zäune, Felder, Gebäude und gerodete Bäume. Ich sehe Lichter, höre Stimmen. Mein Ort ist nicht mehr der, der er einmal war."
„Willkommen im einundzwanzigsten Jahrhundert. Wir wollen auch nur über die Runden kommen. Und das können wir nicht, wenn wir in Höhlen leben und Kaninchen fangen."
„Mag sein. Aber jetzt zu was anderem." Er hakte die Daumen in die Gürtelschlaufen seiner Hose und fixierte sie mit lauerndem Blick.
„Ja?", knirschte Josephine. „Was ist los?"
„Darf ich dich darauf aufmerksam machen, dass mir deine Art, mit Pferden umzugehen, nicht gefällt?"
Sie kniff ein Auge zusammen. „Wie bitte?"
„Das Sattelpad hatte eine dicke Falte, die unbequem für das Pferd war. Seine Maulwinkel sind eingerissen, vermutlich, weil du wie eine Besessene am Zügel gezerrt hast. Der Stall lässt zu wünschen übrig. Wie würde es dir gefallen, ständig umgeben zu sein von Zäunen, Kandaren, Stricken und Gittern, damit du dort bleibst, wo du bist und tust, was man dir sagt?"
Sie starrte ihn an. „Was willst du damit sagen? Dass ich meine Tiere misshandele?"
„Du respektierst sie nicht", gab er schroff zurück. „Euch geht es nur um das eigene Wohl. Ihr wollt möglichst viel Geld, ihr wollt, dass die Pferde beim Verkauf möglichst viel Gewinn einbringen, sodass ihr euch zufrieden in eurem Wohlstand

suhlen könnt. Denkst du, das Pferd wäre noch hier, wenn es frei entscheiden könnte? Bei euch geschieht alles unter Zwang. Ihr liebt es, Geschöpfe zu allem Möglichen zu zwingen. Euer Weg ist falsch, aber ihr glaubt, er sei der einzig wahre."

Er legte eine Hand sacht unter Max' Kinn und ging in Richtung Stalleingang. Der Buckskin trottete ihm so gelassen hinterher, als sei es die selbstverständlichste Sache der Welt. Sprachlos folgte Josephine ihnen, während sie fieberhaft nach Worten suchte. In seiner Box stapfte Max zufrieden durch das Stroh – natürlich hätte sie längst ausgemistet werden müssen – und bedankte sich bei seinem Wohltäter, indem er ihm zärtlich das Maul gegen die Brust drückte.

„Es ist dir vielleicht entgangen", fauchte Josephine und stemmte die Fäuste in ihre Hüften. „aber wir ersticken hier in Arbeit. Da kann es schon mal vorkommen, dass ich vergesse, den Mist beiseite zu räumen. Aber ich liebe meine Tiere. Jedes einzelne. Nur damit das klar ist."

Der Indianer lächelte herablassend. „Das sieht mir nicht so aus. Hier stinkt es. Es ist dunkel. Würdest du dich hier wohlfühlen? Ach ja, ich vergaß. Für euch sind es nur Tiere. Fleisch. Sportgeräte. Gegenstände."

„Wie bitte?"

„Ihr redet und redet, ohne etwas zu wissen. Eure Zeit läuft und kommt nie irgendwo an."

Josephine stieß schnaufend Luft durch ihre Nase und klang wie eines ihrer Pferde. „Was ist das für ein Geschwafel? Ist das bei euch genetisch?"

„Es ist nur die Wahrheit. Mach die Augen auf, dann siehst du es."

„Wenn du so allwissend bist und meinst, uns allen was vormachen zu können, dann arbeite doch für mich. So jemanden wie dich könnte ich gut gebrauchen. Bei den Reden, die du schwingst, musst du ja gewaltig was auf dem Kasten haben. Nur zu, ich will in Ehrfurcht erstarren."

Der Mann bedachte sie mit einem Blick, dessen unverhohlener Spott Josephine empörte. Ungerührt wusch er sich die Hände unter dem Wasserhahn, trocknete sie an seiner Hose ab und wandte sich zum Gehen. Ihr klappte der Kiefer nach unten. Er wollte gehen? Ohne irgendeine Erklärung? Ohne ein weiteres Wort?

„Was ist jetzt?", warf sie ihm hinterher. „Willst du uns nicht zeigen, wo es lang geht? Oben über den Ställen sind zwei Wohnungen frei. Du kannst dir eine aussuchen. Ich meine es ernst. Zeig mir, was du draufhast. Ansonsten gehe ich davon aus, dass hinter deiner großen Klappe nur heiße Luft steckt."

Der Indianer erwiderte nichts. Eine Weile blieb er reglos stehen, übergossen von Mondlicht, das auf seinem langen Haar glänzte. Erst, als sie ein zweites Mal wütend geschnauft hatte, wandte er sich zu ihr um. Langsam und bedächtig. Sein düsterer Blick ging Josephine durch Mark und Bein.

„Ich arbeite für niemanden", stieß er hervor, als wären die Worte widerwärtig schmeckender Dreck. „Gute Nacht."

Seine Reaktion traf sie wie ein Schlag ins Gesicht. Josephine rang nach Luft, fassungslos, so gefühlskalt abgewiesen zu werden. Sie spürte, wie Hitze in ihr aufloderte, verzehrender wurde und ihr die Kontrolle raubte.

„Mein Vater hatte also recht“, hörte sie sich knurren. „Ihr drückt euch vor Arbeit.“ Die Worte waren aus ihr herausgesprudelt, ohne dass sie sie hätte zurückhalten können. Doch hier und jetzt wollte sie auch nichts zurückhalten. Denn eines stand fest: Sie wollte ihn verletzten. So wie er sie verletzt hatte. Jenes berüchtigte Temperament übernahm die Kontrolle, das ihr schon oft den Verstand und jegliche Contenance geraubt hatte. Die Wirkung ihrer Worte wurde Josephine nur einen Atemzug später bewusst. Die Gestalt des Mannes straffte sich. Seine Augen verwandelten sich in schmale Schlitze. Dann kam er auf sie zu. Nein, er schlich auf sie zu. Langsam und mit der lauernden Geschmeidigkeit eines Raubtiers. Sie konnte seine Wut schier riechen. Sie schwängerte die Luft wie die Hitze eines Lavastromes. Doch jetzt gab es kein Zurück mehr. Auch sie war wütend.

„Wir arbeiten tagein, tagaus. Die Arbeit frisst uns auf. Ich weiß nicht mehr weiter, ich rackere mich ab, wir alle rackern uns ab, aber es wird nicht besser. Und was macht ihr? Ihr sitzt herum und jammert, wie schlecht es euch geht, seit man euch der Steinzeit entrissen hat.“

Josephine ohrfeigte sich innerlich, doch es half nichts. Der lebensmüde Fatalist in ihr hatte den Vernunftmenschen nicht nur beiseitegedrängt, er hatte ihn bewusstlos geschlagen. In ihr brodelte es. Sie hatte Angst, aber ihre ohnmächtige Wut war größer. Vermutlich würde sie ihre Worte bereuen. Aber das änderte nichts an ihrem jetzigen Zustand.

„Wie war das?“ Der Mann blieb einen Schritt vor ihr stehen. „Sag es mir noch mal direkt ins Gesicht.“

Die Muskeln unter seinem Hemd zuckten. Hände ballten sich zu Fäusten. Wenn er zuvor Gefahr verströmt hatte, war es nun, als würde er Josephine jeden Augenblick verbrennen. Seine Präsenz ließ ihren Atem verdorren. Jetzt, im fahlen Licht der Stalllampe, wirkten seine Züge wie aus versteinertem, bronzenem Holz geschnitzt.

„Sie arbeiten für niemanden“, brachte sie heiser hervor. „Wie soll ich das sonst verstehen? Wir ackern uns halb tot, nur um Monat für Monat irgendwie über die Runden zu kommen.“

Plötzlich stand er direkt vor ihr. Seine Bewegungen waren so schnell gewesen, dass sie sie nicht bewusst wahrgenommen hatte. Er presste sie gegen die Holzwand, seine Finger legten sich heiß um ihre Kehle und drückten zu. Es war nur ein milder Druck, aber Josephine spürte, wie seine Hand zitterte. Gierig danach, ihre gesamte Kraft zu entfalten.

„Du weißt nichts“, raunte er ihr ins Ohr. Die Weichheit seiner Stimme besaß etwas Furcht Einflößendes. „Gar nichts. Bei euch reden die am meisten, die nichts wissen. Normalerweise bereue ich es niemals, schöne Frauen zu retten, aber du hast es geschafft.“

„Niemand hat dich gezwungen. Ich hätte es auch allein geschafft.“

„Dann hat mich wohl meine Erinnerung getrogen." Der Indianer lächelte so gleichmütig und herausfordernd zugleich, dass Josephine vor Zorn brodelte. „In der warst du gelähmt vor Angst und konntest keinen Schritt mehr tun. Was hättest du also zu deiner Rettung beigetragen? Geschrien, bis irgendwer von der Farm dich hört?"

„Zum Beispiel", fauchte sie.

„Du bist nichts weiter als eine arrogante Wohlstandsschnepfe. Schade. Was für eine Verschwendung für diese hübsche Hülle. Aber du bist noch jung, vielleicht lernst du ja noch was."

Josephine öffnete den Mund für einen unflätigen Fluch, doch sein Finger presste sich auf ihren Mund. Sie sah diese abgrundtiefen Augen direkt vor sich. Schwarz wie die Nacht. Sie durchbohrten sie, glühend und versengend, nagelten sie fest wie ein kleines Tier, schienen ihre Seele anzuzapfen. Josephine atmete nicht mehr. Ihr Leben war nur noch eine zerbrechliche Blüte zwischen seinen zupackenden Händen. Idiotischerweise krallte sich ihr Blick ausgerechnet jetzt an seinen Lippen fest. Sie waren voll und weich. Ganz leicht lagen sie aufeinander, entließen stoßweise seinen heißen Atem. Er roch nach Wildnis, Gefahr und … Raubtier. Mit fiebriger Intensität spürte sie die Härte seines Körpers an dem ihren. Sie wusste, dass in ihm eine Kraft lag, die jeder Beschreibung spottete. Draußen vor dem Stall flatterte das Käuzchen krächzend auf. Die Grillen verstummten. Eine durch den Stalleingang ziehende Brise wehte ihr das Haar des Mannes ins Gesicht. Er strich es nach hinten und wich zurück, doch nur, um sie mit eiskaltem Blick zu fixieren. Langsam löste sich der Griff seiner Hand. Erst als sie feucht und heiß von ihr abglitt, rang Josephine kläglich nach Atem. Ihre schmerzenden Lungen füllten sich gierig mit Luft. Es war ein Gefühl, als tauche sie aus einer zähen, schwarzen Tiefe auf.

„Ich habe dir geholfen", raunte er. „Aber das hat nichts zu bedeuten. Der Geruch deiner Angst verpestete den ganzen Wald. Sie störte mich. Also gute Nacht, Josephine."

Mit diesen Worten wandte er sich ab. Seine Schritte waren raumgreifend und arrogant. Das Licht der Stalllampe streifte noch einmal sein Haar, dann verschluckte ihn die Dunkelheit. Als hätte er sich aus ihr herausmaterialisiert und sei wie ein Nachtmahr mit ihr verschmolzen. Josephine lehnte den Kopf gegen die Bretterwand. Ihre Kehle brannte, als schlösse sich seine fiebrig heiße Hand noch immer darum. Sie brannte ebenso sehr wie ihre Lippen, auf denen sein Finger gelegen hatte. Die Hitze des Mannes lastete auf ihr, vermischt mit dem Geruch seines Atems. Er kannte ihren Namen. Aber sie war ihm niemals zuvor begegnet. Josephine war sich dessen vollkommen sicher, denn eine Begegnung mit einem Menschen wie diesem hätte sich in ihre Erinnerung eingebrannt.

Erst jetzt bemerkte sie, dass sie am ganzen Leib zitterte. Kraftlos gaben die Beine unter ihr nach. Sie sank zu Boden, lehnte sich gegen die Wand der Box und schloss die Augen. Die Stille der Nacht hüllte sie ein wie in einen samtenen Mantel. Sie spürte die Weite der Wälder, welche die Farm umgaben, spürte ihre schweigende Dunkelheit und ihren uralten Atem. Die nächste Crow-Siedlung lag mehrere Kilometer entfernt. Lief er nun durch die Wälder wie ein Tier? Sie hörte das Zirpen der Grillen und das hauchfeine Sirren der Lampe. Manchmal schnaubte eines der Pferde oder eine Mücke verbrannte knisternd im Insektenfänger. Doch sonst war nichts zu hören.

***

Crow-Reservat

Nathaniel saß hoch oben in einem Baum und beobachtete die Männer. Er trug diesmal weder den Bogen noch ein Messer bei sich, sondern war mit Ausnahme der kleinen scharfen Steinklinge, die in seinem Gürtel steckte, waffenlos seiner Aufgabe nachgegangen. Der beißende Gestank nach Todesangst verebbte. Blut tropfte aus der Schnauze des Luchses auf den Waldboden. Er war zu spät gekommen. Die Wut kratzte an seiner Beherrschung. Es gab die Jagd für Nahrung, die er sein Leben lang praktiziert hatte und die er niemals missbilligt hätte. Aber hier hatten Menschen ohne Respekt aus niederen Gründen getötet. Was sie getan hatten und weiterhin tun würden, wenn er nicht eingriff, stand im Gegensatz zu allem, was heilig war. Und deshalb würde er das Spiel umso mehr genießen. Nathaniel nahm sich die Zeit, seine Opfer gründlich zu studieren. Der rothaarige, drahtige Kerl entpuppte sich als ein Firmenchef aus St. Louis namens Ian. Die beiden anderen waren frischgebackene Partner seines Unternehmens, Malcolm und Barry. Dunkelhaarige, aufgedunsene Bürohengste, die die Tatsache, von Wildnis umzingelt zu sein, zutiefst verunsichernd fanden. Zwei unscheinbare Männer ohne jedes auffallende Merkmal, die sich in Ians Halo aus Macht aalten und hofften, etwas von dem Glanz zu ergattern. Herrscher und Untergebene. Das ewig gleiche Spiel.

Dennoch wurde Nathaniels Neugier geweckt. Die Witterung des Anführers war ungewöhnlich. Eisklar und scharf, ohne jede Maske. Ian war ein Mensch, der keine Kompromisse einging. Ein geborener Herrscher, dessen Stärke nicht antrainiert war, sondern ihn seit seinem ersten Atemzug durchdrang. Naturgegebene Dominanz. Stärke von solchem Ausmaß bedeutete Sicherheit und Gefahr gleichermaßen. Sicherheit, solange man sie auf der eigenen Seite wusste. Gefahr, wenn sie sich gegen einen wandte.

Während Nathaniel den Mann musterte, gedenkend an jene Zeit, da er auf gewisser Ebene genauso gewesen war, grübelte er über eine passende Illusion nach. Das Reservatsland war bekannt für seine Geister des Waldes – weiße Maultierhirsche, deren Zahl dank rigorosem Schutz seit Jahrzehnten wuchs. Begonnen hatte es in den Achtziger Jahren mit einer einzelnen Kuh. Das Tier hatte seine Gene weitervererbt und neben vier normal gefärbten Kälbern zwei weiße zur Welt gebracht. Inzwischen war ihre Zahl auf ein Dutzend angestiegen. Sechs Kühe, vier Hirsche und zwei Kälber aus diesem Jahr. Keinem Absarokee wäre es in den Sinn gekommen, eines dieser Tiere zu töten, doch die Aussicht auf seltene Trophäen hatte schon viele Jäger über die Grenzen des Reservatlandes gelockt. Einem Geist des Waldes würden diese selbst ernannten Helden kaum widerstehen können.

Nathaniel verbarg seine Wut hinter einer Maske aus Beherrschung, pflanzte Malcolm die Illusion eines entsprechenden Tieres ein und wartete ab, was geschah.

Abrupt sprang das Opfer seiner Manipulation auf, riss sein Gewehr an sich und gab einen Schuss ins Dunkel ab.

„Was'n jetzt?" Ian paffte an seiner Zigarette. „Sticht dich der Hafer?"

„Da war ein Weißer." Malcolm schlich zu der Stelle, an der er das Tier erblickt hatte. Er suchte nach Spuren, drehte sich, bückte sich und tastete den Boden ab. „Ich habe ihn gesehen. Ein Prachtstück."

„Die würden nie so nah ans Feuer kommen." Ian winkte ab. „Außerdem sind sie oben in den Bergen. Nicht hier im Tal."

„Schon klar. Aber er war da. Ich sag's euch. Er war da. Hatte wenigstens fünfzehn Enden auf'm Kopf."

„Träum weiter", knurrte Barry.

„Wenn ich's dir sage. Komm her, seine Spuren müssen hier sein. Verdammt … ich sehe die Hand vor Augen nicht. Wirft mir mal einer ne Lampe rüber?"

Ian seufzte. „Komm zurück, Mann. Wir haben, was wir … Scheiße noch ein's!"

Nathaniel hatte sowohl Ian als auch Barry dieselbe Illusion eingepflanzt. Beide Männer sprangen auf, entsicherten ihre Waffen und stolperten vor Hast über die eigenen Beine. Zwei Kaffeetassen und ein Snickers Riegel samt Zigarette flogen ins Gebüsch.

„Ich werd nicht mehr", zischte Barry. „Der Scheißkerl hatte recht."

„Den schnappen wir uns." Ian ließ seine Gefährten mit einer herrischen Geste innehalten. „Los, holt die Taschenlampen. Wir versuchen, ihn zu blenden. Seht ihr ihn? Verdammt, wo ist er jetzt? Wo ist er hin? Ihr wart zu laut, ihr Hornochsen."

Nathaniel warf den für diesen Zweck mit auf den Baum genommenen Stein in den Wald hinaus. Irgendwo, geschätzte dreißig Meter entfernt, fiel er mit einem vernehmlichen Geräusch zu Boden. Die Männer änderten schlagartig ihre Richtung.

„Das gefällt mir nicht", zischte Barry. „Müssen wir hier im Dunkeln rumschleichen?"

„Schnauze!"

„Es ist scheißdunkel, Mann. Hier gibt's Wölfe. Bären. All diese Scheiße. Vorhin habe ich ein paar heulen gehört. Wir sollten … autsch!"

Ian brachte Barry mit einem Fußtritt zum Schweigen. Geduckt schlichen die Männer durch das Unterholz, einen derartigen Lärm veranstaltend, dass jeder echte Hirsch längst über alle Berge gewesen wäre. Der Geruch von Angst breitete sich aus und ließ Nathaniel verächtlich schnaufen. Was für Jäger. Ohne Gewehre mit Zielhilfen, Nachtsichtgeräten und all der anderen Technik wären sie hilflos wie Maden. Vielleicht sollte er sie hypnotisieren und mitten in eine Büffeljagd seiner Erinnerung katapultieren. Um anschließend genüsslich zuzusehen, wie sich diese tapferen Männer vor Angst in die Hosen machten. Aufgewirbelter Staub, der das Atmen fast unmöglich machte und in den Augen brannte. Erde, die unter Tausenden von Hufen bebte, als reiße es sie in ihren Grundfesten auseinander. Gewaltige Tiere, entfesselt und furchtlos, in unvorstellbarer Zahl. Lebende Fleischberge, die nicht zögerten, ihre Hörner in die Leiber ihrer Feinde zu stoßen. Als Waffen nur Pfeil und Bogen, vielleicht eine Lanze. Und ein ungesatteltes Pferd, das auf den kleinsten Schenkeldruck reagierte.

Nathaniel erinnerte sich an eine Jagd, während der mehr Absarokee als Büffel ihre Leben gelassen hatten. Er wusste, wie es sich anfühlte, inmitten einer Stampede vom Pferd zu stürzen und sich zusammenzurollen, in der Hoffnung, von dieser ungeheuren Macht nicht zu Brei zertrampelt zu werden. Er kannte das Kochen des Blutes, das den Verstand schärfte, wenn man nur mit einem Messer bewaffnet einem Bären gegenüberstand, der aufgerichtet doppelt so groß war wie man selbst. Oder wie es war, nach tagelanger Verfolgung durch tiefen Schnee, getrieben von Hunger und Verzweiflung, endlich ein Tier zu erlegen und sein rohes, warmes Fleisch den vor Leere schmerzenden Magen füllen zu lassen.

Nichts davon konnten diese Männer dort draußen nachempfinden. Weder den Stolz, sich in einem ebenbürtigen Kampf bewährt zu haben noch die Dankbarkeit, die man einem Geschöpf entgegenbrachte, dessen Tod die ausgehungerte Familie ernährte.

Nathaniel zog das Fläschchen aus dem Lederbeutelchen, das er an seinem Gürtel trug, ließ sich fallen und landete fünf Meter tiefer auf dem Waldboden. Seine aus schwarz gefärbtem Wildleder genähten Mokassins trugen ihn lautlos. Er huschte über die Lichtung, entleerte das Fläschchen in die Kaffeekanne, die über dem Feuer hing, und verschwand so schnell im Dunkeln, wie er daraus aufgetaucht war. Erneut nahm er einen Platz hoch oben in einem Baum ein, um das weitere Geschehen zu überblicken.

Es währte nicht lange, bis die drei Jäger lauthals murrend von ihrem Ausflug zurückkehrten. Ian fluchte, Malcolm und Barry bestätigten ihn in allem, was er von sich gab.

„Morgen“, schnauzte der Anführer und pfefferte sein Gewehr auf einen der Schlafsäcke. „Morgen gehört er uns. Wir suchen seine Spuren, sobald es hell wird. Ich gehe nicht ohne den Kopf eines Weißen.“

Die Männer setzten sich ans Feuer und kompensierten ihre Enttäuschung mit Selbstbeweihräucherung und hemmungslosem Kaffeekonsum. Innerhalb einer geschätzten Viertelstunde war die Kanne geleert. Nathaniel erging sich in Schadenfreude. Die Stechapfelessenz, die er für sein Spielchen ausgesucht hatte, wurde normalerweise im Rahmen von Ritualen genutzt, um das Bewusstsein zu erweitern und

Visionen herbeizuführen. Was das Halluzinogen in den Köpfen dieser Männer anrichten würde, konnte er nur mutmaßen. Spannend war es allemal. Es währte keine zehn Minuten, bis die erste Wirkung einsetzte. Malcolm und Barry starrten mit glasigem Blick ins Leere, während Ian seine frisch entzündete Zigarette beäugte, als könne er sich ihre Existenz nicht erklären. Nathaniel half der Wirkung der Droge nach und pflanzte Ian die Illusion einer Waldklapperschlange in den Kopf.

„Fuck!" Der Mann schleuderte die Zigarette von sich. Er stürzte sich auf sein Gewehr, fiel nach hinten, rappelte sich auf und feuerte einen Schuss ab, der ihn erneut umwarf. „Fuck! Fuck! Fuck!"

„Was'n jetzt los?" Barrys Stimme erinnerte an eine leiernde Kassette. „Das war 'ne Zigarette, Mann. Ist doch keine Art, so mit der umzugehen."

„Schlange", keuchte Ian.

„Wo?"

„Da. Im Gebüsch. Sie war … auf meinem Arm. Fuck!"

„Schwachsinn. Ne Schlange auf dem Arm." Malcolm nahm sich der Angelegenheit an und torkelte zum Gebüsch. Er hielt die Arme ausgestreckt, kläglich bemüht, sein bröckelndes Gleichgewicht zu halten. Offenbar schlug die Droge besser an, als Nathaniel erwartet hatte.

„Ich seh nichts", lallte er nach eingehender Untersuchung des Gebüschs. „Ich seh nur ne Zigarette und'n Loch im Baum."

„Sie ist da. Sie …" Ian kippte nach hinten. Er streckte einen Arm aus, deutete gen Himmel und sagte eine Weile nichts. Schließlich half ihm Barry auf die Sprünge: „Was'n?"

„Nordlichter. Grün. Nein, blau. Ich seh Nordlichter. Du auch?"

„Nö." Barry schüttelte den Kopf. Eine Weile starrte er vor sich hin, um schließlich seinen Oberkörper vor- und zurückzuwiegen. Wie ein Schamane, der mithilfe monotoner Bewegungen einen tranceartigen Zustand herbeizuführen gedachte.

„Nur schwarz", säuselte er. „Einfach schwarz … sehe nichts … gar nichts. Hm, hm …"

Barry begann, mit geschlossenen Augen zu summen. Malcolm wiederum war zur Salzsäule erstarrt und beglotzte die im Wind schwingenden Äste einer Tanne. Minutenlang. Nathaniel wusste, dass das Elixier die Farb- und Formwahrnehmung des Mannes verrückt spielen ließ. Muster in den erstaunlichsten Facetten eröffneten sich dem Auge, während Bewegungen, zum Beispiel im Wind wiegende Tannenzweige, einer Erleuchtung gleichkamen.

„Fuck!", fluchte Ian nach Minuten der Stille. „Oh Shit, was zum Teufel …"

Winselnd stand er auf und betastete seine Hose. Ein großer, nasser Fleck entstand auf dem Stoff, ausgehend von seinem Schritt.

„Shit …", wimmerte Ian. „Shit, shit, shit."

Barry beobachtete die Szene und begann zu lachen. Er versuchte aufzustehen, fiel in sich zusammen wie ein schlaffes Bündel und lachte noch lauter. Sein Lachen ging in ein Japsen über, schließlich in ein Keuchen. Immer wilder kugelte er sich auf dem Boden, hielt sich den Bauch, schlug sich auf die Schenkel und stammelte unverständliche Wörter, bis er unvermittelt erstarrte und mit aufgerissenem Mund auf dem Rücken liegen blieb.

Nathaniel verließ seinen Aussichtspunkt mit einem lautlosen Sprung. Während Malcolm nach wie vor vom Anblick der Tanne wie gebannt war und Ian begann, mit schwingenden Armen im Kreis herumzutorkeln, widmete er sich dem paralysierten Barry. Er umfing dessen Gesicht, bemächtigte sich seines Geistes und begann, ihn in aller Seelenruhe zu manipulieren. Wie einfach es war. Mühelos und ohne jede Herausforderung. Barry wimmerte leise, während Nathaniels Macht in ihn drang, sein gesamtes Sein ummantelte, ausradierte und neu erschuf. Es war eine Sache von Sekunden. Beiläufig, als wische er Dreck von einer Oberfläche, säuberte er das Gehirn des Mannes von allem, was ihn störte. Als diese Angelegenheit zu seiner Zufriedenheit erledigt war, stand Nathaniel auf und widmete sich dem nächsten Opfer.

„Mein Herz", keuchte Ian und schlug sich auf die Brust. „Bleib drin, verdammt. Bleib drin. Nein!"

Er warf sich nach vorn, mit ausgestreckten Armen, als wolle er ein Tier fangen. Panisch tasteten seine Finger über die Erde, schienen etwas Imaginäres zu erwischen und hielten es fest.

„Bleib drin", stöhnte Ian. „Scheiße, Mann. Bleib drin."

Wieder schlug er sich auf die Brust, keuchend, wimmernd, stöhnend, sich wie wild geworden herumwälzend. Erst, als Nathaniels Hände sein Gesicht umfingen, erschlaffte sein Körper.

„Es ist … rausgesprungen", stammelte Ian. „Einfach rausgesprungen. Weg. Wollte … weg. Weg von mir."

„Weichei", knurrte er voller Verachtung. Dann begann wieder dasselbe Spiel. Ein kurzes Vertiefen in einen fremden Geist, Ordnung schaffend, verändernd und gesäubert freigebend. Ian fiel in einen Schlaf, aus dem er mit höllischen Schmerzen erwachen würde. Vermutlich irgendwann gegen Mittag des nächsten Tages.

Blieb noch Malcolm. Offenbar hatte er sich vom Zauber der Tannenzweige losgerissen, denn nun torkelte er mit unkoordinierten Bewegungen durch den Wald. Jeder Arm und jedes Bein schien seinen eigenen Willen zu besitzen, was derart merkwürdig aussah, dass Nathaniel ihm eine Weile bei seinem Treiben zusah. Erst, als ein Baumstamm Malcolms Ausflug beendete und ihn zu Boden gehen ließ, brachte er die Aufgabe zu Ende.

Zu guter Letzt ging Nathaniel zu dem aufgehängten Luchs. Schlaff baumelte das Tier an einem Ast, durchsiebt von fünf Kugeln. Er legte eine Hand auf die kalte Flanke. Der Körper war tot, doch der Geist, wie er überrascht bemerkte, noch nicht gegangen. Hungrig nach Leben und nicht willens, aufzugeben, beseelte er noch immer seine vernichtete Hülle. Nathaniel durchtrennte hastig das Seil, ließ die Katze zu Boden gleiten und kniete sich über sie. Behutsam entfernte er mithilfe der spitzen

Steinklinge das Metall aus ihrem Körper. Schließlich legte er eine Hand auf den Hals des Tieres, die andere auf die Flanke. Heiß strömte die Kraft aus ihm, legte sich über totes Fleisch, sickerte hinein und belebte es neu. Blut füllte wieder die Adern, zerstörte Fasern wuchsen zusammen. Alles war Energie, allgegenwärtig und Leben spendend. Starb ein Körper, wurde seine Kraft dem großen Ganzen zugefügt, um etwas Neues zu erschaffen. Diesmal aber entzog Nathaniel der Einheit die Kraft, die mit dem Blut des Tieres in die Erde gesickert war. Lungen füllten sich unter seinen Händen mit Atem, Muskeln begannen zu zucken und Wärme kehrte zurück. Schließlich, als er erschöpft zurücksank, hob sich der Kopf des Luchses. Große, gelbe Augen blickten ihn an. Verstand das Tier, was ihm widerfahren war? Würde es sich daran erinnern? Bleischwere Dunkelheit übermannte ihn und zwang seinen Körper, sich an Ort und Stelle zusammenzurollen. Binnen weniger Atemzüge schlief er ein, das Bild der Katze mit sich nehmend, wie sie neben ihm saß und sich das Blut vom Fell leckte.

Als Nathaniel am frühen Morgen aus dem Wald zurückkehrte, war sein Körper schweißgebadet. Seine Sinne kehrten nur langsam in die Normalität zurück, während er im Wohnzimmer stand und die Stille in sich aufsog. Chinook lag schnarchend auf seiner Decke neben dem Sofa, wo er so fest schlief, dass nicht einmal der Geruch von Angst ihn weckte.

Eine Zeit des Friedens lag hinter Nathaniel, doch nun wurde diese zerbrechliche Harmonie erneut zerstört. So war es immer. Ein ewiges Auf und Ab. Nach Jahren der Ruhe zehrte das neu erwachte Ungleichgewicht an seiner Seele, entriss ihr den kostbaren Frieden und würde dafür sorgen, dass der Kampf erneut begann. Was würde es diesmal sein, das das Gefüge störte? Ein Teil in ihm lechzte nach dem Kampf, so wie der Krieger in ruhigen Zeiten danach strebte, sich zu beweisen. Seine Leidenschaft verlangte nach Rache, nach dem Rauschen des Blutes in seinen Ohren, wenn er Feinden nachstellte und ihrer Spur folgte, nach dem Triumph des Siegens und dem bittersüßen Geschmack verhallender Euphorie.

Nathaniel hasste es, keine Wahl zu haben. Es gab nichts, das ihn mehr anwiderte als Zwänge, die ihm aufgebürdet wurden. Freiheit war das kostbarste Gut, aber wann war er das letzte Mal frei gewesen? Wohl in den Tagen seiner Kindheit und Jugend, denn wenn er sich daran erinnerte, erinnerte er sich an Freiheit in ihrer reinsten Form. An ewige Sommer, unendliche Weiten und den Rauch von Lagerfeuern, der sich träge dem Abendhimmel entgegenwand. Eine Zeit lang war alles vollkommen gewesen. Aber dann waren die Schatten gekommen. Zuerst jene Menschen, die ihnen ihr Dasein gestohlen hatten. Dann die alte Schamanin, die ihm ein neues Leben geschenkt hatte. Und einen Fluch, der ihn zwang, ihrem Willen zu gehorchen.

Angewidert vom Geruch trocknenden Schweißes verschwand Nathaniel im Bad, um diesmal das heiße Wasser der Dusche aufzudrehen. Bis zum Anschlag, sodass ein gewöhnlicher Mensch die Hitze niemals ertragen hätte. Nach Nächten wie dieser war sein Körper kalt wie Eis. Alle Wärme und Energie war ihm entzogen worden, draußen in den Tiefen des Waldes. Eine Müdigkeit von solchem Ausmaß erfüllte ihn, dass er das Gefühl hatte, Jahrtausende schlafen zu müssen. Das kurze Ruhen nach Erfüllung seiner Aufgabe war alles andere als ausreichend gewesen. Er war sogar zu müde, um zu denken. Immer wieder nickte er unter dem kochend heißen Wasserstrahl ein, bis der Gestank der Menschen im Ausguss verschwunden war und die Hitze zumindest ansatzweise seine verlorene Energie aufgefüllt hatte. Was Nathaniel nun noch brauchte, war eine Unmenge an Nahrung. Am besten Schokolade. Und Schlaf. Viel Schlaf. Letzteres, so schwante ihm, würde er diesmal allerdings nicht bekommen.

Die Schamanin bestand darauf, dass er dem Angebot der Frau folgte, für sie arbeitete und in ihrer Nähe war. Warum? Wozu sollte das gut sein? Niemandem hatte er sich je beugen müssen, außer ihr und jenem Mann, dessen Gestalt in seinem Geist gestochen scharf aus einem Meer undeutlicher Schatten herausragte. George Jeremiah Sheridan. Die Melodie dieses Namens würde ewig in seinem Kopf herumspuken. Aber der General war lange tot. Die Schamanin jedoch lebte, war zu seinem Unglück nicht zu töten und forderte seinen Gehorsam eindringlicher denn je. Jetzt wollte sie auch noch, dass er seinen Stolz begrub und für eine arrogante, weiße Schnepfe arbeitete, die von nichts eine Ahnung hatte, aber den Mund aufriss, als hätte sie in Weisheit gebadet.

Diesmal ging ihm der Wunsch der Schamanin gewaltig gegen den Strich. Ihr Drängen konnte kaum etwas mit seinem heiligen Ort zu tun haben, denn Zugang hatte er sich jahrelang verschafft, indem er einfach über die Zäune geklettert war. Also was zum Teufel war es dann? Die Alte würde vermutlich sagen, dass es das Große Mysterium so wollte. Irgendetwas in der Art. Hauptsache, es war nicht einmal im Ansatz hilfreich.

Nathaniel bedachte sie mit einem unflätigen Schimpfwort und presste seine Hand gegen die beschlagene Wand der Dusche. Die Hitze des Wassers hatte alles mit waberndem Dampf erfüllt. Er beobachtete die Tropfen, die auf seiner Haut entstanden, größer wurden, abperlten und über seinen Arm rannen. Wenn man genau hinsah, konnte man in jedem Tropfen ein Abbild seiner selbst sehen. Winzig klein und auf den Kopf gestellt.

Hübsch war die Frau von der Farm zweifellos, das musste er zugeben. Auf jene unschuldige, zarte Art, für die er schon immer eine Schwäche gehegt hatte. Wie sie ängstlich, tropfnass und zitternd auf dem Waldweg gesessen hatte, starrend aus riesengroßen Augen, war sein Beschützerinstinkt regelrecht mit ihm durchgebrannt. Noch immer lag der Geruch ihres kupferroten Haares in seiner Nase. Bevor sie ihm ihre Arroganz entgegengeschleudert hatte, hatte er das dringende Bedürfnis empfunden, ihren geflochtenen Zopf zu lösen, nur um den Glanz in voller Pracht bewundern zu können. Er konnte diese Frau nicht ausstehen. Aber ihr rehhafter Körper, ihre moosgrünen Augen und dieser schwere, geflochtene Zopf, von dem sich immer wieder Tropfen gelöst hatten ...

Nathaniel schauderte, denn warme Erregung floss durch seinen Körper. Aber auch Zorn.

Kein Wort des Dankes für seinen rettenden Einsatz, stattdessen Herumgezicke und Beschimpfungen. Diese Frau nahm ihn zu sehr gefangen, löste allzu heftige Emotionen aus, die der Geist in ihm leicht als Brechstange zur endgültigen Befreiung benutzen könnte.

Nathaniel ließ seine Hand an der Duschwand hinabgleiten. Fünf Furchen zogen sich durch das nasse Grau. Die Erinnerung ob dieses Anblicks schlug so plötzlich auf ihn ein, dass er zusammenzuckte. Fünf blutende, von Klauen gerissene Furchen, starre Augen, die den letzten Moment blanken Entsetzens für immer festgehalten hatten. Das Kind im Gebüsch. Ebenfalls tot. Zerrissen. Zerfetzt.

Diese Erinnerung war alt. Überwuchert vom Gras der Zeit, und doch wühlte sie sich mit aller Macht aus den Tiefen seines Geistes herauf, schüttelte den Staub des Vergessens ab und präsentierte sich mit gebleckten Zähnen. War es die Schamanin, die ihm diese Bilder einpflanzte? Wollte sie ihm zeigen, wie ungetrübt ihre Macht auch nach so langer Zeit noch war?

Nathaniel wischte über die Glaswand und schob die Tür auf. Er würde ihr seinen Schmerz nicht zu Füßen legen. Niemals wieder. Zum zweiten Mal stand er vor dem Spiegel, der nun durch den Wasserdampf blind war, presste die Lippen aufeinander und versuchte, seine Gedanken unter Kontrolle zu bringen. Er musste dringend sein inneres Gleichgewicht wiederfinden, sonst würde er die Macht der Schamanin nur noch verstärken. Und damit auch ihre Fähigkeit, über ihn zu bestimmen.

Fahrig riss Nathaniel seine schwarzen Boxershorts vom Handtuchhalter und schlüpfte hinein, was für ein weiteres, diesmal aber nur kleines Ärgernis sorgte. Denn die Unterhose war dank des Dampfes klamm und feucht.

Er öffnete das Badfenster, legte seinen Talisman um und ging ins Schlafzimmer. Dort klappte er die Holztruhe auf, die nachtschwarz vor Alter neben dem Schrank stand. Vorsichtig nahm er die Pfeife heraus. Ihr etwa unterarmlanges Rohr, das menschliche Bewusstsein symbolisierend, bestand aus dem Holz der Weißesche, der Pfeifenkopf, stehend für Mutter Erde, aus rotem Tonstein aus den Heiligen Steinbrüchen in Minnesota. Drei Adlerfedern schmückten das Heiligtum, Errungenschaften aus der Zeit, da er sein Volk in viele Schlachten geführt hatte.

Nathaniel strich über das Rohr der Pfeife, bevor er eine Metallschale und zwei Rohlederschachteln aus der Kiste nahm. Lange hatte er die heilige Pfeife nicht mehr benutzt. Sie verband den Menschen wie eine Nabelschnur mit dem Universum, und heute sehnte er sich danach, diese Verbindung wieder zu spüren.

Als er auf die Veranda hinaustrat, kroch das erste Sonnenlicht durch die Silhouetten der Tannen. Spiegelglatt lag der See vor ihm. Nur winzige, auseinanderlaufende Ringe zierten ihn an manchen Stellen, wo ein tanzendes Insekt die Oberfläche mit seinen winzigen Beinen berührt hatte.

Im Dorf, das sich unweit seines Hauses hinter einem Fichtenhain befand, hörte er Tiere und Menschen erwachen. Wie damals, an der Grenze seiner Erinnerung, durchdrang das Kläffen der Hunde und das Schnauben der Pferde den klaren Morgen. Er hörte entferntes Lachen, das Singen eines Kindes und ein nicht näher zu identifizierendes Geklapper. Es erinnerte ihn an die Kessel, die damals die Gefäße aus Rinde abgelöst hatten. Nur ein Geräusch störte seine Vision – das Geknatter eines Traktormotors.

Vorsichtig legte Nathaniel seine Pfeife und die dazugehörigen Utensilien auf die Eichenplanken. Er nahm eine der rot-schwarz gemusterten Webdecken, die aufgestapelt unter einem Wachstuch lagen, breitete sie aus und nahm im Schneidersitz darauf Platz. Über ihm durchmaßen die ersten Schwalben den Morgenhimmel und sangen ihr hohes, schrilles Lied. Es würde ein warmer Tag werden. Und wenn er sich träge und erfüllt von schwerer Sommerhitze dem Ende zuneigte, würde Nathaniels Leben erneut einen anderen Weg einschlagen. Oder auch nicht.

Er brauchte dringend Ratschläge. Irgendeinen Fingerzeig in die Richtung, die ihm bestimmt war. Natürlich musste er sich in letzter Konsequenz dem Willen der Schamanin beugen, doch Rituale wie diese gaben ihm zumindest die Illusion von Selbstbestimmung. Er hoffte, dass ihr Weg auch der Weg der Geister sein würde, denn in dem Fall konnte er sich einreden, seine Entscheidung aufgrund einer Vision getroffen zu haben. Wie es jeder Krieger tat. Oder es zumindest tun sollte.

Während er die Pfeife stopfte, verbrannte er in der Metallschale Süßgras und Salbei, um gute Geister anzulocken und böse zu vertreiben. Schließlich zog er sie von Süden nach Norden und von Osten nach Westen durch den Rauch, zuletzt im Uhrzeigersinn in alle sechs Himmelsrichtungen. Erst dann zündete er den Tabak im Pfeifenkopf an.

Vier Züge widmete Nathaniel den Großvätern der Himmelsrichtungen. In Form von Rauch stieg der Atem des Lebens in den Morgenhimmel hinauf, nahm seine Botschaft mit und brachte sie zu den Geistern. Ein lauer Wind kam auf, als er den letzten Zug genommen hatte. Die Adlerfedern streiften sanft Nathaniels Brust. Trost lag in dieser Berührung. Er wartete eine Weile, lauschte auf die Stille und vollführte das Ritual ein weiteres Mal. Würzig durchströmte der Geschmack des Tabaks seine Kehle, Ruhe und friedvolle Erinnerungen mit sich bringend. Nach dem dritten Durchgang ließ Nathaniel die Pfeife in seinen Schoß sinken und betrachtete sie. Die blaue und grüne Farbe ihrer Bemalung stellte sinnbildlich den Himmel und die Erde dar. Sonne und Mond. Es war gleichzeitig ein Symbol für den harmonierenden Gegensatz von Männlichem und Weiblichem.

Als er seine Augen schloss und den Geist auf Reisen schickte, tauchten Bilder vor ihm auf. Einhundertfünfundvierzig Jahre zerschmolzen zu nichts. Gemeinsam mit seinem Sohn Cuncana paddelte er einen Fluss hinunter und sah die endlosen Hügel der Prärie an sich vorbeiziehen. In gemächlichen Windungen floss der Strom auf den Horizont zu, Geheimnis und Abenteuer verheißend.

„Siehst du, wie du das Paddel eintauchen und durch das Wasser ziehen musst?" Nathaniel schnalzte mit der Zunge, um die Aufmerksamkeit des Kleinen auf sich zu lenken. „Siehst du es? Jetzt mach es nach."

Cuncana tat wie geheißen und strahlte vor Stolz, als das Paddel lautlos den Strom durchschnitt, so, wie es sein musste.

„Gut gemacht", lobte Nathaniel. „Bald wirst du allein die Stromschnellen bezwingen. Du wirst sehr jung sein, wenn du dir deine erste Feder verdienst."

Wind fuhr durch Cuncanas Haar, als er lachte. Jener frei atmende Wind der Prärie, der längst vergangen war. So, wie die riesigen Herden und die bunten Zelte an den Ufern der Flüsse der Vergangenheit angehörten. Über ihm färbte sich der staubige Sommerhimmel glutrot. Die Wärme des Windes verwandelte sich in die Wärme eines Feuers. Eine weitere Erinnerung, wohltuend und tröstend. Er lag im Tipi hinter seiner Frau Petala, schmiegte sich an ihren nackten Körper und ließ seine Lippen über ihren Nacken wandern, nach den winzigen Härchen tastend, die ihre Haut überzogen. Sie liebten sich sanft und leise, denn neben ihnen schlief Cuncana.

„Eines Tages werden wir gemeinsam in das Land jenseits des Sonnenuntergangs gehen", flüsterte Nathaniel. „Wir werden dort sein, wo die Großen Jäger sind, und gemeinsam lassen wir eine Fackel am Firmament brennen. Unsere Kinder werden nachts zu uns hinaufblicken und wissen, dass es uns gut geht. Sie werden ihren Kindern unsere Fackel zeigen, und diese wiederum zeigen sie ihren Kindern. So werden wir gehen und doch für immer bleiben."

„Es sind viele einsame Seelen dort oben." Petala schmiegte sich noch näher an ihn und zog das Bisonfell bis an ihr Kinn, denn durch den Rauchfang des Zeltes zog eine kühle Brise herein. „Es sind mehr blasse als helle Sterne. So viele Fackeln, die allein brennen."

„Weil nicht alle lieben." Nathaniel bedeckte den schweißnassen Körper seiner Frau mit Küssen. Schließlich lagen sie still nebeneinander, dem Wind, dem Feuer und dem Gesang der Ziegenmelker lauschend, die draußen im Mondschein jagten.

„Aber wir tun es", Petala lächelte zu ihm auf. „Wir tun es so sehr, dass es wehtut. Aber ich würde euch nicht weniger lieben wollen."

Nathaniel hörte die Worte in seiner Erinnerung widerhallen. Erinnerungen wie diese waren kostbare Schätze. Dinge, die ihm nicht einmal Absá oder die Ewigkeit nehmen konnten.

„Tawitko", flüsterte er seinen alten Namen, verwundert über das Gefühl, ihn nach langer Zeit wieder auszusprechen. „Maka kin le, mitawa ca."

Wieder kam ihm die Frau von der Farm in den Sinn. An sie zu denken war nicht erbaulich, sondern zehrte an seiner Contenance. Nathaniel schüttelte den Kopf. Hier und jetzt durften seine Gedanken nichts mehr fokussieren. Sie mussten vorbeiziehen wie die Wolken. Federleicht, vom Wind getrieben, hoch über allem Weltlichen. Nur so würde seine Botschaft ihren Weg finden. Mit schwindender Klarheit nahm er noch wahr, dass sich der verschlafene Chinook zu ihm gesellte. Würdevoll saß der

Hund neben ihm, als Nathaniel von der Wirklichkeit in die Traumwelt abdriftete. Endlich fand sein Geist die Ruhe, die er brauchte. Alles verwandelte sich in selige Schwerelosigkeit. Das Kreischen der Schwalben, sein Herzschlag, die Wärme der Sonne, der Rhythmus seines Atems, all das hüllte ihn behutsam ein, verschmolz zu einer Einheit und ließ die Gedanken an alles Weltliche in weite Ferne rücken. Wind erfasste sein Haar. Er streichelte über sein Gesicht, flüsternd und säuselnd. Die Geister sprachen mit ihm. Und er hörte ihnen hoffnungsvoll zu.

***

Campbell-Farm

„Sah er gut aus?“

Es war die erste Frage, die Jacob ihr nach einer grob zusammengefassten Schilderung des vergangenen Abenteuers stellte. Josephine wusste, worauf der alte Mann anspielte. Seiner Meinung nach war es längst Zeit, neue Perspektiven und neue Lebensfreude in Angriff zu nehmen. Eine Begegnung mit einem geheimnisvollen Mann kam ihm gerade recht.

„Ja“, gab sie zu. „Wenn man auf dunkle Typen steht, die undurchsichtiger sind als der Tümpel auf der Kuhweide. Und wenn man es mag, angeknurrt und gewürgt zu werden.“

Jacobs Gesicht entgleiste. „Er hat dich gewürgt?“

„Nicht direkt.“ Josephine rührte in ihrem Kaffee, der größtenteils aus Milch und Zucker bestand. Die Sonne war soeben aufgegangen und sandte ihre ersten Strahlen durch die Küchenfenster. Dank der Tatsache, dass die Scheiben seit Monaten nicht mehr geputzt wurden, besaß das Licht einen milden, vom Dreck abgetönten Schimmer. Es war ein weltfremder Moment. Noch immer seit so vielen Jahren. Sie, der ausgemachte Morgenmuffel, der bei Sonnenaufgang in Jeans und einem alten, grauen Männerhemd an einem schätzungsweise zweihundert Jahre alten Eichentisch hockte, um sich mehr schlecht als recht auf einen arbeitsreichen Tag vorzubereiten.

Neben ihr auf der Ofenbank lag Noname, der schwarze Kater. No-Name hatten sie kurzerhand gewählt, weil Daniel und sie sich nach der Geburt des Tieres partout nicht auf einen Namen hatten einigen können. Schnurrend rollte sich der Kater auf den Rücken und präsentierte seinen Bauch, darauf hoffend, dass einer der beiden anwesenden Menschen dieser Einladung nicht widerstehen konnte. Noname mochte den Winter weitaus lieber. Denn in den kalten Tagen und Nächten bollerte der Ofen mit aller Kraft und erfüllte seinen Lieblingsplatz mit vulkanischer Hitze.

„Nun ja“, murmelte Josephine nach einer Weile, in der sie die Situation zwischen ihr und dem Fremden neu beurteilt hatte. „Er hat mich nicht gewürgt. Eher subtil eingeschüchtert.“

Jacob kratzte sich den Vollbart. „Was in aller Welt ist passiert?“

„Er war wütend." Sie ließ den Kaffee auf dem Löffel in die Tasse plätschern. „Und gewissermaßen hatte der Kerl recht. Er hat mich gerettet, als ich im Dunkeln im Wald hockte und dachte, ich würde die Nacht nicht überleben. Er brachte mich nach Hause und versorgte Max. Als Dank beschimpfte ich ihn."

„Warum?" Jacob schnalzte tadelnd mit der Zunge „Das musst du mir erklären."

„Ich wollte ihn verletzen. Er stauchte mich zusammen, weil er den Pferdestall zu dunkel und zu stickig fand. Und weil ich Max zu unsanft behandelt habe. Ich glaube, der Kerl ist ein Pferdeflüsterer. Ich habe noch nie jemanden gesehen, der ... ach verdammt. Weißt du, wie er mich nannte? Eine verwöhnte Wohlstandsschnepfe." Trotzig presste sie die Lippen zusammen, obwohl die Stimme ihres Verstandes verlauten ließ, dass diese Reaktion nichts weiter als kindisch war. „Er hat es verdient, beschimpft zu werden. Immerhin hat er angefangen."

„Hast du dich in irgendeiner Weise bei ihm bedankt?" fragte Jacob.

„Nein." Josephine ließ ihre Stirn mit der Tischplatte kollidieren. „Unser gegenseitiges Beleidigen kam zu schnell. Wir haben uns beide nichts genommen."

„Kennst du seinen Namen?"

„Nein."

„Weißt du, woher er kam?"

„Ich nehme an, aus der Crow-Siedlung. Kennst du den Jäger aus Ginger Snaps Teil 3? Seine Ausstrahlung war ein Witz gegen diesen Kerl."

„Wir haben uns den Film letztens zusammen angesehen." Jacobs Mundwinkel zuckten unter dem Wust aus krausen Barthaaren. „Wenn ich mich recht erinnere, hast du den ganzen Abend geschmachtet."

„Oh nein."

„Oh doch. Hast du das Gefühl gehabt, dein mysteriöser Fremder sei gefährlich?"

„Ich weiß es nicht", log sie.

„Du hast ihm also einen Hilfsjob angeboten," fasste Jacob ihre Erzählung zusammen. „Du hast ihn als arbeitsscheu bezeichnet und dich nicht für seine Hilfe bedankt. Damit muss er davon ausgegangen sein, dass du Indianer grundsätzlich für niedere Menschen hältst, die zu nichts taugen und zwingend arbeitslos sind. Nehmen wir mal an, er hätte studiert. Es könnte doch gut sein, dass es sich um einen hochintelligenten Mann gehandelt hat, der einen geliebten Ort seiner Kindheit aufgesucht hat. Immerhin gehört dieses Land hier zum Reservat. Er hat dir geholfen, als er über dich gestolpert ist, dich nach Hause begleitet, dein Pferd versorgt und war, wie du selbst gesagt hast, recht umgänglich."

„Mehr oder weniger", brachte sie betreten hervor.

„Sei es drum. Sag mir lieber, wie du dich fühlst."

„Mir geht es gut. Keine Sorge."

„Wirklich? Du hast dir nichts getan?"

„Nein", Josephine zuckte probeweise mit ihrem Fuß. Was hatte sie erwartet? Dass die Schmerzen zurückkehrten und ihr vermittelten, dass alles mit rechten Dingen zuging? Sie spürte nichts, gar nichts, und diese Tatsache stürzte sie erneut in Verwirrung.

Uralte indianische Magie …

Wenn dem so war, wurde jede moderne Heilungsmethode zu einem Witz degradiert.

„Dieses Jahr sind es fünf Pferde, die eingeritten werden müssen.“ Jacob erhob sich, strich sich das grüne Karohemd glatt und wuschelte durch den Ring grauer Haare, der sich um seine Glatze legte wie eine pelzige Schlange. „Das sind zwei mehr als im letzten Jahr. Ich schaffe das Zureiten nicht mehr. Wir werden jemanden kommen lassen müssen. Für Vollberitt können wir pro Monat mindestens 300 Dollar einplanen. Vier Monate werden mit Sicherheit nötig sein, eher sogar fünf oder sechs. Hinzu kommen Kost und Unterkunft für die Bereiter.“

„Ich kriege das schon hin.“

„Wie?“ Jacobs Blick wurde resigniert. „Wir müssen demnächst auch den Hufschmied und den Tierarzt kommen lassen. Außerdem muss das Dach des Rinderstalls neu gedeckt werden.“

„Ich werde die Pferde selbst zureiten“, Josephine legte alle Entschlossenheit in ihre Stimme, die sie aufbringen konnte. „Das habe ich früher getan und ich bekomme es wieder hin. Klar werde ich Hilfe brauchen, aber so sparen wir wenigstens einen Bereiter. Übrigens, nach dem Rappen und dem Cremello werden sich einige die Finger lecken. Wir kommen schneller aus dem Loch raus, als du denkst. Wart's nur ab.“

„Und was ist mit deiner Phobie?“

„Einbildung. Eine Schwäche, die ich nicht mehr akzeptieren werde.“

„Nachdem dein erster Ausritt so vielversprechend endete?“

„Ja und?“, gab Josephine trotzig zurück. „Gib mir noch zwei oder drei Tage, dann knöpfe ich mir die ersten Halbstarken vor.“

„Bist du dir sicher? Ganz sicher?“

„Aber so was von.“ Sie trank den Kaffee aus und knallte die Tasse auf den Tisch. „Jetzt werde ich erst mal für ein bisschen mehr Ordnung sorgen.“

„Was hast du vor? Dir scheint ja der Leibhaftige im Nacken zu sitzen.“

„Der Leibhaftige verabschiedete sich gestern ohne weitere Erklärungen. Aber wenn du es wissen willst: Ich muss die Fenster im Pferdestall putzen. Den gesamten Stall. Ausmisten, füttern, die Tröge schrubben, den Zaun der Südweide reparieren. Unter anderem.“

„Dann ist dir wohl in den Sinn gekommen, dass dein mysteriöser Mistkerl recht hatte?“

Jacob bewies brillante Treffsicherheit. Josephine hätte ihn würgen können. Durchbohrt vom Blick zweier verschmitzt funkelnder, grauer Augen öffnete sie die Tür, sog die Morgenluft in ihre Lungen und schickte sich an, das Nötige zu tun.

„Vielleicht“, warf sie Jacob noch über die Schulter zu. „Aber auch nur vielleicht.“

Die nächsten Stunden verbrachte Josephine mit den üblichen Dingen. Sie versorgte die Pferde, führte sie auf die Weide, füllte Tröge mit Wasser und Raufen mit Heu auf, befreite mit zwei Hilfsarbeitern eine jämmerlich wehklagende Färse, die es weiß Gott wie geschafft hatte, sich mit ihren Hörnern in einem Busch zu verfangen, besserte zerstörte Zaunpfosten auf den Südweiden aus und reparierte unter Jacobs Anleitung einen Traktor.

Als schließlich der Nachmittag kam, machte Josephine sich daran, den Wahrheitsgehalt der ihr entgegengebrachten Kritik zu überprüfen. Leider entpuppte sich derselbe als existent. Mit verbissener Entschlossenheit, von nun an alles besser zu machen, putzte sie die verdreckten Fenster, entfernte sämtliche Spinnweben, mistete die Ställe aus und häufte eine extra dicke Schicht Stroh auf. Sie wienerte die Tröge und Gitterstangen, kehrte aus, fettete das Sattelzeug ein und erledigte nebenbei all die Kleinigkeiten, die sie sonst ignoriert hatte. Das schloss sogar das seit Jahren gehegte und gepflegte Chaos in der Gerätekammer ein. Noname währenddessen, der wahlweise vor dem Stalleingang in der Sonne lag oder schnurrend zwischen ihren Beinen herumschlich, verfolgte Josephines Anstrengungen mit großem Interesse.

Als alles auf ihrer imaginären Liste erledigt war, dämmerte bereits der Abend herauf. Sie war zu Tode erschöpft, doch es war eine erfüllende Müdigkeit. Während Noname der professionellen Mäusejagd frönte, ging Josephine zum Zaun der Pferdeweide, setzte sich darauf und genoss ein paar Momente des Innehaltens. Sie bewunderte das im letzten, rotgoldenen Sonnenlicht schimmernde Farmhaus und fühlte sich glücklich. Zwar nicht so rein und himmelhoch jauchzend wie damals, als Daniel noch an ihrer Seite war, aber nichtsdestotrotz durchströmte sie Lebensfreude. Genuss am Hier und Jetzt, dem genau jener Frieden anhaftete, für den sie das Farmleben liebte.

Pfeifend brachte Jacob die Pferde in den Stall. Josephine winkte ihm zu, legte den Kopf in den Nacken und sah den Farben des Himmels zu, die sich mit fortschreitendem Abend veränderten und intensiver wurden. Im Westen glühte der Abendstern über Streifen aus Orange, Grün und Gelb. Ein über den Tannen aufgehender, eierförmiger Mond lockte Fledermäuse hervor, die über die Weiden huschten und hauchfeine Pfeiftöne ausstießen.

Josephine empfand Dankbarkeit. Für all die Schönheit, die sie umgab. Für den Himmel, für die Erde und für die Tatsache, dass das Leben sie hierhergeführt hatte. Ihr seliges Glück hielt an, bis das Dröhnen eines Motors erklang.

Ein Jeep rauschte über die gewundene Zufahrtsstraße. Sofort packte die vertraute, eiskalte Hand Josephines Nacken, denn der Wagen wirkte auf den ersten Blick schwarz. Ein schwarzer Jeep bedeutete Ärger. Erst nach einer genaueren Inspektion erkannte sie, dass es sich bei dem Besuch nicht um den meistgehassten Menschen ihres Lebens handelte. Der Wagen war nicht schwarz, sondern waldgrün, zumindest dort, wo er nicht von Dreckkrusten bedeckt war. Und er war alt. Scheppernd hielt er vor dem Stallgebäude, woraufhin Josephine mutmaßte, dass dieses schrottreife Vehikel nur noch aus reinem Trotz funktionierte.

Ein Hund saß auf der Rückbank. Ihre Verwirrung wuchs. Als der Fahrer ausstieg, verwandelte sich diese Verwirrung in Verblüffung. Das konnte nicht wahr sein. Nein, ausgeschlossen. Und doch war es so.

Der Besucher war niemand anderes als jener mysteriöse Fremde, der ihr den Hals gerettet hatte. Er klappte seinen Sitz nach vorn, ließ den Hund hinausspringen und warf die Tür des Wagens so ruppig zu, dass der Knall über die ganze Farm hallte. Anschließend blieb er einfach stehen. An Ort und Stelle und mit der eindeutigen Aufforderung, sie möge gefälligst den ersten Schritt tun.

Josephine schnappte nach Luft. „Ganz ruhig“, beschwor sie sich. „Hör dir einfach an, was er zu sagen hat. So schlimm wird es wohl kaum werden.“

Jeder ihrer Schritte war bleischwer, denn obwohl sie den Kopf gesenkt hielt, spürte sie die bohrenden Blicke des Mannes. Als sie schließlich vor ihm stand, flatterte ihr Herz wie ein waidwunder Vogel. Dennoch zwang sie sich, gelassen aufzublicken. Er schien nicht derselbe Mann zu sein, vor dem sie sich im Dunkel der Nacht gefürchtet hatte. Seine Aura der Düsternis war, wenn überhaupt noch vorhanden, nur noch eine subtile Ahnung. Jetzt erkannte Josephine auch, dass seine Augen nicht schwarz waren, sondern von einem schokoladigen Braun. Diesmal hatte er sein Haar zu einem lockeren Zopf zusammengebunden, was dafür sorgte, dass er nicht mehr in demselben Maße ungezügelt wirkte wie bei ihrer ersten Begegnung. Zudem trug er Bluejeans, deren Löcher aussahen, als seien sie tatsächlich durch Abnutzung entstanden, ein braunes T-Shirt, das über seiner Brust spannte sowie einen geflochtenen Ledergürtel, an dem indianische Dinge baumelten. Ein abgewetztes Beutelchen, ein Messer, ein Schmuckstück, bestehend aus Lederschnüren, Knochenplättchen, kleinen Muscheln und einem silbernen Totenkopf sowie eine kleine, eckige Schachtel, in der man Dinge wie Feuerzeuge, Angelschnüre und Streichhölzer aufbewahrte. Die einzigen eindeutigen Wiedererkennungswerte waren der Talisman und die silbernen Creolen.

Josephine scharrte mit dem Fuß im Staub, sprachlos vor Erstaunen. Sie wollte etwas sagen, irgendetwas, aber in ihrem Gehirn herrschte Ebbe. Hilflos starrte sie auf den Hund hinunter, der mit schief gelegtem Kopf zurückstarrte. Sein flauschiges Fell war schwarz und durchzogen von grauen Flecken. Er besaß einen großen, majestätischen Kopf, der entfernt Ähnlichkeit mit einem Wolf besaß, und nur die schlaff umgeknickten Ohren sorgten dafür, dass er nicht übermäßig Respekt einflößend aussah.

„Mein Name ist Nathaniel“, brach der Mann endlich das Schweigen. „Ich werde für dich arbeiten, aber ich tue es aus reiner Gefälligkeit. Ich will kein Geld. Kost und Unterkunft genügen mir. Aber es gibt ein paar Dinge, die du bedenken solltest, damit wir es zusammen aushalten.“

Josephine nickte automatisch. Hatte sie richtig gehört? Er wollte ohne Bezahlung arbeiten? Nach dem, was gestern vorgefallen war? Als ihr bewusst wurde, dass ihr Mund offen stand, klappte sie ihn verärgert zu.

„Es kann vorkommen," fuhr Nathaniel fort, „dass ich spontan für einige Tage wegmuss. In dem Fall löcherst du mich nicht mit Fragen. Vielleicht werde ich dir manchmal seltsam vorkommen, oder die Dinge, die ich tue. Auch in dem Fall bitte ich, von Fragen abzusehen. Was du wissen musst, werde ich dir sagen, wenn mir danach ist. Alles andere ist meine Angelegenheit."

Josephine nickte. Das war sicherlich irgendein Indianer-Zinnober und im Moment zweitrangig. Wenn er ohne Bezahlung arbeiten wollte, konnte sie ihm ein paar freie Stunden oder Tage schlecht verwehren.

„Okay. Aber umsonst?" Sie fühlte sich nicht wohl bei diesem Gedanken. Wäre er ein Freund gewesen, in Ordnung. Aber weshalb wollte ein Fremder umsonst für sie arbeiten? Zweifellos war es das Beste, das ihr unter den Umständen passieren konnte, und doch löste das Angebot nichts als Argwohn in ihr aus. Sie hatte im Laufe der Jahre einige Menschenschläge kennengelernt. Keiner davon arbeitete kostenlos, es sei denn, er zog irgendeinen anderen Nutzen daraus. Welchen Nutzen erhoffte sich also diese Rothaut?

„Oh, ich helfe nicht dir", sagte Nathaniel, als könne er Gedanken lesen. „Ich helfe den Pferden."

„Ich gebe es ja zu", schnappte Josephine zurück. „Einiges war im Argen."

„Das fiel dir also erst hinterher auf? Glückwunsch. Und das meine ich ernst, denn viele bekommen ihre Augen niemals auf."

„Ich habe mich darum gekümmert." Der Triumph in seinem Gesicht schmeckte bitter wie Galle, weshalb sie die folgenden Wörter zwischen zusammengebissenen Zähnen hervorpresste. „Es tut mir leid, dass ich mich nicht bedankt habe. Und es tut mir leid, dass ich dich beschimpft habe. Also danke, okay? Danke, dass du mir geholfen hast."

„Ich habe dich doch auch beschimpft." Er lächelte. Es war ein erschreckend verführerisches Lächeln, das seinen Weg direkt in die primitiven Regionen ihres Gehirns fand und von dort aus eine Salve warmer Impulse durch ihren Körper jagte. Wieder klebte ihr Blick an seinen vollen, sich kräuselnden Lippen fest. Schmeckten sie so, wie sein Atem roch? Wild und zügellos? Warum zum Teufel stellte sie sich vor, wie es wäre …

„Wir haben uns wohl beide nichts genommen", krächzte Josephine und würgte ihr Kopfkino ab. „Wie ist übrigens der Name deines Hundes?"

„Chinook."

„Was ist er für eine Rasse?"

„Chinook."

„Was?"

„Sein Name ist Chinook von der Rasse der Chinooks."

Nathaniel wandte sich ab, doch nicht schnell genug, als dass Josephine der Augenverdreher entgangen wäre. Postwendend löste sich ihr schlechtes Gewissen in Luft auf und überließ altbekanntem Trotz das Feld. Nur eine Tatsache hielt Josephine ab, ihm etwas Wütendes entgegenzuschleudern: geschätzte zweitausend Dollar, die sie dank ihm sparen würde. Zerknirscht grub sie die Hände in die Taschen ihrer Jeans und ballte sie zu Fäusten.

Nathaniel klaubte zwei Bündel vom Rücksitz seiner Schrottkarre. Als er eines schulterte, klappte Josephine der Kiefer nach unten. Es war ein Futteral. Ein prachtvolles Futteral aus Wolfspelz, verziert mit Silberplättchen und Federn, in dem ein nicht minder prächtiger Bogen steckte. Das zweite Bündel war ein Köcher, in dem sich um die dreißig Pfeile befanden. Auch diese Utensilien waren in ihrer authentischen Schönheit umwerfend.

„Das ist ja fantastisch." Josephine konnte nicht an sich halten. Ehrfürchtig streckte sie einen Arm aus und berührte mit den Fingerspitzen das Fell des Futterals. Es war weich und fein. Fäden aus glänzendem Silber durchzogen sein Grau. „Sieht alt aus. Ist das echt?"

Nathaniel schnaufte. Es klang spöttisch, doch da er zugleich ein mildes Lächeln aufsetzte, verschluckte Josephine die böse Floskel, die auf ihrer Zunge lag. „Ja, er ist echt", antwortete er mit einem guten Schuss Sarkasmus in der Stimme. „Alles andere übrigens auch."

„Wie alt?"

„Einhundertachtundvierzig Jahre."

„Das nenne ich gute Pflege." Josephine hätte diese Relikte nur zu gern ausführlich in Augenschein genommen, hätte ihre Finger in den Pelz graben und an den Federn schnuppern wollen, doch Nathaniels Miene verriet, dass es nicht sein Wohlgefallen gefunden hätte. „Sammelst du solche Dinge?"

Josephine registrierte, dass sie mit unübersehbarer Nervosität an ihrer Gürtelschnalle spielte. Eine Spur zu hastig ließ sie ihre Hand in der Hosentasche verschwinden. Wieder stand sie auf eine unerklärliche Weise neben sich. Diesmal war es eine andere Art von Unsicherheit, kaum weniger heftig als bei ihrer ersten Begegnung, obwohl Nathaniel einen Großteil seiner Düsternis abgelegt hatte. Vielleicht war es genau das. Denn so, wie er hier vor ihr stand, sah er umwerfend aus. Sie wollte ihn nicht ansehen. Am liebsten wäre ihr gewesen, wenn er augenblicklich dahin verschwunden wäre, woher er gekommen war. Doch das Geld, das sie durch ihn sparen würde, wurde allzu dringend gebraucht. Ebenso wie seine Hilfe.

„Solche Dinge sammeln?", echote er mit einem Heben seiner Augenbraue. „Nein, ich jage damit."

„Ach ja?"

„Ich führe diese Waffe demselben Zweck zu, wie es meine Vorfahren getan haben. Das ist eine weitere Bedingung, die ich stelle. Gib mir die Erlaubnis, in deinen Wäldern zu jagen, wann immer ich will. Und erlaube mir, den Hund hierzubehalten. Er wird die Tiere nicht anrühren. Auch die Katze nicht. Du musst allerdings versprechen, dass dieses Ungeheuer ihm nichts tut."

„In Ordnung." Sie folgte Nathaniels Blick, der sich auf Noname geheftet hatte. Mit gesträubtem Fell und angesichts des Hundes kampflustig vor sich hin grollend, hatte er vor dem Stalleingang Stellung bezogen. Josephines Herz hämmerte dumpf gegen sein Gefängnis aus Fleisch und Knochen, als wolle es jeden Augenblick herausspringen. Würde ihr Verstand noch heute Abend zurückkehren? Das war nur zu hoffen. Sie war eine erwachsene Frau, die nichts so leicht aus der Fassung bringen konnte.

„Wenn ihr mir folgen würdet?" Sie zog die Hände aus den Taschen ihrer Jeans und bemerkte, dass sie nass geschwitzt waren. „Ich zeige euch die Wohnung, die ihr übernehmen könnt."

Die ohnehin winzige Herberge schien noch weiter zu schrumpfen, als der Indianer sie betrat. Seine Präsenz füllte sie ganz und gar aus. Es fühlte sich an, als erwärme sich die Luft, zöge sich zusammen und lege sich wie ein Eisenband um ihren Brustkorb. Josephine hätte Nathaniel gern berührt, um zu sehen, ob seine Haut so warm war, wie es die von seinem Körper ausstrahlende Hitze erwarten ließ. Sein Blick durchmaß das kleine Wohnzimmer, das nichts enthielt als das Allernötigste. Dennoch sah es so aus, als sei er mit dem, was er sah, zufrieden.

„Es ist nichts Besonderes." Josephine registrierte, dass der Schrank, das bunte Plaid auf dem Sofa und der wurmstichige Tisch bedeckt waren von einer Schicht Staub. Die cremefarbenen Vorhänge müffelten, das Landschaftsbild an der Wand war unter dem grauen Schleier kaum mehr zu erkennen. „Ich muss noch saubermachen. Wenn ich geahnt hätte, dass du kommst …"

„Schon gut." Nathaniel machte eine beschwichtigende Geste. Er legte das Futteral und den Köcher behutsam auf dem Sideboard ab, das schon alt gewesen war, als Jacob es als Geschenk zur Hochzeit erhalten hatte. „Mir gefällt es. Es ist endlich mal so was wie ein Tapetenwechsel. Ich mache es mir schon wohnlich."

Ein Bild huschte durch Josephines Kopf. Nathaniel, wie er enthusiastisch den Staubwedel schwang. „Es hat schon ewig keiner mehr hier gewohnt. Aber wenn es dir gefällt … umso besser."

„Es gefällt mir. Jede Abwechslung ist mir willkommen."

„Ich dachte, du kommst viel herum. Du erwähntest spontane Reisen."

War das hier etwa der Anfang eines völlig gewöhnlichen Gespräches? Keine Vorwürfe? Kein Streit?

„Das ist mehr Stress als alles andere", gab Nathaniel zurück. „Ich darf nur so lange bleiben, wie ich für meine Aufgabe brauche. Keinen Tag länger. Oder eher keine Stunde länger. Jede Minute, die ich dem Reservat fernbleibe, ist ihnen eine Minute zu viel."

„Deine Position muss sehr wichtig sein." Josephine spürte, wie ihre Aversion gegen diesen Mann schmolz wie Schnee in der Sonne. Es war erstaunlich, was ein

Hauch von Schwäche in dieser Hinsicht ausrichten konnte. Sie spürte seine Sehnsucht. Sein Hadern mit dem Schicksal. Beides waren Dinge, die sie mit ihm verband, auch wenn das Leichentuch ihrer Trauer inzwischen gewichen war.

„Zu wichtig für meinen Geschmack", murmelte er und nahm den kleinen Traumfänger in Augenschein, der über dem Sofa an der Wand hing. Als er sich wieder zu ihr umwandte und in einer beiläufigen Geste zwei Haarsträhnen nach hinten strich, breitete sich genüssliches Prickeln in Josephines Eingeweiden aus. Wie schaffte es dieser Kerl, sie mit solch kleinen, unterschwellig herausfordernden Gesten derart zu verstören? Spielte er in voller Absicht mit ihr oder war er sich seiner Wirkung gar nicht bewusst?

„Ich war es immer gewöhnt, auf Reisen zu sein", fuhr Nathaniel fort und ließ offen, ob er ihren Anfall von Schwäche wahrgenommen hatte. „Jeden Frühling und jeden Herbst zogen wir in eine andere Gegend. Tagelang waren wir unterwegs, bis wir einen Ort fanden, der uns gefiel. Das ist Freiheit für mich. Leider war mir das nicht lange vergönnt. Jetzt muss ich mich damit arrangieren, dass ich jedes Jahr, wenn der Frühling oder der Herbst kommt, vor Unruhe die Wände hochgehe. Die Natur des Nomaden ist immer noch in meinem Blut. Eigentlich bin ich unfähig, allzu lange an einem Ort zu bleiben. Aber ich muss es, wohl oder übel."

„Dann hau doch einfach ab. Was spricht dagegen? Irgendwo wird sich jemandem wie dir schon ein neues Leben eröffnen."

„Jemandem wie mir?" Er neigte den Kopf. „Was meinst du damit?"

Josephine blickte beiseite. Sie suchte nach einer unverfänglichen Antwort, doch ehe sie eine solche gefunden hatte, brach er das Schweigen.

„Was dagegen spricht? Nun, mein Stamm. Meine Pflichten, meine Fesseln. Ich kann es nicht so erklären, dass du es verstehen würdest. Wenn ich könnte, wäre ich längst auf und davon. Aber es geht nicht."

„Wirklich nicht?"

„Nein."

Nathaniel hob seinen Mund zu einem aufrichtigen Lächeln, das ihr Herz zwang, mehrere Takte zu beschleunigen. Sie musste hier verschwinden. Die Luft in dieser Wohnung wurde immer drückender. Immer heißer. Abgesehen davon steckte ihr die Müdigkeit bereits in den Knochen.

„Ich ziehe mich zurück. Gute Nacht. Und danke, dass du … das für mich tust. Ich meine, für uns." Josephine atmete tief durch, erwiderte Nathaniels Lächeln und zog die Tür hinter sich zu. Ihre Nervosität war kindisch. Zahllose Male hatten sie Helfer auf der Farm einquartiert, und diesmal war es nichts anderes. Sie war seit Langem kein Backfisch mehr, der sich in Wohlgefallen auflöste, nur weil er sich einem gut aussehenden Kerl gegenübersah. Nein, sie war eine erwachsene Frau, erfahren und in jeglicher Hinsicht gefestigt. Es wurde Zeit, dieser Tatsache zu gedenken.

Jede Holzstufe, die Josephine betrat, produzierte ihren eigenen Knarzlaut. Der

Duft nach Pferd und Heu beruhigte ihren wirren Geist. Sie mochte die staubige Dunkelheit des Pferdestalles. War Daniel auf Reisen gewesen, hatte sie gern in diesen Wohnungen übernachtet, um in der Dunkelheit die Stallluft einzuatmen und das Schnaufen der Tiere zu hören. Seit viereinhalb Jahren hatte sie das nicht mehr getan.

„Hallo, Max", raunte Josephine dem Buckskin zu, der neugierig den Kopf aus seiner Box streckte. „Pass gut auf unseren neuen Wohltäter auf. Und wenn er seltsame Dinge tut, dann erzähl mir davon, hörst du?"

Max schnaufte bestätigend. Sie kraulte ihm ausgiebig das Kinn, bevor sie den Stall verließ und sich anschickte, Ruhe zu finden. Friedvoll dämmerte das Farmhaus unter dem Licht des Mondes dahin. In den anderen Wohnungen über dem Stall herrschte Dunkelheit, sodass sie davon ausgehen konnte, dass niemand Nathaniels Ankunft bemerkt hatte. Bei Jacob war sich Josephine nicht ganz sicher. Er besaß ein nahezu untrügliches Gespür für Neuigkeiten, und das Bild eines alten Mannes, der neugierig hinter der Gardine seiner Wohnung steht, war allzu präsent in ihrem Kopf. Sie hatte seine ermunternden Floskeln schon jetzt im Ohr. „Versuch es. Trau dich. Ich sehe doch, dass ihr beide gut zusammenpasst. Was spricht dagegen? Komm schon, Kleines. Gib dir einen Ruck. Oder soll ich nachhelfen?"

Als Josephine die Veranda erreichte, knallte es hinter ihr dumpf. Sie fuhr herum, nach der Quelle des Lärms suchend. Nathaniel stand an seinem Jeep, schulterte eine Art Seesack und rückte ihn schwungvoll zurecht. Ohne es bewusst entschieden zu haben, verharrte sie still. Ihr Bann löste sich erst, als er im Stall verschwand und das Tor sich hinter ihm schloss.

„Jetzt reiß dich zusammen", schalt Josephine sich. „Katapultieren wir uns jetzt zurück in die Pubertät oder was?"

Müde schlurfte sie in die Küche, füllte ein Glas mit Milch und lauschte dem Ticken der Uhr. Ihre Gedanken schweiften ab zu Nathaniels Bogen. Zu gern hätte sie gesehen, wie er mit diesem prächtigen Relikt jagte. Die Phase, in der sie eine solche Waffe hatte beherrschen wollen, war längst vorbei. Dennoch war ihre Bewunderung für jeden, der diese Fertigkeit besaß, nach wie vor ungetrübt. Es besaß etwas Elegantes, in dem sich Kraft und Anmut in Perfektion vereinten. Möglicherweise würde Nathaniel sich überreden lassen, ihr Unterrichtsstunden angedeihen zu lassen. Josephine zweifelte zwar an seiner Bereitschaft, doch die kleine Welle Sympathie, die sie eben ausgetauscht hatten, erfüllte sie mit einem Hauch Optimismus.

Sonne durchflutete die Wälder. Birken, Pappeln und Eichen flüsterten im Wind, überspannt von einem makellos blauen Himmel. Schmetterlinge taumelten wie trunken über Wildblumen, Insekten summten schläfrig und ein Bach plätscherte friedvoll über Steine und Kies. Der Frühling war in das Land gezogen. In den lichten Wäldern blühten Schlüsselblumen, Veilchen und Krokusse. Das Gras spross saftig und hoch. Eine Frau in einem schmucklosen, langen Wildlederkleid und ein Kind, das nicht mehr trug als ein weiches Tuch aus Leder um seine Hüften, wanderten durch den Sonnenschein.

Josephine sah all das und wusste, dass sie für alle anderen Lebewesen unsichtbar war. Einem Geist gleich schwebte sie über der Landschaft, mal weit über den Bäumen, mal so dicht über dem Gras, dass die sich neigenden Halme ihre Zehen kitzelten. Angesichts der Frau befiel sie eine schmerzhafte Bewunderung, denn dieses Geschöpf war wunderschön. Sie sah den Glanz ihres Haares und die anmutigen Bewegungen ihrer schlanken Gestalt, die sich unter dem Leder abzeichneten. Das Lachen der Fremden erfreute ihr Herz, doch noch schöner klang die helle Stimme des Kindes. Pure Lebensfreude entströmte der Frau und ihrem Sohn.

Hin und wieder nahm die Mutter ihr Kind auf den Arm und wirbelte es übermütig herum. Manchmal pflückte der Junge eine Blume, um sie der Frau zu geben. Die beiden schienen keine Hast oder Eile zu kennen. Gemächlich wanderten sie durch den Frühlingswald, sprachen miteinander in einem melodischen Dialekt, den Josephine nicht kannte, und schwebten auf den Wolken ihres Glücks. Nach einer Weile schwenkten die beiden nach rechts und ließen sich am Ufer des Baches nieder. Sie tranken ein paar Handvoll des klaren Nasses, bespritzten sich gegenseitig, formten aus Schlamm Kügelchen und bewarfen sich kichernd damit. Irgendwann sprang das Kind glucksend auf und stürmte zu einigen Büschen, um an deren weißen Blüten zu schnuppern. Die Frau verharrte still. Sie schloss die Augen, hielt ihr Gesicht in den Sonnenschein und schien zu träumen.

Alles wirkte vollkommen. Bis die Fremde ihre Augen öffnete. Denn jetzt war der Blick von Sorge verdunkelt. Josephine spürte die Angst der Frau, als sei es ihre eigene. Sie sickerte in ihren Geist wie ein eisiger Schatten. Wovor fürchtete sie sich? Worum sorgte sie sich an einem solch wunderbaren Tag, an dem alles vollkommen war?

Als die Frau sich erhob, gesellte sich Angst zu der Sorge in ihrem Gesicht. Sie sog Luft durch die Nase ein, wirkte wie ein scheues, witterndes Tier. Irgendetwas beunruhigte die Indianerin. Sie trat zu einem Baum, der nahe dem Fluss stand, und betastete die Furchen in seiner Rinde. Ein großes Tier hatte daran seine Krallen gewetzt.

„Cuncana“, rief sie. „Hakamya upo.“

Flink wie ein Eichhorn kam das Kind herbeigeeilt. Die Frau hob es auf ihre Arme und rannte den Weg zurück, den sie gekommen waren, doch als sie eine Wiese aus Schlüsselblumen durchquerten, erhob sich ein Bär hinter einer umgestürzten Pappel.

Die Indianerin schob den Jungen hinter sich und zückte ein Messer. Das Tier kam näher. Behäbig trottend, die Nase witternd erhoben. Es war riesig, an den Schultern so hoch, dass es der Frau bis zur Brust gereicht hätte. Noch lag keine Wut im Verhalten des Bären. Während die Frau langsam zurückwich, beschleunigte er seinen Gang, kam näher, immer näher, bis er keine zwei Schritte vor der Indianerin verharrte. Beseelt von unerschütterlichem Mut blieb sie stehen und rührte sich nicht. Kein Finger zuckte. Ihre Gestalt und die ihres Sohnes waren unbeweglich wie Statuen.

Im Hintergrund sah Josephine plötzlich eine alte Frau auftauchen. Gebeugt und mager lehnte sie sich an einen Baumstamm, so unbeteiligt, als berühre sie das Geschehen nicht im Geringsten.

Der Bär brüllte und richtete sich auf. Er wuchs über die Indianerin hinaus wie ein Berg aus Muskeln und Fell. Ihr Messer zerschnitt die zuschlagende Pranke und bohrte sich in die Seite des Grizzlys, doch ehe die Frau ihre Waffe herausziehen und erneut zustechen konnte, zerrissen fünf fingerlange Krallen ihr Gesicht. Fleisch klaffte auf wie eine überreife Frucht. Der Bär schleuderte sie zu Boden. Er wirbelte den Körper herum, bäumte sich auf und rammte seine Vorderpranken mit brachialer Wut in ihren Brustkorb. Wieder und wieder, bis sein Opfer sich in ein blutiges Bündel verwandelt hatte. Die blindwütige Brutalität des Tötens fraß sich wie Säure in Josephines Seele. Sie hörte den Bären brüllen. Sie hörte das feuchte Reißen, als er seine blutbesudelten Krallen erneut in das Fleisch schlug.

„Petala!", rief eine Stimme wie von fern. Immer wieder. „Petala! Cuncana!"

Die Szene des Traumes wechselte. Ein Mann rannte durch den Wald. Seine Schritte waren federnd und weich. Er rannte, als ginge es um sein Leben, während der Wind an seinem langen, pechschwarzen Haar zerrte. Sie konnte sein Gesicht nicht sehen, nur einen bronzenen Rücken, kraftvolle Glieder und zwei Federn, die in einem Silberplättchen steckten und an seinem Hinterkopf befestigt waren. Als er den Ort des Todes erreichte, fiel er auf die Knie und zog den zerstörten Leichnam der Frau in seine Arme. Er rief ihren Namen so lange, bis seine Stimme rau wurde und brach. Irgendwann stand er taumelnd auf, ging zum Gebüsch und zog den Körper des Kindes hervor. Behutsam trug er es zur Toten, legte es neben sie und sank nieder. Monoton bewegte sich sein Oberkörper vor und zurück, während die Zeit verstrich und Dämmerung sich über das Land legte. Es wurde Nacht, und noch immer kauerte der Mann über den beiden Körpern. Weinend, zitternd … eingefroren im Lauf der Zeit. Über ihm glommen gleichgültig die Sterne, unberührt von allem Leid, das unter ihrem Licht geschah.

Josephine erwachte so abrupt, dass die Wirklichkeit einem Schlag glich. Die Stimme klang in ihrem Kopf nach, ein sich entfernendes Echo, in dem aller Schmerz lag, den ein Mensch empfinden kann. Qual bohrte sich wie eine Klinge durch ihr Herz und riss Wunden, die nicht die ihren waren.

Schwitzend schlug sie die Decke zurück und tastete nach ihrem Gesicht, als fürchtete sie, dort klaffende Wunden vorfinden. Josephine sackte zur Seite. Sie umklammerte ihr Kissen, trocknete daran ihre Tränen und wartete, dass die Qual des Traumes von ihr wich. Er hatte sich anders angefühlt. Anders als jeder Traum zuvor. Realer, detaillierter. Jede Emotion so niederschmetternd, als hätte sie es selbst erlebt.

Die alte Frau … warum hatte sie auf diese Weise dort gestanden? Abwartend, lauernd, als hätte sie nur darauf gewartet, dem Tod der Indianerin und ihres Sohnes beizuwohnen.

Irgendwann, als der Schrecken verebbte, ging Josephine zum Fenster und öffnete es. Die Tannen des Waldes wiegten sich wie ein Reigen düsterer Tänzer. Eines der hier häufigen Sommergewitter zog auf. Sie beobachtete, wie die Sterne von einer schwarzen Wand verschluckt wurden. Das Mondlicht erlosch. Dann begann es, zu regnen. Schwere Tropfen fielen auf die ausgedörrte Erde, vermischten sich mit Staub und erfüllten die Luft mit einem fruchtbaren, herben Aroma. Josephine spürte den Wind an ihren Haaren reißen. Er ließ die Vorhänge flattern und fegte Notizblock und Stift vom Nachttisch, doch sie schloss das Fenster nicht.

Eine weitere Böe wehte ihr dicke, warme Tropfen ins Gesicht. Donner grollte über den Bergen, erinnernd an ein Ungeheuer im Todeskampf. Vor zwei Jahren war auf der Südweide der Blitz in einen Ahorn eingeschlagen und hatte drei Bullen getötet. Wie fühlte es sich an, von solch einer Urgewalt getroffen zu werden? Tat es weh? Zerschmolz alles in blendender, strahlender Helligkeit? Warum kamen ihr überhaupt solche Gedanken?

Als Josephine sich an den Fensterrahmen lehnte und die Berührungen des Windes genoss, öffnete sich das Tor des Pferdestalls. Ein Lichtkegel durchschnitt die Finsternis. Sie sah eine große helle Gestalt, die daraus auftauchte. Ein menschlicher Schatten ging ihr voraus.

„Nathaniel?“, flüsterte sie. „Was in aller Welt machst du da?“

Obwohl seine Gestalt und die des Pferdes vom strömenden Regen nahezu verschluckt wurden, wusste sie, dass es niemand sonst sein konnte. Er wollte das Tier nicht allen Ernstes bei solch einem Unwetter auf die Koppel lassen? Ihr Instinkt befahl ihr, loszustürmen, doch sie unterdrückte diesen Drang. Stattdessen beobachtete sie nur. In aller Seelenruhe brachte Nathaniel das Pferd auf die Wiese, offenbar ohne Führstrick. Soweit sie erkennen konnte, hatte er dem Tier selbst das Halfter abgenommen. Dann, als er das Gatter hinter sich geschlossen hatte, standen sich die beiden bewegungslos gegenüber. Fahler Lampenschein überhauchte ihre Silhouetten mit feinen Reflexen, als wolle das Licht der ohnehin unwirklichen Szenerie noch einen zusätzlichen Hauch Magie verleihen.

Träumte sie noch immer? Hier waren sie, zwei Figuren in einer Wirklichkeit, die kein anderer wahrnehmen konnte. Sie selbst, aufgelöst vom Nachhall eines furchtbaren Traumes. Nathaniel dort draußen, versunken in einer Szene, die sie zutiefst berührte, sich aber ihrem Begreifen entzog. Wut wäre sinnvoll gewesen. Denn was er da tat, war gefährlich und rücksichtslos. Doch die Emotion des Zorns schien aus ihr getilgt zu sein.

Sie musste zu ihm. Der Drang besaß etwas Existenzielles, geschürt durch das Gefühl, dieser Traum könnte enden, ohne dass sie seinen Sinn erkannt hatte. Nur mühsam war die Haustür zu öffnen, denn der Sturmwind drückte dagegen. Regen klatschte Josephine ins Gesicht. Das warme Holz unter ihren Füßen dampfte. Morgenmantel und Haare waren längst durchgeweicht, als sie sich an den Zaun stellte. Und was jetzt?

Nathaniel stand keine fünf Schritte entfernt. Seine Stirn war gegen die des Cremellos gelehnt. Er spielte sein gefährliches Spiel ausgerechnet mit dem Pferd, in das sie ihre größte Hoffnung legte. Sie wusste, dass die Natur des Tieres rebellisch und aufbrausend war, doch jetzt es war wie ausgewechselt. Die elfenbeinfarbenen Flanken bebten, als Nathaniels Hand über den Hals des Hengstes glitt. Sanft teilte er die Mähne mit seinen Fingern, um schließlich hinunter zur Brust zu gleiten. Dort verharrten seine Finger, drückten sich in die Haut hinein und hielten still.

Josephines Herz klopfte. Während der Regen auf sie hinabprasselte, wagte sie kaum zu atmen, aus Angst, diese wunderbare Szene zu zerstören. Der schwelende Zorn des Pferdes war verschwunden. Seine sonst angespannte, verkrampfte Gestalt lockerte sich. Kreisförmig bewegten sich Nathaniels Hände über das nasse Fell des Tieres, massierten Muskeln, strichen über empfindsame Stellen, die dem Cremello ein wohliges Schaudern entlockten.

Josephines Fantasie malte Bilder, die sie schwindeln ließen. Es war vergeblich, sich davor zu verschließen. Die Art, wie er das Tier streichelte, sanft und doch unnachgiebig, vollkommen vertieft in das, was er tat … wie seine Finger sich in nasses, elfenbeinfarbenes Fell drückten, an den Beinen auf und ab strichen und über bebende Flanken glitten, während der Regen sich in Strömen auf ihn und das Pferd ergoss …

Josephine seufzte. Eine Spur zu laut, denn plötzlich rollte der Hengst mit den Augen, warf sich herum und stürmte davon. „Es tut mir leid." Ihre Worte verhallten im Rauschen, Tröpfeln und Plätschern. Es fühlte sich an, als hätte sie etwas Heiliges zerstört. Ihre Hände und Knie zitterten. „Ich hätte nicht herkommen sollen."

„Warum nicht?"

Gemächlichen Schrittes kam Nathaniel auf sie zu, flankte über den Zaun und stellte sich neben sie. Josephines Atem setzte aus, als sie ihn betrachtete. Haarsträhnen hatten sich aus seinem Zopf gelöst und klebten auf seiner Haut. Tropfen sammelten sich in den Augenbrauen, rannen über seine Stirn und die Wangen, sammelten sich in der Vertiefung seiner Kehle und flossen in den Ausschnitt seines T-Shirts, das jetzt nicht mehr braun war, sondern schwarz. Es klebte wie eine zweite Haut an seiner Brust und am flachen Bauch, dessen Muskeln sich unter dem feuchten Stoff abzeichneten. Verdammt, sie musste sich zusammenreißen. Er war hier, um ihr zu helfen. Um das finanzielle Dilemma nicht noch größer werden zu lassen. Ein Geschäft. Nichts weiter. In ein paar Wochen würde er verschwinden und zurückkehren in eine Welt, die nicht für sie bestimmt war.

„Konntest du nicht schlafen?", fragte er, während sein Blick in die Dunkelheit hinausschweifte.

„Doch." Josephine nahm einen tiefen Atemzug und zwang sich, ihren Blick abzuwenden. Vielleicht wurde sonst das Klopfen ihres Herzens so laut, dass er es hören konnte. Hilfreich zur Ablenkung war der inzwischen zurückgekehrte Hengst. Gerade so weit entfernt, dass sie seine Gestalt als cremeweiße Silhouette erkannte, buckelte er in den herabstürzenden Wasserkaskaden, schüttelte sich wie eine wild gewordene Katze und raste im Kreis herum.

„Du hast schlecht geträumt.“ Es war keine Frage, sondern eine Feststellung.

„Ja.“

„Willst du darüber reden?“

Josephine schüttelte den Kopf. Sie sehnte sich in einem Ausmaß nach Trost, dass es körperlich schmerzte, doch niemals hätte sie es zugegeben. Schon gar nicht gegenüber diesem sonderbaren Menschen. Schwäche wurde in dieser Welt gnadenlos bestraft, und letztlich war der Trost, den sie brauchte, längst aus dieser Wirklichkeit verschwunden.

„Träume sind sehr wichtig“, Nathaniel wischte sich die nassen Strähnen aus dem Gesicht. „Sie weisen dir den Weg. Sie geben dir Antworten. Und sie sagen dir manchmal sogar, was du wirklich willst.“

„Das will ich nicht hoffen. Ich habe gesehen, wie jemand getötet wurde.“

„Man träumt logischerweise oft vom Tod.“ Er lächelte. Sein sonst so unnahbares Aristokratengesicht wurde weich. „Unser Dasein ist erfüllt von ihm. Wir können ihm nicht entkommen. Du hast jemanden verloren?“

„Daniel“, flüsterte Josephine. „Ich vermisse ihn. Selbst nach vier Jahren habe ich noch das Gefühl, er müsste gleich durch die Tür kommen.“

„Daniel war dein Mann?“

„Ja.“

„Was ist passiert?“ Er fragte ohne Sensationslust, die sonst in der Stimme der Menschen mitklang. Sein Interesse tat gut, und so erzählte sie ihm von dem Unfall. Es fiel ihr erstaunlich leicht. Sehr viel leichter als jemals zuvor. Schließlich, als Josephine in Schweigen verfiel, sagte er leise: „Du hast ihn sehr geliebt.“

Möglicherweise irrte sie sich, aber in seinen Worten schien Sehnsucht zu liegen. Er sah sie an, als hätten ihm ihre Worte irgendeine Art Erkenntnis vermittelt.

„Sehr“, murmelte Josephine. „Monatelang bin ich morgens aufgewacht und dachte, ich ertrage den Tag nicht, weil er nicht mehr da ist. Gewöhnt man sich jemals daran?“

„Nein.“ Nathaniel neigte leicht den Kopf. Sein Blick verlor sich irgendwo in den Pfützen aus Schlamm, die zu seinen Füßen glänzten. „Auch wenn man weiß, dass der Tod nicht das Ende ist, bleibt man doch allein zurück. Und wer will schon allein sein? Das ist der Fluch von allen, die lieben.“

„Du hast auch jemanden verloren.“

„Ja.“

„Wen?“

„Meine gesamte Familie. Meine Frau, meinen Sohn, meine Mutter, meinen Vater und meinen Bruder. Sie alle gingen voraus. Aber ich weiß, dass ich sie wiedersehen werde. Sie warten auf mich, und wenn wir wieder zusammen sind, gibt es ein großes Fest.“

Er sprach es so überzeugt aus. Unerschütterlich. Josephine spürte Neid auf seinen Glauben und sein Vertrauen darin aufsteigen.

„Als die Trauer noch frisch war", setzte er hinzu, „dachte ich immer an Elche."

„An Elche?" Josephine lachte auf.

„Mein Stamm lebte früher an den Großen Seen. Dort erzählte man sich, dass sterbende Elche so weit wandern, bis sie ans Meer kommen. An seinem Ufer beenden sie ihr Leben und verwandeln sich in Wale."

„Aha. Und worin liegt die Pointe?"

„Man gibt ein altes Leben auf, um ein neues beginnen zu können. Man verdient sich seinen Platz in einem höheren Bewusstsein. Rede ich abgehoben?"

„Ein wenig."

„Ich bin eine Rothaut. Ich kann nicht anders."

„Dann glaubst du also an das Schicksal?"

„Natürlich."

„Was ist mit deiner Familie pa…" Eine unwirsche Handbewegung unterbrach Josephine und machte klar, dass er kein weiteres Wort darüber verlieren wollte. Also versuchte sie, einen neuen Faden aufzunehmen. „Warum willst du kostenlos für mich arbeiten? Raus mit der Sprache."

„Was ich für meine Arbeit will, habe ich bereits gesagt. Ich brauche kein Geld. Nimm es hin und freu dich."

„Du brauchst kein Geld? Wovon lebst du? Von Luft und Liebe? Oder beglückst du Touristen mit Kriegstänzen?"

„Das wäre erbärmlich." Er sprach es mit einer Schärfe aus, die unmissverständlich klarmachte, was er von solcherlei Dingen hielt.

„Was ist es dann?"

„Ich nehme eine … wie soll ich es formulieren? Eine wichtige Position in meinem Stamm ein. Das hast du vorhin ganz richtig erkannt. Als Gegenleistung sorgt man dafür, dass es mir an nichts mangelt. Ich bin nicht reich. Aber ich muss mir um meinen Lebensunterhalt keine Sorgen machen."

„Was ist das für eine wichtige Position?" Josephine starrte auf Nathaniels Hand, die den obersten Querbalken umfasst hielt. Ihr Blick wanderte über die Adern, die sie überzogen, und blieb schließlich an den Fingern hängen. Sie waren lang und schlank. Ihnen war anzusehen, wie kraftvoll sie zupacken konnten.

„Soweit mich meine Erinnerung nicht trügt, bestand eine meiner Bedingungen darin, nicht mit Fragen gelöchert zu werden." Nathaniel warf ihr einen forschenden Seitenblick zu. Er tat es auf solch hochmütige Weise, dass Josephine kaum wusste, wo ihr Zorn endete und die bissige Art von Bewunderung begann, die er in ihr auslöste. Zerknirscht heftete sie ihren Blick auf seine Armbeuge. Ein Regentropfen glänzte dort, wo die Ader deutlich sichtbar unter der Haut pulsierte.

„Du verletzt gerade unsere Vereinbarung." Nathaniels Stimme riss sie aus seltsamen Gedanken. „Wir hätten etwas Schriftliches aufsetzen sollen. Dann könnte ich

dir für jede Frage eine Vertragsstrafe aufbrummen."
„Okay." Josephine zuckte die Schultern und zwang sich, in den Regen hinauszustarren. Sein Rauschen war beruhigend. Oder hätte es wenigstens sein sollen. „Themawechsel?"
„Themawechsel."
„Vielleicht kannst du mir sagen, warum du das Pferd bei diesem Unwetter hier raus bringst? In den Cremello setze ich alle verbliebene Hoffnung. Wenn ihm was passiert, dann …"
„Sieh ihn dir an", unterbrach Nathaniel. „Er ist für ein Pferd ziemlich ungewöhnlich. Er liebt den Regen und die Nacht. Er liebt den Schlamm und das nasse Gras. Deswegen war er so unausgeglichen. Er bekam nicht das, was er wollte. Alles hat seinen Grund, Liebes. Zorn kommt nicht von ungefähr. Genauso wenig wie Unzufriedenheit."
Liebes? Er hatte sie allen Ernstes Liebes genannt?
„Woher wusstest du, was er braucht?"
Nathaniel lächelte. Nachdenklich drehte er den Onyxring an seinem rechten Zeigefinger. „In meinem Volk glaubt man daran, dass jeder mit einer Gabe auf die Welt kommt. Meine liegt darin. Ich spüre, was die Tiere wollen. Und sie spüren, was ich will. Wir brauchen keine Worte, um uns zu verstehen. Klischee, Klischee. Aber was soll ich machen? Es ist eben so."
„Kann man das lernen?"
„Nein. Meine Gabe ist etwas Höchstpersönliches. Deine liegt woanders."
„Und was ist meine Gabe?"
„Wie alt bist du?"
„Einunddreißig."
Nathaniel bedachte sie mit einem mitleidigen Blick. „Dann ist es traurig, dass du bis heute nicht weißt, wo deine Gabe liegt."
„Ach ja?"
„Ihr habt so viel verlernt, und jetzt seid ihr dumm wie Tannenhühner. "
„Netter Vergleich." Sie schnaubte empört.
„Diese Vögel sind so dumm, dass du sie mit der Hand fangen kannst. Sie wissen erst, dass etwas nicht stimmt, wenn sie schon von Verdauungssäften umgeben sind."
Josephine stieß ein Lachen aus, in dem unterdrückte Wut mitklang. „Warum stehe ich dann hier und rede mit dir? Es dürfte unter deiner Würde sein, mit einem Tannenhuhn zu reden."
„Bist du nie auf die Suche gegangen?"
„Wonach?"
„Nach dir selbst. Nach deinen Visionen und Wurzeln."
„Ich verstehe." Josephine nickte zerknirscht. „Das ist eine dieser wir-schlagen-die-Trommeln-und-tanzen-nackt-um-das-Feuer-Nummern."
„Was?"

„Macht ihr so was nicht?"

„Mit Sicherheit sehen unsere Rituale nicht aus wie in deinem Kopf. Obwohl ich nichts dagegen hätte, nackt ums Feuer zu tanzen. Ich habe es schon ein paar Mal getan. Allein. Ohne neugierige Augen."

Sein Grinsen war verschlagen – und absolut verrucht. Wütend über ihre verrücktspielenden Hormone bohrte Josephine die Zehen in den Matsch und zeichnete Kreise hinein. Ihr Kopfkino arbeitete fieberhaft. Insgeheim dankte sie dem Schicksal, dass ihr Gespräch nachts stattfand, denn anderenfalls hätte die Verfärbung ihres Gesichts vermutlich Bände gesprochen. Nackte Haut und Feuerschein. Nathaniels entblößter Körper. Herrgott, unter welchen Teppich hatte sie ihre Beherrschung gekehrt?

„Was meintest du dann?", presste sie hervor.

„Vielleicht zeige ich es dir irgendwann. Sofern du bereit bist, vier Tage weder zu essen noch zu trinken."

„Unmöglich."

„Nichts ist unmöglich."

„Nach drei Tagen ohne Wasser kapituliert der menschliche Körper."

„Sagt wer?"

„Die Wissenschaft." Josephine trotzte ihm, ohne zu wissen, warum. Natürlich waren ihr die meditativen Fähigkeiten von manchen Indianern bekannt. Etwas reizte sie dennoch, ihm zu widersprechen.

„Darauf gebe ich nichts." Er vollführte eine abfällige Handbewegung. „Ich habe schon so manches getan, was der wissenschaftlichen Meinung nach unmöglich ist. Und jetzt wird es Zeit, wenigstens noch ein Fragment an Schlaf abzubekommen."

Er schnalzte leise mit der Zunge. Selbst für Josephines Ohren wurde dieses Geräusch vom strömenden Regen nahezu verschluckt, und doch trabte der Hengst gehorsam auf ihn zu. Hingebungsvoll rieb er sein Maul an Nathaniels ausgestreckter Hand, ließ sich willig von der Koppel führen und folgte seinem Wohltäter so selbstverständlich, wie es Max getan hatte.

„Heißt das, mir sind fortan alle Fragen untersagt?" Josephine widersetzte sich dem Bedürfnis, ihm zu folgen. Stattdessen blieb sie am Zaun der Koppel zurück.

„Nein", gab Nathaniel zurück, ohne sich umzusehen. „Fragen sind erlaubt, aber ich muss sie nicht beantworten."

„Ich hasse Männer, die mysteriös tun."

„Das hättest du dir überlegen sollen, bevor du mich eingestellt hast. Ich bin von Natur aus mysteriös."

Damit verschwand er samt Pferd im Stall. Als das Tor zuglitt, erlosch der Lichtkegel. Das Gewitter zog langsam über die östlichen Berge ab und hinterließ ein Wetterleuchten, das die Wolken über dem Wald flackernd erhellte. Josephine war wütend. Nein, verwirrt. Ratlos. Nervös. Vollkommen durcheinander. Sie wusste es nicht. Ihre Gefühle entschieden sich, einem heillosen Chaos zu frönen. Morgen im

Sonnenschein würde die Welt wieder anders aussehen. Realer und fassbarer. Der Gedanke war tröstend, doch zugleich wünschte sie, dieser Tag würde niemals heranbrechen.

***

Das Bett war unerträglich. Er versuchte zunächst, sich daran zu gewöhnen, doch nach einer ruhelosen Stunde, in der er sich schimpfend und knurrend herumgewälzt hatte, gab Nathaniel auf. In einem solch weichen Lager würde er niemals Schlaf finden. Ganz zu schweigen davon, dass dieses Zimmer ohne Leben war und jede positive Stimmung im Keim erstickte. In seinem Haus herrschte zwar ebenfalls eine spartanische Ausstattung, doch gab es dort immerhin Relikte aus seiner Vergangenheit, die den Räumen Gemütlichkeit und Erinnerungen einhauchten. Hier aber wirkte selbst der Kleiderschrank mürrisch. Ganz zu schweigen von den fürchterlichen Vorhängen und dem muffig riechenden Bettzeug. Zu guter Letzt hing an der Wand ein surrealistisches Bild, dessen Farben an Eulengewölle erinnerten und irgendetwas Unidentifizierbares darstellten. Nathaniel hatte bereits eine Blumenvase, eine Gottesanbeterin und einen Hirsch erkannt, doch vermutlich ging die Lösung in eine ganz andere Richtung.

Immerhin hatte Chinook seine innere Mitte gefunden. Schnarchend lag der Hund am Fußende des Bettes, als hätte er niemals woanders geschlafen.

Ohne seine besondere Gabe wäre es Nathaniel mit Sicherheit nicht gelungen, die Frau in dem Glauben zu lassen, es gefiele ihm hier. Andererseits stellte es tatsächlich eine Abwechslung dar. Vielleicht, wenn er sich darauf einließ und die Muffigkeit samt der leblosen Ausstattung ignorierte, konnte er diesem höhlenartigen Loch früher oder später etwas abgewinnen. Vermutlich eher später. Wenigstens etwas Positives musste man dieser Herberge abgewinnen – hinter dem Moder roch sie gut. Nach Pferd, Leder und Rauch, so ähnlich, wie es damals gerochen hatte, als sie noch in Zelten gelebt hatten.

Sich sehnend nach Schlaf, versuchte Nathaniel, denselben mithilfe von Meditation herbeizuführen. Vielleicht hätte es funktioniert, doch Chinooks unregelmäßiges Schnarchen machte jede Konzentration zunichte. Nein, korrigierte sich Nathaniel, es lag nicht an dem Hund. Er konnte seinen Geist in weitaus unruhigeren Situationen auf Reisen schicken. Es lag an der Nähe der Frau. Schloss er die Augen, sah er ihr Gesicht, ihr Haar, ihre Bewegungen. Er sah das weite, graue Männerhemd, das ihre sanften Kurven zwar kaschierte, seine Fantasie jedoch umso wirkungsvoller stimulierte. Er roch ihren Duft und spürte die zarte Haut ihres Halses unter seinen Fingern.

Dieses Trauerspiel hier machte keinen Sinn. Leise, um den schlafenden Hund nicht zu wecken, schlüpfte er in eine Unterhose, schnappte sich die Decke vom Sofa und ging in den Pferdestall hinunter. Dort, auf zwei zusammengeschobenen Strohballen, lag es sich schon weitaus bequemer. Das Plaid war dick genug, um die stacheligen Halme nicht durchdringen zu lassen, und die Luft so warm, dass es unnötig war, sich zuzudecken. Halbwegs zufrieden mit den Umständen, verschränkte Nathaniel die Arme unter dem Kopf und blinzelte in das düstere Gebälk hinauf. Josephine hatte ganze Arbeit geleistet. Nur noch oben auf dem Heuboden bewegten sich Spinnweben im Windzug. Die Fenster waren geputzt und die gammeligen Boxen gesäubert. Möglicherweise hatte er sich bei seinem vorschnellen Urteil über die Frau geirrt. Er hoffte es. Denn als er die Augen schloss, erschien ihr ovales, tropfnasses Gesicht erneut in seinem Geist. Ihr Anblick berührte neben schlichtem männlichem Begehren noch etwas anderes in ihm. Etwas Tieferes, Reineres. Aber warum? Sie sah seiner Frau nicht im Entferntesten ähnlich, daran konnte es nicht liegen. Vielleicht fand er seinen eigenen Verlust in dem ihren wieder. Vielleicht war es ihre Verletzlichkeit, die an seinen Mauern riss und drohte, diese einzureißen. Was auch immer es war, als sie da im strömenden Regen neben ihm gestanden hatte, hätte er sie am liebsten gepackt und in den Stall geschoben. Hin- und hergerissen zwischen dem Bedürfnis, sie tröstend zu umarmen und einem weitaus animalischeren Drang. Letzteres, so vermutete Nathaniel, wäre fatal. Für den Rest seines vorhandenen Seelenfriedens und vor allem für Josephine.

Er musste schlafen. Wenigstens zwei oder drei Stunden. Das Schnauben und Scharren der Pferde beruhigte ihn, ließ ihn sanft in die Schwärze hineingleiten. Erholsames Nichts umgarnte ihn. Eine Auszeit vom Fühlen und Existieren, die er dringend gebraucht hätte.

Doch seine alte Feindin nutzte die Gelegenheit für eine weitere Heimsuchung. Nathaniel spürte, gefangen in einem Zustand zwischen Traum und Realität, wie ihr Atem über seine Kehle hechelte. Dürre Mumienfinger fuhren über den Bogen seiner Rippen, über seinen Bauch und hinauf zur Brust. Wie immer konnte er sich nicht bewegen. Eine unsichtbare Last drückte ihn ins Stroh, lähmte seine Glieder und seinen Willen.

„Verschwinde, alte Pestbeule“, knurrte er sie an. „Lass mich schlafen.“

Sie ignorierte seinen Willen. Wie immer. Ausgedörrte Lippen schabten über seine Brust. Er spürte die spitzen, krallenartigen Nägel ihrer Finger durch sein Haar kriechen wie Beine einer riesigen Spinne, in seinen Nacken gleiten und unvermittelt so fest zupacken, dass ein sengender Schmerz seine Wirbelsäule hinunterschoss. Nathaniel wollte ihre Nähe mit geschlossenen Augen über sich ergehen lassen, doch die Schamanin zwang ihn, seine Lider zu öffnen. Angewidert blickte er zu ihr hinauf. Die einst bernsteingelben Augen der Alten waren ausgeblichen. Nun besaßen sie eine farblose Kälte, die Hand in Hand ging mit der Erbarmungslosigkeit ihrer Seele. Dünne, weiße Haarsträhnen hingen von der schartigen Kopfhaut herab, wanden sich um ihren Hals und streiften seine Wangen.

„Ich bin hässlich geworden“, krächzte die Alte. Ihre vor Trockenheit aufgeplatzten Lippen lächelten gierig. „Es wird Zeit, dass du mir etwas von deiner Kraft abgibst. Komm in der zweiten Nacht des Vollmonds zu deinem Grab. Dann wirst du mich nicht mehr abstoßend finden."

Widerwillen brandete in Nathaniel auf, vermischt mit Ekel und loderndem Hass. Er wollte dieses widerwärtige Geschöpf von sich stoßen, ihre lüsternen Finger brechen, ihren dürren Hals umdrehen. Doch er lag da, als müsse er den Rest seines Lebens so verbringen. Bewegungslos. Hilflos. Schon mehrere Male hatte er versucht, die Schamanin das Zeitliche segnen zu lassen. Doch jedes Mal war ihr gebrochenes Genick wieder zusammengewachsen, hatten sich die Axtwunden geschlossen und war der zermalmte Schädel neu entstanden. Sie waren aneinandergekettet. Ewig und unabänderlich.

Das Hecheln der Alten beschleunigte sich, als sie sich auf ihn herabsenkte und ihre modrigen Lippen auf die seinen presste. Ein Teil in ihm wollte sich ihr hingeben, hieß ihren Kuss willkommen und ließ das Bild einer schönen, jungen Frau in seinem Geist entstehen. Der andere Teil, sein eigenes Ich, wurde zerfressen von Hass. Er wusste, dass sie diesen Hass schmecken konnte. Dass sie sich mit bittersüßem Genuss daran labte und er ihr ebenso gut mundete wie seine Abscheu. Die Schamanin berauschte sich an ihrer Macht. Vielleicht war sie einst jener reine Mensch gewesen, den er manchmal in verblassenden, fremden Erinnerungen sah. Aber wenn es ihn je gegeben hatte, so war er längst gestorben. Es gab viele Dinge, die eine Seele verderben konnten, und die stärksten davon waren ihm und diesem abscheulichen Geschöpf in die Hände gelegt worden.

„Wirst du je aufhören, mich zu hassen?", krächzte die Alte. „Du weißt, dass du so niemals Frieden finden wirst."

„Ja, ich werde dich ewig hassen." Er wollte die Worte mit aller Kraft ausstoßen, doch hinaus kam nur ein mattes Flüstern. Die Hand der Alten presste sich auf seine Brust, während ihre Nasenflügel sich witternd blähten. Nägel bohrten sich in seine Haut, durchbrachen die Grenze der Illusion und ließen echtes Blut fließen. Nathaniel wusste, wonach sie gierte. Doch hier und jetzt, schwebend in der Zwischenwelt zwischen Wachen und Träumen, war das Ersehnte für sie unerreichbar.

„Du hast sie getötet", zischte er. „Du hast dafür gesorgt, dass sie zur falschen Zeit am falschen Ort waren. Du hast Petalas Sinne verschleiert, sodass sie nicht wahrnahm, was selbst unsere kleinsten Kinder erkannt hätten. Ich werde dich ewig hassen. Ewig. Bis zu meinem Tod und darüber hinaus."

„Es war nötig", raunte die Alte. „Sie mussten geopfert werden. Wenn du über ihren Tod nicht verzweifelt wärst, wären wir uns nie begegnet. Wie viel Leben wurden durch dich gerettet? Wie viel Leid hast du durch deine Macht abgewendet? Sag mir, war das nicht zwei Leben wert?"

„Geh verrecken!", fauchte Nathaniel.

Die Schamanin küsste ihn erneut. Er spürte jeden Zentimeter ihres mumifizierten Körpers mit einer Intensität, die ihn würgen ließ.

„Sei glücklich über das, was man dir geschenkt hat", hechelte sie ihm entgegen.

„Akzeptiere es, dann findest du deinen ersehnten Frieden. Ich musste es damals tun. Du warst der Richtige. Du und niemand anderes. Hätten all die Stärke, all die Schönheit und der Stolz sterben sollen? Dahinsiechend in einem Gefängnis?“

„Vielleicht“, knurrte Nathaniel. „Denn dann wäre ich dort, wo ich sein sollte. Bei meiner Familie.“

„Akzeptiere es“, wiederholte die Schamanin und löste den Griff in seinem Nacken. „Es ist dein Schicksal. Die Geister haben dir dasselbe gesagt, als du sie fragtest. Wir alle müssen unserem Fluss folgen. Unserem Fluss des Lebens.“

„Es ist nicht mein Fluss. Es ist deiner. Es geht seit Langem nur noch um dich. Waren es wirklich die Geister, die zu mir gesprochen haben? Oder warst du es? Komm mir nicht mit deinem Süßholzgeraspel. Wenn du irgendwann mal Werte hattest, sind sie zusammen mit deinem Gehirn längst verwest.“

„Es ging immer nur um unser Volk“ schnarrte die Alte.

„Weißt du was? Such dir jemandem, dem es gefällt, dein Spielzeug zu sein. Ich habe es satt. Finde jemanden und dreh ihm den Hals um, damit ich endlich meine Ruhe vor dir und deinen Griffeln habe.“

Die Schamanin bleckte gelbbraune Zähne. „Das hätte ich längst getan. Aber es wird niemanden mehr geben wie dich.“

Ihre Stimme wehte ekelhaft liebkosend durch seinen Geist. Dann verblasste die über ihm kauernde Gestalt. Leben kehrte in seine Glieder zurück, doch als Nathaniel nach der dürren Kehle der Alten griff, schlossen sich seine Finger um verschwimmenden Nebel. Abrupt fuhr er auf. Wie immer, wenn sie ihn in der Zwischenwelt berührte, brannte seine Haut wie Feuer. Hektisch rieb er über die roten, von vier blutenden Kratzern durchzogenen Male, ohne dass es ihm Linderung verschaffte. Irgendwann würde das Brennen vergehen, aber manchmal dauerte es Stunden. Oder sogar Tage.

Ein Miauen erklang. Neben den Strohballen hockte Josephines schwarze Katze, thronend auf ihrem Hinterteil. Ihre gesträubten Rückenhaare begannen zaghaft, sich wieder zu glätten. Katzen hassten Absá. Aber gab es irgendein Geschöpf, das sie nicht hasste? Jener Ort im Wald, an den sie sich vor Jahrzehnten zurückgezogen hatte, war bar jeden Lebens. Abgesehen von ein paar Schaben und Aasfressern.

„Suchst du einen Platz zum Schlafen?“ Nathaniel kraulte den pelzigen Kopf des Tieres. „Tut mir leid, aber damit kann ich nicht dienen. Nächstes Mal vielleicht.“

Getrieben von Zorn rollte er das Plaid zusammen und kehrte zurück in die Wohnung. Schlaf würde er in dieser Nacht keinen mehr finden, doch die Morgendämmerung stand ohnehin kurz bevor. Fluchend zog er ein schwarzes T-Shirt und eine Jeans aus seinem Seesack, schlüpfte hinein und schulterte die Wildledertasche, in der sich seine kostbarsten Kleider befanden. Kleider aus seinem Leben als Prärienomade, denen zahllose Erinnerungen anhafteten.

„Eines Tages …“, knurrte er. „Eines Tages verlierst du deine Macht über mich. Und dann wirst du für alles bezahlen.“

Unheilschwangere Stille antwortete ihm. Er wusste, dass sie seine Worte hörte. Und er wusste, dass Gefahr auf ihn zukam. Doch auf welche Weise und in welcher Gestalt diese Gefahr erscheinen würde, blieb ihm verborgen. Betraf es sein Volk? Betraf es nur ihn oder vielleicht jene Frau, deren Nähe seine Stärke in Verwirrung verwandelte?

Nathaniel lächelte, als er den Köcher schulterte und seinen Bogen aus dem Futteral zog. Wie immer, wenn er seine alten Waffen nahm, durchströmten ihn wunderbare, glückliche Erinnerungen, die ihm niemand nehmen konnte. Seine Gedanken verweilten bei den herbstlichen Bisonjagden, beim Anblick der Hügel, die sich in Tönen aus Braun und Gold bis zum Horizont hinzogen und so weit waren, das man sich erzählt hatte, man könne ein fliehendes Pferd noch nach Tagen am Horizont entdecken. Er dachte an den Rauch der abendlichen Feuer, an denen sie gesessen und von ihren Leben erzählt hatten. Von Legenden, Ruhm und Ehre. Von ihrer Art, zu leben und ihrer Art, zu sterben. In einem anderen Leben wäre er vielleicht an der Seite seiner Frau alt geworden. Er hätte seine Enkel auf dem Schoß gehalten und ihnen beim Anblick der Sterne die Geschichten seines Volkes erzählt, die seine Enkel wiederum ihren Kindern und Kindeskindern erzählt hätten.

Aber alles, was übrig geblieben war, war er selbst. Ein lebendes Relikt aus einer untergegangenen Zeit.

Behutsam, um den schlafenden Hund nicht zu wecken, der sonst penetrant auf seine Teilnahme an der Jagd bestanden hätte, schlich Nathaniel hinunter in den Stall und öffnete das Schiebetor. Über den nebelverhangenen Wäldern graute der Morgen. Tiefblau leuchtete der Himmel, geschmückt von den letzten Sternen. Nathaniel streckte sich und atmete genüsslich die frische Luft ein, so, wie er es seit gefühlten Ewigkeiten an jedem Morgen tat. Wäre er allein in seinem Haus gewesen, so hätte er sich auf die Veranda gesetzt und seinen Morgengesang angestimmt. Aber er wusste, dass es heutzutage als seltsam angesehen wurde, wenn Männer grundlos zu singen anfingen. Erst recht, wenn es sich um Indianergesang handelte. Die Menschen reagierten ablehnend, gar aggressiv darauf. Eine merkwürdige Zeit. In vielerlei Hinsicht.

„Guten Morgen“, sagte jemand hinter ihm, als er darüber nachdachte, in welche Richtung er gehen sollte.

Nathaniel fuhr herum. Einen Augenblick verwunderte es ihn, weshalb er den Mann nicht bemerkt hatte, doch schnell erhielt er die Antwort. Er musste schon eine ganze Weile dort gestanden haben, gelehnt an einen Stapel aus aufgeschichteten Holzscheiten. Rauchkringel stiegen aus seiner gebogenen Pfeife auf. Nathaniel blickte in die Augen des Mannes und erkannte die Art von Freundlichkeit darin, die man heute nur selten antraf.

„Guten Morgen“, antwortete er mit einem Lächeln, obwohl das Brennen der Male auf seiner Haut heftiger wurde und Schmerzimpulse durch seinen Körper jagte. „Ich bin Nathaniel.“

„Freut mich, Sie kennenzulernen." Der Alte paffte eine blaue Wolke aus, lüpfte seinen Schlapphut und trat auf ihn zu. Kräftig war der Druck seiner von harter Arbeit gezeichneten Hand. „Mein Name ist Jacob. Der Onkel des ehemaligen Besitzers und engster Vertrauter der jetzigen Besitzerin. Willkommen auf unserer bescheidenen Farm. Willst du jagen gehen? Mit diesem Bogen?" Jacob bedachte die Waffe mit unverhohlener Bewunderung. Seine von Alter verwässerten Augen leuchteten.

„Ja. Mit Erlaubnis der Eigentümerin dieses Landes." Nathaniel konnte die gewisse Schärfe in seiner Stimme nicht unterdrücken. Nach wie vor gab es einige Dinge, die sich seinem Verständnis entzogen.

„Und das dort?" Jacob berührte ehrfürchtig die Wildledertasche. Sie war ein Kunstwerk Petalas, traditionell verziert mit Fransen, Röhrenknochen und gefärbten Stachelschweinborsten. „Da drin ist Kleidung, die zu dem da passt, nicht wahr?" Er deutete auf den Bogen.

„Menschen sind selten aufmerksam", murmelte Nathaniel. „Aber du bist es zweifellos."

„Du siehst eben aus wie jemand, der noch viel auf die alten Traditionen gibt. Der Dinge entweder in Perfektion angeht oder gar nicht."

Jetzt musste er lachen. „Da hast du recht. In der Tasche ist meine alte Jagdkleidung. Aber ich muss jetzt los. In den nächsten Tagen werden wir uns wohl besser kennenlernen."

„Das hoffe ich." Jacob zog an seiner Pfeife und sandte eine weitere Wolke in den Himmel. Sein Blick sprühte vor Interesse. „Und bitte, nimm Josephine ihre kleinen Ausbrüche nicht übel. Seit Daniels Tod ist sie manchmal … nun, sie hat es nie verwunden. Auch wenn sie hin und wieder beißt, ist sie doch eine gute Seele. Sie wird mir zwar den Hals umdrehen, weil ich dir das verrate, aber wegen ihrer Undankbarkeit letztens ist sie schier im Boden versunken. Den ganzen Tag konnte sie kaum geradeaus laufen vor schlechtem Gewissen."

„Ich weiß." Nathaniel rieb über die Stelle auf seiner Brust, die wie Feuer brannte. Die Schamanin hätte ihm diesen Schmerz leicht ersparen können, doch für sie war er eine Brandmarkung. Etwas, das ihm ihre Macht über seinen Körper und Geist demonstrierte. „Glücklicherweise habe ich die Gabe, hinter Masken schauen zu können."

„Dann hast du ihr verziehen?"

„Ja, das habe ich."

„Und du wirst die Pferde zureiten?"

„Ich tue mein Bestes."

„Hast du Erfahrung darin?"

„Eine Menge sogar. Mein erstes Pferd ritt ich mit elf zu." Nathaniels Blick heftete sich auf den düster aufragenden Waldrand. Ein vertrautes Gefühl kroch durch seinen Geist. Etwas im Gefüge der Dinge stimmte nicht. Eindringlinge waren dort draußen, Menschen, die nicht hierhergehörten. Er spürte ihre ruhelosen, vergifteten Seelen, die den Frieden des anbrechenden Morgens zerstörten und fieberhaft nach etwas suchten. Waren es Wilderer? Nathaniel lauschte in sich hinein und sog jede noch so winzige Botschaft auf, die ihm entgegenwehte. Nein, wer immer dort draußen war, suchte nicht nach Wild.

„Ich muss gehen." Er packte seinen Bogen so fest, dass die Fingerknöchel weiß hervortraten. Jacob blieb diese verräterische Kleinigkeit nicht verborgen.

„Gute Jagd", murmelte der alte Mann. „Ich hoffe, wir sehen uns wieder. Josephine braucht Hilfe. Sehr dringend sogar. Nimm's ihr nicht übel, wenn sie so schlagfertig daherkommt wie Chuck Norris. Dahinter verkümmert sie vor Einsamkeit, auch wenn sie es nie zugeben würde."

Nathaniel nahm die Eindeutigkeit der Worte kaum wahr. Seine Instinkte waren bereits dort draußen, witternd und lauernd. Als er in den geschmeidigen Laufschritt des Jägers verfiel, begleitete ihn der Blick des alten Mannes. Er haftete auf ihm, bis ihn die dunstigen Tiefen des Waldes verschluckten, und Nathaniel fühlte sich, als nähme er einen Teil der Seele dieses Menschen mit hinaus in das dämmerige, feuchte Dunkel.

Unweit der Farm, inmitten eines Dickichts aus Adlerfarn, legte er seine Kleidung ab und verwandelte sich in jenen Absarokee zurück, der vor einhundertachtundvierzig Jahren durch die Hand der Schamanin gestorben war. Die Jeans wich geschmeidigen Beinlingen und einem Schurz aus Gabelbockleder. Ein fransenbesetztes, schlichtes Jagdhemd ersetzte das T-Shirt. Als er das Haarband löste und den Köcher schulterte, schrumpfte die Zeit, die ihn von seinem alten Leben trennte, zu einem Nichts zusammen. Seine Schritte in den Mokassins waren weich und federnd. Er rannte durch Haine düster aufragender Tannen und Fichten, durch Senken und über Hügel. Sein Atem ging kaum schneller, als er die nördliche Grenze des Farmlands erreichte. Hier, wo uralte Douglasien sich in moosüberwachsene Felsen krallten, wo nebelverhangene Schluchten sich öffneten und die Nadeln der Bäume vor Nässe tropften, befand sich sein heiliger Ort. Und hier, so spürte er, befanden sich auch die Eindringlinge.

Nathaniel schulterte den Bogen und erklomm lautlos die Felsen. Instinktiv fanden Füße und Finger die sichersten Stellen, sodass nicht einmal ein herabrollendes Steinchen ihn verriet. Als er die Stimmen hörte, presste er sich eng gegen den Fels. Vor ihm lag ein flacher Abhang, der nach etwa fünfzig Schritten in ein weiteres Felslabyrinth überging. Zur rechten Seite fiel dieser Abhang in eine Schlucht ab. Zwei Männer bewegten sich darauf zu. Plump arbeiteten sie sich durch das Farndickicht, wischten fluchend Äste beiseite und rutschten auf dem Moos aus. Beide trugen schwarze Jeans, schwarze Regenjacken und dunkelgrüne Rucksäcke. Nachtsichtgeräte, dank des Morgenlichts überflüssig geworden, baumelten an ihren Gürteln. Der größere der Männer kam Nathaniel vage bekannt vor. Der Kleinere sagte ihm nichts. Sein blond gefärbtes Haar leuchtete hell in der Dämmerung des Waldes und war ebenso auffällig wie sein nie schweigendes Mundwerk.

„Scheiße, lass uns umkehren. Soll er seinen stinkreichen Arsch selbst hierherbewegen. Ich habe es satt. Ich habe es so was von satt."

„Halt die Klappe", zischte der größere, schwarzhaarige Mann. „Noch eine Stunde, dann lassen wir es gut sein."

„Wieso sucht er nicht selbst danach? Es ist immer dasselbe. Wir sind die Angepissten. Wir halten unsere Köpfe hin. Wir jagen nächtelang einer Einbildung hinterher."

„Du weißt, dass er daran glaubt", erwiderte der Große beschwörend. „Für ihn existiert es."

„Und wie sieht es aus? Nicht mal das wissen wir, scheiße noch mal. Julia wird mir das Fell über die Ohren ziehen, wenn ich wieder tagelang nicht auftauche. Er erlaubt nicht mal, dass wir miteinander telefonieren."

„Es ist ein Gefäß. Ein Gefäß in einem Grab."

„Vollkommen nutzlos. Seit wann sammelt er solchen Scheiß? Wieso geht er nicht in einen Laden und kauft sich einen Pott?"

„Es geht nicht um das Sammeln."

„Wozu will er es dann? Wenn er schon fröhlich durchknallt, sollte er lieber nach dem Heiligen Gral oder der Bundeslade suchen. Was zum Geier will er mit irgendeinem Pott aus irgendeinem beschissenen Indianergrab?"

„Er hat nicht gesagt, dass es ein Pott ist. Es ist ein Gefäß." Leises Prusten unterbrach die Worte. „Ein Gefäß mit grenzenloser Macht."

„Ich sag dir, wir arbeiten für einen Irren."

„Wir gehen, wenn du willst. Aber dann erklär du ihm, dass wir wieder nichts gefunden haben. Er wird uns die Köpfe abschneiden und sie in Champagner einlegen."

„Oder die von der Farm werden uns erwischen", ereiferte sich der Blonde. „Was glaubst du, wer dann den Kopf hinhalten darf? Ganz sicher nicht er. Er wird natürlich leugnen, uns jemals gekannt zu haben. Und weil er genug Geld hat, um jeden Richterarsch dieser Welt zu schmieren, kommt er mit allem durch."

„Halt endlich die Klappe. Wir suchen noch dort unten in der Schlucht, dann verschwinden wir."

„Wir wissen nicht einmal, wie das Grab aussieht. Wenn es so alt ist, wie er sagt, könnte es nicht einmal mehr als Grab zu erkennen sein."

Der Schwarzhaarige hielt zielstrebig auf den Abhang zu. Nathaniels Körper spannte sich an. Wenn der Fremde tatsächlich dort hinunterkletterte, würde ihn sein Weg unweigerlich zu jenem Ort führen, nach dem er suchte. Seinem heiligen Ort. Zwar war er – wie die Männer vermutet hatten – kaum noch als Grab zu erkennen, doch aufmerksame Augen würden die aufgeschichteten Steine und die in den Zweigen hängenden Talismane entdecken.

Fieberhaft suchte er nach einem losen Stein, den er werfen konnte, doch das Schicksal war ihm nicht wohl gesonnen. Nathaniel schlug gegen einen brüchig aussehenden Felsvorsprung – vergebens. Schon hatte der Mann den Abhang erreicht, griff nach einem dürren Baum und begann, hinabzuklettern. Einen Fluch auf den Lippen, stand Nathaniel auf, zog einen Pfeil aus dem Köcher und spannte seinen Bogen. Einen Atemzug lang fokussierte er seine Sinne auf das Ziel, bestimmte die notwendige Kraft, den perfekten Winkel und die Auswirkungen des Windes.

Keine Sekunde später bohrte sich das Geschoss einen Fingerbreit neben dem Kopf des Mannes in den Baumstamm. Zitternd schwangen die rot gefärbten Truthahnfedern hin und her.

„Was zum Henker … scheiße noch mal!"

„Verschwindet", murmelte Nathaniel und fing den Blick des zu Tode erschreckten Mannes ein. „Hier gibt es nichts zu finden."

„Was in aller Welt ist das?" Der Blonde hyperventilierte angesichts des Pfeiles. Mit schreckgeweiteten Augen suchte er die Umgebung ab und drehte sich hektisch um die eigene Achse. „Was ist das für eine Scheiße? Was soll das? Wer war das? Ist das ein scheiß Indianerüberfall? Haben die sich im Jahrhundert geirrt?"

„Verschwindet", knurrte Nathaniel und ging in die Hocke. Kaum etwas verriet seine innere Anspannung. Seine Arme ruhten auf den Knien, seine Hände hingen locker herab. „Verschwindet. Das, was ihr sucht, ist nicht hier."

„Wir sollten abhauen." Das Opfer seiner Manipulation schüttelte sich, als wolle es eine lästige Fliege loswerden. Ächzend zog sich der Schwarzhaarige über den Rand des Abhangs und griff, ehe Nathaniel es ihm ausreden konnte, nach dem im Baumstamm steckenden Pfeil. „Machen wir, dass wir wegkommen. Ich riskiere für diesen Sack nicht mein Leben. Was er sucht, ist nicht hier."

Den Pfeil umklammernd, stolperte der Mann lautstark durch das Farngestrüpp, schwenkte nach rechts und verschwand mit scheppperndem Rucksack in der Dämmerung des Waldes. Sein Gefährte, über den Abbruch der Mission sichtlich erleichtert, folgte ihm nach kurzem Zögern. Der Gestank von Angst vergiftete den Wald. Nathaniel empfand nicht übel Lust, die Befürchtung dieser Idioten wahr werden zu lassen und zwei Pfeile in ihren Köpfen zu versenken. Doch er hielt sich zurück.

Lange, nachdem die Gestalten seinen Augen entschwunden waren, hörte Nathaniel noch ihre plumpen Schritte und das atemlose Keuchen. Menschen hatten verlernt, eins mit ihrer Umgebung zu sein. Sie stolperten so ungeschickt durch die Natur, wie es nicht einmal die Kleinkinder in seinem Dorf fertiggebracht hatten.

Seine Wut ging Hand in Hand mit Verwirrung und aufkeimender Erkenntnis. Möglicherweise ging es der Schamanin nicht um die Frau. Sollte er verhindern, dass man das Grab fand? Lag seine Aufgabe diesmal nicht darin, behütend über das Schicksal seines Volkes zu wachen, sondern über das Geheimnis seiner Kraft selbst? Nun, das war mal etwas anderes, aber mit Sicherheit nichts Neues. Obwohl es in der modernen Zeit schwieriger sein würde, sich als Hüter eines Mysteriums zu bewähren.

Nathaniel blickte auf. Sonnenstrahlen durchdrangen den Dunst des Waldes und wärmten seinen Rücken. Die Vögel, zuvor gestört durch die Eindringlinge, setzten ihr Morgenkonzert fort. Ein Graufuchs schnürte zu Füßen des Felsens durch das Farndickicht, witternd nach in der Erde verborgenen Mäusen. Es war, als verschlösse der Wald das von den Menschen gewaltsam geöffnete Tor und kehrte zu seinem Frieden zurück. Aufatmend lehnte Nathaniel sich gegen den Felsen. Er wusste, dass seine Aufgabe gut war. Er wusste, dass all dies – der Wald, sein Dorf und die Gunst des Schicksals, die über seinem Stamm lag – ohne ihn vermutlich nicht mehr existieren würde. Doch solange die Schamanin ihn drangsalierte, würde sein inneres Gleichgewicht auf sich warten lassen. Sie war es, die ihm den Frieden raubte. Sie allein. Er fragte sich, ob sie einfach vermodern und sterben würde, wenn sie das Ritual der Erneuerung nicht durchführten. Aber solche Gedanken waren überflüssig. Falls er sich weigerte, würde sie ihn zwingen, seine Kraft mit ihr zu teilen.

Während er in den Sonnenstrahlen entspannte, dachte Nathaniel an seine verlorene Familie. Er dachte daran, dass mit Sicherheit Ärger bevorstand und er dachte an Josephine. Sie gehörte zu jener Sorte Menschen, vor der man ein Geheimnis nicht lange bewahren konnte. Früher oder später musste er sich ihr offenbaren, und Nathaniel bemerkte, wie verlockend ihm dieser Gedanke erschien. Eine Frau, vor der er seine Maske fallen lassen konnte. Eine Frau, die ihn so sah, wie er wirklich war. Er glaubte zu wissen, dass sie die Richtige war. Aber vollkommen sicher war Nathaniel nicht. Noch nicht.

***

„Tut mir leid."

Josephine warf einen betroffenen Blick auf die Uhr. Es war halb zehn. Sie hatte den kompletten ersten Arbeitsgang verschlafen.

„Aber warum denn?" Jacob saß gut gelaunt am Tisch und rauchte seine Pfeife. Dem Geruch und dem Grad seiner Verschmutzung nach zu urteilen, hatte er bereits alles, was mit den Ställen zusammenhing, erledigt. In seinem grauen Haarkranz baumelten zwei Strohhalme, ein weiterer hatte sich in seinem Bart eingenistet. „Dein Körper braucht den Schlaf. Nimm ihn dir einfach. Oder mach mal Urlaub, was meinst du?"

„Urlaub? Vergiss es. Nicht jetzt."

„Das sagst du seit Jahren."

„Ich kann nicht. Ich will nicht. Thema Ende."

„Wie du meinst." Jacobs Blick wurde seltsam. Irgendwie verschwörerisch. „Was ist eigentlich mit deinem neuen Angestellten?"

„Was soll mit ihm sein?"

„Ich habe ihn heute Morgen getroffen. Er wollte jagen gehen. Hast du seinen Bogen gesehen? Ist der nicht unglaublich?"

„Er ist seltsam."

„Was?“

„Ich meine Nathaniel. Er ist seltsam. Ich verstehe ihn nicht. Ich weiß nicht, wer er ist und warum er tut, was er tut. Er ist ein Rätsel für mich, und du weißt, dass ich so was nicht leiden kann. Immer dieses mysteriöse Getue. Was glaubt er eigentlich, wer er ist? Können sich Männer wie er niemals klar und verständlich ausdrücken?“

„Wir können ihn gut gebrauchen“, gab Jacob zu bedenken. „Also vergraule ihn nicht. Und kratz ihm auch nicht die Augen aus.“

„Ihr habt euch unterhalten?“

„Sehr kurz nur. Ich mag ihn, und du kennst mein Radar für niederträchtige Subjekte. Bei ihm schlug er nicht aus.“

„Der Kerl will nicht bezahlt werden.“ Sie goss Kaffee in ihre monströse silberne Tasse. Josephine fühlte sich unwohl in ihrer Haut. Und das, obwohl sie ihre zerfledderte Lieblingsjeans und ihr waldgrünes Lieblingshemd trug, das kein Waschmittel der Welt jemals wieder sauber bekommen würde „Er sagte, er brauche kein Geld. Ist das zu fassen? Wer zum Teufel braucht denn kein Geld?“

„Das hat er gesagt?“ Jacob zog bedächtig an seiner Pfeife und beobachtete Josephine, wie sie ihren Toast in Honig ertränkte. Er sinnierte eine Weile, tat schließlich durch ein Räuspern kund, dass er zu einer Antwort gekommen war, und ließ sich im Stuhl zurückfallen. „Ich war nur ein Mal in meinem Leben in einem Reservat. Es nannte sich Pine Ridge. Ein Freund von mir besuchte dort seinen Schwager, einen Lakota namens George. Ich hatte meine Illusionen. Die verklärten Vorstellungen eines Romantikers eben. Kein Wunder, dass mir die Wahrheit einen Schlag ins Gesicht verpasst hat. Ich erwartete in meiner Dummheit irgendetwas, das wenigstens ansatzweise meiner Fantasievorstellung entsprach. Aber was mich in Pine Ridge erwartete, war in erster Linie Trostlosigkeit. Die Menschen, die ich traf, hatten keine Perspektiven mehr. Ich spürte ihre Leere, ihre Resignation, irgendwo unter der Wirkung des Alkohols und der Drogen.“

„Moment“, unterbrach ihn Josephine. „Ist das Zeug in den Reservaten nicht verboten?“

„Klar. Aber man besorgt es sich eben außerhalb. Solche Regeln haben noch nie was genützt. Jedenfalls war ich zuerst wütend, weil die Enttäuschung so tief saß. Ich fragte mich, warum sich all diese Menschen so hängen ließen. Warum sie nichts taten, sondern einfach so in den Tag hineindämmerten.“

„Tja, deine Illusionen hatte ich auch mal. In sehr jungen Jahren.“ Josephines ohnehin nur rudimentär vorhandener Appetit löste sich in Luft auf. Resigniert ließ sie ihren Honigtoast auf den Teller fallen und klammerte sich an der Kaffeetasse fest.

„Ihr Denken ist ganz anders, das muss man erst mal verstehen.“ Jacob starrte ins Leere. „Eine feste Arbeit, die sie Tag für Tag zum selben Ort und zur gleichen Tätigkeit führt, ist für viele nur schwer vorstellbar. Wer als Indianer eine solche sucht, ist sowieso aufgeschmissen, denn kaum jemand will sie einstellen. Nach wie vor sieht man sie als Menschen dritter Klasse an. Man wird nicht müde, ihnen das zu de-

demonstrieren. Nehmen wir nur mal den Uranabbau. In Pine Ridge habe ich überall die Bohrlöcher gesehen. Die Verantwortlichen kümmert es einen Scheißdreck, dass die Familien in der Nähe der Abbaustellen reihenweise an Krebs erkranken und sterben wie die Fliegen. Die Lebenserwartung in den Reservaten liegt bei gerade vierzig Jahren, das ist heutzutage ein verdammt mieser Durchschnitt. Von der Selbstmordrate wollen wir gar nicht reden. Der Krieg ist offiziell vorbei, aber der Massenmord geht weiter. Ich hörte von Wissenschaftlern, die die Verseuchung im Reservat beweisen und publik machen wollten. Aber ehe ihnen das gelang, wurden sie in tödliche Unfälle verwickelt. Oder die Geschichte mit dem Touristenzentrum, das angeblich Wohlstand schaffen sollte und doch nur dazu benutzt wurde, den Lakota eine weitere Schlinge um den Hals zu legen. Man versprach ihnen Arbeitsplätze, doch nach Umsetzung der Pläne waren die Statistiken noch mieser als vorher."

„Wie kommt denn so was?"

„Man schließt Verträge, die eine Menge Hintertürchen offen lassen. Man wählt schwammige Formulierungen und dreht sie am Ende so, dass das Gegenteil vom Versprochenen herauskommt. Du weißt schon, all diese Tricks und Kniffe, die in unserer Welt an der Tagesordnung sind, um Ahnungslose übers Ohr zu hauen."

Josephine starrte auf das schwappende, schwarze Gebräu in ihrer Tasse. Sie fühlte sich schlecht. Elend und bis zum Scheitel angereichert mit schlechtem Gewissen. „Denkst du, Nathaniel kommt aus ähnlichen Verhältnissen?"

„Keine Ahnung. Ich war noch nie in einem der Crow-Dörfer. Aber ich weiß, dass dieser Stamm von einem anderen Schlag ist. Sie verfielen nie den Verlockungen der Weißen. Jedenfalls nicht in dem Maße wie ihre Leidensgenossen. Sie galten damals nicht nur als gefürchtete Krieger und geschickte Diebe, sondern vor allem als Händler, die man nicht über den Tisch ziehen konnte. Ich bin kein Experte, aber ich habe gehört, dass es die Crow im Gegensatz zu den anderen Stämmen geschafft haben, auch fruchtbares Land zu behalten. Sie verpachten oder verkaufen es an Farmer wie euch. Aber sie besitzen auch selbst ein Händchen für die Landwirtschaft. Außerdem haben sie recht beachtliche Einnahmen aus Leasingabkommen mit Minen. Es geht ihnen also verhältnismäßig gut. Ich würde gern mal eines ihrer Dörfer besuchen, aber seit meinem Aufenthalt damals in Pine Ridge … nun ja, ich fühlte mich wie ein Verräter. Wie ein unerwünschter Eindringling. Man kann es ihnen nicht verübeln, dass sie unter sich bleiben wollen. Nur bringt in dem Fall weder die Haltung der einen Seite noch die der anderen irgendeinen Fortschritt."

„Nathaniel erzählte etwas von einer wichtigen Position", murmelte Josephine und nippte an ihrem Kaffee, der plötzlich nach nichts mehr schmeckte. „Wahrscheinlich meinte er den Stammesrat, in dem er sitzt."

„Er sieht nicht aus wie jemand, der einen Posten an einem Schreibtisch einnimmt."

„Nein."

„Ach ja, falls es dich interessiert …" Jacob zupfte neckisch an ihrem geflochtenen Zopf. Irgendwo unter seinem Bartwust erkannte sie ein vergnügtes Grinsen. „Die Crow galten und gelten noch immer als die schönsten Indianer überhaupt."

„So?" Josephine lächelte. Nathaniels Gesicht stand ihr vor Augen, gespenstisch erhellt vom Licht eines Blitzes und erinnernd an Zeiten, da dieses Volk der personifizierte Stolz gewesen sein musste. In seiner Erscheinung lag die verlorene Glorie vergangener Zeiten. So wie ihn würde man sich vermutlich den perfekten Krieger vorstellen. Stolz und unnahbar. So unnahbar, dass der Gedanke, ihm jemals nahezukommen, utopisch anmutete. Andererseits waren sie sich in der vergangenen Nacht zweifellos nähergekommen. Aber was hatten diese Momente für ihn bedeutet? Hatte auch er diese flüchtige Glückseligkeit gespürt oder war sie einfach nur naiv und sentimental?

„Sieh mal", stieß Jacob Rauch ausblasend hervor. „Da ist er ja."

„Wo?" Josephine fuhr so abrupt auf, dass ihr Stuhl um ein Haar das Gleichgewicht verloren hätte. „Was hat er da? Einen Hirsch?"

„Sieht ganz so aus, als wäre seine Jagd erfolgreich gewesen. Besseres Fleisch als aus dem Wald bekommst du nirgends. Nur leider hat er sich umgezogen. Schade."

„Wie meinst du das?"

„In dieser Tasche ist seine andere Kleidung. Die authentische Kluft, du weißt schon. Ich hätte sie gern mal gesehen."

„Wieso wundert mich das nicht? Ein antiker Bogen, antike Kleidung. Was noch? Magische Fähigkeiten?"

„Vielleicht mag ich ihn gerade deswegen. Er baut meine verlorenen Illusionen wieder ein bisschen auf." Jacob zwinkerte ihr zu, schob seinen Stuhl an den Tisch und schlurfte zur offen stehenden Haustür hinaus.

Josephine folgte ihm, allerdings nur bis zur Verandatreppe. Ungläubig sah sie zu, wie Nathaniel über die Wiese auf sie zukam. Er wirkte in einer Weise surreal, dass die Erinnerung an die vergangene Nacht wie ein Traum anmutete. Dieser Mann hatte mit ihr geredet? Hatte sie angelächelt und sie die Einsamkeit für kurze Momente vergessen lassen? Neben seinem Bogen, dem Köcher und einer fransenbesetzten Tasche schleppte er eine Art Trage aus Ästen. Ein erlegter Weißwedelhirsch war darauf gebunden. Als Jacob Nathaniel erreicht hatte, tauschten die beiden Männer nur wenige Worte aus. Josephine verstand nicht eines davon, wohl aber registrierte sie die düstere Miene des Indianers. Ohne ihr auch nur einen Blick zuzuwerfen, setzte er seinen Weg ohne die Trage fort, passierte den Korral und die Zufahrtsstraße und verschwand im Pferdestall.

Jacob blieb mit hilfloser Miene zurück. Die Verlorenheit, mit der er mitten auf der Wiese stand, erschien Josephine allzu vertraut. Offenbar stürzte Nathaniel nicht nur sie in Verwirrung. Müde von ihrem zu langen Schlaf schlurfte sie zu dem alten Mann und besah sich den Hirsch. Lebendig waren diese Tiere zweifellos schöner anzusehen.

„Was hat er gesagt?“

Jacob zuckte die Schultern. „Nur, dass er uns gehört und wir ihn aufessen sollen.“

„Du meinst den Hirsch?“

Jacob prustete. „Natürlich.“

„Also gut. Wie wäre es heute Mittag mit Gulasch? Das da ist mehr als genug für alle.“

„Dann mach dich auf in die Küche.“

„Ich? Nein, vergiss es. Es gibt noch jede Menge ...“

„Unsinn“, beharrte Jacob. „Du siehst noch ganz schön schlapp aus. Lass es heute mal gemütlich angehen. Geh in die Küche und mach dein Gulasch, ich kralle mir zwei Studenten, die mir helfen können. Ab jetzt. Keine Widerworte.“

Josephine bleckte in halbherzigem Protest die Zähne. Ehe Jacob ihr diese Aufgabe abnehmen konnte, legte sie den Riemen der Trage um ihre Schulter. Offenbar hatte Nathaniel ihn aus Rindenstreifen selbst gedreht, ebenso, wie er die gesamte Transportvorrichtung auf die Schnelle gebaut haben musste. Natürlich, er hatte erwähnt, sehr ursprünglich aufgewachsen zu sein. Vermutlich aß er ausschließlich selbst erlegte oder gesammelte Nahrung, lebte ohne Strom, Fernseher oder sonstigen technischen Schnickschnack, verbrachte seine Nächte im Wald und verfügte über all die Kenntnisse, die der moderne Zivilisationsmensch längst vergessen hat. Gab es solche Exemplare noch unter den Indianern? Unter Menschen, denen ihre Traditionen bis in die neunzehnhundertsiebziger Jahre streng verboten worden waren? Vielleicht wollte er sie nur beeindrucken, oder er war wirklich so. Sie wusste es nicht.

Josephine konnte nicht widerstehen. Nachdem sie einen Haufen Fleisch zu Würfeln zerschnitten, angebraten und in einen riesigen Topf befördert hatte, warf sie einen Blick aus dem Fenster. Von der Küche aus hatte man den Korral gut im Blick. Und was Josephine dort sah, ließ ihren Mund vor Verblüffung offen stehen.

Nathaniel saß auf dem Rücken des ungesattelten Cremello. Mit völlig entblößtem Oberkörper und zu einem lockeren Zopf zusammengebundenen Haaren. Er ließ das Pferd im Kreis laufen und hielt das Gesicht in die Sonne, als sei ihm die Tatsache, etwas Verpöntes zu tun, nicht im Geringsten bewusst. Männer zeigten in diesen Breiten niemals ihren nackten Oberkörper, ganz gleich, wie warm es war oder ob der Schweiß in Strömen an ihnen herabrann.

Diese Rothaut kümmerte sich offensichtlich nicht um solche Dogmen. Sein Genuss, die Sonne und den Wind auf seiner Haut zu spüren, war unübersehbar – eine Haut, die im Ton heller Bronze schimmerte und sich über gewölbte Muskeln spannte. Josephine beugte sich noch etwas weiter vor und stützte sich am Fensterrahmen ab. Nathaniels Körper war so, wie sie es sich ausgemalt hatte. Schlank und doch kraftvoll, geschaffen von einem ursprünglichen Leben. Der einzige Makel, den sie erkannte, waren Narben auf seinen Brustmuskeln. Stammten sie etwa vom Sonnentanz? Jenem blutigen, grausamen Ritual, das früher unter den Prärieindianern verbreitet gewesen war?

Sie wusste, dass manche Stämme diesen Tanz immer noch zelebrierten, jedoch hatte man die Pflöcke, die durch die Brustmuskeln getrieben wurden, längst durch harmlose Alternativen wie Geschirre ersetzt.

Josephine geriet ins Träumen. Reiter und Pferd malten ein Bild, in dem unendliche Ruhe lag. Das Fleisch begann anzubrennen, doch sie ignorierte es. Der sich ihr bietende Anblick faszinierte und fesselte sie. Hinter der Ruhe des Indianers glaubte sie, etwas Ungezügeltes zu erkennen. Etwas Ursprüngliches, das weder von Moral noch von modernen Zwängen tangiert wurde. Dieser Mensch war frei. In einem Maße, wie man es heutzutage nur sein konnte.

Josephine hungerte danach, an Nathaniels Freiheit teilzuhaben. Sie beobachtete das Spiel seiner Muskeln, als er vom Rücken des Tieres glitt, den Sattel vom Zaunbalken hievte und ihn dem Tier auflegte. Der Cremello rührte sich nicht, selbst dann nicht, als der Indianer den Fremdkörper an ihm fest schnürte.

Josephine fuhr herum. Penetrant stieg ihr der Geruch nach verbranntem Fleisch in die Nase. Sie eilte zum Herd und rührte das Gulasch um, während ihr Herz bis zum Hals klopfte. Hitze jagte durch jede Körperzelle. Pulsierend, lebendig, erregend. Auch wenn der Gedanke, Nathaniels Treiben weiter zu beobachten, überaus verlockend war, widerstand sie diesem Drang. Wenigstens eine Viertelstunde lang. Als sie erneut aus dem Fenster sah, war er bereits dabei, den inzwischen wieder ungesattelten Cremello in Galopp übergehen zu lassen.

„Wie zum Teufel machst du das?" Sie schüttelte den Kopf und rechnete damit, jeden Augenblick Zeugin eines Unglücks zu werden. Nach einer Weile zügelte Nathaniel das Tier, sah sich um, und schien zu prüfen, ob irgendwo neugierige Augen zu entdecken waren. Er beobachtete seine Umgebung eine Zeit lang, um das Pferd nach Beendigung seiner Analyse erneut in Galopp übergehen zu lassen. Josephine war versucht, die Augen zuzukneifen, denn er trieb dieses nicht zugerittene Tier furchtlos an, ließ es schneller und schneller laufen, bis sie überzeugt war, ihn jeden Augenblick stürzen zu sehen. Das Trommeln der Hufe erfüllte die hitzeflirrende Stille und plötzlich glitt Nathaniel im gestreckten Galopp vom Rücken des Tieres. Er stieß sich vom Boden ab, flankte auf die andere Seite des Pferdes und wiederholte das Kunststück. Ehe der Cremello die zweite Runde vollendet hatte, saß Nathaniel wieder auf seinem Rücken, mit entspannt hängenden Armen und zurückgebeugtem Oberkörper.

Josephine hielt nichts mehr im Haus. Sie rannte zum Korral, stellte sich an das Gatter und wartete, bis Nathaniel auf ihrer Höhe war.

„Was war das gerade?", rief sie ihm zu.

„Was?" Er zügelte das Pferd und blickte unschuldig auf sie herab.

Josephine schnaubte und wedelte mit der Hand. „Na, das da. Was du gerade gemacht hast. Diese kleine Akrobatikeinlage."

„Eben das war es." Nathaniel zuckte mit den Schultern. Der Anblick seines nackten, verschwitzten Oberkörpers, über den sich Schlieren aus Staub zogen, verstörte

Josephine über alle Maßen. Ihre Kehle wurde trocken. Sie schien regelrecht auszudörren.

„Ich wollte wissen, ob ich es noch kann", setzte er hinzu. „Habe es ewig nicht mehr gemacht."

„Mach es noch mal."

„Oha." Nathaniel legte den Kopf schief. Ein diebisches Funkeln huschte durch das Dunkel seiner Augen, als er sich die vom Wind zerzausten Haarsträhnen aus dem Gesicht strich. „Da war es wieder."

„Es?"

„Das bissige, garstige Hörnchen."

„Was fällt dir ein? Nur damit das klar ist, hier auf dieser Farm bin ich deine Chefin. Und du mein Angestellter."

Nathaniel hob eine Augenbraue. „Ist das so? Haben wir irgendeinen Vertrag geschlossen? Also, zweiter Versuch. Dieselbe Frage, nur diesmal etwas höflicher."

Josephine knirschte mit den Zähnen. „Zeig es mir. Ich will es noch mal sehen. Aus der Nähe. Bitte."

Nathaniel neigte gönnerhaft den Kopf. Er schnalzte mit der Zunge, ließ den Cremello zunächst in einen lockeren Trab, dann in Galopp fallen und wiederholte sein Spiel. Josephines Wut überließ blankem Staunen das Feld. Dieser Mann begann vor ihren Augen, die Gesetze der Schwerkraft auszuschalten. Als sei es ein kinderleichtes Spiel, wirbelte er von einer Seite des Pferdes auf die andere, glitt nach drei Galoppsprüngen erneut herunter und hing wie festgewachsen an der Seite des Tieres. Sein einziger Halt war ein Mähnenstrang, den er sich um die Hand gewickelt hatte, seine Ferse, die sich an der Kruppe abstützte und die Anspannung des eigenen Körpers. Nach einer Runde zog er sich wieder hoch, doch nur, um das Pferd erneut anzutreiben.

„Hör auf damit!" Josephine schrie gegen das Stakkato der Hufe an, doch Nathaniel reagierte nicht. Noch einmal glitt er vom Rücken des Tieres, so tief, dass Josephine eine Hand vor die Augen schlug, und fischte in vollem Galopp etwas aus dem Staub. Lachend warf er es ihr zu. Sie fing es auf, öffnete die Hand und sah einen Stein, kaum größer als eine Walnuss.

„Hattest du etwa Angst um mich?" Geschmeidig zog er sich hoch, stellte sich auf den Rücken des Tieres und streckte die Arme aus. Für einige Galoppsprünge verharrte Nathaniel in dieser Position. Als er auf Josephines Höhe ankam, stieß er sich ab und landete neben ihr. Gelassen klopfte er sich den Staub von seiner Jeans, strich über seinen halb aufgelösten Zopf und grinste.

„Und?", fragte er mit dem Blick eines Jungen, der einen Streich mit Charme auszubügeln gedachte. „Wie war ich?"

Josephine biss sich auf die Unterlippe. Der Geruch seiner schweißfeuchten Haut stieg ihr in die Nase. Er war warm. Herb und männlich und auf eine Weise berauschend, die ihr vom Verstand abgekoppelter, ursprünglicher Teil genüsslich in sich aufsog und in tiefere Regionen weiterleitete. Sie starrte auf die nackte Haut, die er so gleichmütig präsentierte, und suchte verzweifelt nach Worten.

„Du musst nichts sagen", kam er ihr zuvor. „Ich höre es an deinem Herzschlag. Ich rieche es in deinem Atem. Du bist beeindruckt. Und du hattest Angst um mich."

Josephine wich zwei Schritte zurück. Ihre Hände ballten sich zu Fäusten zusammen. „Was soll das?"

„Mein Versuch, dich zu beeindrucken? Ich bin ein Mann. Balzen liegt in meiner Natur." Er atmete tief ein und legte den Kopf schief. „Außerdem wolltest du es."

„Aha." Josephine erwiderte seinen Blick kampflustig. Begann dieses Spiel, ihr Freude zu bereiten? Spürte sie da nicht das Kitzeln der Herausforderung in ihren Eingeweiden, verbunden mit der Lust, ihm zu zeigen, wer auf dieser Farm das Sagen hatte? „Okay, zugegeben, das war verdammt beeindruckend."

„Ein bei uns lebender Comanche brachte es mir bei, als ich ein Junge war. Die Comanchen galten als die besten Reiter. Sie krochen in vollem Galopp unter dem Bauch des ungesattelten Pferdes hindurch und sprachen mit ihren Tieren, als wären sie Menschen."

„So wie du?"

Nathaniel setzte eine bescheidene Miene auf.

„Es war mehr als gefährlich", bemerkte Josephine. „Dieses Tier ist noch nicht mal zugeritten."

„Für eure Verhältnisse nicht", erwiderte er. „Für meine schon."

„Wie du meinst. Um ein Uhr essen wir zu Mittag. Du kannst gern mit uns zusammen …"

„Nein", unterbrach er sie. „Ich bin nicht gesellschaftsfähig."

„Von mir aus. Dann komm eben in einer halben Stunde vorbei und hol dir deine Portion."

Nathaniel hielt ihr seine nackten Unterarme entgegen. „Keine Uhr."

„Dann eben eine grob geschätzte halbe Stunde." Josephine machte auf dem Absatz kehrt und spürte, während sie eine Spur zu hastig zum Haus zurückkehrte, seine Blicke in ihrem Nacken. Verdammt, warum brachte sie es nicht fertig, mit der üblichen Routine ihre Fassung zu wahren? Er war nicht der erste Kerl, der seit Daniels Tod um sie warb. Gut, er gefiel ihr, zumindest vom Äußeren her, doch sie war eine Frau, die sich von niemandem leicht aus der Ruhe bringen ließ. Lag es überhaupt in Nathaniels Absicht, ihr den Kopf zu verdrehen? Das vage Gefühl beschlich sie, dass er nicht freiwillig hier war. Aber was zum Teufel sollte jemanden wie ihn dazu bringen, gegen seinen Willen für sie zu arbeiten? Das war doch idiotisch.

Josephine wischte ihre Grübeleien beiseite und kehrte in die Küche zurück. Die Tatsache, dass sie während der nächsten halben Stunde ungefähr alle fünf Sekunden zur Uhr schielte, brachte sie umso mehr aus dem Konzept. Himmel, was war los mit ihr? Ihre Nervosität war lächerlich. Nein, sie war aufregend. Prickelnd und neu.

Es war Punkt halb eins, als Nathaniel hereintrat. Erneut lag dieses undurchschaubare Lächeln auf seinen Lippen. Das Kraftfeld seiner Präsenz besaß eine Intensität, unter der sich ihre Nackenhärchen sträubten.

„Also dann. Ich spiele gern den Vorkoster." Er sah sie an, schamlos, doch zugleich den Eindruck vermittelnd, als sei er sich dieser Schamlosigkeit nicht bewusst. „Ist das Erdbeersoße? Ich liebe Erdbeeren."

„Ja. Was willst du zuerst?" Josephine fuhr nervös über ihren Zopf. Diese Stimme – sie hatte die Intensität einer Berührung besessen. Sie war wie ein Versprechen gewesen. Ein Versprechen worauf? Dass seine Hände so waren, wie das Timbre seiner Stimme? Weich und streichelnd?

„Vorsicht", raunte er ihr zu.

Sie hatte automatisch einen Löffel voll Erdbeersoße aus dem Topf genommen und davon probiert. Ihre Finger zitterten derart, dass ein Klecks auf ihrem Dekolleté gelandet war. Sie wollte ihn fortwischen, doch Nathaniel war so schnell bei ihr und packte ihre Hand, dass sie seine Bewegungen kaum wahrgenommen hatte.

„Nein …" wisperte sie erschreckt, doch sein Finger strich bereits über ihre Haut. Vorsichtig fing er den roten Tropfen auf, führte ihn zu seinem Mund und leckte ihn mit der Spitze seiner Zunge ab. Josephine sah ihm wie gelähmt zu. Es war eine Kostprobe von etwas Verbotenem. Ein sekundenlanger Flirt mit einem undurchschaubaren Abgrund. Nathaniel lächelte. Seine Lider senkten sich herab, als er genüsslich nach dem Geschmack der Soße forschte. Er tat es konzentriert und versunken, als eröffneten sich ihm tausend Nuancen in einem kleinen Tropfen.

„Köstlich." Er streckte seine Hand erneut aus und berührte sie ein zweites Mal. Seine nasse Fingerspitze strich über ihre Haut, streichelte den Ansatz ihrer Brust, drückte sich für einen winzigen Moment in das weiche Fleisch.

„Mehr", schnurrte er, als er seine Hand zurückzog. Nicht ohne zuvor hauchzart über ihre Haut zu streichen. „Ich nehme beides. Zuerst das Fleisch, dann die Früchte."

Josephine fühlte sich elektrisiert. Mechanisch füllte sie einen Teller mit Essen und ein Glas mit Limonade, während Nathaniel zum Tisch hinüberging und sich auf den Stuhl sinken ließ. Langsam und fließend, in jeder Geste eine lauernde Geschmeidigkeit vermittelnd, als sei er sich ihrer permanenten Seitenblicke allzu bewusst. Ihre Haut brannte, dort, wo er sie berührt hatte. Sie hätte ihre Nervosität gern mit irgendetwas überspielt, doch ihr fiel nichts Sinnvolles ein. Viel zu hastig rührte sie in dem Topf herum, halbierte Erdbeeren und nahm Schlucke aus der Saftkaraffe, weil ihre Kehle sich anfühlte, als sei sie vertrocknet. Nathaniel sprach, während er aß, kein Wort. Verliere dich nicht, forderte ihr Verstand. Es ginge viel zu schnell. Ihre abenteuerlustige Seite aber antwortete: Warum nicht? Tu das, wonach dir ist.

Seine Lippen schlossen sich um eine Erdbeere. Unverhohlen sinnlich. War er sich dessen bewusst? Ein Tropfen zähen Saftes lief in seinen Mundwinkel, und als er ihn mit dem Daumen fortwischte und ableckte, hörte die Welt um Josephine für einen kurzen Augenblick zu existieren auf.

***

Sie entkam ihm nicht. Am frühen Nachmittag lud er mit einigen Arbeitern Strohballen ab, wobei er erneut auf jegliche Konventionen pfiff und sich, als die Sonne die aufgezogenen Wolken vertrieb, erneut seines T-Shirts entledigte. Verborgen hinter einem Kaminholzstapel beobachtete Josephine ihn eine Weile, amüsierte sich über die pikierten Blicke der Arbeiter und über Nathaniels gleichgültige Miene, der so tat, als sei er sich dieser Aufmerksamkeit nicht bewusst. Viel eher war es ihm wohl völlig egal, was andere über ihn dachten.

Als sie schließlich am späten Nachmittag die Wohnungen über dem Pferdestall mit frischem Bettzeug versorgt hatte und nach getaner Arbeit durch die nur einen spaltbreit geöffnete Tür schlüpfen wollte, stieß sie um ein Haar mit ihm zusammen. Nathaniel ließ ihr weder den Vortritt noch schob er die Tür ein wenig auf – nein, er griff nach ihren Schultern, schob sich so dicht an ihr vorbei, dass ihre Körper einander streiften, und zwinkerte ihr mit einem Grinsen zu, das sie ihm am liebsten aus dem Gesicht geohrfeigt hätte. Wenigstens hatte er inzwischen das T-Shirt übergezogen, doch der dünne Stoff hatte nicht verhindern können, dass sie seine erhitzte Haut gespürt hatte.

„Einen schönen Tag noch, Mrs. Campbell." Nathaniel verschwand im Treppengang zu den Wohnungen, noch ehe ihr eine schlagfertige Antwort eingefallen war. Verdammt, sie hätte ihm hier und jetzt die Stirn bieten können, doch stattdessen stand sie da wie ein begossenes Huhn.

Für den Rest des Tages versuchte sie, ihm aus dem Weg zu gehen. Doch auch diesmal wurde ihr Plan vereitelt. Gerade, als sie erschöpft auf die Bank vor der Veranda zustrebte, um sich vom Schleppen gefühlter eintausend Säcke Rinderpellets zu erholen, saß Nathaniel auf diesem Platz. Der herrliche Köcher und der Bogen standen neben ihm, während er in aller Seelenruhe die Sehne mit einem weißen Klumpen abrieb.

Josephine erstarrte. Sollte sie zu ihm gehen? Seine Nähe würde ihr rhetorisches Geschick trockenlegen, andererseits war ihr klar, dass er genau damit rechnete – sie die Flucht ergreifen zu sehen. Und diesen Beweis seiner Wirkung auf ihren Verstand würde sie ihm verwehren.

„Was tust du da?", fragte sie in unbekümmertem Tonfall.

Nathaniel blickte auf, als sie in gebührendem Abstand vor ihm verharrte. Einladend nickte er auf den leeren Platz neben ihm. Ob es tatsächlich Überraschung war, die kurz in seinen Augen aufglomm, konnte Josephine nicht mit Bestimmtheit sagen.

„Ich muss regelmäßig die Sehne wachsen, damit sie geschmeidig bleibt und länger hält."

Langsam zog er den kleinen, weißen Klumpen von oben nach unten, um das Wachs anschließend mit Drehbewegungen seiner Finger einzuarbeiten. Während sie zusah, wiederholte er diese Prozedur zehnmal. Zeit schien vor Nathaniel in die Knie zu gehen. Sie kümmerte ihn nicht, tangierte ihn nicht im Geringsten. Selbst Josephines Schweigen und ihre Blicke änderten nichts an der Ruhe, die in ihm zu liegen schien.

„Wozu ist dieses Pelzbüschel gut?", fragte sie ihn.

„Man knüpft es auf die Sehne, damit es Geräusche dämpft. Ein Trick, um lautlos zu schießen."

„Und wie gut triffst du damit? Einen Apfel auf fünfzig Schritt?"

„Einen Apfel auf hundert Schritt", erwiderte er. „Wenn es um leichte Übungen geht."

„Du machst Scherze."

„Hast du einen Apfel?"

„Ja, aber ..."

„Dann hol ihn."

Nathaniels Lächeln war von einer Selbstsicherheit, die sie bröckeln sehen wollte. Josephine eilte in die Küche, nahm einen der Äpfel aus der Obstschale und lief zurück.

„Da hast du ihn. Wo soll ich ihn hinlegen? Da hinten auf den Zaun? Das dürften ungefähr hundert Schritte sein."

„Nein." Nathaniel nahm einen Pfeil aus dem Köcher und unterzog ihn einer intensiven Musterung. „Du gehst hundert Schritte, ich meine große Schritte, und hältst ihn in deiner Hand."

„Vergiss es." Er war verrückt. Er musste verrückt sein. „Das werde ich nicht tun."

„Vertrau mir. Ich würde nie etwas tun, was dich in Gefahr bringt."

„Auf mich aus dieser Entfernung zu schießen nennst du also ungefährlich? Wie ist dein indianischer Name? Der-von-allen-guten-Geistern-verlassen-ist?"

„So ungefähr." Er senkte seine Stimme, beugte sich an ihr Ohr und schnurrte: „Vertrau mir, Josephine. Vertrau mir einfach."

Sie wusste nicht, warum. Aber sie begann, zu laufen. Zwanzig Schritte, fünfzig, hundert. Als sie sich umdrehte, schüttelte sie nur den Kopf. Das konnte unmöglich sein Ernst sein. Doch sie sah, wie er jene Geste demonstrierte, mit der sie die Frucht halten sollte.

Josephine sah ihrem eigenen Arm fassungslos zu, wie er sich anhob. Sie sah, wie Nathaniel den Pfeil anlegte, wie er den Bogen spannte und zielte. Spring in Deckung, schrie ihr Verstand. Um Himmels willen, bleib hier nicht wie angefroren stehen, du dumme Pute. Er wird dir das Ding sonst wo reinjagen. Josephine kniff die Augen zusammen. Ihre Hand, die Apfel hochhielt, verkrampfte sich. Plötzlich ein Sirren, ein Pfeifen und ein Ruck. Etwas Feuchtes rann über ihre Finger. Blut? Nein, es roch süß.

„Das ist doch ..."

Sie blinzelte konfus. Der Pfeil hatte den Apfel genau in der Mitte durchbohrt. Eine metallene, rasiermesserscharfe Spitze ragte aus seinem Fleisch heraus, tropfend vor Saft.

„Wie hast du das gemacht?“ Als sie vor Nathaniel stand, kochte ihr Blut. Aufgewühlt von Faszination, Verwirrung und Ungläubigkeit.

„In meinen jungen Jahren“, antwortete er, „hing es vom Erfolg der Jagd ab, ob man satt schlafen ging oder hungrig. Ob man den Winter überlebte oder nicht. Es lag in unserem eigenen Interesse, gut zielen zu können.“

„Ist das nicht eine Spur zu ursprünglich?“ Josephines Blick heftete sich begehrlich auf den Bogen in seiner Hand. „Bringst du es mir bei?“

„Genau so zu schießen?“

„Ja.“

„Wenn du das willst, üben wir ausnahmslos jeden Tag mehrere Stunden.“

„Von mir aus.“

„Ungefähr zehn Jahre lang.“

„Von mir aus“, wiederholte sie.

„Du bist gut. Lässt du mir denn eine Wahl?“

„Nein. Ich werde dich tagein, tagaus belagern. So lange, bis du nachgibst. Frag Jacob, er wird dir bestätigen, dass ich eine verdammte Nervensäge sein kann.“

Wieder lachte er. Leise und verführerisch. „Glaub mir, an mir würdest du dir die Zähne ausbeißen. Aber weil ich meine Ruhe schätze, sei es drum. Komm mit.“ Er ging zur Wiese, die sich zwischen den Südweiden und dem Wald erstreckte. Etwa zwanzig Schritte von einem abgestorbenen Ahornbaum blieb er stehen. „Du wirst den Bogen nicht ganz spannen können.“ Nathaniel überreichte ihr die Waffe so feierlich, als handele es sich um eine Zeremonie. Sein Blick zeigte kläglich kaschierten Argwohn.

„Du hast ihn nie einem Fremden in die Hand gegeben, habe ich recht?“ Josephine seufzte, als sie das Gewicht dieses wunderbaren Relikts in ihren Händen spürte. Der Mittelteil war umwickelt mit brüchigem Leder. Sie erkannte Tierfiguren, die in die dunkle, äußere Schicht Holz eingeschnitzt worden waren. Ein Wolfskopf, ein Vogel und zwei stilisierte Büffel. Die innere Schicht Holz war heller und besaß die Farbe alten Honigs. Lederstreifen verzierten beide Enden des Bogens.

„Ich gebe ihn niemals einem Fremden“, bestätigte er. „Du bist die Erste. Denke daran, wie alt er ist. Er hat viele Kriege gesehen. Viele Schlachten und viel Tod. Er ist genauso lebendig wie du oder ich. Du musst ihm Ehre erweisen.“

Josephine strich mit der Spitze ihres Zeigefingers über die polierten Rundungen des Bogens. „Ist er ein Erbstück?“

„Gewissermaßen.“

„Und wie erweise ich ihm Ehre?“

„Behandele ihn so, wie du einen treuen Freund behandeln würdest.“

Josephine nickte. Mit klopfendem Herzen nahm sie den gelb gefiederten Pfeil, den Nathaniel ihr entgegenhielt.

„Nimm besser den hier. Die anderen sind zu alt und zu kostbar. Solange man übt, gehen sehr viele zu Bruch. Den Bogen hältst du bereits richtig, mein Kompliment. Jetzt leg den Pfeil an. Die Sehne nimmst du so zwischen die Finger."

Seine Hand schloss sich warm um die ihre. Während Nathaniel ihre Finger dirigierte, atmete sie den Duft seines Körpers ein.

„Sehr gut", raunte er. Josephine ächzte vor Anstrengung. Sie hatte den Bogen kaum bis zur Hälfte gespannt und schon verließen sie die Kräfte. Ihr Arm, der die Sehne hielt, begann zu zittern, ihre Schulter schmerzte.

„Kümmere dich nicht darum. Am Anfang ist das ganz normal."

Nathaniels Hand berührte ihren Ellbogen und drückte ihn nach unten. „Dein Arm und der Pfeil müssen eine Linie bilden. Jetzt noch etwas höher, sodass dein Daumen deinen Mundwinkel berührt. Sehr gut. Jetzt visier das Ziel an. Such dir einen Punkt aus, den du treffen willst, und ziel ein wenig höher, denn der Pfeil vollführt im Flug immer einen Bogen."

Josephine genoss seine Berührungen. Sanft korrigierte er ihre Haltung, drückte ihren Ellbogen höher und ihre Hand etwas nach unten. Als seine Finger ihren Schenkel streiften, schnappte sie unwillkürlich nach Luft.

„Stell das Bein ein wenig zurück", murmelte Nathaniel. „Genau so. Und jetzt lass los."

Josephine gehorchte. Der Pfeil vollführte einen trudelnden Flug, kam zu weit nach rechts ab und knallte gegen einen Zaunpfosten.

„Er ist nicht mal stecken geblieben." Ihre Enttäuschung saß tief, doch Nathaniel winkte beschwichtigend ab.

„Am Anfang dringt er gar nicht oder nur ganz flach ein." Angesichts ihres aufglühenden Gesichtes grinste er schalkhaft. „Nur keine Sorge. Nach und nach bekommst du das richtige Gefühl. Und die nötige Kraft, um den Bogen ganz zu spannen."

„Ich hoffe es." Josephine nahm ein weiteres Geschoss entgegen und legte es auf die Sehne. Diesmal gab er ihr keine Hilfestellung, was sie auf gewisser Ebene enttäuschte. Keine Emotion war in seinem Gesicht auszumachen, weder Tadel noch Wohlwollen. Sie versuchte, auf alles zu achten, und diesmal bohrte sich die Spitze des Pfeiles mit einem dumpfen Schlag in die Borke des Baumes.

„Gut gemacht." Nathaniel zeigte die Andeutung eines Nickens. „Und gleich noch mal. Hier."

Er warf ihr einen weiteren gelb gefiederten Pfeil zu. Wieder traf sie, auch wenn das Geschoss nicht stecken blieb, sondern zu Boden fiel. Der vierte traf knapp unter dem zweiten Pfeil sein Ziel, während der fünfte um ein Haar den dritten gespaltet hätte.

„Ich habe den Bogen raus." Josephine triumphierte. „Im wahrsten Sinn des Wortes."

„Vorsicht", gemahnte Nathaniel. „Am Anfang schießen alle besser als sie es erwarten. Hüte dich vor vorschnellem Stolz. Noch schießt du instinktiv, was gut ist, aber je verbissener du trainierst, umso mehr denkst du darüber nach. Je mehr du nachdenkst, desto häufiger geht der Schuss daneben. Es kommt darauf an, Erfahrung mit Gefühl zu vermischen. Übe ein paar Wochen, dann weißt du, was ich meine.“ Nathaniel nahm einen weiteren Pfeil aus seinem Köcher, diesmal einen der kostbaren rot Gefiederten. „Versuch den hier. Aber sei vorsichtig.“

„Sagst du mir das, weil du mir das Prinzip des gerade beschriebenen Scheiterns demonstrieren willst?“

„Erwischt“, gab er zu. „Die reine Angst davor, den Pfeil zu zerstören, hätte dich zu nervös für einen guten Schuss gemacht.“

„Darf ich dich eines Besseren belehren?“

„Nur zu.“

„Ich nehme diesmal den Baum da hinten.“

„Nein.“ Nathaniel schüttelte den Kopf.

„Nein? Warum nicht?“

„Der Ahorn ist bereits tot, aber der Baum, den du dir ausgesucht hast, ist jung und kräftig. Bäume bluten ähnlich wie Menschen, wusstest du das? Werden sie verletzt, bilden sie etwas, das man mit unseren Narben vergleichen kann. Oder sie gehen ein, weil Krankheiten durch ihre Wunden eindringen.“

Josephine blickte vorsichtig zu Nathaniel auf. „Mag ja sein, aber die Bäume auf der Wiese müssen in ein paar Wochen sowieso gefällt werden.“

„Was?“

Sie hatte mit seiner Missbilligung gerechnet, doch die plötzliche Härte in seinem Gesicht ließ sie zurückzucken.

„Wir müssen die Felder vergrößern“, beeilte sie sich zu erklären. „Es gefällt mir nicht, aber mit den Erträgen, die wir in den letzten Jahren eingefahren haben, kommen wir nicht mehr aus. Wir müssen die Produktion erhöhen, um ...“

„Also mehr Geld?“, knurrte Nathaniel verächtlich. „Mehr Gewinn? Du fällst diese Bäume dort, die ein paar Jahrhunderte durchlebt haben, um deine Felder noch weiter zu vergrößern?“

„Wir müssen unsere Schulden abbezahlen. Wir brauchen mehr Erträge. Ich sagte schon, dass mir das nicht gefällt.“

Nathaniel kam einen Schritt auf sie zu. Sie standen so nah voreinander, dass die Wärme seines Körpers durch ihre Kleidung kroch. Das schokoladige Braun seiner Augen vertiefte sich zu kalter Schwärze.

„Sieh dir an, was du hast“, schleuderte er ihr entgegen. „Das Land gibt dir Unmengen an Früchten, deine Tiere sind gesund und kräftig, der Boden gut. Und doch reicht es nicht? Wenn all das dich nicht ausreichend gut leben lässt, dann liegt der Fehler bei dir.“

„Ich tue mein Bestes.“ Josephine ballte angriffslustig die Fäuste. „Ich falle jeden Abend todmüde ins Bett, ich arbeite von morgens bis abends. Der Fehler soll also bei mir liegen? Ist das dein Ernst?“

„Das wird langsam zur Gewohnheit."
„Was?"
„Unser gegenseitiges Angiften."
„Dann erkläre es mir", knurrte sie. „Wo genau liegt mein Fehler? Was mache ich deiner Meinung nach falsch?"
„Du glaubst, zu viel zu benötigen. Du umgibst dich mit zu vielen unnützen Dingen und hast noch nicht verstanden, wie wenig wichtig ist, um zufrieden zu sein. Setz mich am Morgen splitterfasernackt im Wald aus, und am Mittag habe ich alles, was notwendig ist. Ausgenommen vernünftige Kleidung, denn das Gerben braucht seine Zeit."
Josephine drückte Nathaniel Bogen und Pfeil so unsanft vor die Brust, dass er einen Schritt zurückschwankte. „Erspar mir diesen wir-haben-früher-soviel-besser-gelebt-Quatsch. So was funktioniert heute nicht mehr. Ich habe Rechnungen, die ich bezahlen muss. Versicherungen und Steuern. Soll ich das Geld vielleicht herbeibeschwören? Einen Lottotanz aufführen, oder was? Oh nein, mir kommt da eine Idee, die sicher dein Wohlgefallen findet. Ich nähe mir ein Kleid aus selbst gegerbtem Leder und baue mir ein Zelt im Wald."
„Du wirst diese Bäume nicht fällen." Seine Stimme klang unverhohlen drohend. So gefährlich wie das Schwarz seiner Augen.
„Und was willst du machen, wenn ich es doch tue?"
„Dann wirst du mit den Konsequenzen leben müssen."
„Du drohst mir? Ist das dein Ernst? Das hier ist mein Land. Meine Farm und meine Angelegenheit."
„Mein Land", schnaufte er missbilligend. „Meine Angelegenheit. Genau dieses Wort haben wir zahllose Male gehört. Meins, meins, meins. Was für ein erbärmliches, egozentrisches Denken."
„Ich habe Besseres zu tun, als mit dir alberne Debatten zu führen. Guten Abend." Mit diesen Worten fuhr Josephine herum und marschierte zum Haus zurück. Einerseits, weil die Wut sie übermannte, andererseits, weil irgendetwas an Nathaniel ihr Angst einjagte. Hinter diesem Mann, dessen Ruhe und stille Kraft sie vor Kurzem noch in einen weichen Umhang eingehüllt hatte, ruhte etwas Rohes, Ungezügeltes. Dieses Etwas wäre hervorgebrochen, ohne Zweifel, und was dann geschehen wäre, wollte Josephine nicht wissen.
Wieder brodelte der Zorn in ihr. Und ging Hand in Hand mit tiefer Verwirrung.

Als der Abend heraufdämmerte, war Noname nirgendwo auszumachen. Er kam nicht einmal, als Josephine eine Dose Thunfisch öffnete und den sonst unwiderstehlichen Lockruf erklingen ließ. Niemals hätte sich der Kater diese Leckerei entgehen lassen. Es sei denn, irgendetwas war passiert. Im Geiste sah sie bereits Nonames leblosen Körper im Gebüsch liegen. Oder zusammengequetscht in einem versehentlich offen gelassenen Fenster hängen. Katzen kannten tausend Arten, sich dümmstmöglich ins Jenseits zu befördern. Josephine suchte in der Waschmaschine und in den Motorhauben der Traktoren und des Wagens. Sie durchkämmte sämtliche Ställe, den Keller, den Schuppen und den Heuschober. Nichts. Auch Nonames Lieblingsplatz, der alte Ahornbaum am Rande der Südweiden, war leer. Als sie schließlich ein zweites Mal in den Pferdestall stürmte, kam Nathaniel ihr entgegen.

„Was ist los?“ Erschöpfung klang in seiner Stimme mit. Er sah müde aus, wie es nach einem Tag auf der Farm üblich war. Sein Haar fiel offen und zerzaust über ein naturfarbenes Leinenhemd. Es roch nach Weichspüler. Was für ein unpassender, gewöhnlicher Duft. Doch nicht einmal das Aroma nach Vanille und das helle Hemd konnten darüber hinwegtäuschen, dass er zurückgekehrt war – der Finsterling aus dem Wald. Der absonderliche Fremde, das Mysterium auf zwei Beinen. Josephine schauderte, als Nathaniels pechschwarze Augen sie musterten. Sie blickten glasig wie die eines Fiebernden.

„Hast du den Kater gesehen?“, brachte sie krächzend hervor.

„Den Schwarzen?“ Nathaniel rückte seine Tasche zurecht.

„Ja. Er ist verschwunden.“

„Ich habe ihn nicht gesehen.“

Sie musterte ihr Gegenüber argwöhnisch. „Was sind das für Haare auf deinem Hemd?“

Die beiden obersten Knöpfe standen offen, sodass Josephines Blick auf den Talisman und die Haut darunter fiel. Sie war schweißnass, obwohl er frisch geduscht zu haben schien. War er vielleicht krank?

„Katzenhaare?“, mutmaßte Nathaniel unschuldig.

„Hast du was mit ihm angestellt? War es dein Hund? Was meintest du vorhin mit Konsequenzen?“

Nathaniels Augen verfinsterten sich. Sie spürte seine Wut aufkochen wie Lava in einem zuvor ruhenden Vulkan. „Erwischt“, gab er maliziös zurück. „Ich brauchte deine Katze dringend für ein blutrünstiges Indianerritual. Was dachtest du denn?“

Josephine erbleichte. Sie sah sehr wohl das Grinsen, das sich um seine Mundwinkel legte. Aber da war auch diese kochend heiße, unberechenbare Aura, deren Besitzer sie alles zutraute. „Wo ist er? Sag mir sofort, wo er ist!“

„Welcher Teil von ihm?“

„Du kranker Irrer!“

„Was war das denn?“ Nathaniel runzelte die Stirn. „Eine negative Entladung?“

Josephine empfand das dringende Bedürfnis, ihre Hand in seinem Gesicht zu platzieren. „Du sagst mir sofort, wo er ist.“

„Tut mir leid, ich muss gehen. Viel Glück bei der Suche.“

„Wohin gehst du?“

„Zum See,“ antwortete er mit einem Seufzen.

„Und was willst du da?“

„Ich will mein Ritual beenden. Ein paar Zutaten fehlten mir noch. Du weißt schon. Krähenaugen, Innereien und dergleichen. Deswegen bitte ich dich nicht darum, dass du mir nicht folgst. Ich befehle es dir. Und gehe nicht in meine Wohnung. Ich habe ein paar Skalps zum Trocknen aufgehängt. Der Anblick könnte dein zartes Seelchen in Mitleidenschaft ziehen."

Er rückte noch einmal seine Tasche zurecht und verschwand aus dem Stall, zu schnell, als dass Josephine dazu gekommen wäre, ihm eine passende Bemerkung entgegenzuschleudern. Wie schon bei ihrer ersten Begegnung schlug ihr Herz dumpf gegen den Brustkorb, rauschte ihr Blut in den Ohren und übermannte sie der Schwindel. Diesmal war das Ausmaß ihrer Wut noch größer. So groß, dass sie eine Zeit lang fassungslos dastand und versuchte, sich ansatzweise unter Kontrolle zu bringen.

„Du elender Mistkerl", stieß sie schließlich zwischen zusammengebissenen Zähnen hervor. „Du verdammter Antichrist."

Sie rannte zum Haus zurück, tauschte ihr Hemd gegen einen braunen Pullover und steckte ein Messer in den Hosenbund. Wutschnaubend nahm sie die Verfolgung auf. Sie musste wissen, was dieser Kerl da draußen trieb, auch wenn der Anblick ihr möglicherweise den Rest geben würde. Sie musste es wissen. Dies hier war ihre Farm, ihr Land. Und wer immer sich darauf befand, unterlag allein ihren Regeln. Niemand gab ihr Befehle. Absolut niemand.

***

Great Falls, Montana

Der Anwalt ließ die beiden Moqui Marble-Steine zwischen seinen Fingern herumrollen. Inzwischen hatten sie die Hitze seiner Haut gespeichert und fühlten sich beinahe lebendig an. Der Morgen gestaltete sich ungewöhnlich ruhig. Es gab keine Anrufe, keine Akten, keine Fristen. Seine Sekretärin glänzte durch Abwesenheit und das Ticken der italienischen Standuhr sowie das Knirschen seines Ledersessels waren die einzigen Geräusche, die die Stille des riesigen Raumes milderten. Mürrisch drehte der Anwalt die Steine zwischen seinen Fingern und blickte auf den Missouri River hinab. Seine schäumenden Kaskaden, mit denen er innerhalb der Stadtgrenzen ganze einhundertfünfzig Meter Höhenunterschied überwand, hatten diesem Ort seinen Namen verliehen und sorgten für eine spektakuläre Aussicht, sofern der Fluss nicht gerade dank der Wasserkraftwerke trockengelegt war. Strudel glitzerten im Sonnenlicht, Regenbögen tanzten in der Gischt. Ein herrlicher Sommertag ließ die Stadt zu seinen Füßen erstrahlen, doch der Anwalt befand sich nicht in der Stimmung, diesen Umstand zu würdigen. Es war bereits nach zehn. Wo zum Teufel blieben Mario und Jorge?

„Nichtsnutzige Idioten", fauchte er und stellte seine Tasse in die Espressomaschine. Ratternd füllte das Gerät nach Knopfdruck tiefschwarze Brühe hinein. Idioten waren Mario und Jorge zweifellos, aber sie waren zugleich manipulierbar und damit vertrauenswürdig. Was brachten schlaue Köpfe, wenn sie ihm früher oder später die Knarre an den Kopf hielten und den Spieß umdrehten? Bisher war ihm noch kein Mensch begegnet, der gerissen und ergeben zugleich war. Ob es solche Menschen überhaupt gab? Aber was erforderte es schon für eine Intelligenz, ein nicht sonderlich großes Waldstück nach einem Grab abzusuchen?

„Sir?“ Um halb elf öffnete sich die Tür endlich. Marge, seine Chefsekretärin, steckte ihren blond gelockten Kopf durch den Spalt. „Die Herren sind eingetroffen.“

„Rein mit ihnen.“ Sein Herzschlag beschleunigte sich. Als ihm der Schweiß ausbrach, legte er die Moqui Marbles zurück auf den Tisch und verschränkte seine zitternden Hände im Schoß. Hoffnung durchflutete ihn.

„Guten Morgen, Sir.“

Mario trat ein, gefolgt von seinem Bruder Jorge. Die grauen, akkuraten Anzüge der Italiener täuschten nicht darüber hinweg, dass beide Männer in Schweiß gebadet waren. Ihre Augen waren umgeben von dunklen Rändern, ihre Haare zerzaust. Noch ehe einer der beiden etwas zum Ergebnis der Suche sagen konnte, wusste der Anwalt bereits, dass es erneut nichts zu berichten gab. Ein Fluch lag ihm auf den Lippen. Ganz gewiss wäre er ihn brüllend losgeworden, hätte er nicht, gerade als er den Mund aufklappte und Atem holte, den Pfeil in Marios Hand entdeckt.

„Was ist das?“, fauchte er. „Zeig her.“

Bebend vor Angst überreichte der Mann das rot befiederte Geschoss. Andächtig strich der Anwalt über das vom Alter verdunkelte Holz des Schaftes. Es war von Rillen durchzogen. Rillen, durch die das Blut des Opfers schnell abfloss. Er musste unbedingt jemanden finden, der ihm sagen konnte, wie alt dieser Pfeil war.

„Ich will alles wissen“, murmelte er. „Was ist passiert?“

„Wir … ähm …“ Jorge verknotete seine schwitzenden Finger ineinander. „Wir haben leider nichts gefunden, Sir. Gar nichts. Aber jemand schoss den da auf uns ab.“

„Und warum, denkt ihr, wurde auf euch geschossen?“

„Weil …“ Jorge schluckte schwer. „Weil wir nah dran waren?“

„Meine Hochachtung. Ihr seid doch nicht ganz so dämlich, wie ihr ausseht. Zuerst hatte ich vor, eure nutzlosen Körper in einem Säurefass aufzulösen und mir bessere Handlanger zu suchen, aber jetzt sehe ich davon ab.“

Mario und Jorge tauschten schockierte Blicke aus. Das Rot ihrer Gesichter wurde noch tiefer. Zufrieden nahm der Anwalt zur Kenntnis, dass sie vergingen vor Angst. Oh ja, dergleichen liebte er. Nichts schmeichelte seinem Ego mehr als Menschen, die sich unter seinem Blick in Panik auflösten. Das wunderbare Recht des Stärkeren. Uralt und bewährt seit der Steinzeit.

„Was schlagen Sie jetzt vor, Sir?“, wagte Jorge zu fragen.

„Ich schlage vor, dass ihr dorthin zurückgeht, wo man auf euch geschossen hat.

Offenbar beschützt jemand das Grab."
Mario wurde bleich. „Aber was, wenn man wieder auf uns schießt?"
„Dann schießt ihr zurück. Das alte Spiel. Knarren gegen Pfeil und Bogen. Sollte euer Mut nicht ausreichen, sagt es. In dem Fall kümmere ich mich darum, dass jemand anderes eure Posten einnimmt."
„Das wird nicht nötig sein, Sir."
„Sehr gut. Also bewegt eure Ärsche heute Nacht zurück an die entsprechende Stelle und sucht weiter."
„Wonach genau suchen wir überhaupt?" Mario wischte sich mit dem Jackettärmel über das schweißnasse Gesicht. Hätte er am Hintern einen Schwanz besessen, würde er ihn wie ein Omegarüde zwischen die Beine klemmen und winseln. Der Anwalt erlaubte sich ob dieser Vorstellung ein amüsiertes Grunzen.
„Nach der Büchse der Pandora", erwiderte er. „Nach dem Heiligen Gral. Ihr wisst schon."
Mario kratzte sich am Hinterkopf. Seit er sein Haar blond gefärbt hatte, erinnerte sein Anblick an einen exotischen Affen. „Unsere Suche wäre effektiver, wenn wir wüssten, wie das Gefäß aussieht."
„Ihr wollt also alles wissen, was ich weiß?", säuselte der Anwalt mit sanftem Lächeln.
„Ja."
Mario und Jorge erschien dieses Lächeln wie ein Todesbote. Sie sahen ihn so selten lächeln, dass ihnen jedes Mal das Herz in die Hose rutschte. Denn sein Humor war stets schwarz. Tiefschwarz. Mitunter sogar tödlich.
„Gut." Der Anwalt lehnte sich zurück und strich über die Federn des Pfeiles. „Dann will ich euch von der Legende erzählen. Sie handelt von einem alten Crow-Schamanen namens Woksapa. Er lebte vor sehr langer Zeit, und obwohl damals noch niemand ahnen konnte, was einst mit seinem Volk geschehen würde, kannte Woksapa sein Schicksal. Man sagt, er sei einer der ersten Menschen gewesen. Ein Gott, dessen schöpferische Kräfte grenzenlos waren. Ein weiser Lehrer soll er gewesen sein, ein ruheloser Wanderer und, wenn es nötig war, ein gnadenloser Kämpfer für das Wohl seines Volkes. Eine Version der Legende behauptet, er habe Jahrtausende durchlebt, eine andere nennt ein genaueres Alter. Fünfhundertachtzig Monde soll er gelebt haben, bevor irgendetwas ihn dahinraffte. Woksapa spürte seinen Tod natürlich nahen und versprach seiner Gefährtin, einer Schamanin namens Absá, dass seine schützende Hand stets über seinem Volk liegen würde, selbst wenn er nicht mehr unter ihnen weilte. Er gab ihr, bevor er starb, das Wunder der ewigen Jugend und die Fähigkeit, über ein Gefäß zu herrschen. Ein Gefäß, das Woksapas Geist nach seinem Tod in sich aufnahm."
„Das ist es also", murmelte Jorge. „Aber warum glauben Sie, dass diese Legende wahr sein könnte?"
„Haben Sie schon mal aus vielen Einzelteilen ein Puzzle zusammengesetzt?", frag-

te der Anwalt.

„Sir?"

„Wenn Sie sich ein wenig mit der Geschichte der Crow auskennen würden, dann wäre Ihnen aufgefallen, dass all die Jahrhunderte eine Art Schutz über diesem Stamm lag. Das Schicksal verschonte sie zwar nicht, aber es ging bemerkenswert sanft mit ihnen um. Es erging ihnen besser als allen anderen Stämmen, sie wurden von der zerstörerischen Macht des Alkohols verschont und ließen sich von niemandem übers Ohr hauen. Dieser Schutz besteht bis heute. Stellen Sie sich zwei Felsen vor. Einer ist der Brandung schutzlos ausgeliefert und wird abgetragen. Er fällt in sich zusammen. Der andere aber steht geschützt in einer Bucht. Die Wellen zehren nur schwach an ihm, ohne ihre zerstörerische Kraft ganz entfalten zu können. Irgendwann wird natürlich auch dieser Felsen fallen, aber sein Ende liegt in weiter Ferne."

„Das ist noch kein Beweis", bemängelte Jorge. „Vielleicht waren die Crow einfach gerissener als andere."

„Nein, ein Beweis ist das noch nicht. Aber jene Puzzleteilchen, von denen ich sprach, sind es sehr wohl. Ich habe von todkranken Crow gehört, die das Dorf aufsuchten, von dem ich euch erzählt habe. Sie gesundeten auf unerklärliche Weise. Weiße Jäger kamen aus den Wäldern des Reservatslandes zurück und waren wie ausgewechselt. Sie erinnerten sich an nichts, weder was ihnen widerfahren war noch wie sie an die Orte gekommen waren, an denen sie die Besinnung wiederfanden. Eines aber hatten alle gemeinsam: Sie quatschten irgendwas von Erleuchtung. Von Erkenntnissen, Läuterungen und solchem esoterischem Schwachsinn. Plötzlich empfanden sie unerklärliche Abscheu gegenüber ihrem Hobby und weigerten sich standhaft, jemals wieder auch nur einen Fuß in diese Wälder zu setzen. Aber damit nicht genug. Ich weiß von einem jungen Mann, der sterbend in einem Hospiz lag. Er war einer meiner Mandanten. Der Stamm hatte ihn verstoßen, doch als er im Sterben lag, wurde er geläutert und bat um Vergebung. Man brachte ihn zurück nach Hause, und Wochen später fand ich heraus, dass der Krebs, der seinen Körper zerfressen hatte, restlos geheilt war. Im Übrigen drückt der Stammesrat des Reservats Verträge durch, die sich niemand, der klaren Verstandes ist, von den Indianern gefallen lassen würde. Ich habe zahllose Male versucht, den Dingen auf den Grund zu gehen, doch die Crow halten zusammen wie Pech und Schwefel. Überall stieß ich allerdings auf Woksapas Legende. Auf die Geschichte über jenes Gefäß, dessen Macht den Stamm seit Jahrhunderten beschützt. Eine Macht, die auf jeden übergeht, der es besitzt."

„Und wie soll dieses Gefäß aussehen?", fragte Jorge zweifelnd.

„Das weiß ich nicht."

„Was, wenn das Grab nur noch als Erdhügel zu erkennen ist? In dem Fall werden wir es niemals finden, denn der ganze Wald ist voller Hügel."

„Es wird Zeichen tragen", blaffte der Anwalt zurück. „Es ist für die Crow ein Heiligtum. Es ist das Refugium, in dem Woksapas Körper und sein Gefäß ruht. Sie werden Talismane in den Bäumen aufgehängt haben. Auf dem Grab wird irgendetwas liegen. Sucht danach, verdammt noch mal."

„Vielleicht ist das Gefäß nicht mehr im Grab."

Marios Miene verriet, dass er die Legende ebenso wie sein Bruder für Unfug hielt. Dem Anwalt war es gleich. Diese Idioten mussten das Gefäß finden und nicht an dessen Magie glauben.

„Die Legende besagt, dass es jedes Mal, wenn seine Kraft benutzt wurde, an den Ort seiner Ruhestätte zurückkehren muss. Wenn es also nicht dort ist, müssen wir nur warten. Und selbst wenn, hilft uns auch das Grab allein weiter. Sofern ihr es findet. Und jetzt geht mir aus den Augen. Morgen früh erwarte ich Neuigkeiten. Und sofern euch etwas daran liegt, sämtliche Körperteile beieinanderzubehalten, sollten es im Übrigen gute Neuigkeiten sein."

Mario und Jorge nickten zerknirscht. Es war unübersehbar, dass ihnen noch so manches auf der Zunge brannte. Doch weil sie gelernt hatten, das Schweigen in den meisten Fällen gesünder war, machten sie auf den Absätzen kehrt und verließen das Zimmer. Der Anwalt wiederum lächelte – diesmal voller Zufriedenheit. Liebevoll strich er über den Schaft des Pfeiles. Er wusste, dass das Ziel nah war. Zum Greifen nah.

***

Der Rausch der Gefahr zwang sie zum Weiterlaufen. Die Stimme ihrer Vernunft schrie in ohrenbetäubender Intensität, aber es war zu spät, umzukehren. Josephine rannte. Sie stürmte den Weg hinauf, über den sie mit Max galoppiert war, und es war, als käme sie kaum voran. Die hektisch eingesogene Luft schmerzte in ihren Lungen, ihr Atem schien den gesamten Wald auszufüllen. Nathaniel würde wütend sein, keine Frage. Gewiss war er ein Mann, der es nicht gewöhnt war, Widerspruch zu erhalten. Doch ihr war es gleich. Sie würde niemals vor ihm kapitulieren. Wer war er, dass er ihr befehlen wollte? Für wen hielt er sich, dass er mit ihr spielte, als sei sie eine Beute, deren Erlegung er sich rühmen wollte?

Josephine hielt inne, beugte sich nach vorn und stützte sich auf den Oberschenkeln ab. Stechender Schmerz fuhr zwischen ihre Rippen. Für gewöhnlich machten ihr Sprints wie dieser nichts aus, denn die Arbeit auf der Farm hatte ihren Körper im Laufe der Jahre gestählt. Doch diesmal fühlte sie sich so schwach, als sei alle Energie aus ihren Muskeln gesaugt worden. Es war nur seine Schuld. Irgendetwas war an ihm, dass ihre Kraft in sich aufsaugte, sobald sie einander nahe waren. Zwischen den sich neigenden Wipfeln der Tannen erhellte der fast volle Mond den Wald. Fledermäuse sirrten, in den Büschen zirpten Grillen.

Josephine tastete nach dem Messer an ihrem Gürtel und rannte weiter. Erst, als sie zwischen den Bäumen das Glänzen des Wassers sah, verlangsamte sie ihren Lauf. Ein Feuer brannte am Ufer des Sees. Geduckt schlich sie zum nördlichen, höher gelegenen Ufer, wo von Farndickicht umschlossene Felsen in den Himmel ragten. In diesem Dickicht kniete sie nieder. Feuchte, fruchtbar duftende Erde durchnässte ihre Hose, doch sie ignorierte es. Vorsichtig schob sie die Wedel auseinander, um einen Blick auf das zu erhaschen, was unter ihr geschah.

Nathaniel kniete vor einem Lagerfeuer. Seine Hände waren locker im Schoß verschränkt, doch etwas Unterschwelliges an seiner Haltung verriet Anspannung. Selbst aus der Entfernung hätte Josephine schwören können, dass er zitterte. Vor ihm stand eine Schale, in die er seine Finger tauchte. Etwas Dunkles haftete ihnen an, als er sie zurückzog. War das etwa Blut?

Nonames Blut?

Nathaniel schloss die Augen und malte zwei vertikale Linien auf seine Wangen. Flammenschein und Schatten krochen über sein Gesicht, dem die Farbe eine wilde, nicht in diese Zeit passende Ursprünglichkeit verlieh. Als er begann, sein Hemd aufzuknöpfen, vergaß Josephine ihre Vorsicht. Sie schob die Farnwedel weiter auseinander und beugte sich so weit vor, wie es ihre verletzliche Balance zuließ. Scharfe Steine bohrten sich in die Kniescheiben. Sie spürte es kaum, denn jetzt legte Nathaniel seine trügerische Maske ab. Wütend riss er sich das Hemd vom Leib und warf es beiseite. Feuerschein ergoss sich über bronzefarbene Haut, spielte auf angespannten, wie gemeißelt hervortretenden Muskeln.

Was tat er da? Was trieb er mitten in der Nacht auf ihrem Land, das sie nicht sehen durfte?

Wieder tauchte Nathaniel seine Finger in die Schale, um diesmal zehn dunkle Linien über seine Brust zu ziehen. Als seine Hände in Höhe des unteren Rippenbogens zitternd innehielten, sackte er nach vorn. Sie hörte ihn keuchen. Eine Weile bewegte er sich nicht, sondern erstarrte zu einer verkrampften Statue. Dann schien ein Stromschlag durch seinen Körper zu jagen. Unvermittelt fuhr er hoch, nach Atem ringend und von offensichtlichem Schmerz erfüllt. Zu Klauen gekrümmte Finger gruben sich in die Erde, zuckten hoch und wühlten sich in sein Haar. Wieder und wieder schüttelte Nathaniel den Kopf, als wolle er dunkle Schatten aus seinen Gedanken vertreiben. Als kämpfe er gegen etwas, das allein in seiner Wahrnehmung existierte. Er stöhnte auf, zog eine zweite, messingfarben glänzende Schale zu sich heran und murmelte etwas, das Josephine aus dieser Entfernung unmöglich verstehen konnte. Hastig griff er in seine Tasche, nahm etwas heraus, das wie ein Fächer aus Federn aussah, und legte ihn in seinen Schoß. Anschließend holte er etwas aus einem Beutel, streute es in die Messingschale und sank, als bleiche Rauchkringel aufstiegen, in sich zusammen.

Josephine bereute, sich niemals mit der indianischen Kultur auseinandergesetzt zu haben. Vielleicht hätte sie sonst gewusst, was für ein Ritual sie da beobachtete. Was er tat und warum. So aber wuchs ihre Verwirrung, während Nathaniel den aufsteigenden Rauch mithilfe des Fächers über seinen Körper verteilte. Er begann zu singen. Es war ein monotones Lied, dessen immer wiederkehrende Melodie etwas

Hypnotisches besaß und wie ein schleichend wirkendes Gift durch ihre Sinne kroch. Tastend, sich festsetzend, an ihren Gedanken saugend. Wenn er nur lange genug sang, würde sie vielleicht vergessen, warum sie hier war. Sie würde aufstehen und zu ihm gehen. Dem Wunsch folgen, ihm nah zu sein. Ihm zuzuhören. Sie würde sich einspinnen lassen in einem Netz, das ihr hier und jetzt, im Licht des Mondes, unwiderstehlich erschien. Josephine fürchtete sich, und doch durchdrang sie eine tiefe Ruhe, die von Nathaniels Lied ausging. Sie stellte sich vor, wie es in vergangenen Zeiten Kranke und Trauernde getröstet hatte. Wie es die Angst eines Volkes gelindert und ihnen verlorene Träume zurückgegeben hatte.

Warum kamen ihr solche Gedanken? Warum fühlte sie sich plötzlich so … anders? Der Wirklichkeit entrückt? Fühlender, lebendiger?

Gerade, als die Melodie das Zittern aus ihrem Körper gesaugt hatte, endete das Lied. Nathaniel warf den Fächer beiseite, stieß die Messingschale um und sprang auf. Ein zorniger Schrei hallte durch den Wald. Er zog einen brennenden Ast aus dem Feuer, wirbelte ihn herum und schlug ihn gegen eine Tanne. Kaskaden aus Funken flogen durch die Dunkelheit, rieselten auf den ausgedörrten Waldboden und setzten ihn in Brand. Josephine wollte aufspringen, doch die Lähmung, die ihren Körper erfüllte, war nicht abzuschütteln. Dieser Wahnsinnige würde alles niederbrennen. Der Wald war ausgetrocknet, ausgedörrt, ein Festmahl für jeden Funken. Josephine ballte die linke Hand zur Faust und biss sich auf die Fingerknöchel, um durch den Schmerz klar zu werden. Doch dann sah sie etwas Unerklärliches. All die kleinen Feuer, die ausbrachen, erloschen, kaum dass sie aufgeflackert waren. Bald erhoben sich zwei Dutzend zarte Rauchsäulen in die Dunkelheit, wanden sich dem Sternenhimmel entgegen und verwehten zwischen den Ästen der Tannen.

Erneut hallte ein gequälter Schrei durch die Nacht. Nathaniel schwang den brennenden Ast über seinem Kopf. Wutentbrannt ließ er ihn ein weiteres Mal gegen einen Baum krachen, fuhr herum und bewegte sich, als kämpfe er mit einem imaginären Feind. Surreale Muster, gemalt vom glühenden Holz, leuchteten in der Finsternis und hüllten seinen Körper in einen feurigen Schein. Dieser Mann schien kein Mensch mehr zu sein, sondern ein Dämon. Ein entfesseltes, zorniges Geschöpf, dessen Hass jeden, der von ihm getroffen wurde, unweigerlich töten musste. Schließlich, beim vierten Schlag, zerbrach das Holz Funken sprühend. Nathaniel warf den Stumpf weg und sackte zu Boden. Seine harten, verkrampften Muskeln zuckten. Wieder grub er die Finger in die Erde und verharrte still. Zwei Sekunden, drei. Jeder Herzschlag dehnte sich zu einer Ewigkeit. Als er hochfuhr, durchdrang sein Blick die Dunkelheit und fixierte Josephine. Er wusste, dass sie hier war. Er hatte sie entdeckt.

Wie war das möglich? Sie war still gewesen. Vollkommen still.

Strom floss durch ihren Körper, ausgelöst von der Berührung seines Blickes. Es war eine flammend heiße Kraft, die sie mit voller Wucht traf. Es war nichts

Menschliches. Nichts an Nathaniel erschien menschlich. Seine Augen waren verschlingende Abgründe, sein Gesicht unter den Streifen aus Blut starr und verzerrt.

Lauf!, schrie ihre Vernunft. Lauf weg! Lauf schon!

Etwas in ihrem Inneren schien zu zerreißen, als sie aufsprang. Doch Josephine rannte. Sie rannte, bis ihr Atem verdorrte und wilder Schmerz in ihren Rippen ausbrach.

Nur Sekunden später, so erschien es ihr, flog scheppernd die Haustür hinter ihr zu. Keuchend schloss sie ab, fiel auf das Sofa nieder und wusste kaum, wie sie hierhergekommen war. Ihr Herz raste derart, dass es sich anfühlte, als müsse es jeden Augenblick kapitulieren. Was war das gewesen? Wer war er? Was war er? Der Rest ihres klaren Bewusstseins schrie danach, die Polizei zu rufen, doch irgendeine andere Stimme hielt sie davon ab. Josephine lauschte ihrem Herzschlag und dem Ticken der Uhr. „Steh auf", murmelte sie. „Steh auf. Steh auf. Steh schon auf. Los."

Schwankend gehorchte sie ihrem Befehl, taumelte zum Sideboard und hob den Hörer des altmodischen Telefons ab. Nichts. Kein Freizeichen. Es geschah oft, dass dieses Ding tot war. Ungefähr so oft, wie der Strom ausfiel. Doch dass es ausgerechnet jetzt geschah, erfüllte Josephine mit blankem Entsetzen. Vielleicht hatte Nathaniel dafür gesorgt. Vielleicht hatte er sich nur aus einem Grund bereit erklärt, kostenlos hier zu arbeiten. Um sie nacheinander für seine Rituale zu opfern. Erst die Katze, dann die Menschen. Letztens hatte sie eine Geschichte in der Zeitung gelesen, die ganz ähnlich verlaufen war. Unwirklich in ihrem Schrecken, aber bewiesenermaßen wahr.

„Jacob." Josephine schwankte zum Sofa zurück. „Ich sollte … Jacob …"

Zu ihm zu gehen, wäre das Vernünftigste. Und doch fiel sie schwer wie ein Stein zwischen die Kissen. Bilder tanzten vor ihrem geistigen Auge einen wilden, martialischen Reigen. Das Feuer, die sprühenden Funken, Rauchsäulen. Nathaniels nackter, blutverschmierter Oberkörper. Sein Gesicht. Dämonisch, hasserfüllt und finster. Für Momente so unmenschlich, als wäre die Maske vor seinem wahren Wesen gelüftet worden.

Er hat Noname ermordet, beharrte Josephines Angst. Doch ihre Vernunft entgegnete: niemals. Erinnere dich, wie er mit den Pferden umgegangen ist. Du hast es gesehen. Sanftmut. Geduld. Zärtlichkeit.

Es passte nicht zusammen. Wer war er? Wer zum Teufel war dieser Mann?

Träge tickend rückte der Zeiger der Uhr vor. Zehn, halb elf, elf …

Als es auf halb zwölf zuging, fiel die Paralyse Schicht für Schicht von Josephine ab. Ihre Gedanken klärten sich. Als ihr bewusst wurde, wie lange sie hier gesessen hatte, bewegungslos ins Leere starrend, hätte sie sich ohrfeigen können. Falls Nathaniel tatsächlich gefährlich war und die Katze getötet hatte – wie konnte sie dann untätig herumsitzen? Sie musste etwas tun. Irgendetwas.

Aber was?

Um zu Jacob zu gelangen, war zwingend der Pferdestall zu durchqueren. Und sie musste Nathaniels Wohnung passieren. Möglicherweise lauerte er dort auf sie, bereit, die unliebsame Zeugin seines Treibens auszulöschen. Schließlich, nach ein paar Minuten, in denen Josephine das Für und Wider jeder möglichen Variante ihres Handelns abgewogen hatte, gewannen Wut und Trotz die Oberhand. Ihre Hand legte sich auf die Messerscheide, die noch immer in ihrem Hosenbund steckte. Dann stand sie auf und machte sich auf den Weg zum Stall.

So leise wie möglich öffnete sie die Schiebetür. Ihr Herz schien irgendwo in Höhe der Kehle zu klopfen. Es geriet aus dem Takt, als sich das Dunkel des Stalls vor ihr öffnete, setzte einen Schlag aus, als sie Nathaniel auf zwei Strohballen liegen sah – und nahm seinen Rhythmus wieder auf, als ihr bewusst wurde, dass ein schwarzes Bündel auf seiner Brust ruhte.

Noname. Quicklebendig und selig schnurrend.

Josephines Verstand, dem das übliche Schema gänzlich entrissen worden war, stellte sich stur. Sie stand da, fassungslos, und konnte weder Erleichterung noch Freude empfinden. Leise trat sie näher. Durch das Fenster, das sich über den aufgestapelten Strohballen befand, ergoss sich fahler Mondschein in den Stall. Es hüllte Nathaniel und den Kater ein, als wolle es sie in ihrem Schlaf mit einer weichen Hülle aus Licht beschützen.

Noname lebte.

Nathaniel war unschuldig. Wenigstens in dieser Hinsicht.

Erleichterung durchdrang zaghaft Josephines Konfusion. Sie wuchs und wuchs, bis es all ihre Beherrschung erforderte, sich nicht auf den Schlafenden zu stürzen und atemlose Entschuldigungen zu murmeln. Wie friedlich die beiden wirkten. So friedlich, dass all die blutrünstigen, von Angst geprägten Gedanken der vergangenen Stunden idiotisch anmuteten. Nathaniel hatte das Plaid vom Sofa auf dem Stroh ausgebreitet und eine der braunen, alten Stalldecken über sich gelegt. Trotz der Wärme der Nacht war sie bis an seinen Hals hochgezogen. Sie sah die Atembewegungen seines Brustkorbs, die Hände, die sich behutsam um den Kater gelegt hatten, und jenes Zucken der Lider, das von Träumen kündete.

Ein mörderischer Geisteskranker … wie hatte sie das von ihm denken können? Doch was er im Wald getrieben hatte, war seltsam gewesen. Seltsam, aber gewiss erklärbar. Die Augen täuschten und narrten den Geist in vollendeter Perfektion. Sie waren der Sinn, auf den am wenigsten Verlass war. Ihre Angst war es gewesen, die seinem Gesicht die Maske eines Dämons verliehen hatte. Ihre Angst, das Licht des Feuers, die Nacht … ihre Fantasie.

„Es tut mir leid", flüsterte Josephine.

Sie kniete nieder, nahm das Messer in die linke Hand und griff nach einer Strähne seines Haares, um sie zwischen Zeige- und Mittelfinger hindurchgleiten zu lassen. Es war schwer, aber weich. Sehr viel weicher als Daniels blonde Stoppeln. Ehe sie wusste, wie ihr geschah, beugte sie sich hinab und roch daran. Sie nahm den Duft von Salbei wahr. Das war es also, was er in die Schale gestreut hatte. Getrockneter

Salbei.

Beklommen wich sie zurück. Wieder nahm ihr Herz seinen unregelmäßigen Rhythmus auf, doch hier und jetzt war der Grund ein anderer. Ungläubig studierte Josephine den Mann, der schlafend vor ihr lag. Sein schmales, vornehmes Gesicht, dessen Züge der Inbegriff von Harmonie waren. Seine sanften Hände, die sich im Fell des Katers vergraben hatten. Die Linien seines Halses und seines Kiefers. Das tiefschwarze Haar, dessen Strähnen sich über das Stroh ergossen. War er ihr zuvor noch kalt und finster erschienen, so erfüllte ihn nun eine warme, sanfte Stille. Jede Strenge war aus seinen Zügen gewichen. Jetzt, da sie sich im Schlaf entspannt hatten, hüllten sie sein Gesicht in die Schönheit eines Heiligen.

Josephine zog ihre Hand zurück, nur um sie noch einmal auszustrecken und dicht über seiner Stirn schweben zu lassen. Was würde Daniel sagen, wenn er sie sehen könnte? Im Dunkeln kniend vor einem Mann, atemlos, mit klopfendem Herzen. Wenn er wüsste, dass sie von dem Anblick dieses Pferdeflüsterers gefesselt war – auf eine erregende, prickelnde Weise, die Daniel niemals in ihr ausgelöst hatte? Sie stellte sich vor, ihn zu küssen, und es war schwer, dieser Versuchung zu widerstehen. Für ihn mochte alles nur ein Spiel sein, eine flüchtige Vergnügung, deren Reiz ihm nicht mehr bedeutete als einem Jäger die Erlegung seiner Beute. Josephine aber schmeckte Abenteuer auf der Zunge. Das und mehr. Sie fühlte sich wie eine Frau, die sich dem schlafenden Wildtier näherte, um es einmal im Leben berühren zu können.

„Schscht!", machte Josephine, als sie sah, dass Noname erwachte. „Bleib einfach liegen, okay?"

Der Gedanke, Nathaniel könnte sie hier sehen, aufgelöst und errötet bis über beide Ohren, ließ sie schaudern. Was hätte sie ihm sagen sollen? Dass sie einem dummen Irrtum aufgesessen war und nach wie vor in völliger Konfusion gefangen war? Oh ja, sein triumphierendes Grinsen stand ihr bereits jetzt vor Augen. Josephine wollte sich ungesehen zurückziehen, doch im Moment ihres Aufstehens stemmte sich auch Noname hoch. Er gähnte, buckelte und beugte sich über Nathaniel, um mit ganzem Körpereinsatz einen Nieser loszulassen. Die Salve kleiner Tropfen traf zielgenau das Gesicht des Schlafenden.

„Blödes Vieh", zischte Josephine. „Du blödes, blödes Vieh."

Sie fuhr herum und spurtete zum Ausgang, doch ehe sie die Tür erreicht hatte, erklang hinter ihr eine dunkle, vom Schlaf kratzige Stimme.

„Warum so hastig?"

„Ich …" Sie fuhr abrupt herum. „Ich … ähm …"

„Ja?"

Nathaniel war aufgestanden und wischte sich die Tropfen vom Gesicht. Er trug nichts als schwarze Boxershorts und seinen Talisman. Im Mondschein erweckte seine Haut die Illusion, als bestünde sie aus poliertem, kupferfarbenem Holz. Gähnend kratzte er sich den vom Schlaf zerzausten Kopf.

„Wolltest du mich etwa abstechen?", bemerkte er amüsiert. „Aus lauter Wut, dass ich deine Katze abgeschlachtet habe?“

Seine Stimme war milde, doch sie spürte den Vorwurf dahinter. Er deutete auf das Messer, das noch immer in Josephine Hand lag. „Nein.“ Erschreckt ließ sie es fallen. „Ich … es tut mir leid.“

„Ich würde so etwas niemals tun. Verstanden?“

„Ich weiß.“

„Nein.“ Nathaniel blickte dem Kater hinterher, der mit hochmütig erhobenem Kopf aus dem Stall stolzierte. „Du dachtest, ich hätte ihn getötet. Ich habe die Bilder in deinem Kopf gesehen.“

„Die Bilder in meinem Kopf?“, echote Josephine. „Da waren keine Bilder. Abgesehen davon hast du nichts getan, um mir die Idee auszureden. Wie war noch mal deine Antwort: Welcher Teil vom Kater? Danke auch. Das war genau das, was ich in dem Moment gebraucht habe.“

„Ich war wütend.“

„Warum?“

„Weil ich für dich schuldig war. Du bist bis über beide Ohren voll mit Vorurteilen, weißt du das? Genau wie die meisten anderen. Ihr folgt dem Prinzip der geteilten Meinung. Die Medien geben euch die Meinung vor, und ihr teilt sie.“

„Siehst du etwa fern?“

„Nicht, wenn ich es verhindern kann. Willst du wissen, was wirklich passiert ist? Irgendwer hat den Kater in der Gerätekammer eingesperrt.“

Josephines Mund klappte auf. Die Tür … ja … sie hatte sie irgendwann heute Morgen gedankenlos zugeschlagen. Nathaniel hatte recht, was sie betraf. Beschämt starrte sie zu Boden und war froh, beim nächsten Aufblicken die Narben auf seiner Brust studieren zu können. Es waren sechs senkrechte, parallel verlaufende Male, drei auf der linken und drei auf der rechten Seite.

„Macht ihr das etwa immer noch?“, flüsterte sie schaudernd.

„Du meinst den Sonnentanz?“

„Ja. Das ist barbarisch.“

Nathaniel zuckte die Schultern. „Nur, weil du es nicht verstehst.“

„Ihr bohrt euch Stöcke durch die Brustmuskeln, zerrt vier Tage lang daran herum und reißt sie euch am Ende raus. Was soll man daran verstehen können? Macht es euch Freude, zu leiden? Wollt ihr euch gegenseitig was beweisen?“

„Es geht nicht einfach nur um das Leiden.“ Er hob belustigt eine Augenbraue. „Es ist eine Reinigung, eine Visionssuche. Der Sonnentanz gehört zu unseren sieben heiligen Riten. In dem todesähnlichen Zustand, den man währenddessen erreicht, erweitert sich unser Bewusstsein. Wir bekommen Visionen und Antworten auf wichtige Lebensfragen. Wir sehen die Wege, die wir beschreiten müssen. Und wir erfahren das Geheimnis von Blut und Schmerz.“

„Genau solchen Quatsch meine ich. Was soll das?“

Die aufgewölbten Narben auf seiner Haut pflanzten das Bild sich dehnenden und reißenden Fleisches in ihren Kopf. Das Ausmaß der Qual lag vermutlich jenseits ihrer Vorstellungskraft, und doch besaß der Gedanke eine düstere, wilde Verführungskraft. Sie kam nicht umhin, Nathaniel anzustarren und sich auszumalen, wie er an diesen Fesseln hing. Blutend, entrückt, in Welten aufgestiegen, die sie niemals verstehen würde.

„Rede nicht von Quatsch, wenn du nichts davon verstehst", konterte er. „Menschen haben weitaus dümmere und abscheulichere Dinge getan, als sich zwecks höherer Erkenntnis selbst zu kasteien. Der Sonnentanz hat mir viele Antworten geschenkt. Wissen und Kraft. Weitaus mehr also als eure heilige Beschäftigung."

„Unsere heilige Beschäftigung?"

„Fernsehen", antwortete er.

„Ein Punkt für dich. Und wie ist das mit Marterpfählen?"

„Oh ja, die Marterpfähle." Er lächelte sinnierend. „Jeden ersten Samstag im Monat binden wir eine Gruppe Touristen daran fest und foltern sie zu Tode. Wir skalpieren sie, spicken sie mit Pfeilen und benutzen ihre Körperteile für unsere Rituale. Wobei wir die Körperteile natürlich abschneiden, solange die Opfer noch leben. Macht ja sonst keinen Spaß. Ohne dieses Gezappel und Geschrei."

„Schon gut", schnappte Josephine. „Ich habe verstanden. Aber warum sind es drei Narben nebeneinander?"

„Wer den Sonnentanz zelebriert, gibt das Versprechen ab, diese Zeremonie dreimal in seinem Leben zu wiederholen."

„Insgesamt also viermal leiden? Das heißt, ein Tanz fehlt noch. Wie alt bist du?"

Nathaniel strich nachdenklich über seinen Talisman. Wären die Creolen und die Unterhose nicht gewesen, so hätte er ein Eindringling aus fernen Zeiten sein können. Ein Relikt. Seine Erscheinung strahlte etwas aus, für das ihr nur der Begriff zeitlos in den Sinn kam. Sie wollte mehr über ihn wissen. Sehr viel mehr. Jede winzige Information, die sie aus ihm heraussog, verstärkte diesen Hunger.

„Irgendetwas zwischen dreißig und fünfunddreißig, nehme ich an."

„Du weißt es nicht genau?"

„Nein."

„Sag mal, wie ursprünglich bist du eigentlich aufgewachsen? Hattet ihr keine Uhren oder was? Keine Kalender? Nichts?"

„Oh, wir hatten eine Menge. Aber keine Uhren und keine Kalender."

„Unsinn." Josephine erwiderte seinen Blick kampflustig. „Du bindest mir einen Bären auf."

„Das erinnert mich an eine Mutprobe, die ich als Junge absolvieren musste. Im Winter band mich ein Freund an einem schlafenden Bären fest und ließ mich bis Sonnenuntergang ausharren. Erst dann durfte ich mich befreien."

„Hör auf, mir solchen Unsinn zu erzählen."

„Es ist kein Unsinn. Bären schlafen im Winter sehr, sehr tief. Trotzdem hätte ich leicht sterben können. Aber so sind Jungen nun mal. Dumm wie Tannenhühner."

„Bist du im vorletzten Jahrhundert groß geworden?“

Nathaniel antwortete lediglich mit Schweigen und einem leichten Neigen seines Kopfes.

„Warum gibt es bei euch den Sonnentanz?“, knirschte Josephine und hoffte, ein anderes Hintertürchen zu brauchbareren Informationen zu finden. „Soweit ich weiß, ist das ein Ritual der Prärieindianer. Der Sioux, oder nicht? Aber ihr gehört nicht zu denen.“

„Hast du dich jemals mit unserer Geschichte beschäftigt?“ Nathaniel nahm die braune Decke und legte sie sich um die Schultern, so, wie sie es auf alten Fotos gesehen hatte. „Darüber, woher wir kommen? Oder mit der Tatsache, dass es von einem Stamm meist sehr viele Untergruppen gibt, von denen jede ihre eigenen Vorlieben, Traditionen und Angewohnheiten pflegt?“

„Nein.“

„Siehst du?“ Ein triumphierendes Grinsen huschte über seine Lippen. Er hielt die Decke vor seiner Brust zusammen und ging nach draußen. Josephine folgte ihm, ohne sich sicher zu sein, ob er ihre Nähe weiterhin wünschte. Doch kaum war sie an seiner Seite, fuhr er zu erzählen fort: „Die Crow, oder Absarokee, wie wir uns in unserer Sprache nennen, stammen aus dem nordöstlichen Waldland dieses Kontinents. Sie lebten dort als sesshafte Ackerbauern. Im achtzehnten Jahrhundert wurden sie von dort vertrieben und wanderten in die Great Plains ein. Es dauerte nicht lange, bis mein Volk seine alte Lebensweise gegen die der nomadischen Jäger eintauschte. Wie die Präriestämme zogen wir den Büffelherden hinterher, jeden Frühling und jeden Herbst. Wir nahmen einige neue Rituale in unsere Kultur auf, so wie den Sonnentanz, und vergrößerten von Jahr zu Jahr unsere Pferdeherden. Die Macht unseres Stammes wuchs schnell. Wir wurden zu einem der stärksten Völker in den Plains. Bis das Schicksal sich zum zweiten Mal wendete. Die Weißen rückten näher, der Neid unserer Nachbarstämme wurde erbitterter, und irgendwann waren wir wieder gezwungen, eine neue Heimat zu suchen. Mitte des neunzehnten Jahrhunderts, als das Land von euresgleichen überschwemmt worden war und wir nicht mehr ausweichen konnten, sprach man uns mit dem Vertrag von Fort Laramie Land zu. Wir dachten, es gäbe endlich so etwas wie Frieden, aber im Laufe der Jahrzehnte wurde das Gebiet, das man uns gnädigerweise zugewiesen hatte, immer kleiner und kleiner. Das war kein Leben für uns, also zogen wir weiter und landeten hier. In den Wäldern Montanas.“

Josephine fühlte ein leeres Gefühl in ihrer Magengrube. „Ist es wahr, was Jacob sagte?“, flüsterte sie. „Dass es euch verglichen mit den anderen Stämmen noch gut erging?“

Seite an Seite überquerten sie die Wiesen, gingen über die Brücke und hielten auf den Waldrand zu. Obwohl Argwohn in Josephine erwachte, war ihr Drang, mehr zu erfahren, stärker als ihre Vorsicht. Die Nähe dieses Mannes, seine Rätselhaftigkeit und sein Anblick erfüllten sie mit einer abenteuerlustigen Verwegenheit.

„Ja", antwortete Nathaniel. „Es gelang uns erfolgreicher als allen anderen, für unsere alte Lebensweise zu kämpfen. Aber die Gunst des Schicksals erweckte auch Neid. Es gab eine Zeit, in der wir von allen Seiten bedrängt wurden. Von den Weißen, den Cheyenne und den Sioux. Trotzdem blieben wir stark. Ja, es geht uns gut, und wenn ich an die Bilder aus manch anderen Reservaten denke, geht es uns sogar sehr gut."

„Was für Bilder?"

„Menschen aus einem einst stolzen, freien Volk, die ihrer Wurzeln beraubt wurden und jetzt auf radioaktiv verseuchtem Land leben, in dem alles dahinsiecht und stirbt, ohne dass es jemanden kümmert. Armut. Korruption und Geldgier bei den weißen Verantwortlichen. Kinder, die mit Diabetes auf die Welt kommen. Oder mit Behinderungen, weil ihre Mütter sich während der Schwangerschaft mit Alkohol abfüllen. Die Zustände sind schlimm, trotzdem streicht die Regierung die Subventionen für die Reservate jedes Jahr um mehrere Tausend Dollar. Vermutlich brauchen sie das Geld dringender für militärische Zwecke." Er schnaufte verbittert. „Gegen diese Zustände anzukämpfen, ist unmöglich. Ich habe es versucht. Die Seelen dieser Völker wurden ein für alle Mal zerstört. Sie sind zersplittert, auseinandergerissen. Wenn sie aufbegehren, dann nur in kleinen Gruppen, nicht als Einheit. Vielleicht werden sie irgendwann zu ihrer früheren Stärke zurückfinden, aber das passiert ganz sicher nicht in dieser Wirklichkeit."

Josephine nickte langsam. „Wie lebt ihr bei euch im Dorf?"

„Interessierst du dich wirklich dafür?"

Nathaniel formulierte es ohne Vorwurf. Ein Lächeln trat in sein Gesicht, das seine Augen funkeln und seine Züge strahlen ließ. Da war er wieder, der sanfte Mann aus jener Nacht des Unwetters. Konnte sie ihm trauen? Wie lange würde er diesmal bleiben, bevor sein Gemüt dem wortkargen Sonderling das Feld überließ?

„Ja. Ich würde es gern wissen."

„Irgendwann zeige ich es dir. Jetzt ist mir nach Abkühlung."

Nathaniel nickte hinüber zum See, der zwischen den Tannen aufgetaucht war. Lockeren Schrittes hielt er darauf zu, wählte eine Stelle nahe den Felsen und legte die Decke auf den Boden. Etwa zwanzig Schritte entfernt erkannte Josephine die Reste des Lagerfeuers, an dem er kaum zwei Stunden zuvor etwas zelebriert hatte, das sie nach wie vor nicht begriff. Sie musste ihn danach befragen. So bald wie möglich.

Obwohl Josephine vermutet hatte, was er zu tun gedachte, stand ihr der Mund offen, als er sich auszuziehen begann. So, als sei es das Gewöhnlichste der Welt, wildfremden Menschen seine Blöße zu präsentieren.

„Was tust du da?", flüsterte sie zu leise, als dass er sie hätte verstehen können, und doch antwortete er.

„Schwimmen gehen, was sonst?"

Josephine hielt den Atem an. Für die Dauer zweier Wimpernschläge ergoss sich das Mondlicht über seinen nackten Körper und hüllte ihn in die Aura einer Statue.

Sein Anblick brannte sich in ihre Wahrnehmung, doch viel zu schnell stieß er sich von den Felsen ab und tauchte kopfüber in das Wasser ein. Glitzernde Ringe huschten über den See, liefen aus und erstanden neu, als Nathaniel nahe dem gegenüberliegenden Ufer auftauchte.

„Komm", lockte er sie. „Nur keine Scheu. Ich tue dir nichts."

„Das würde ich auch nicht zulassen."

„Niemals würde ich dir etwas antun, was du nicht selbst willst." Nathaniel lachte. Unendlich verlockend klang dieser Laut durch die Nacht, als entstamme er keinem Menschen, sondern einem hinterlistigen Waldgeist, dessen ureigenste Natur es war, ahnungslose Seelen einzufangen. Er würde nichts tun, was sie nicht selbst wollte? Was sie wollte …

„Es ist bei uns ganz normal, dass wir nackt baden", rief er ihr zu. „Ich denke mir nichts dabei. Und das solltest du auch nicht tun."

„Bei uns ist das aber nicht normal. Bei uns zeigen Männer nicht einmal ihren entblößten Oberkörper."

„Selbst schuld. Vergiss für heute Nacht, wer du bist. Tu, wonach dir ist. Denke nicht darüber nach. Leg all diese dummen Fesseln ab. Koste das, wonach es dich hungert."

Josephine seufzte. Vergessen, wer sie war. Tun, wonach ihr war. Das kosten, wonach sie sich verzehrte. Dieser Gedanke war ebenso verlockend wie sein Lachen. Wusste Nathaniel, dass die Köstlichkeit, an die sie bei seinen Worten zuerst dachte, er selbst war?

Bebend vor Nervosität begann sie, sich auszuziehen. Mit jedem Kleidungsstück, das sie ablegte, schälte sich etwas von ihrem alten Wesen ab. Schließlich, als Josephine das letzte Teil ablegte, fühlte sie sich befreit. Jetzt gab es nur noch sie, die Nacht und einen Waldgeist, der Lust hatte, sich mit ihr zu messen. Wind strich durch die Wipfel der Tannen, liebkoste ihren Körper. Genauso verlockend wie Nathaniels Stimme und der Gedanke, alles hinter sich zu lassen.

Josephine ließ sich ins Wasser gleiten. Es entpuppte sich als überraschend warm, denn während die Luft sich abkühlte, war im See noch die sommerschwere Wärme des Tages gespeichert. Die Stunden, in denen das Wasser still im Sonnenlicht dahingedämmert war, gaben ihre gesammelte Kraft nun in ihren Körper ab. Als sie auf Nathaniel zu schwamm, war es, als glitte sie durch flüssige Seide.

„Verrätst du es mir jetzt?" Josephine verharrte keinen Meter vor ihm. Wasserpflanzen kitzelten ihre Zehen, als sie strampelnd ihre Position hielt.

„Was soll ich dir verraten?"

Seine Augen funkelten. Triumphierte er, weil er sie erfolgreich genötigt hatte, es ihm gleichzutun? Weil sie nackt vor ihm schwamm, verletzlich und ausgeliefert?

„Was hast du hier getan? War das Blut in deinem Gesicht?"

„Es war Blut, vermischt mit Kohle."

„Was für Blut?"

„Meines. Es hilft am besten."

„Wobei hilft es?"

„Dazu müsste ich viel zu weit ausholen. Es hat etwas mit Geistern, Konzentration und der großen Einheit zu tun. Etwas, mit dem ich mich durch Opferung meines Blutes verbinden möchte. Klar soweit?"

„Nein. Nennen wir es einfach indianische Tradition?"

„Nennen wir es so."

Er lachte wie ein verspielter Satyr, warf sich herum und schwamm zu den Felsen hinüber. Dort streckte er sich genüsslich aus, offenbar ruhend auf einem dicht unter der Oberfläche liegenden Stein. Als er den Kopf zurückneigte, um sein Haar ins Wasser zu tauchen, lag etwas unerhört Laszives in dieser Geste. Er wollte sie verführen. Zweifellos lag es in seiner Absicht, ihre Beherrschung auf die Probe zu stellen. Doch sie entschied, ob sie sich an diesem Spiel erfreuen oder sich ihm entziehen würde. Ob er erfolgreich war oder unterlag, Sei es drum. Hier und heute war sie nicht minder abenteuerlustig als er. Nathaniel wirkte zufrieden, als sie sich zu ihm gesellte. Doch hier auf ihrem Land war sie die Jägerin und er ihre Beute. Der flache Felsen, auf dem sie nun Seite an Seite lagen, war von Algen überzogen. Sie bildeten ein weiches Polster, auf dem es sich bequem sitzen ließ. Wieder erschien dieses triumphierende Lächeln auf seinem Gesicht, doch diesmal war es feiner. Subtiler. Bedrohlicher. Eine einzige, pure Herausforderung.

Josephine biss sich auf die Innenseite ihrer Wange und blickte hoch. Tropfen lösten sich von dicken Teppichen aus Moos, die die Felsen überwucherten und über ihnen einen kleinen Vorhang bildeten. Das leise Geräusch, mit dem sie ins Wasser fielen, besaß etwas Hypnotisierendes. Benommen beobachtete Josephine die auslaufenden Ringe, die sich zwischen ihrem und seinem Körper bildeten. Es war nur eine kleine Ablenkung, ein winziges Quälen, bevor sie den Blick hob und das ansah, was sie so sehr faszinierte. Im Kontrast zu Nathaniels Haut schien die ihre zu leuchten. Hell wie eine Nymphe. Verschlangen sie sich ineinander, wären sie eine perfekte Symbiose aus Gegensätzen.

„Du willst wissen, was das für ein Ritual war?" Rekelnd brachte er sich in eine bequemere Position und tat, als spüre er ihre nervösen Blicke nicht. Vielmehr schien er sie zu genießen.

„Ja."

„Willst du es kurz und knapp oder lieber dramatisch?"

„Kurz und knapp."

„Die meisten Frauen hätten die dramatische Version gewählt. Aber gut. Manchmal, musst du wissen, bin ich nicht ganz ich selbst. Ich habe eine ziemlich unbeherrschte Seite, mit der ich ab und zu einen kleinen Kampf austragen muss, um sie an ihren Platz zu verweisen. Dazu diente das Ritual. Es brachte meine Kräfte wieder ins Gleichgewicht."

„Hat diese Seite nicht jeder? Mehr oder weniger?"

„Glaube mir, diese Seite hat nicht jeder. Wie viel weißt du über Totems?"

„Schutzgeister", erwiderte sie und bemerkte, dass ihre Stimme verdächtig zitterte. „Die Geister von Tieren?"

„Schutzgeister, ja. In meinem Volk sucht jeder nach seinem Totem, indem er auf Visionssuche geht. Meines war damals eine Krähe. Aber ich bin auch selbst eine Art Totem. Meine Aufgabe ist es, den Stamm zu schützen."

Nathaniel beobachtete sie lauernd. Offenbar forschte er nach ihren Reaktionen, doch Josephine wusste nicht, wie sie hätte reagieren sollen. Also entschied sie sich für ratloses Schweigen.

„Ich bin sozusagen ihr Schutzgeist. Ihr Totem. Und das kann ich nur sein, wenn die dunkle und die helle Seite in mir im Gleichgewicht sind."

„Gut." Josephine schluckte. Ein Tropfen fiel vom Moosüberhang herab und traf Nathaniels Brust. Träge floss er über seine Narben. „Das ist so eine Art indianische Religion, oder? Eine Tradition?"

„Es ist viel mehr als das. Aber nimm es ruhig als Tradition. Und weil meine besondere Gabe gebraucht wird, muss ich für eine Weile verschwinden. Noch heute Nacht."

„Du musst verschwinden?"

„Jemand braucht meine Hilfe. In ein paar Stunden fliege ich nach San Francisco."

„Für wie lange?"

„Ich muss am gleichen Abend zurück. Deswegen war ich heute Morgen so wütend. Ich hatte gerade so etwas wie Ruhe gefunden, aber statt sie mir zu gönnen, werde ich herumgescheucht. Aber was soll's. Ich werde auf Kosten des Stammesrates in das beste Restaurant der Stadt einkehren, sofern ich die Zeit dafür finde. Und bevor ich es vergesse, würdest du in meiner Abwesenheit den Hund füttern?"

„Chinook vom Stamm der Chinooks. Sicher doch."

„Er schläft die meiste Zeit oben in der Wohnung oder im Stall. Stell ihm das Futter einfach vor das Sofa. Er frisst alles. Und damit meine ich wirklich alles."

„Gern." Josephine rückte ein Stück von ihm ab, denn sein forschender Blick ging ihr durch Mark und Bein. Zweifellos hatte er schon viele Frauen nackt gesehen. Obwohl etwas an diesen Augenblicken von großer Schönheit war – sei es der Mondschein, das stille Wasser, der Nachtwind – gelang es ihr nicht, loszulassen.

„Sie schicken dich nach San Francisco, und noch am selben Abend musst du zurück?"

Er nickte. „Jetzt weißt du, was ich mit Stress meinte."

„Aber du arbeitest bei mir. Das heißt, ich könnte dir so viele freie Tage gönnen, wie du willst."

„Das ist sehr nobel von dir." Nathaniel schüttelte den Kopf und lachte. Es war ein freimütiges Lachen, das nichts mit seinem üblichen, undurchschaubaren Grinsen zu tun hatte. „Aber das wird den Stammesrat nicht interessieren. Sie wollen mich in ihrer Nähe. Deine Farm ist gewissermaßen gerade noch im grünen Bereich, deshalb macht es ihnen nichts aus, dass ich hier bin. Obwohl sie es nicht nehmen lassen, mich bei der Jagd zu stören."

„Ihr seid seltsam."

„Nur für deine Begriffe." Nathaniel lehnte seinen Kopf gegen den Felsen und schloss die Augen, als wolle er ihr die Gelegenheit geben, ihre Musterung ungezwungener fortzusetzen. „Andererseits verstehe auch ich das Treiben des Rates nicht immer. Ein Abend später würde weder sie noch mich umbringen. Stattdessen geben sie mir das Gefühl, ihr Gefangener zu sein. Ab und zu gönnt man mir einen Ausgang, aber der ist dann so kurz gehalten, dass ich eingesperrt bin, noch ehe ich zum Atemholen komme. Sie haben Angst, ohne mich schutzlos zu sein. Sie fürchten, dass ein Tag ausreichen könnte, um die Gunst des Schicksals zu verspielen. Und ich wiederum kann meinen Stamm nicht im Stich lassen. Aus mehreren Gründen."

„Die gute alte Angst. Was wären wir nur ohne sie?"

„Ziemlich leichtsinnig und ziemlich glücklich. Aber wo wir gerade bei Angst sind ... warum genierst du dich so? Findest du das nicht merkwürdig?"

„Mit einem Wildfremden nackt im Wasser zu liegen? Oh ja."

„Warum tust du es dann?"

„Weil ..."

„... du es aufregend findest. Weil dich die Lust gepackt hat, einfach mal etwas zu tun, weil du es tun willst."

„Hm", machte Josephine.

„Ich bin mit einer ganz anderen Moral aufgewachsen." Wieder rekelte er sich unter den Kaskaden tropfenden Wassers und ließ es über sein Gesicht rinnen. „Eltern liebten sich im Zelt, während die Kinder danebenlagen. Wir badeten nackt im Fluss. Männer, Frauen, Kinder. Paare zeigten offen, dass sie die Finger nicht voneinander lassen konnten. Es war nichts Anrüchiges daran, nur ein natürliches Verhältnis zu seinem Körper."

Josephine kicherte. Sie ließ ihre Hand im Wasser hin und her gleiten, um das Spiel des Mondlichts auf den Wellen zu beobachten. Obwohl ihre Furcht allgegenwärtig war, sog sie das Aroma dieser Momente mit fatalistischem Genuss in sich auf. Sie genoss das Gefühl des Wassers auf ihrer Haut und den Duft der Sommernacht. Sie genoss sogar die Verwirrung, die tiefer saß als jedes andere Gefühl und ihr den Eindruck vermittelte, als sei alles möglich. Hier und jetzt in dieser Nacht. Geister im Dunkeln, eine Nymphe in der Tiefe. Totemtiere, die über sie wachten, Irrlichter und fleischgewordene Legenden, die die Welt der Geschichten verließen, um durch den mondhellen Wald zu schleichen. Oder um neben ihr im Wasser zu liegen.

„Was tust du da?" Josephine sah, wie Nathaniel seinen Arm über dem Wasser ausstreckte. „Was wird das?"

Er antwortete nichts. Ein feines Lächeln umspielte seine Mundwinkel. Etwas glitt aus dem Dunkel des Waldes heraus, schwebte über den See und zauberte Ringe, als es mit seinen Flügeln die Oberfläche streifte. Lautlos landete ein Käuzchen auf seinem Handrücken. Es schüttelte sich, zwinkerte und klappte seine Flügel ein. Bernsteingelbe Augen erwiderten Josephines ungläubigen Blick.

„Ich habe gelogen", sagte Nathaniel, während er seinen Arm mit dem kleinen Tier hin und her bewegte. „Ich bin mit meiner Gabe nicht auf die Welt gekommen. Sie wurde mir erst später gegeben, als besonderes Geschenk."

Josephine blinzelte. „Wie machst du das? Er ist zahm, oder? Er kennt dich? Du hast ihn als Küken gefunden und großgezogen."

„Nein."

„Wilde Vögel setzen sich nicht einfach auf menschliche Hände."

Sie wurde wütend, weil er sie erneut in tiefste Fassungslosigkeit stürzte. Weil er mit jedem Moment, den sie gemeinsam verbrachten, rätselhafter wurde.

„Stell dir vor", raunte Nathaniel, „dass alles Lebendige einen bestimmten Rhythmus besitzt. Eine bestimmte Frequenz oder Schwingung, wie man heute sagen würde. Wenn man es schafft, seine eigene Frequenz zu verändern und anzupassen, kann man sich allen Lebewesen mitteilen. Den größten und den kleinsten. Es ist nicht so, dass man mit ihnen redet. Aber sie spüren Empfindungen. Gefühle. Wenn man nichts als Liebe fühlt, warum sollten sie Angst haben?"

„Erzähl mir keinen Kitsch", zischte Josephine. „Du kennst diesen Vogel. Sag schon."

„Liebe ist Kitsch? Arme Menschheit."

„Darum geht es nicht. Es geht um …"

„Ja?"

„Es geht darum, dass ich es nicht verstehe."

Langsam, mit angehaltenem Atem, streckte sie ihre Hand aus. Das Käuzchen rührte sich nicht. Sein glatter, seidiger Leib war so starr, dass es ebenso gut aus Holz hätte sein können.

„Er mag es nicht, berührt zu werden", flüsterte Nathaniel. „Wie du schon sagtest, er ist ein Wildvogel. Halte deine Hand vor seinen Schnabel."

„Wenigstens ist es kein Adler", knurrte Josephine. „So wie auf diesen unsäglichen Postern."

„Wenn mir ein Adler unter die Augen kommt, werde ich ihm sagen, er soll sich auf meinen Arm setzen. Nur um dich wütend zu sehen."

„Wage es nicht."

Das Käuzchen schnarrte und zwickte sie behutsam in den Finger. Als es begann, daran zu lecken und eine winzige, nasse Zunge über ihre Haut tastete, entfloh ihr ein Seufzer der Entzückung.

„Du bist verrückt", stieß sie hervor. „Du bist der verrückteste Kauz, der mir je untergekommen ist. Und ich meine nicht den Vogel."

Nachdem sich das Tier ausgiebig mit ihrem Finger beschäftigt hatte, breitete es seine Flügel aus und flog davon. Lautlos glitt es über das Wasser, und als das Dunkel des Waldes seinen Schatten verschluckte, war es so, als sei das Tier nie bei ihnen gewesen. Josephine blickte ihm verstört hinterher.

„Nicht wundern.“ Nathaniel zuckte die Schultern. „Nur genießen.“

Er rückte etwas näher. Wie zufällig streifte sein Bein unter dem Wasser das ihre. Obwohl alles in Josephine danach schrie, seine Nähe zu spüren, wich sie vor ihm zurück.

„Nimm dir, was du willst.“ Hatte er das wirklich gesagt? Nein, geraunt. Dunkel und lockend. Er lehnte den Kopf gegen die vor Nässe glänzenden Felsen. „Warum tust du es nicht?“

Josephine schwindelte. Sie gab es auf, ruhig atmen zu wollen, sondern rang mit einer an Verzweiflung grenzenden Nervosität nach Luft.

„Was willst du?“, schnurrte Nathaniel. „Sag es einfach. Oder zeig es mir.“

„Ich …“

„Sag es mir.“

Josephine starrte auf seine Brust, die sich langsam hob und senkte. Sein Atem ging schwer. Sie beide waren nackt. Wie leicht wäre es, ihm zu zeigen, was sie wollte. Wie leicht wäre es, sich auf ihn zu setzen, sich an seinen Körper zu schmiegen, ihn in sich aufzunehmen und … großer Gott!

„Du bist wunderschön, Tacincala.“ Seine Stimme klang wie ein Seufzen.

„Was?“ Josephine biss sich auf die Unterlippe.

„Ich sagte, dass du wunderschön bist.“

„Wirklich?“ Blut schoss in ihre Wangen. Sie wusste, dass in diesen Augenblicken hässliche Flecken ihre Haut überzogen, und dass es lange dauern würde, bis sie verschwanden. Daniel hatte ihr oft Komplimente gemacht. Sie hätte daran gewöhnt sein sollen, doch hier und jetzt, aus dem Mund dieses Mannes, war es etwas vollkommen anderes. Warum? Warum nur fühlte sie sich in Nathaniels Nähe derart entblößt und gierte dennoch in einem Maße nach ihr, dass es sie erschütterte? Zu gern hätte sie ihm gesagt, dass er verschwinden solle. Für immer. Denn die mühsam aufgebaute Ordnung in ihrem Leben zerbrach unter seinem Blick und wurde von seiner Nähe restlos vernichtet.

Mit verräterischer Hast stieß sie sich von den Felsen ab, schwamm zum Ufer und schlüpfte in ihre Kleidung. Ihr Herzschlag hallte in der allumfassenden Stille der Nacht wider. Als sie ihren tropfenden Zopf auswrang, gesellte sich Nathaniel zu ihr. Seelenruhig zog er seine Unterhose an, nahm die Decke auf und legte sie wie zuvor um seine Schultern.

„Ich sage nichts, das ich nicht auch so meine.“ Nathaniel schritt neben ihr her, als Josephine zu laufen begann. Die Art, wie er es tat, besaß etwas Arrogantes. Etwas unerhört Selbstsicheres. „Ja. Ich finde dich schön.“

„Was heißt Tacincala?“

„Kleines Reh.“

„Ich bin kein kleines Reh“, protestierte sie.

„Aber du erinnerst mich an eins. Deine Augen, deine Art. Deine Verletzlichkeit.“

„Ein Reh ist schwach."

„Nein, ist es nicht. Ein Wolf, den jeder für stark hält, erwischt ein gesundes Reh niemals. Es ist zu schnell für ihn, zu schlau. Er hat immer das Nachsehen, es sei denn, sein Opfer ist krank oder alt."

„Was soll mir das jetzt sagen?"

„Dass ich dich Tacincala nennen, und trotzdem für stark halten darf. Du spielst mit mir wie ein junges Reh mit dem alten Wolf. Ausgehungert heftet er sich an seine Fersen, aber immer wieder entwischt es ihm und tanzt leichtfüßig vor ihm her. Alles, was ihm bleibt, ist sein verlockender Duft, der ihm in die Nase steigt und seine Qual ins Unendliche wachsen lässt."

Josephine glaubte, ihre Beine müssten unter ihr nachgeben. Doch sie lief weiter. Unbeirrt. Während ihres restlichen Weges herrschte Schweigen. Hatten die Grillen jemals so laut gesungen? Ihr Lied schwoll auf und ab wie ein hypnotisierendes Gebet, und als sie die Farm erreichten, übermannte sie das Gefühl, den Druck in ihrem Inneren keine Sekunde länger aushalten zu können. In gespielter Müdigkeit streckte sie ihre Glieder, als Nathaniel die Schiebetür des Pferdestalles öffnete und den Lichtschalter betätigte. Wie schwarz seine Augen waren. Sie durchbohrten sie mit einem Ausdruck des Hungers, und ihr Körper reagierte unvermittelt auf dieses Signal. Noch mehr Hitze, noch mehr Nervosität, hilflos durcheinanderwirbelnde Gedanken, immer kläglicher widersprechende Vernunft. Genüsslich weiteten sich Nathaniels Nasenflügel.

„Pheromone", raunte er.

„Hm?"

„Lockstoffe. Dein Körper sagt mir, was du dir selbst nicht zu sagen traust."

Sein Blick wurde noch bohrender. Josephine gewann das Gefühl, als analysiere er sie bis in die letzte Kapillare hinein.

„Du wirst diese Bäume nicht fällen", sagte er dann. „Du findest einen anderen Weg."

„Ich tue, was ich für richtig halte", gab sie zurück, verblüfft, dass er plötzlich wieder dieses Thema aufgriff. „Wie ich schon sagte, das hier ist meine Farm. Hier zählt allein mein Wille."

„Du wirst dieses Land nicht noch mehr verändern." Seine Stimme schlich sich in ihre Gedanken ein. Legte sich darum wie ein Netz und erstickte ihren Protest. Erschreckt wich sie zurück. Was war das? Was tat er mit ihr?

„Du wirst tun, was ich dir sage."

„Nein", widersprach sie matt. „Hör auf damit."

„Womit aufhören?"

„Du … ich … irgendetwas machst du mit mir. Hör auf damit. Du hast mir nichts zu befehlen. Gar nichts. Es ist meine Angelegenheit. Allein meine …"

„Du brauchst mich", sagte er. „Du hungerst nach dem Gefühl, dass ich in dir auslöse. Du gierst nach der Lebendigkeit, die dich erfüllt, wenn ich bei dir bin. Der süße Rausch der Gefahr und des Fremdartigen. Sag mir, dass ich gehen soll, und ich werde verschwinden. Sag es, und du wirst mich nie wieder sehen."

Josephine sank schwindelnd gegen die Wand. „Geh", flüsterte sie. „Geh …" Doch zugleich schüttelte sie den Kopf und fühlte eine bodenlose Angst, dass er ihren Worten Folge leistete. In ihrem Kopf herrschte Chaos. Ein hoffnungsloses, von ihm ausgelöstes Chaos. „Hör auf, das mit mir zu tun."

„Was meinst du?"

Er kam näher. Josephine streckte abwehrend ihre Arme aus, doch es kümmerte ihn nicht. Unsanft packte er mit einer Hand ihre Schulter, presste sie gegen die Wand, beugte sich vor und küsste sie. Als seine Lippen sich auf die ihren pressten, erschlafften ihre Muskeln. Josephine keuchte auf. Sie schmeckte das Aroma seiner Haut, Erde, Wildnis, Hitze. Endlich, schrie eine Stimme in ihr. Endlich. Und ehe ihr klar wurde, was sie tat, erwiderte sie seinen Kuss. Nathaniels Körper zitterte, Muskeln spannten sich an. Er wurde unglaublich warm. Die feuchte Hitze seiner Lippen betäubte das letzte Aufbegehren ihres Verstandes und drängte es mühelos beiseite. Hilflos schloss sie die Augen, während ihre Arme sich um ihn schlangen. Sie spürte nur noch den Kuss und seinen Geschmack. Mehr … sie wollte mehr.

Ihre Finger zerrten an der Decke, zogen sie von seinen Schultern und glitten über nackte, weiche Haut. Grob ergriffen seine Hände von ihr Besitz. Sie legten sich um ihre Taille, zogen ihre Körpermitte ruckartig an die seine und ließen sie spüren, mit welcher Heftigkeit er sie wollte. Josephine löste sich auf in einem Strudel grimmiger Verzückung. Sich aufbäumend krallte sie ihre Finger in sein Haar, fühlte dessen nasse Schwere und sog Nathaniels wilden Duft in sich auf. Er roch nach hemmungslosem Begehren. Sie war noch immer wütend. Oh ja, aber all diese zornige Leidenschaft folgte plötzlich einem ganz anderen Kanal.

Als seine Lippen sich von ihr lösten, knurrte sie auf und umfing sein Gesicht mit ihren Händen, um ihn festzuhalten. Sie würde ihn nicht gehen lassen. Diesmal nicht. Hier und jetzt gehörte er allein ihr. Zu lange hatte er mit ihr gespielt, und jetzt sollte er den Preis dafür bezahlen.

Wie es kam, dass sie plötzlich trotz dieses Entschlusses an der Wand lehnte, zitternd und allein, war Josephine schleierhaft. Mit bebenden Fingern berührte sie ihre geschwollenen Lippen. Verdammt, dieser Mann war kein Mensch, sondern ein Schatten. Wie hatte er so schnell verschwinden können? Hatte sie einen Blackout erlitten?

Nathaniels Abwesenheit ließ eine gewaltige Leere in ihr aufklaffen. Der Geschmack des Kusses hatte sie berauscht, und nun stand sie da und wusste nicht, wohin sie ihr Übermaß an Gefühlen lenken sollte. Josephine verfluchte das Rasen ihres Herzens, die Hitze in ihrem Unterleib, die Erschütterung ihrer Beherrschung. Sie verfluchte ihre Schwäche. Daniels Bild in ihrem Kopf verschwand. Es blich aus wie eine alte Fotografie, wurde undeutlich und verwandelte sich. Blondes Haar wurde schwarz. Himmelblaue Augen verdunkelten sich, bis sie so schwarzbraun waren wie der Boden unter den Tannen. Düster und verlockend wie die Tiefen des Waldes selbst.

„Verflucht sollst du sein“, knurrte sie, stieß sich von der Wand ab und warf die Schiebetür so heftig hinter sich zu, dass der Knall über das Farmgelände hallte. „Ich hasse dich. Du machst mich …“

Verrückt, beendete ihr Empfinden den Satz. Vollkommen verrückt. Und es fühlt sich gut an. Oh ja, es ist unglaublich gut.

Nach ein paar Schritten verharrte Josephine. Wind erfasste die Strähnen, die sich aus ihrem Zopf gelöst hatten. Er roch nach Wald und Freiheit. Nach Vergessen.

Und plötzlich lachte sie. Der Drogenrausch unerfüllten Begehrens überflutete sie und jagte einen Cocktail aus Glück, Sehnsucht und Euphorie durch ihre Adern. Sie wollte mehr davon. Viel mehr.

***

Nathaniel lächelte in sich hinein, während er der Welt dabei zusah, wie sie unter einer Wolkendecke verschwand. Josephine hätte ihn vermutlich kaum wiedererkannt. Nicht in dem schwarzen Hemd und dem maßgeschneiderten, schwarzen Anzug, den er sich bei seinem letzten Aufenthalt in Chicago auf Kosten des Rates hatte anfertigen lassen. Nicht mit dem ordentlich gekämmten, von einer schmalen Silberspange zusammengehaltenen Haar. Mit der teuren Armbanduhr an seinem Handgelenk und den schwarzen Lederschuhen, die frisch geputzt glänzten. Das einzig Vertraute wären wohl die Creolen gewesen, denn sie nahm er niemals ab. Sie waren zu sehr zur Gewohnheit geworden und verbanden ihn zudem mit seinem früheren Leben, in dem es Tradition gewesen war, Kindern bald nach der Geburt das erste Ohrloch zu stechen.

Zum ersten Mal seit langer Zeit fühlte Nathaniel sich euphorisch. Wirklich lebendig und auf eine herrliche Weise gepeinigt. Diese Gefühle teilte er seiner Umwelt in einem permanenten Lächeln mit, das den Blick so manches Anwesenden einfing und ihn wohl darüber nachdenken ließ, was der Grund hinter dieser entzückten Abwesenheit war.

Während Nathaniel an seinem Kaffee nippte und sich vom Dröhnen des Flugzeugs einlullen ließ, dachte er an Josephines Lippen. Er dachte an ihren Körper und dessen zarte Gegenwehr, roch den Kräuterduft ihres Shampoos, nahm das Zittern der kleinen, beinahe kindlichen Hände wahr, die sich auf seinen Rücken gelegt hatten und schließlich in seinem Haar eingetaucht waren. Zuerst scheu, dann unverhohlen nach dem verlangend, was sich ein Teil von ihr noch immer verbot. Er dachte an die Wärme ihrer Haut … und schauderte wohlig. So lange hatte er den Rausch dieser Körperlichkeit nicht mehr kosten dürfen. Aber warum durfte er es jetzt?

Steckte ein perfider Plan dahinter oder hatte Absá begriffen, dass er ihr niemals gehören würde? Ob sie ihm mehr als einen Kuss erlauben würden? Vielleicht sogar viel mehr?

Nathaniel seufzte, denn eine alte Erinnerung teilte ihm mit, wie köstlich es sich anfühlte, den nackten Körper einer Frau zu verwöhnen. Wie es schmeckte, wenn man ihr den Schweiß von den Wangen und den Lippen küsste. Wie es sich anfühlte, sie zu liebkosen. An jeder Stelle ihres vor Sehnsucht bebenden Leibes. Und wie es war, in ihr zu sein. Umschlossen von seidiger Hitze.

Die Reaktion seines Körpers auf diese Gedanken war überraschend heftig. Überwältigt sank Nathaniel tiefer in seinen Sitz, während ein gewisser Teil von ihm sich anfühlte, als müsse er vor Verlangen bersten. Das Zittern seiner Hände war ein weiterer Beweis. Er musste seine Gedanken dringend unter Kontrolle bringen. Aber nichts war schwieriger, als die schwelende Glut von Geist und Körper niederzuzwingen. Neugierige Blicke zu ignorieren, war dagegen ein Kinderspiel. Früher wären sie ihm unangenehm gewesen und jedem wäre angesichts seiner finsteren Miene klar geworden, dass ihn nur eine hauchdünne Membran von einem Amoklauf trennte. Doch inzwischen hatte er gelernt, sich während seiner Reisen von allem abzuschotten.

Nathaniel spielte an dem einzigen Ring herum, den er noch trug. Ein unauffälliges silbernes Schmuckstück am Mittelfinger seiner rechten Hand. Während er ihn hin und her drehte, drängte er Josephine erneut an die Wand. Er presste ihren warmen Körper gegen das Holz, zwang sie zu einem Kuss und umklammerte mit seinen Händen ihre Taille, die sich so wunderbar schmal und verletzlich anfühlte. Er fetzte ihr die Kleider vom Leib, hob sie hoch und …

Seine Erregung pochte schmerzhaft. Riss ihn zurück in die Wirklichkeit. Er drückte seine Ledertasche an sich, um seine Gedanken auf deren Inhalt zu fokussieren. Wie viel hatte es den Stamm wohl gekostet, ihm die für seine Reisen nötigen Papiere zu besorgen? Irgendwann würden es ihm die immer schärfer werdenden Kontrollen unmöglich machen, unerkannt zu bleiben, und spätestens dann würde der Rat gezwungen sein, ihm die verdiente Ruhe zu gönnen. Nathaniel dachte daran, dass er früher einfach auf sein Pferd gesprungen und auf den Horizont zugeritten war. Grenzen hatte es keine gegeben, allenfalls den einen oder anderen Stamm, dem es nicht gefiel, wenn man seine Jagdgründe kreuzte. Hatte das Blut des Nomaden danach verlangt, dem Ruf der Ferne zu gehorchen, dann waren sie ihm einfach gefolgt. Bis zu jenem Tag, an dem der immerwährende Krieg ihnen die letzte Kraft genommen und sie in das Reservat getrieben hatte.

Wollte man heute verschwinden, war alles sehr viel schwieriger. Das Reisen, das Verstecken, der Beginn eines neuen Lebens, wenn das alte zu verräterisch geworden war. Ohne die Hilfe des Rates wäre er längst an der Komplexität der heutigen Zeit gescheitert. Oder er hätte sich in irgendeinem einsamen Winkel der Welt versteckt, lebend als Eremit und darauf hoffend, unentdeckt zu bleiben.

Nathaniel gähnte, benommen vom monotonen Rauschen der Maschine. Kaum versuchte er, zu schlafen, sah er sie wieder vor sich. Kampflustig funkelten Josephines Augen, während sie versuchte, sich gegen die Macht seines Geistes zu wehren. Sie war stark. Überraschend stark. Eine Wildkatze, die nur dem oberflächlichen Betrachter verletzlich erschien. Er würde sie niemals zähmen. Oh nein, viel lieber wollte er seine Finger über ihren seidigen Pelz gleiten lassen, um das Schnurren der Wildheit darunter zu spüren. Er würde mit ihrer Leidenschaft spielen, sich hin und wieder kratzen und beißen lassen, um am Ende ihr Fauchen mit seinen Küssen zu ersticken.

Verlangend zog die Müdigkeit an seiner Wahrnehmung und focht einen Kampf mit seiner Sehnsucht aus. Er musste endlich Ruhe finden. San Francisco war knapp zweitausend Kilometer von dem Grab entfernt, was die Notwendigkeit mit sich brachte, achtsam mit seiner Kraft umzugehen. Nathaniel begann, zu meditieren. Müdigkeit und monotones Rauschen machten es ihm leicht, die Wirklichkeit an sich vorbeifließen zu lassen und in eine Ebene abzutauchen, in der ihn sanfte, zeitlose Existenz umfing.

Froh, das Getümmel des Flughafens hinter sich lassen zu können, stieg Nathaniel in das nächstbeste Taxi und versuchte sich in der Aussprache des Namens des Krankenhauses, in dem der Grund für seine Reise lag. Dieser Grund hieß Joseph Murdock, war stellvertretender Vorsitzender des Stammesrates und komatöser Besitzer eines jahrelang unentdeckt gewachsenen Hirntumors, der laut Meinung der Ärzte unweigerlich zum Tod führen würde.

Zweifellos würde es ein Tag werden, an dem ihn viele Erinnerungen einholten. Denn Joseph war nicht nur einer der wichtigsten Männer im Stamm, sondern zugleich Vater von Jeremy, einem Jungen, um den sich Nathaniel jahrelang gekümmert hatte, als sei er sein eigener Sohn. Während Joseph diverse Schreibtische hütete, bis über beide Ohren zugemüllt mit Stress und Terminen, war Nathaniel mit Jeremy angeln und jagen gegangen. Er hatte ihm während tagelanger Wanderungen gezeigt, wie man in der Wildnis überlebt und dem Jungen die Legenden seiner Vorfahren nahe gebracht. In Jeremy hatte er einen Ersatz für Cuncana gefunden. Einen Halt in seinem Leben. Ein kleines Stück Normalität. Bis Jeremy nach San Francisco gegangen war, um Jura zu studieren.

„Da wären wir, Sir." Mit quietschenden Reifen hielt der Taxifahrer am Straßenrand und streckte seine Hand aus. Ein infantiles Glucksen entrang sich seiner Kehle, als Nathaniel die entsprechende Summe samt einem großzügigen Trinkgeld hineinfallen ließ. „N'schönen Tag wünsch ich Ihnen. Hoffe, Sie haben keine nahen Angehörigen da drin."

Er deutete auf das riesige, im Sonnenlicht rotgolden leuchtende Backsteingebäude.

„Warum sollte ich sonst den weiten Weg auf mich nehmen?", gab Nathaniel trocken zurück.

„Da haben Sie wohl recht." Der Fahrer tippte sich an den Hut und gab Gas, kaum dass sein Passagier ausgestiegen war. Schlingernd jagte er seinen maroden Wagen um die nächste Straßenecke und verabschiedete sich mit einem markerschütternden Quietschen aus Nathaniels Wahrnehmung.

Wenn er Glück hatte, war Joseph bereits aus der Intensivstation entlassen wurden. War das nicht der Fall, würde eine Menge Manipulation vonnöten sein. Zumindest, sofern hier ähnliche Zustände herrschten wie in jener Klinik, die er letztes Jahr in New York aufgesucht hatte.

„Ich möchte zu Joseph Murdock, bitte." Nathaniel setzte sein charmantestes Lächeln auf und lehnte sich gerade so leicht über den Tresen, dass die dahintersitzende Frau den Eindruck von Offenheit und Sympathie gewann. „Können Sie mir sagen, in welchem Zimmer er liegt?"

Die Frau nickte, tippte etwas in den Computer und errötete zart. „Da haben wir ihn. John Murdock, Zimmer 11.3, Komplex 3 auf der 2. Etage. Er wurde heute Morgen dorthin verlegt."

Ihr Blick verdüsterte sich, als sie zu ihm aufblickte. Vermutlich hatte ihr der Bildschirm verraten, wie aussichtslos es um den Patienten stand.

„Sind Sie ein Familienmitglied?", säuselte sie mitfühlend, während ihr Körper einen Duftcocktail ausstieß, der seine soeben unter Kontrolle gebrachten Gedanken abdriften ließ.

„Nein", antwortete Nathaniel. „Oder besser gesagt, ja. Er gehört zu meinem Stamm, insofern sind wir eine Familie."

„Verstehe." Die Frau strich sich ein paar blonde Strähnen aus dem Gesicht und wiegte nachdenklich den Kopf. „Alles Gute für Sie."

Nathaniel beschränkte sich auf ein dürftiges Lächeln, drehte sich um und studierte den Gebäudeplan, der neben dem Tresen stand. Dieses Monster von Klinik war noch riesiger, als es von außen den Anschein erweckt hatte. Mit plötzlicher Inbrunst sehnte er sich nach seiner Heimat. Er dachte an die Stille der Wälder, an Josephines Farm und wohltuende Einsamkeit. Obwohl sein Fernweh mit jedem Jahr stärker wurde, hasste er diese kurzen, erzwungenen Reisen mehr denn je. Sie brachten ihm keine Erleichterung. Er fühlte sich an Orten wie diesen seltsam unwirklich, wie ein Statist in einem Film, der tat, was man von ihm verlangte, und doch nur darauf wartete, dass man ihn in die Realität entließ.

Mürrisch machte sich auf den Weg durch lange, nach Krankheit, Tod und Desinfektionsmitteln stinkende Flure, durchquerte gläserne Übergänge und bevölkerte Wartehallen, bis er nach einer gefühlten Ewigkeit vor dem entsprechenden Zimmer stand. Nathaniel zögerte, denn er hörte leise Stimmen. Eine davon gehörte Jeremy. Ob der Junge sich verändert hatte? Und wenn ja, war es eine Veränderung zum Guten oder zum Schlechten? Jedes Mal, wenn er den Jungen betrachtete, dachte er an Cuncana. Er fragte sich, wie er wohl in Jeremys Alter ausgesehen hätte, zu was für einem Mann er herangewachsen wäre und wohin sein Schicksal ihn getragen hätte. Es waren sinnlose Gedanken, das war ihm klar. Aber im Leben gab es viele Dinge, die nichts einbrachten und von denen man doch nicht ablassen konnte. Geliebte

Fesseln, wie Nathaniel es gern bezeichnete.

Nach einem tiefen Atemzug öffnete er die Tür und schlüpfte ins Innere des Raumes. Vier Personen blickten erwartungsvoll auf. Joseph Murdock wiederum lag leichenblass im Bett und erweckte den Eindruck, als hätte er bereits vor Stunden das Zeitliche gesegnet.

„Großes Mysterium." Jeremy stürmte herbei und fiel Nathaniel in die Arme. „Endlich bist du hier. Sie sagen, dass Joseph den Tag nicht überleben wird. Deswegen haben sie sämtliche Schläuche aus ihm rausgezogen. Vorher sah er aus wie eine Tanne."

„Wie eine Tanne?"

„Na ja, alles voller Nadeln."

Nathaniel schmunzelte. Aus dem Jungen war längst ein Mann geworden, und doch streichelte er ihm liebevoll über das Haar. Wie damals. „Ich bin selten pünktlich", sagte er. „Aber trotzdem komme ich rechtzeitig."

„Die Indian Time." Jeremy nickte gewichtig. „Gut zu umschreiben mit irgendwann oder wird schon irgendwie rechtzeitig sein."

„Bitte", beschwerte sich Nathaniel. „Nenne mich nicht mehr großes Mysterium."

„Damit warst nicht du gemeint. Ich habe ein Stoßgebet zum Großen Geist geschickt."

„Soso." Nathaniel musterte seinen Ersatzsohn neugierig. Er hatte sich kaum verändert, auch wenn ihn nun die Reife eines Mannes erfüllte. Noch immer liebte er viel zu große Cargohosen, zu enge Shirts und die Farbe Schwarz. Noch immer standen seine fingerlangen Haare wie eine Kratzbürste zu Berge und blitzte der pure Kleinjungenschalk in den schräg stehenden Mandelaugen. Jeremy war durch und durch Absarokee, mehr als manch altes Mitglied ihres Stammes. Die Tatsache, dass er in der Stadt lebte und sich durch die krude Paragrafenwelt der Weißen wühlte, änderte daran nichts. Und das erfüllte Nathaniel mit Stolz.

„Also dann." Jeremy deutete auf den Kranken. „Mach ihn wieder ganz. Übrigens sah er, bevor er umkippte, weiße Büffel über Fisherman's Wharf galoppieren."

„Nicht schlecht." Nathaniel nickte Josephs Frau und seinen beiden Zwillingssöhnen zu, die, wenn er sich recht entsann, letzte Woche sechzehn geworden waren. „Damals wäre das eine sehr hoffnungsvolle Vision gewesen."

Vorsichtig setzte er sich neben den Kranken auf die Bettkante. Seine feinen Sinne rochen den Tod. Sie witterten das schale Aroma welkenden Fleisches und die Süße einsetzenden Verfalls. Als seine Hände sich um Josephs Kopf schlossen, spürte er kaum mehr Leben in seinem Körper. Doch das hauchfeine Band, das die Hülle mit ihrem bereits entwichenen Geist noch immer verband, würde genügen.

Aufmerksam lauschte Nathaniel in die vor ihm liegende Sterblichkeit hinein. Seine mentalen Finger ertasteten einen wuchernden Knoten, dessen Gift das Lebenslicht zusehends auslöschte. Er ließ Hitze in seine Hände fließen, die im gleichen Maße tödlich wie heilend sein konnte, sandte sie durch sein Fleisch in das des Kranken und leitete sie hin zu der Wucherung, die die fließenden Kräfte des Körpers unterbrach. Er stellte sich vor, wie die Wärme sie träge ummantelte, wie sie in sie hineinsickerte, sie durchdrang und auflöste. Nach und nach, wie Eis in der Sonne.

Visualisierung ging über in Realität. Nathaniel spürte Energie in Josephs Fleisch zurückkehren. Die fast verloschene Flamme seines Lebens gewann an Kraft, der Geist, der den siechenden Körper bereits vor Stunden verlassen hatte, bettete sich wieder in seine Hülle ein. Vielleicht war es gut, was er getan hatte. Vielleicht auch nicht. Er heilte Joseph, weil sein Leben zu wichtig für den Stamm war, und nicht, weil der Kranke selbst den Wunsch geäußert hatte. Was, wenn die Seele bereits das Licht der anderen Welt gekostet hatte und nun von ihm zurückgerissen worden war? Was, wenn es der Wille des Mannes war, in der anderen Welt zu bleiben? Er wusste, wie es sich anfühlte. Jenes überirdisch herrliche Licht – und das Gefühl, ihm entrissen zu werden.

„In ein paar Stunden wird er aufwachen." Nathaniel erhob sich mühsam. Vom vertrauten Schwindel der Erschöpfung übermannt, musste er sich am Bettgitter festhalten. „Besteht darauf, Joseph mit nach Hause ins Dorf zu nehmen. Ich habe ihn nicht vollkommen geheilt, weil das zu viele Fragen und zu viel Aufmerksamkeit nach sich ziehen würde. Aber es dürfte reichen, um ihn einigermaßen geradeaus gehen zu lassen. Den Rest hole ich im Dorf nach."

„Du bist unglaublich." Jeremy fiel ihm erneut in die Arme, gefolgt von Josephs Frau und den beiden Jungen. Nathaniels Schwindel nahm an Intensität zu, als er sich plötzlich von warmen, vor Erleichterung zitternden Körpern umringt sah. Dennoch blieb ein schaler Nachgeschmack zurück. Inbrünstig hoffte er, dass er nichts getan hatte, was Josephs eigenem Willen widersprach.

„Danke, tausend Dank", sagte die Frau. „Wenn du jemals etwas brauchst, komm zu uns. Es wäre uns eine Ehre, dir irgendwann helfen zu können."

„Das ist nicht nötig." Nathaniel schob seine Verehrer behutsam von sich. „Es ist meine Aufgabe. Aber danke."

„Du hast nicht nur meinen Mann gerettet, sondern unseren ganzen Stamm. Josephs Stimme ist wichtig für uns, weil er noch weiß, worauf es wirklich ankommt. Nicht viele sind mehr so wie er. Und keiner ist mehr so wie du. Deine Augen haben die Zeiten gesehen, von denen wir nur noch in Geschichten hören. Du hast für uns in den Kriegen gekämpft, von denen alle unsere Kinder lesen und unsere Alten erzählen. Ich weiß, dass unsere freie Seele weiterlebt, solange du weiterlebst."

Nathaniel fühlte sich beklommen, als er den Schmerz in den Augen der Frau sah. Er war selten um Worte verlegen, doch diesmal musste er kapitulieren.

„Darf ich dich wenigstens zum Essen einladen?" Jeremy unterbrach die drückende Stimmung, legte den Arm um Nathaniels Schulter und zog ihn in Richtung Tür. „Ich kenne ein wunderbares Café ganz hier in der Nähe. Café du Nord. Sagt dir das was?"

„Nein. Aber ich vertraue mich dir gern an." Es war sinnlos, sich den Überredungskünsten des Jungen zu entziehen. Abgesehen davon blieben ihm noch über drei Stunden Zeit, bevor er sich zum Flughafen aufmachen musste. Der Besuch eines Cafés war zweifellos verlockender als die Aussicht auf stundenlange Grübeleien, Erinnerungen und Zwiespälte.

„Dann wird es Zeit, dass du es kennenlernst," frohlockte Jeremy mit einem entwaffnenden Lächeln. „Komm, ich mach dich mit dem besten Kaffee der ganzen Stadt bekannt. Und wenn ich eins bemerken darf: Scheiße, du siehst gut aus. Wie alt bist du jetzt?"

„Irgendwas über einhundert Jahre."

„Und nicht eine Falte. Ich könnte dich würgen."

„Warum?" Nathaniel schmunzelte. Niemand vermochte es besser als Jeremy, ihm das Gefühl von Jugend und Unbeschwertheit zurückzugeben. Wie gern hätte er mehr Zeit mit ihm verbracht, doch weder würde es der Stamm erlauben noch seine Sehnsucht nach einer Frau, die er kaum kannte.

„Weil ich verdammt noch mal neidisch bin. Vielleicht sollte ich dich in eine Presse werfen und das trinken, was unten rauskommt."

„Untersteh dich."

„Keine Sorge, ich tu's nicht. Aber auch nur, weil ich nicht mit ansehen will, wie ein wütend brodelnder Hackfleischklumpen zu neuem Leben erwacht. Und jetzt komm. Unsere unerträgliche Attraktivität hält die Empfangsdame nur von ihrer Arbeit ab. Sie ist rot wie ein gekochter Hummer."

„Du hattest … was?" Jeremys Verblüffung hätte nicht größer sein können. „Großer Geist! Sag, dass das ein Scherz war."

„Seit einhundertachtundvierzig Jahren keinen Sex mehr", flüsterte Nathaniel.

Nervös stocherte er in einem bunten Haufen namens Savory Steak Salat herum. Das Café war angenehm dunkel und in noblem, viktorianischem Stil gehalten. Eine Bar aus Mahagoniholz leuchtete im gedämpften Licht, rote Wände und Holzverkleidungen vermittelten urige Gemütlichkeit. Nathaniel mochte es. Auch das Essen und der Kaffee waren köstlich, was jedoch nichts daran änderte, dass seine Entspannung sich erneut in Wohlgefallen auflöste.

„Du machst Scherze." Jeremy schob sich ein Stück seiner Pizza in den Mund, um ungeachtet dessen weiterzureden: „Heißt das, diese Vettel macht dir bei jedem Wegsteck-Versuch einen Strich durch die Rechnung?"

„Ja. Wobei ich mich korrigieren muss. Ich hatte seit einhundertachtundvierzig Jahren keinen freiwilligen Sex mehr."

„Bitte sag nicht, dass … oh Gott, diese alte Bisonkuh benutzt dich? Das ist widerlich."

„Nun ja, ich spüre davon nicht viel, weil ich währenddessen meinen Geist aus dem Körper löse."

„Es ist widerlich", beharrte Jeremy.

„Sie liebt nicht das Gefäß, sondern seinen Inhalt“, knirschte Nathaniel und betrachtete die Tomate auf seiner Gabel. „Woksapa war immerhin ihr über alles geliebter Mann und sie nicht immer die alte Bisonkuh, die sie jetzt ist. Ich hasse Absá, aber ich weiß auch, dass sie nicht weniger verflucht ist als ich. Sie muss uralt sein. Jahrhunderte. Vielleicht sogar Jahrtausende. Ich weiß von drei Gefäßen, die sie überlebt hat. Mich nicht eingeschlossen.“

„Großer Geist.“ Jeremy schüttelte sich. „Verständnis hin oder her, ich will mir nicht vorstellen, wie diese Schrumpelbirne dir zu Leibe rückt. Bewahre mich vor den Bildern in meinem Kopf. Lieber sehe ich meinem Fußpilz beim Wachsen zu.“

Nathaniel zuckte die Schultern. „Ich bin hart. Wusstest du schon, dass man mich an einem einzigen Abend dreimal ermordet hat? Kehlschnitt, Gewehrkugeln, Galgen. Sterben macht höllische Kopfschmerzen.“

„Mein vollster Respekt, aber das hast du mir schon mindestens fünfmal erzählt.“

„Ich bin ein alter Mann. Mein Gehirn ist nicht mehr das, was es mal war.“

„Mit deinem Gehirn ist alles in Ordnung, Nat. Aber was mich mal interessieren würde: Kannst du Kinder bekommen? Ich meine, Kinder produzieren?“

„Nein.“

„Warum bist du dir so sicher?“

„Weil nicht mehr viel Menschliches an mir ist.“

„Wieso? Du hast zwei Arme, zwei Beine, zwei Augen. Alles rechts und links ist zwei Mal da, alles in der Mitte ein Mal. So, wie es sich gehört.“

Nathaniel lachte. „Erinnerst du dich an den verrückten Kauz aus Oregon, von dem ich dir mal erzählt habe?“

„Dein einziger bleichgesichtiger Freund? Mit dem du nackt in Woodstock gefeiert hast?“

„Genau der. Aber er war nicht nur ein verrückter Kauz, er war nebenbei noch Onkologe. Wir fühlten damals meinem Metabolismus ein bisschen auf den Zahn, und was er herausfand, war niederschmetternd.“

„Was fand er heraus?“ Jeremy war gebannte Aufmerksamkeit und ließ die Gabel mit dem Stück Pizza vor seinem Mund schweben. „Sag schon.“

„Die Fachausdrücke habe ich mir nicht behalten, aber im Endeffekt kam heraus, dass mein Blut nicht mehr viel Menschliches an sich hat. Es ist auf eine Weise mutiert, die meinem Freund völlig unbekannt war. Genauso, wie das Material des schwarzen Kalumets. Seine Worte waren, soweit ich mich richtig entsinne: Das Ding ist nicht von dieser Welt. Und du bist das auch nicht mehr.“

„Scheiße“, fasste Jeremy zusammen. „Das bedeutet, du kannst den Geist in dir nicht loswerden, weil er längst mit dir verschmolzen ist.“

„Richtig. Wenn ich ihn irgendwann loswerde, sterbe ich. So wie mein Vorgänger.“

„Mist.“

„Das hat meinen Freund aber nicht davon abgehalten, einen Exorzismus an mir auszuprobieren."

Jeremy aß das letzte Stück Pizza und tupfte sich die Mundwinkel mit der Serviette ab. „Und wie endete dieser Versuch?"

„Ohne Ergebnis. Der Kerl hatte keine Ahnung von Exorzismus. Er war am Boden zerstört, als ich begann, wild herumzuzucken. Du hättest ihn sehen sollen. Er stand vor dem Bett, hielt sein protziges Plastikkreuz aus China in der Hand, murmelte Beschwörungsformeln und ließ sich von dramatischer Filmmusik begleiten."

„Das war nicht euer Ernst?"

„Natürlich nicht."

„Aber du hast gezuckt."

„Weil ich den Lachkrampf meines Lebens bekam."

„Wie herrlich." Jeremy verschränkte die Arme hinter seinem Kopf und gluckste. Doch plötzlich senkte sich der Ernst auf sein Gesicht. So unvermittelt, wie eine dunkle Wolke die Sonne verdeckte, verschwand das helle Strahlen aus seinen Augen. „Du sehnst dich immer noch nach Frieden, oder? Du vermisst deine Familie?"

„Es geht mir gut." Nathaniel lauschte auf das Klopfen seines Herzens. Jeder Schlag ließ Hunger durch seine Materie strömen. Sehnsucht. Begehren. Süßer, vor Lebendigkeit berstender Schmerz. „Es ging mir nie besser."

Jeremys Gesichtszüge entgleisten. „Wie meinst du das? Ich dachte …"

„Ich weiß, was du dachtest." Er nahm einen weiteren Schluck Kaffee und befand, dass er niemals besseren getrunken hatte. „Aber mein Leben hat sich verändert. Da ist diese Frau, von der ich dir vorhin erzählt habe. Sie hat mir das Leben zurückgegeben. Ich fühle mich fantastisch."

„Aha. Und was ist mit deinem Fluch?" Jeremy ließ die Schultern hängen, als laste plötzlich ein schweres Gewicht auf ihnen. Nathaniel hätte gern einen Blick in den Geist seines Zöglings geworfen, um dieser Veränderung auf den Zahn zu fühlen, doch erstens widersprach es seinen Prinzipien, diesen Jungen mental auszuspionieren, und zweitens war Jeremy ein Eingeweihter, der wusste, wie sich solch ein geistiges Eindringen anfühlte.

„Meine Aufgabe … ja, manchmal habe ich sie so was von satt. Ich weiß, dass sie wichtig ist, aber wem bereitet es schon Freude, herumgeschoben zu werden wie eine Schachfigur? Geh hierhin, geh dorthin. Mach dies und das. Spätestens nach hundert Jahren kotzt es einen an."

Jeremy nickte. Eine junge Frau erschien, stellte ihm einen riesigen Becher russische Schokolade auf den Tisch und warf Nathaniel ein laszives Lächeln zu. Als das Mädchen davoneilte, schwangen ihre Hüften auf verlockende Weise hin und her. Früher hätte er der Einladung vermutlich nachgegeben, aber jetzt war sie ihm vollkommen gleichgültig.

„Die Frauen lieben dich." Der Junge rührte in seinem Becher herum, versunken in Gedanken, die für Nathaniel ein Rätsel blieben. „Ich sag's ja, sie stehen auf alte Knacker. Zumindest, wenn sie deinen Körper haben."

„Lass das." Er winkte unwirsch ab. „Was ist mit dir? Du weißt, dass du mit mir über alles reden kannst. Über ausnahmslos alles."

Jeremy blickte auf, als sei er aus einem Traum aufgewacht. „Sag mal", murmelte er geistesabwesend, „hat dein Freund von damals nicht verlangt, dass du seine Patienten mit deinen magischen Kräften heilst?"

„Wie kommst du denn jetzt darauf?"

„Sag's mir einfach."

Nathaniel seufzte. „Unter seiner Leitung gab es eine überdurchschnittlich hohe Erfolgsrate. Natürlich konnte ich nicht herumspazieren und alle Todkranken heilen. Ich habe eher subtile Hilfe geleistet. Die Selbstheilungskräfte des menschlichen Körpers sind größer als man denkt, aber erstens weiß das heute kaum noch jemand und zweitens werden diese Kräfte durch haufenweise Chemie blockiert, die man den Kranken in die Adern jagt."

„Klar. Mit Menschen, die sich selbst heilen, lässt sich kein Geld verdienen. Ich frage mich gerade, ob Absá Ansprüche auf ein Kind erheben würde, das von dir abstammt."

„Wohl eher nicht. Was glaubst du, warum sie so lange nach einem Nachfolger gesucht hat?"

„Weil er erstens über bemerkenswerte innere Stärke verfügen musste." Das Funkeln kehrte langsam in Jeremys Augen zurück. „Er musste selbstlos genug sein, um großer Macht zu widerstehen. Zweitens muss er Absás hohe Ansprüche an das Äußere erfüllen. Eine denkbar schwierige Konstellation. Innere und äußere Schönheit. Wobei ich mich frage, ob Letzteres sein muss. Das macht alles sehr viel schwerer. Obwohl, nein. Ich verstehe sie. Immerhin wird der Auserwählte für Jahrhunderte das Gefäß ihres Geliebten. Da will man schon was Nettes unter den Griffeln."

„Warum erlaubt sie mir dann, dass ich Josephine nahekomme?" Nathaniel drehte seine Tasse in den Händen. Früher hatte er bei solchen Gelegenheiten versucht, im Kaffeesatz die Zukunft zu lesen, doch moderne Maschinen hatten ihm diesen kleinen Spaß verdorben. „Was bezweckt sie damit? Was sind ihre Hintergedanken?"

„Genieß es einfach." Jeremy zuckte die Schultern. „Genieß es, solange es anhält."

„Je höher der Flug, umso tiefer der Fall", gab Nathaniel zu bedenken.

„Willst du deswegen prophylaktisch auf die Liebe verzichten?"

„Nein."

„Siehst du?"

„Wenn …" Nathaniel schauderte und knallte seine Tasse auf den Tisch. „Wenn sie es tatsächlich erlaubt, dass wir uns nahekommen, dann ..." Er rang nach Atem. Sein Puls raste. Allein der Gedanke an Josephines Körper, der eine Nacht lang allein ihm gehören würde, flutete ihn mit Hitze und ließ seine Zunge trocken am Gaumen kleben.

„Hey, ganz ruhig." Jeremy klopfte ihm auf die Schulter. „Nicht, dass du mir hier vor Sehnsucht platzt. Schlagsahne?"

„Nein."

„Tja, und ich versank schon im Jammertal, weil meine Kriegslanze seit zwei Monaten vor sich hinstaubt."

Nathaniel lachte. Erst jetzt nahm er wahr, dass er zitterte wie Espenlaub. Sein Körper löste sich in brennendem Verlangen auf. Er seufzte gequält, nahm einen Schluck vom inzwischen kalten Kaffee und sank im Sitz zurück.

„Ah ja, die Sehnsucht", sagte der Junge. „Sie sitzt dir immer und überall im Nacken. Sie ist allgegenwärtig. Ob du wach bist oder schläfst. Ob du froh bist oder traurig. Ob du sesshaft bist oder die Welt bereist, sie ist immer da. Stehst du am Strand, sehnst du dich nach dem fernen Schiff. Bist du auf dem Schiff, sehnst du dich nach Sand unter deinen Füßen."

„Eine Weltreise würde mir sehr wohl helfen. Ich bin ein Nomade. Ich war immer einer und werde immer einer sein. Unterwegs sein hilft."

„Nicht lange. Du wirst unweigerlich wieder bei dir selbst ankommen."

„Ich bin geboren, um auf den Horizont zuzugehen."

„Dann würde ich es einfach tun. Was kann schon passieren? Stalkt die alte Kuh dir hinterher?"

„Die Einzelheiten ihrer Methoden, mich unter Kontrolle zu halten, willst du nicht wissen."

„Jetzt hast du mich neugierig gemacht."

„Ich muss gehen." Nathaniel seufzte und rieb sich die Schläfen. Fieber zerkochte seinen Körper. Sehnsucht tat weh, das war ihm immer klar gewesen, aber was er jetzt empfand, wenn er an Josephine dachte, sprengte alles bisher Empfundene. Sofern Absá ihm die Nähe zu ihr tatsächlich erlaubte, würde es möglicherweise böse enden. Denn das Verlangen in ihm tobte wie ein zorniges Raubtier, riss und zerrte an den Stäben seines Käfigs und lechzte danach, befreit zu werden. Es konnte nicht allein ihm selbst entstammen. Oder etwa doch? Hatte Woksapa nichts mit diesem Ungeheuer zu tun, das sein Fleisch von innen her zerfraß? Und falls der Geist ebenso nach ihr hungerte wie er, war es dann nicht so, als begehrten zwei Männer diese Frau? Er konnte wohl kaum eifersüchtig auf sich selbst sein. Oder auf etwas, das untrennbar mit ihm vereint war.

„Jetzt schon?" Jeremy setzte eine bedauernde Miene auf. „Ich dachte, wir fahren noch zusammen an den Strand. Nimm doch den ersten Flieger morgen früh."

„Das wird sie nicht zulassen."

„Ist die alte Schachtel immer noch auf Krawall gebürstet? Scheiße, dann verpasst du deinen Flieger eben rein zufällig. Sie kann dich vielleicht aus der Ferne piesacken, aber sie kann nichts von dir verlangen, was du nicht selbst herbeiführen kannst. Oder irre ich mich?"

„Du irrst dich nicht. Aber es könnte unangenehm für mich werden."

„Großer Geist, du hast fast zwei Jahrhunderte Erfahrung in Sachen geistiger und körperlicher Beherrschung. Du bist stark genug, ihr zu widerstehen. Komm schon,

Nat, meine Freunde flippen aus, wenn ich mit dir ankomme. Ich habe ihnen eine Menge von dir erzählt. Außerdem musst du meinen Mitbewohner kennenlernen. Ich sag dir, das ist der abgefahrenste Kerl, den du dir vorstellen kannst. Klar, in seinem Kopf herrscht geistige Antimaterie, aber es gibt keinen Menschen auf dieser Welt, mit dem du mehr Spaß haben kannst. Gestern Nacht mixte er Whisky mit Erdbeermilchshake, war nach einer Stunde voll wie eine ganze Horde tollwütiger Cheyenne, pinkelte in meine Hausschuhe und schleppte unseren Kühlschrank in den Garten. Anschließend bettete er sich im Adamskostüm bei unseren Nachbarn zur Ruhe. Du hättest das Geschrei der Gören am nächsten Morgen hören sollen. Mama! Da liegt ein nackter Indianer in unserem Sandkasten."

Nathaniel hob grinsend eine Augenbraue. „Mir scheint wirklich was zu entgehen."

„Also, bleibst du noch? Nur wir, der Sonnenuntergang und das Meer?"

„Ich kann nicht. Du weißt, dass ich nicht nur wegen Absá zurückmuss." Die Gedanken, die ihn auf dem Hinflug gefoltert hatten, würden auf dem Rückflug noch qualvoller werden. Nein, köstlicher. Sein geplagter Geist gaukelte ihm den Duft erregter Weiblichkeit vor. Fast zwei Jahrhunderte Erfahrung, wie der Junge es so nett ausgedrückt hatte, nützten ihm in dieser Hinsicht rein gar nichts.

„Ah ja, die Hormone", Jeremy seufzte. „Wann feiert ihr eigentlich mal wieder? Sag es mir und ich bin da."

„So, wie du die letzten zehn Mal da sein wolltest? Du hast es fünf Jahre nicht geschafft, ins Reservat zu kommen."

„Diesmal nehme ich mir die Zeit. Ich will euch alle wiedersehen. Ich will Feuer und Tänze, Lieder und Geschichten. Außerdem rückt der Zeitpunkt näher, an dem ich meinen Platz im Rat einnehme. So langsam sollte ich mich mit meiner zukünftigen Bestimmung vertraut machen."

„In vier Tagen ist das nächste Fest."

„Sehr gut. Verlass dich drauf, ich werde da sein. Und viel Glück mit deiner Liebsten."

Nathaniel lächelte gedankenversunken. „Das Große Mysterium wird schon wissen, was es tut. Als ich letztens nach meiner Vision suchte, versprachen mir die Geister ewigen Frieden. Und ich glaube, sie haben recht. Nur auf andere Weise, wie ich bisher glaubte. Aber um zu normalsterblichen Dingen zurückzukehren ... hier, nimm das Geld." Er drückte dem Jungen drei Scheine in die Hand.

„Du bist wirklich noch vom alten Schlag", murmelte Jeremy und begaffte stur die Tischplatte. „Aber die Hälfte der Kröten nimmst du zurück. Das ist zu viel."

„Behalt das Geld, du kannst es brauchen. Und bitte sag deinem Vater, er soll sich nicht immer den denkbar schlechtesten Moment für seine Anfälle von Tod aussuchen."

„Was meinst du?"

„In ein paar Tagen soll über den Verkauf von Reservatsland entschieden werden. Man plant, den Running Eagle Lake touristisch zu erschließen. Wäre Joseph gestorben, hätte man seine Stelle mit jemand anderem besetzt, vermutlich still und heimlich, während ich auf Reisen bin. Und dieser jemand hätte mit Sicherheit dafür gesorgt, dass eine Mehrheit für den Verkauf stimmt. Die Gedanken unseres Stamms werden durchzogen von einem giftigen Pilzgeflecht. Immer weniger besinnen sich auf ihre Wurzeln, immer mehr sind hinter schnellem Geld her und derart verblendet, dass sie die Konsequenzen nicht sehen. Joseph ist so kostbar für den Rat, weil er noch vom alten Schlag ist. Es wird immer schwerer, Menschen wie ihn zu finden."

Jeremy fuhr sich durch die Haarstacheln. Als er die Hände wieder in seinen Schoß fallen ließ und Zweifel in seine Augen trat, gewann Nathaniel zum ersten Mal den Eindruck, dass sein Zögling sich von ihm entfernt hatte. „Du weißt, dass ich deine Meinung in den meisten Dingen teile", sagte Jeremy. „Aber wäre die Errichtung der Running Eagle Lodge wirklich so schlecht? Man will auf ökologischen Tourismus Wert legen. Ein paar Blockhäuser und Wanderer werden dem Wald nicht wehtun."

„Es ist der Anfang vom Ende", widersprach Nathaniel energisch. „Der See wird nicht mehr so sein, wie wir ihn kennen. Seine Ruhe wird zerstört werden. Den paar Häusern, von denen du redest, werden bald mehr folgen. Touristen werden durch die Wälder wandern und ihren Müll hinterlassen Selbst, wenn man Ranger einstellt, wird man nicht jeden Besucher und nicht jeden Winkel des Landes kontrollieren können. Sie wollen im Winter Schneemobile für die Touristen bereitstellen. Man wird für teures Geld Jagdausflüge anbieten, den Wald mit Wanderpfaden durchziehen, Picknickplätze errichten, Stege bauen und Strecken für Mountainbiker anlegen. Wie soll das im Einklang mit dem stehen, was uns heilig ist? Ich bitte dich. Und was ist mit uns? Wir werden zu einer Attraktion degradiert. Schwitzhüttenrituale und Selbstfindungskurse mit echten Indianern. Erleben Sie authentische Rituale und Tänze. Nehmen Sie teil am unverfälschten Leben der Ureinwohner. Ich sehe die Prospekte schon vor mir."

„Und was ist so falsch daran, wenn man sich für unsere Art zu leben interessiert?"

Nathaniel entlud seine Wut in einer ausladenden Geste. „Sie interessieren sich nicht für unser Leben, sondern für eine Illusion."

„Dann wäre es eine Chance, ihnen unsere Welt zu zeigen und sie lernen zu lassen. Nat, man hat dir eine Stelle als Führer angeboten. Du würdest für das, was du am liebsten machst, eine Menge Geld bekommen. Der einzige Unterschied wäre, dass ab und zu ein paar wissbegierige Naturliebhaber hinter dir herschleichen."

„Ich als Touristenführer." Nathaniel lachte aus vollem Hals. „Jeremy, was ist los mit dir? Würdest du das diesen armen Leuten wirklich antun?"

„Du machst so was Ähnliches doch schon", gab er matt zurück.

„Ja, mit ein paar Jugendlichen unseres Stammes, von mir dafür ausgewählt. Ich lasse mir aber nicht irgendwelche dahergelaufenen Idioten aufschwatzen, die sich beim Reiseleiter beschweren, weil ich keinen Kopfschmuck trage oder ihnen nach zwei Stunden noch keine höhere Erkenntnis verpasst habe. Vielleicht ist es dir nicht aufgefallen, aber der Typ, der wegen dieser Sache bei uns war, trug einen zweitausend Dollar Anzug."

„Tja, so was machen die."

„Er redete etwas von optimaler Nutzung der Vorzüge unseres Landes. Er sagte, dass er hoffe, unser Rat möge die richtige Entscheidung treffen. Er redete von Arbeitsplätzen, Geld und Ansehen. Ich kenne die Verträge der Weißen. Vom Vertrag von Fort Laramie bis heute haben sie eines gemeinsam: Die Weißen bekommen, was sie wollen, und wir bleiben betrogen zurück. Bis heute hat sich daran nichts geändert."

„Darauf kannst du doch nicht ewig herumreiten." Langsam verlor Jeremy seine Contenance. „Vergangen ist vergangen, und ein paar Dinge haben sich geändert. Wir sind nicht mehr so ahnungslos wie früher. Überleg mal, Nat, was uns durch die Lappen geht. Klar, wir sind nicht arm. Und wir hausen nicht neben Uranbohrlöchern oder in runtergekommenen Baracken. Aber wir könnten so viel mehr aus unseren Möglichkeiten herausholen."

„Nein." Nathaniel legte alle Härte in seine Stimme, die er gegenüber seinem Zögling aufbringen konnte. „Der einzig wahre Weg ist der, den wir seit Jahrtausenden beschritten haben. Wir dürfen das, was uns heilig ist, nicht mit Füßen treten. Wir dürfen den Profit nicht vor unsere Mutter stellen."

„Dann wirst du demnächst dein eigenes Volk manipulieren müssen. Das moderne Denken macht vor nichts halt. Den Lauf der Dinge kann niemand aufhalten, Nat. Nicht einmal du."

„Ich werde es wenigstens versuchen. Und ich hoffe, dass du auch weiterhin auf meiner Seite stehst."

Der Junge nickte. „Deine Aufgabe ist edel und gut. Das will ich gar nicht bestreiten. Also sei immer schön geistreich. Aber irgendwann wird der Tag kommen, an dem du kapitulieren musst. Die Welle der Moderne überspült auch uns. Wir dürfen uns nicht von ihr mitreißen lassen, aber wir sollten auf ihr schwimmen, um nicht unterzugehen."

„Das tun wir bereits", erwiderte Nathaniel aufgebracht. „An vieles haben wir uns angepasst. Wir schweben zwischen Tradition und Moderne, wissen aber immer noch, wer wir sind und woher wir kommen. Ein guter Weg, wie ich finde. Oder etwa nicht?"

Jeremy zog den Kopf zwischen die Schultern, wie eine Schildkröte, die Gefahr wittert.

„Ich bin nicht bereit, noch mehr Kompromisse einzugehen", fügte Nathaniel milder hinzu. „Und schon gar nicht erlaube ich das touristische Ausschlachten des Reservatslandes. Oder noch mehr Heimlichkeiten, der der Rat hinter meinem Rücken beschließt."

„Und wie willst du das bewerkstelligen? Sämtliche Ratsmitglieder geistig manipulieren?"

„Wenn es nötig wird."

„Du verwehrst dich zu vielen Dingen.“ Jeremy schüttelte seine Unsicherheit ab, hob den Kopf und straffte sich. „Noch steht die Mehrheit auf deiner Seite. Mit Betonung auf noch. Aber es werden immer mehr Stimmen laut, die nach einer anderen Richtung verlangen. Nat, ich sag's nicht gern, aber du kommst aus einer ganz anderen Zeit als wir. Einer Zeit, die vorbei ist, und die nichts und niemand zurückholen kann.“

„Vergangenheit, Gegenwart und Zukunft.“ Nathaniel schüttelte den Kopf. „Das ist keine gerade Linie, die immer in dieselbe Richtung weiterläuft. Es ist ein Netz mit vielen Verknüpfungspunkten und Übergängen. Was, wenn die Vergangenheit unsere Zukunft ist? Wenn der Mensch sich selbst verliert, muss er dorthin zurückgehen, wo er angefangen hat. Um diesmal einen besseren Weg zu nehmen.“

„Der Weg des geringsten Widerstands ist der beste Weg.“ Jeremy verschränkte die Arme vor der Brust. „Oder sagen wir, der gesündeste.“

„Falsch. Aber ich muss jetzt los. Der Flieger wartet auf mich.“ Nathaniel verließ das Café ohne ein weiteres Wort und verbot es sich, dem nagenden Gefühl der Enttäuschung nachzugeben. Vielleicht hatte Jeremy zu lange die Verlockungen dieser Stadt gekostet. In manchen seiner Worte lag eine bittere Wahrheit, vor der er die Augen nicht verschließen konnte. Immer klarer wurde die Gewissheit, dass der Tag nahte, an dem niemand mehr seine Hilfe wollte. Der Stamm würde seinen eigenen Weg gehen und die alten Pfade gänzlich verlassen. Seine Aufgabe würde überflüssig werden. Und doch hoffte Nathaniel inständig, Jeremys Leidenschaft für den unverfälschten Weg wieder erwachen zu sehen. Spätestens, wenn er in das Reservat zurückkehren würde, um den ihm vorbestimmten Platz im Stammesrat einzunehmen.

Nathaniel zwang sich, an schönere Dinge zu denken. Heute Abend schon sah er Josephine wieder. Was sollte er tun? Was zu ihr sagen?

Das Fieber in ihm beantwortete die Frage schnell: Er würde es versuchen. Noch in dieser Nacht. Mochte deshalb geschehen, was auch immer geschehen wollte. Auch Josephine begehrte ihn. Der wunderbare Duft ihrer Pheromone hatte sich in seinem Geist eingebrannt. Süß, köstlich und unwiderstehlich. Nach seiner Nähe schreiend. Sich windend vor Sehnsucht.

Als er sich noch einmal umwandte, winkte Jeremy ihm zu. Wird schon, sagte der Blick des Jungen, und Nathaniel antwortete mit einem Nicken.

***

Josephine hasste diese Aufgabe. Selbst im November eigenhändig eines der Schweine zu schlachten, war leichter zu ertragen als dieser Verrat. Gemeinsam mit Jacob trieb sie die zuvor in ein Gatter abgesonderten Bullen auf den wartenden Transporter und half der Trägheit der Tiere mit Zungenschnalzern und wedelnden Armen nach. Daran gewöhnt, Menschen blind zu vertrauen, trotteten die Rinder die Rampe hinauf und wurden erst dann nervös, als die Klappe hinter ihnen geschlossen wurde.

Bis zum Herbst würde es so weitergehen. Jede Woche zehn Bullen. So lange, bis die Herde, die sie über Monate hinweg umsorgt und gehegt hatten, restlos verkauft war. Im Frühling würden sie in die Stadt fahren und mit zwei Transportern voller Kälber zurückkommen. Sie würden die Tiere brandmarken, mit Ohrclips versehen und impfen lassen, um das Spiel von vorn zu beginnen.

Josephine blickte, die Hände tief in den Taschen ihrer schmutzigen Jeans vergraben, dem davonrumpelnden Transporter nach. Behäbig kämpfte sich der Wagen die gewundene Anfahrtsstraße hinauf, tuckerte dem Wald entgegen und verschwand schließlich in dessen tiefer werdender Dämmerung.

„Was ist los, Kleines?" Jacob blieb Josephines abkühlende Stimmung nicht verborgen. Fürsorglich legte er seine Hand auf ihre Schulter.

„Ich habe heute die geistig umnachteten Zwillinge gefeuert", antwortete sie.

„Warum? Nicht, dass ich sie nicht auch für unerträglich blöd halte, aber sie konnten ordentlich anpacken."

„Carla erzählte mir, dass sie vor ein paar Tagen Noname fangen wollten, um ihm ein Marmeladenbrot auf den Rücken zu binden. Das sind Kinder, keine Helfer."

„Wozu denn das?"

„Kennst du nicht den uralten Witz mit der Katze und dem Marmeladenbrot?"

„Nein."

„Es ist ein Naturgesetz, dass die Katze immer auf den Füßen landet und ein Marmeladenbrot immer auf der Marmeladenseite."

„Nicht immer. Erinnerst du dich noch, als Noname vom Traktor gefallen ist? Ich dachte, er hätte sich alle Knochen gebrochen."

„Noname ist auch keine normale Katze. Jedenfalls gibt es Versuche dahin gehend, was passiert, wenn man einer Katze so ein Brot auf den Rücken bindet. Welches Gesetz ist stärker? Dass die Katze auf den Füßen landet oder das Brot auf der Marmeladenseite. Wenigstens war Noname zu schlau, um sich fangen zu lassen."

„Es ging aber nicht nur darum."

„Nein. Gestern erwischte Carla die beiden, wie sie versuchten, Schnecken zu braten. Mit einer Lupe. Sie hatten das Ding mit aufs Feld genommen, sammelten in der Pause Schnecken und versuchten, sie mithilfe der Lupe zu schmoren."

„Hat es geklappt?"

„Sie schafften es, drei der armen Dinger zu meucheln, pulten sie aus ihren Häusern und aßen sie halbroh."

„Ohne Kräuterbutter?"

Josephine verpasste Jacob einen sanften Schlag in die Rippen. „Ich kann solche Idioten hier nicht gebrauchen. Und wenn sie noch so tüchtig sind. Außerdem fanden sie es witzig, heute Morgen eine Perücke an Nathaniels Tür zu nageln. Carla hat sie auf frischer Tat ertappt."

„Da hatten die Jungs aber Glück, dass Carla es war."

„Allerdings. Sonst hätten postwendend zwei echte Skalps am Holz gehangen."

Josephine sah in den Abendhimmel hinauf. Die Schwalben, die ihn durchmaßen, strahlten überschwängliche Lebensfreude aus. Wie war es, so sorglos zu leben? Wie war es, ganz man selbst zu sein und seine Existenz mit schwereloser Euphorie zu verbringen? Nathaniel hatte dieses Gefühl in ihr ausgelöst, wenn auch nur für kurze Momente, bevor seine dunkle Seite die Oberhand gewonnen hatte. Sie vermisste ihn. Seinen Anblick, seine Stimme. Das elektrisierende Prickeln, das seine Nähe auslöste. Ja, er hatte recht gehabt. Sie gierte danach. Sie gierte nach dem Gefühl der Lebendigkeit. Und nach dem Kitzeln des Abenteuers.

Dachte sie an seine gebieterische Art, erwachte die Wut in ihr, gepaart mit der Entschlossenheit, ihn in seine Schranken zu weisen. Dachte sie an seine Worte im See und seinen überraschenden Kuss, löste sich die Frau in ihr in Verzückung auf. Das Spiel, das er mit ihr trieb, war ein Wechselbad der Gefühle ohnegleichen. Zorn und Verwirrung. Empörung und Verlangen.

Immer wieder sah sie ihn vor sich, liegend im Wasser. Ganz nah an ihrem Körper, verwegen lächelnd. „Sag mir, was du willst."

Was sie wollte? Sich mit ihm messen, ihm die Stirn bieten. Mehr von dem spüren, was er sie mit seinem Kuss und seinen Berührungen hatte kosten lassen. Sie war hungrig. Auf eine wütende, herrliche Weise hungrig.

„Ich beneide Nathaniel", sagte sie irgendwann. „Er hat seine Wurzeln. Er weiß, woran er glauben kann. Und er ist … ich weiß nicht, wie ich es beschreiben soll."

Jacob lüpfte seinen Schlapphut und kratzte sich am Haarkranz. „Meinst du frei?"

„Irgendwas in der Art."

„Na ja, ich sag es mal so: Es ist kein Wunder, dass aus der ganzen Welt entwurzelte Pflänzchen zu seinem Volk reisen, um eine spirituelle Erkenntnis zu erhaschen. Es muss schön sein, in seinem Glauben aufgehen zu können. Damals habe ich mich in die Kirche geflüchtet, um irgendeinen Halt zu finden. Aber alles, was man mir vermittelte, war Demut vor einer personifizierten Metapher. Tu dies und tu das, verzichte auf dieses und jenes. Nur so kannst du Erlösung finden. Das war nicht gerade das, wonach ich suchte. Leben als eine Art Bewährungsstrafe sehen? Nein, danke. Das war nicht göttlich, das war einfach nur menschlich."

„Hm", machte Josephine. Eine Weile standen sie schweigend nebeneinander, beobachteten das Heraufziehen der Nacht und hingen ihren Gedanken nach. Irgendwann gingen sie beide wortlos ihrer Wege, Jacob zum Pferdestall, sie zurück in das Haus. Josephine kochte sich einen Kakao, setzte sich an den Küchentisch und döste, die Kopfhörer ihres altersschwachen CD-Players in den Ohren, schläfrig vor sich hin.

Es war zehn vor elf – gerade lief Jared Letos „This is war" – als sie aus dem Fenster sah und Nathaniels altersschwachen Jeep entdeckte.

Er war zurückgekehrt.

Josephines Herz geriet aus dem Takt. Wie lange stand sein Wagen schon da? Hatte sie derart laut Musik gehört, dass ihr das Röhren und Klappern dieses Vehikels entgangen war? Oder war sie eingeschlafen, ohne es bemerkt zu haben? Ehe die kühle Verstandesregion ihres Gehirns auch nur ansatzweise erwachen konnte, hatte das limbische System längst ein kleines Feuerwerk ausgelöst und sorgte dafür, dass sie ohne Umschweife in Richtung Stall eilte. Hastig riss sie die Schiebetür auf, in der Hoffnung, Nathaniel auf den Strohballen liegend vorzufinden. Doch nur der schlafende Noname befand sich dort, zusammengerollt zu einer perfekten Kugel.

„Nathaniel? Bist du da?“

Niemand antwortete ihr. Die Stille summte penetrant in ihren Ohren. Leise, um Jacob und die anderen Bewohner nicht zu wecken, schlich sie die Treppe hinauf, klopfte an Nathaniels Tür und lauschte. Wieder nichts. Josephine trat ein, durchforstete die Zimmer und fand weder Nathaniel noch seinen Bogen, den Köcher oder den Hund. Offenbar hatte diese Rothaut erneut das Weite gesucht. Möglicherweise war er auf der Jagd oder suchte im See nach Abkühlung.

Enttäuschung sickerte durch Josephines Eingeweide. Die Aussicht, Nathaniel wiederzusehen, war zum Nährboden für eine brennende Sehnsucht geworden. Dieser Mann war noch immer ein Fremder für sie, und doch zugleich wie ein fest verwurzelter Baum in der reißenden Strömung ihres Lebensflusses. Nathaniel gab ihr ein Gefühl von Halt und Sicherheit. Aber warum? Er versuchte, sie zu bevormunden. Er spielte mit ihr und stürzte sie in tiefe Konfusion. Und doch vermittelte er etwas, nachdem sie sich sehnte wie eine vertrocknende Pflanze nach Regen, unabgängig von der Tatsache, dass er ihr auf rein primitiver Ebene den Kopf verdrehte. Sie wollte mit ihm reden. Sie wollte bei ihm sein.

„Tacincala“, murmelte Josephine jenen Namen, den er ihr gegeben hatte. Auch darin lag Trost. Josephine hatte sich nie für rührselig gehalten, doch jetzt benahm sie sich wie eine verletzliche Frau, der es nach nichts so sehr verlangte wie nach der sprichwörtlichen starken Schulter zum Anlehnen. Was war so falsch daran? Vielleicht war sie einfach verletzlich, und vielleicht waren die Bedürfnisse, die sie beutelten, nach Jahren der Trauer das Natürlichste der Welt.

Müde legte sie sich auf die beiden Strohballen, die Nathaniel als Bett dienten, verschränkte die Arme unter dem Kopf und ließ sich vom Schnaufen der Pferde beruhigen. Noname hatte das Weite gesucht, wohl um am Waldrand Mäuse zu jagen. Sie sah, wie Max seinen Kopf neugierig aus der Box schob, doch ihr fehlte die Kraft, zu ihm zu gehen. Bleierne Erschöpfung lähmte ihren Körper.

Als jener vertraute Sog einsetzte, der ihren Geist in die dunklen Tiefen zog, lieferte Josephine sich ihm willig aus. Sie driftete im seichten Oberflächenwasser des Schlafes dahin, als das Geräusch der Schiebetür erklang. Abrupt fuhr sie hoch. Es konnte nur Nathaniel sein, der von seinem nächtlichen Streifzug zurückgekehrt war. Sie sehnte sich mit einer Heftigkeit nach seiner Nähe, die die Grundfesten ihres Verstandes erschütterte. Doch plötzlich erkannte Josephine, dass dieser Schatten nicht Nathaniel sein konnte. Der Mann, der nach dem versteckten Lichtschalter griff, war ebenso groß wie er, doch deutlich fülliger. Noch ehe die Dunkelheit des

Stalls vom Licht geflutet wurde, wusste Josephine, wer vor ihr stand. Gregory Hazlewood. Der Mensch, den sie wie keinen zweiten verabscheute. Der Schatten, der seit Jahren über ihrem Leben lag. Der Dorn in ihrem Fleisch.

„Guten Abend, Mrs. Campbell." Hazlewood deutete eine Verbeugung an, die nur dazu diente, sie zu verhöhnen. Allein sein breiter Südstaatendialekt löste Rage in Josephine aus. „Tut mir leid, dass ich Sie so spät störe, aber ich hatte heute in der Nähe geschäftlich zu tun, und ..."

„Die nächste Stadt ist zwei Autostunden entfernt", unterbrach sie ihn kühl.

„Das stimmt. Ich hatte vor, eher hier zu sein, aber mein Wagen geriet in ein Schlammloch."

„Zu schade, dass es kein Sumpfloch war."

Hazlewood antwortete mit seinem typischen Die-Sturheit-wird-Ihnen-noch-vergehen-Blick. Er wischte sich einen imaginären Fussel von seinem Jackett und verpasste seinem weichen, teigigen Gesicht ein Lächeln. Es wirkte falsch. Es war das Lächeln eines Mannes, der es geschafft hatte, sein Maskenspiel zur Perfektion zu bringen. Hazlewoods Kleidung – ein brauner Tweedanzug im altmodischen, britischen Stil mit Cordaufnähern – war diesmal ungewohnt leger. Zumindest für die Verhältnisse dieses snobistischen Großstadtungeheuers.

„Sind Sie extra von Great Falls hierhergekommen, um sich wieder einen Korb zu holen?" Josephine schielte auf die Mistgabel, die neben dem Strohballenhaufen an der Wand hing. Es würde sich gut anfühlen, die Zinken mit einem ordentlichen Schwung in die Kehrseite dieses Menschen zu bohren.

„Wie ich schon sagte," erwiderte Hazlewood gelangweilt. „Ich hatte geschäftlich zu tun. Also bot es sich an, noch einmal hier vorbeizuschauen und nach dem Rechten zu sehen. Wie läuft es denn so? Meine letzten Nachforschungen bei Ihrer Hausbank brachten deprimierende Ergebnisse. Ihre Ersparnisse sind so gut wie aufgebraucht."

„Das geht Sie einen feuchten Dreck an." Heiß strömte der Zorn durch ihre Adern. Josephine verfluchte die Tatsache, dass auch Subjekte wie dieses von den Gesetzen geschützt wurden. Niemand würde Milde walten lassen, wenn sie Hazlewood die Mistgabel in den Wanst rammte. „Sie haben nicht das Recht, in meinen Angelegenheiten herumzuschnüffeln. Tun Sie das noch einmal, hetze ich Ihnen einen Ihrer Artgenossen auf den Hals."

„Donnerwetter." Er weitete in gespieltem Schrecken die Augen. Das vergnügte Funkeln ließ Josephine mit einem Gesetzesbruch liebäugeln. „Dann sollten Sie wissen, dass ich der renommierteste Anwalt bin. Nicht nur in Great Falls. Einen Kollegen, der mir die Stirn bieten kann, gilt es erst mal aufzutreiben. Zumal Sie nicht gerade mit Geldscheinen wedeln können, um diverse berechtigte Bedenken auszuräumen."

„Gehen Sie. Ich werde niemals verkaufen. Sie widern mich an. Verschwinden Sie, bevor mir schlecht von Ihrem Anblick wird."

„Wie beeindruckend. Ich hätte nicht übel Lust auf ein geistiges Duell, aber offensichtlich sind Sie unbewaffnet."

„Und mir steht nicht der Sinn danach, mich auf ihr Niveau hinabzubegeben." Josephine hielt dem Blick des Anwalts stand. Sie würde in keiner Hinsicht klein beigeben. „Verschwinden Sie und lassen Sie sich von irgendwelchen gekauften Speichelleckern den Bauch pinseln. Hier gibt es nichts für Sie zu holen. Haben Sie verstanden? Nichts! Absolut gar nichts!"

Hazlewood kniff die Augen zusammen. Unter seiner Maske aus vorgetäuschter Ruhe spürte Josephine Empörung brodeln. Während ihrer ersten Duelle hatte sie sich vor ihm gefürchtet, doch inzwischen erfüllte sie in seiner Gegenwart nichts als Konfrontationslust. „Wie auch immer, sehen Sie sich zuerst das hier an."

Er holte etwas aus der Innentasche seines Jacketts. Es war ein Scheck. Entgeistert starrte Josephine auf die Summe, die ihn zierte. Das konnte unmöglich ernst gemeint sein. Niemand bezahlte so viel für eine Farm und ein für Montana-Verhältnisse nicht sonderlich großes Stück Land.

„Was soll das?" Sie setzte eine betont herablassende Miene auf. „Ist mir entgangen, dass unter meiner Farm ein Schatz vergraben liegt? Oder warum sind Sie bereit, so viel zu bezahlen?"

Abfällig musterte sie das Stück Papier, das Hazlewood emporhielt, als handele es sich um den Heiligen Gral.

„Ich habe mich in dieses Stück Land verliebt", säuselte er, kam noch ein Stück näher und steckte den Scheck zurück in die Innentasche. „Also entscheiden Sie sich. Sagen Sie zum letzten Mal Nein und rauschen Sie fröhlich in Ihren Ruin. Oder willigen Sie ein. Den passenden Vertrag habe ich dabei. Sie müssen nur unterschreiben, und schon gehört die Summe, die Sie gerade bewundert haben, Ihnen."

„Nein", erwiderte Josephine mit einer Entschlossenheit, die sie verblüffte. Der ungeheuerliche Betrag, der ihr soeben durch die Lappen ging, schmerzte nicht im Geringsten. „Ein für alle Mal: nein!"

Hazlewoods Gesicht erstarrte, als hätte man es in flüssigen Stickstoff getaucht. Sekunden gerannen, stockten und nahmen ihren Lauf wieder auf, als Josephine gegen eine der Boxentüren gestoßen wurde. So hart und abrupt, dass der Mann über ihr war, noch ehe ein Laut der Überraschung über ihre Lippen kam. Ein brennender Schmerz zuckte durch ihren Mittelfinger. Offenbar hatte sich ein Holzsplitter in ihr Fleisch gebohrt.

„Mrs. Campbell", raunte er an ihrem Ohr. Das Timbre in seiner Stimme zeugte von unbeherrschter Wut.

Dahinter lag eine Hilflosigkeit, die ihn noch gefährlicher machte. Josephine begriff, dass sie das Fass zum Überlaufen gebracht hatte.

„Das war eine dumme Antwort. Eine wirklich, wirklich dumme Antwort. Ich hasse Frauen wie Sie. Störrische, egoistische Dinger, die meinen, ihnen läge die Welt zu Füßen. Die glauben, sie könnten alles schaffen, wenn sie genug Trotz an den Tag legen und keck mit den Wimpern klimpern. Sie sind ruiniert, meine Gute. Die Farm geht den Bach runter und Sie tun alles, um das zu beschleunigen. Ich hätte Ihnen helfen können. Die angebotene Summe wäre ein so großer Fallschirm gewesen, dass Ihre Füße während des Rests Ihres Lebens nie den Boden berührt hätten."

Hazlewoods Hand presste sich auf ihren Mund. Zuerst sträubte sich Josephines Verstand gegen das, was offenbar in seiner Absicht lag. Doch als seine Pranke grob in ihren Ausschnitt kroch und sich über ihre Brust schob, klärte sich die Betäubung ihrer Verblüffung. Ihr Knie zuckte hoch. Sie landete den erhofften Treffer, aber nicht hart genug. Hazlewood keuchte und kompensierte seinen Schmerz in noch größere Wut.

„Sie haben zu lange mit mir gespielt, Mrs. Campbell."

Er legte beide Hände um ihre Kehle und drückte zu. Josephine rang keuchend nach Atem. Er konnte sie unmöglich umbringen wollen. Doch, natürlich konnte er es. Er würde sie erwürgen, im Wald verscharren und auf seine Macht vertrauen, die es ermöglichte, jeden Verdacht zu umschiffen. Ihre Finger krallten sich um seine Handgelenke, zogen und zerrten, doch Hazlewood kümmerte es nicht. Geifernd vor Wut schüttelte er sie, drückte sie gegen die Wand und schnürte ihr die Luft ab, bis ihre Lungen brannten und Panik in ihr aufstieg. Mein Gott, sie wollte nicht sterben!

„Bitte." brachte sie mit letzter Kraft hervor. „Bitte nicht."

„Niemand führt mich an der Nase herum." spie Hazlewood ihr entgegen und lockerte den Griff um ihre Kehle gerade so weit, dass sie Luft in ihre Lungen saugen konnte. „Niemand. Das Maß ist voll. Sie haben es übertrieben. Ich will dieses Land, und ich bekomme es. Sie haben die Wahl. Unterschreiben Sie und wählen die sanfte Methode, oder ihr toter Körper landet irgendwo dort draußen im Wald. Liegen Sie bitte nicht dem Trugschluss auf, ich würde es nicht übers Herz bringen, eine Frau um die Ecke zu bringen. Für mich besteht keinerlei Risiko. Es gibt eine Menge Leute, die mir ein perfektes Alibi verschaffen würden. Reichtum bringt Vorteile mit sich. Über dem Gesetz zu stehen, ist einer davon."

Er grunzte zufrieden, als Josephine unter seinem Griff erschlaffte. Verzweiflung schlug über ihr zusammen wie eine Welle. Wieder drückten seine Hände ihr die Luft ab und bewiesen ihr, dass sie ihm nichts entgegenzusetzen hatte. Darum ging es in dieser Welt. Einige wenige Mächtige unterdrückten, erniedrigten und beuteten aus. Vollkommen ungestraft. Die Farm zu verlieren, würde ihr das Herz brechen, doch was hatte sie für eine Wahl? Drüben in Oregon gab es noch eine andere Heimat für sie. Sie würde zurückkehren und versuchen, zu vergessen. Die Farm zu vergessen, Nathaniel zu vergessen.

„Sind wir uns einig?", raunte Hazlewood und ließ von ihr ab.

„Ja", brachte Josephine hervor. „Ich unterschreibe. Geben Sie mir den verdammten Vertrag."

„Wie schön, dass ich einen Funken Vernunft in Ihnen wecken konnte."

Hazlewood zog das zusammengefaltete Papier aus seiner Innentasche, als plötzlich das Geräusch der zugeschobenen Stalltür die unheilschwangere Stille zerschnitt. Josephine rang nach Atem. Nathaniel. Er war zurückgekommen.

„Großer Gott.“ Ihr Peiniger fuhr herum, sagte eine Weile nichts und stieß schließlich einen verblüfften Grunzer aus. „Findet hier ein Kostümfest statt, von dem ich nichts weiß?“

Josephine starrte Nathaniel nicht minder fassungslos an. Sein Haar fiel offen und wirr herab, hinter den Strähnen glitzerten angriffslustig zwei kohlschwarze Augen. Er trug seine Jagdtasche, den Bogen und den Köcher. Seine Kleidung bestand aus dünnem Wildleder. Das Hemd war an der Schulternaht der Ärmel und am unteren Saum mit Fransen versehen und bis auf ein schlichtes Dreiecksmuster aus Hirschgrannen in Brusthöhe völlig schmucklos. Sie sah klassische Beinlinge, einen schlichten Lendenschurz und flache, bestickte Mokassins. Auf seiner Brust schimmerten die Knochenstückchen und Federn des Talismans. Allein seine Erscheinung hätte genügt, für die Dauer einiger entrückter Momente das Atmen zu vergessen. Doch das Erstaunlichste an ihm war nicht das Äußere, sondern etwas weitaus Subtileres. Etwas, auf dessen Signale nur das Unterbewusstsein und jene Instinkte reagierten, die vergessen, aber niemals verschwunden waren. Nathaniels unberechenbare Ruhe und dieses hauchfeine Lächeln, seine Lippen kalt umspielend, jagten Schauder über ihre Wirbelsäule. Unter dem dünnen Leder seines Hemdes sah Josephine das Spiel sich anspannender Muskeln.

Hazlewood, plötzlich seiner Selbstsicherheit beraubt, räusperte sich.

„Wolltest du zum Pow Wow und hast dich verlaufen? Sprichst du Englisch?“

Nathaniels Augen verengten sich. Mit der Geschmeidigkeit einer Raubkatze, die sich ihrer Überlegenheit vollkommen sicher ist, legte er die Tasche ab, stellte Bogen und Köcher an die Wand und richtete sich zu voller Größe auf. Etwas schien die Luft zusammenzuziehen, brachte sie zum Knistern und tanzte wie ein feines Energiefeld über Josephines Haut. Angst sackte in ihre Eingeweide. Hazlewood, der vollen Wucht von Nathaniels scharfem Blick ausgeliefert, gefror zur Salzsäule. Und doch hielt er an seiner Masche kläglicher Abfälligkeit fest.

„Du verstehen mich?“, fragte er. „Du sprechen Englisch?“

„Sicher“, gab Nathaniel zurück. „Soll ich es dir beibringen?

Hazlewood gab ein Knurren von sich, das womöglich einschüchternd wirken sollte, doch das Zittern seiner Stimme offenbarte nur das Ausmaß seiner Unsicherheit. Hatte er irgendeine Waffe dabei? Einen Revolver unter seinem Jackett? Ein Messer?

„Mach besser, dass du weiterkommst, Häuptling Strampelnder Vogel.“ Er wedelte mit einem Arm, als wolle er ein Insekt verscheuchen. „Mrs. Campbell und ich stehen gerade in Verhandlungen, wie du siehst.“

„So, wie ich das sehe, hat Mrs. Campbell ihren Standpunkt bereits dargelegt. Es gibt nichts mehr zu verhandeln.“

„Was verstehst du schon davon? Bleib besser dabei, rohe Büffelleber zu essen.“

„Makam naya, sica“, kam es leise zurück. „Tankala.“

„Was?"

„Wika sasni." Nathaniel legte die Hand auf seine Brust und hob seinen Mund zu einem wölfischen Lächeln. „Wika sasni, sica."

Hazlewood verlor die Contenance. Schweißtropfen traten auf seine Stirn. Er straffte sich, ballte die Fäuste und schob in einer Geste hilfloser Wut den Unterkiefer nach vorn. Plötzlich ging er auf Nathaniel los. Er deutete einen Magenschwinger an, verlagerte sein Gewicht im letzten Moment und holte zu einem gewaltigen Kinnhaken aus. Einen im Kampf unerfahrenen Gegner hätte dieser Schlag zweifellos überrascht und niedergestreckt, doch Nathaniel schien ihn vorausgesehen zu haben. Er wich der zustoßenden Faust um Haaresbreite aus und fing sie mit der rechten Hand auf. Ehe Hazlewood begriff, wie ihm geschah, kauerte er bereits stöhnend am Boden. Sein Arm wurde nach hinten gerissen, während Nathaniel den Zeigefinger auf eine Art verdrehte, die äußerst schmerzhaft sein musste. Es war ein Griff, der federleicht wirkte, doch seine Wirkung war verheerend. Totenblass hockte Hazlewood am Boden, das Gesicht erstarrt zu einer verzogenen Fratze des Leids und der Verblüffung.

„Verschwinden Sie", knurrte Nathaniel. „Verschwinden Sie auf Nimmerwiedersehen oder ich skalpiere Sie mit Vergnügen. Es gibt ungefähr zwei Dutzend Arten, jemandem die Kopfhaut zu rauben. Für Sie werde ich mir die Qualvollste und Langsamste aussuchen." Er beugte sich so dicht über Hazlewood, dass seine Lippen dessen Ohr berührten. „Und zwar die Streifen-für-Streifen-Methode. Dann schneide ich Ihnen die Fußsohlen ab, lasse Sie um das Feuer tanzen und esse zu guter Letzt Ihre Leber. Und zwar roh. Glauben Sie mir, in diesem Ausnahmefall wird es mir Vergnügen bereiten, eure albernen Klischees zu bedienen."

„Ich verschwinde. Sie haben mein Wort."

Nathaniel löste seinen Griff und trat zurück. Bebend, seine Totenblässe gegen tiefe Röte austauschend, stand Hazlewood auf, streckte die Arme aus und kämpfte um sein Gleichgewicht. Das zuvor akkurat gekämmte, schlammfarbene Haar klebte ihm feucht am Kopf. Einen Moment sah es so aus, als wolle er tatsächlich kapitulieren. Schwankend wich er einen Schritt zurück, dann einen zweiten. Sein Blick huschte gehetzt von links nach rechts.

„Verschwinden Sie", wiederholte Nathaniel mit Nachdruck. „Mrs. Campbell hat heute das letzte Wort gesprochen. Und was mein letztes Wort ist, wissen Sie jetzt auch."

Hazlewood grunzte, nicht fähig, seine Niederlage einzusehen. Er ging einen Schritt, hielt inne – und stürzte sich unvermittelt auf den an der Wand lehnenden Köcher. Nathaniel war schnell, doch nicht schnell genug. Wäre die Bewegung des Mannes nur einen Hauch träger gewesen, so hätte er den Pfeil nicht herausziehen und gegen seinen Angreifer wenden können. Doch da seine Bewegung die zuvor zur Schau getragene Betäubung Lügen strafte, gelang es ihm, die Spitze des Pfeils zwischen Nathaniels Rippen zu jagen. Josephine glaubte zumindest, das feuchte Geräusch reißenden Fleisches zu spüren, doch sehen konnte sie nur seinen Rücken. Entsetzen schoss in ihre Knie. Die Beine schienen unter ihr zu zerschmelzen. Sie musste ihm helfen. Sie musste etwas tun, doch was konnte sie gegen Hazlewood ausrichten? Darüber nachzudenken war überflüssig. Josephine wollte herumfahren und nach der Mistgabel greifen, doch plötzlich warf Nathaniel seinen Gegner gegen die Wand und packte dessen Handgelenk. Blut glänzte auf der Spitze des Pfeils, den Hazlewood noch immer umklammert hielt. Nass und rot im fahlen Licht.

Nathaniel drückte zu – und der Mann schrie. Vielmehr wollte er schreien, doch der Laut unerträglichen Schmerzes erstickte, kaum dass er sich seinen Weg aus der Kehle gebahnt hatte. Klappernd fiel der Pfeil zu Boden. Nathaniels Finger schlossen sich noch fester um das Handgelenk. Hazlewoods Körper zuckte. Er verkrampfte und wand sich wie im Todeskampf. Jetzt, da Nathaniel sich ein Stück in ihre Richtung drehte, sah Josephine sein Gesicht im Schein der Stalllampe. Es war erfüllt von blindwütigem Zorn.

„Nat", keuchte Josephine. „Nat, bitte. Tu es nicht."

Er reagierte nicht. Unnachgiebig hielt er den Arm seines Opfers in festem Griff, drückte zu, bis seine Knöchel weiß hervortraten und pure Todesangst Hazlewoods Gesicht verzerrte. Der Geruch nach verbranntem Fleisch breitete sich aus. Eine solche Qual stand in den Augen des Mannes, dass sie jede Abscheu durchdrang und Josephine darum flehen ließ, dass es endete.

„Bitte", flüsterte sie verzweifelt. „Hör auf, Nat. Bitte."

Endlich wich er mit einem wütenden Knurren zurück. Die Haut auf Hazlewoods Arm schien Blasen zu werfen. Glänzte roh und verbrannt. Wimmernd taumelte er in Richtung Stallausgang. Er schüttelte den Kopf, wieder und wieder, beglotzte seine Wunden und stammelte unverständliche Worte. Ein letzter fassungsloser Blick, zuerst Nathaniel streifend, dann sie – und Hazlewood stürmte davon. Keine fünf Sekunden später erklang das Aufröhren seines Jeeps.

„Was hast du getan?", brachte Josephine hervor, als Stille sich über sie senkte. „Was war das?"

Nathaniel stand mit dem Rücken zu ihr. Langsam senkte er den Kopf, ließ sich gegen die Wand von Max' Box sinken und presste eine Hand auf seine Seite. Augenblicklich vergaß sie die Fragen, die auf ihrer Zunge brannten. Sie hatte sich nicht getäuscht. Der Pfeil musste ihn erwischt haben. Vielleicht war die Verletzung so schwer, dass die Hilfe, die sie ihm hier am Ende der Welt geben konnte, nicht ausreichen würde.

„Zeig es mir", forderte sie energisch, packte ihn an den Schultern und drehte ihn um. „Lass mich nachsehen. Er hat dich erwischt, oder? Warum hast du den Köcher da stehen gelassen?"

„Es ist nichts." Nathaniel drückte ihre Arme nach unten und funkelte sie aus düsteren Kohleaugen an. „Glaub mir, es ist nichts. Wieso machst du dir Sorgen um mich? Du bist diejenige, die gerade Schlimmes erlebt hat. Wie geht es dir?"

Josephine schüttelte den Kopf. Die vergangenen Momente muteten jetzt, da sie darüber nachsann, surreal an. „Nichts. Schon gut. Wirklich."

„Hat er dich verletzt?"

„Nein. Und ich habe etwas daraus gelernt. Gehe niemals ohne Ausweidmesser aus dem Haus."

„Ich sagte es ja." Nathaniel lächelte liebevoll. „Du bist stärker als du denkst."

„Was ist mit dir? Er hat dich erwischt, oder? Ich sehe Blut. Da unten auf deinem Hemd."

„Es ist nichts."

„Ich habe gesehen, wie …"

Nathaniel legte einen Finger auf Josephines Lippen. Diese Berührung genügte, um sie zu lähmen. Doch eine Sturheit, die sich über alles hinwegsetzte, dirigierte ihre Hand nach unten. Sie ertastete das Loch im Leder seines Hemdes. Und sie ertastete feuchte, aber unversehrte Haut.

„Hör auf damit."

Blitzschnell legte sich seine Hand über die ihre und schob sie tiefer. So tief, bis sie auf der Stelle zum Ruhen kam, an der die Beinlinge endeten und ein Stück nackten Schenkels freiließen. Josephine hielt den Atem an. Ihre Hand schmiegte sich an seine warme, glatte Haut, glitt ein Stück höher und spürte, wie der Muskel sich unter ihren Fingern anspannte. Die Luft knisterte. Es war nicht nur ein Gefühl, eine Metapher für das, was sie empfand. Es war ein Knistern, das wie Strom über ihre Haut floss. Spürbar. Real.

„Danke", keuchte sie. „Danke, dass du gekommen bist."

„Keine Ursache."

„Wie hast du geschafft, zum richtigen Zeitpunkt hier zu sein?"

„Du meinst, das funktioniert sonst nur in einschlägigen Filmen?" Sein Lächeln gab ihr das Gefühl, als hätte niemals Gefahr für sie bestanden. „Ich habe naturgemäß einen Sinn für richtige Zeitpunkte. Glaubst du mir, wenn ich sage, dass deine Angst mich im Wald erreicht und hierhergeführt hat? Glücklicherweise war ich noch nicht weit gekommen."

„Du hast es gespürt?"

„Ja."

„Ist das so eine Art Indianermagie?"

Nathaniel lachte. Plötzlich schien er etwas zu entdecken, schnappte nach ihrer Hand und zog sie hoch. Ein hässlicher Splitter ragte aus der Kuppe ihres Mittelfingers. Die gesamte Innenfläche ihrer Hand war mit Blut verkrustet.

„Tut es weh?" Nathaniel packte den Splitter vorsichtig und zog ihn heraus. Obwohl das Stück Holz tief im Finger gesteckt hatte, verspürte sie keinerlei Schmerz.

„Nein", murmelte Josephine verblüfft. „Das wird auch langsam zur Gewohnheit, hm?"

Er neigte den Kopf. „Was meinst du?"

„Dass du mich mit wundersamen Heilkräften verwirrst.“ Seine Hand hatte sich um ihre zusammengeschlossen. Warmes Prickeln kroch über ihre Haut und weckte den Wunsch, er möge sie niemals wieder loslassen. „Was ist das? Wie machst du das?“

„Reine mentale Kraft.“ Er zuckte die Schultern, als hätte er ihr soeben erklärt, auf welche Art er Kaffee kochte. „Keine Magie, sondern Natur.“

Josephine schwindelte. Sie wollte sich an seinen Körper schmiegen, seine Kraft spüren, um sich zu vergewissern, dass sie in Sicherheit war. Mochte er sie für hilflos halten, die uralte Sehnsucht nach Schutz war stärker.

„Warum bist du so angezogen?“, fragte sie.

„Ich flüchte mich gern in vergangene Zeiten. Das ist der einzige Grund.“

„Ist es alt?“ Sie strich über das Leder des Hemdes, das sich um seine Brust spannte. Es fühlte sich gut an. Warm und samtweich. Ihre andere Hand befreite sich aus seinem Griff, legte sich auf Nathaniels Taille und wanderte Millimeter für Millimeter tiefer. Er hätte sie beiseite drücken oder zurückhalten können, doch er tat es nicht.

„Ja. Ist es.“

„Sehr alt?“

„Ziemlich. Demnächst wird es mir wohl vom Körper bröseln.“

Tränen der Erleichterung, der Erregung und der Hilflosigkeit brannten in ihren Augen. Ihre Finger glitten über das Band, das um seine Hüfte geschlungen war. Langsam bewegte sie sich auf die Stelle zu, an der sie die Wunde vermutete, doch Nathaniel durchschaute sie rechtzeitig. Zischend sog er den Atem zwischen den Zähnen ein, nahm ihre Hand und schob sie nach unten. Zugleich spannte sich sein Körper an. Es lag etwas Hingebungsvolles darin, als er seinen Kopf gegen die Wand lehnte und träge auf sie hinabblinzelte.

Josephine wollte ihren angehaltenen Atem leise ausstoßen, doch es endete in einem verräterischen Seufzen. Den gewölbten Muskel seines Schenkels unter ihrer Handfläche zu spüren, zerrte am hauchdünnen Strang ihrer Beherrschung. Wieder biss sie sich auf die Zunge, diesmal so fest, dass sie das Aroma von Blut schmeckte. Würde sie gleich aufgeben? War es das, was sie wollte oder das, wovor sie sich fürchtete?

Einfach alles fallen zu lassen. Hier und jetzt. Vielleicht würde es nicht gut enden. Ihre Welt und seine waren zu verschieden. Oder nur getrennt von Illusionen? Was sprach dagegen, es herauszufinden?

„Seine Haut war verbrannt“, raunte sie. „Ich habe es gesehen.“

„Ich weiß nicht, was du meinst. Das musst du dir eingebildet haben.“

Nathaniel beugte sich vor. Kaum mehr als eine Feder hätte zwischen ihre Lippen gepasst. Sie erinnerte sich an den Nachhall des ersten Kusses. An die Sehnsucht, die in ihrem Inneren aufgeklafft war, und den undefinierbaren Schmerz, von dem sie nicht wusste, ob er wunderbar oder qualvoll war.

Josephine atmete ein, als Nathaniel ausatmete. Sein Aroma drang tief in ihre Wahrnehmung. „Ich habe es gesehen. In deinem Hemd ist ein Loch. Er hat dich getroffen. Und du hast ihn verbrannt."

„Da ist nichts. Siehst du?" Er nahm ihre Hand und legte sie auf seine Seite. Nichts als glatte Haut war zu spüren. Keine Verletzung, kein Loch, kein Schnitt. Nur die Erhebung seines Rippenbogens

„Ich ..." Josephine wollte irgendetwas sagen. Einen Weg aus ihrem Chaos finden, doch sie musste kapitulieren. „Was hast du zu ihm gesagt?"

„Dass er stinkt wie ein Skunk." Nathaniels Daumen legte sich auf ihre Lippen. Unter dem zarten Druck schloss sie genüsslich die Augen. „Und dass ich ihn für ein niederträchtiges Großmaul halte."

Sie öffnete den Mund, ließ seinen Finger hineingleiten und umschloss ihn sanft. Das Seufzen, das ihm unmittelbar entfloh, sprach von Hunger. Von großem Hunger.

„Und was noch?", wisperte sie, als er seinen Daumen erschreckt zurückzog. „Du hast noch etwas zu ihm gesagt."

„Das ist schwer zu übersetzen." Nathaniels Blick wich ihrem aus. Seine Hände ruhten auf ihrer Taille und zitterten. Josephine wusste, dass sie ihn in ihrer Gewalt hatte. Hier und jetzt war er hilflos, ihrem Willen unterworfen.

„Es war eine Art Herausforderung", brachte er schließlich hervor. „Eine Redensart dafür, dass ich mich für überlegen halte."

Sein Atem kroch über ihre Lippen. Wie von selbst öffneten sie sich unter dieser warmen, nicht körperlichen Berührung. Josephine erkannte plötzlich etwas in Nathaniels Gesicht, dem sich ihr rationaler Verstand verweigerte. Es war, als blicke ihr eine uralte, machtvolle Präsenz hinter dem Spiegel seiner Augen entgegen. Es war nicht er selbst. Es war etwas, das sich in ihm bewegte, wie ein Geschöpf hinter einem halb transparenten Kokon. Josephine kniff die Augen zusammen und öffnete sie wieder. Bröckelte ihr Verstand? Erlag sie langsam den Gespenstern, die sie sich erschaffen hatte?

Plötzlich schlossen sich zwei Arme so fest um ihren Oberkörper, dass ihr soeben eingesogener Atem stoßweise entwich.

„Du musst etwas Besonderes sein", knurrte Nathaniel.

Er drückte sie mit dem Rücken gegen die Boxenwand und grub seine Hand in ihr Haar. Diesmal lag ein Hunger in dieser Berührung, der es ihm unmöglich machen würde, zu verschwinden. Nathaniel presste seine Lippen auf die ihren und umfing mit beiden Händen ihren Kopf. Es war ein Kuss, der sie alles bisher Gespürte vergessen ließ. Gierig und verzweifelt, begehrend und wild. Josephine hätte sich ihm mühelos entziehen können, der Griff seiner Hände war behutsam. Doch sie konnte es nicht. Sie wollte es nicht. Das soeben Geschehene hätte tief in sie hineinschneiden müssen, doch jetzt, da Nathaniels Nähe sie umgab wie eine schützende Aura, rückte die Realität in weite Ferne. Ihre Gedanken und Gefühle beschränkten sich auf das, was hier und jetzt geschah. Josephine öffnete ihre Lippen unter seinem Kuss. Es war die Einladung, auf die er gewartet hatte. Nathaniel stieß ein Seufzen aus. Sein Kuss wurde grober. Gieriger. Als ihre Zungen sich berührten und ein Stromstoß durch ihren Körper jagte, klammerte sie sich schwindelnd an ihn.

„Sag es mir, wenn ich aufhören soll“, raunte er zwischen zwei Küssen. „Sag es mir. Auch wenn es mich umbringen würde.“

„Nicht aufhören.“

Seine Hand ergriff ihren Zopf und zog ihren Kopf nach hinten, die andere glitt nach unten und begann, ihr Hemd aufzuknöpfen. Josephine spürte seine Hand in ihrem Ausschnitt, spürte, wie sie ungeduldig nach unten tastete, unter ihr Hemdchen glitt und ihre Brust umschloss. Sie stöhnte. Nicht leise, sondern unverhohlen genüsslich. Der letzte Strang ihrer Beherrschung zerriss. Ein Verlangen überwältigte sie, dessen Heftigkeit wehtat. Nathaniel erfüllte sie nicht nur mit Leben. Er flutete sie mit einer existenziellen, überschäumenden Gier. Sie wollte alles spüren, alles wahrnehmen. Sie wollte das Leben in sich aufsaugen und es an sich reißen. Es tief in sich aufnehmen. Genauso wie ihn.

Als er für eine Sekunde von ihr abließ, entlud sich ihre Enttäuschung in einem Knurren.

„Wir müssen uns dringend mal miteinander beschäftigen“, schnurrte Nathaniel.

Josephine lachte. „Oh ja. Das müssen wir. Hier und jetzt.“

„Ich werde dir einiges beibringen müssen.“

„Das glaube ich kaum.“

„Oh doch. Ungefähr tausend Arten, jemanden gefechtsunfähig zu machen.“

Nathaniel zerriss mit einem Ruck ihr Hemdchen und schob den Stoff beiseite. Sein Blick verschlang ihre entblößten Brüste, während er mit beiden Daumen ihre längst harten Knospen reizte. Unvermittelt schoss ein Schmerz durch jede Zelle ihres Körpers. Eine Form von ziehender Leere, die nur gefüllt werden konnte, wenn sie ihn heute Nacht besitzen würde. Feucht zog seine Zungenspitze die Form ihrer Ohrmuschel nach. Eine Hand umschlang ihren Nacken, die andere massierte grob ihre Brust. Josephine hob ein Bein und schlang es um seine Hüfte. Die Hand, die zuvor ihren Nacken umschlossen hatte, zog sich zurück und wanderte tiefer. Über den Bogen ihrer Rippen, ihre Taille und ihren Bauch. Als sich die tastenden Spitzen seiner Finger über ihrer weiblichsten Stelle befanden, stieß Josephine ein Wimmern aus.

„Du hast Angst“, raunte Nathaniel.

„Nein.“ Sie schüttelte den Kopf, legte ihre Hand über die seine und dirigierte sie unter den Bund ihrer Jeans.

„Ich kann keine Kinder zeugen“, sagte er leise. „Und ich kann nicht krank werden. Es gibt nichts, worüber du dir Sorgen machen musst.“

„Du kannst nicht …“

„Schsch“, schnurrte er und bedeckte ihre Kehle mit Küssen. „Nicht jetzt.“

Wieder legten sich seine Lippen auf die ihren, nicht zum Kuss, sondern um sie seinen Atem einsaugen zu lassen. Josephines Sinne fanden zu neuer Schärfe. Sie roch seine Lust, seine Männlichkeit und den Duft nach Leder und Wald. Sie spürte, wie sich sein Hemd samtweich an ihre nackte Brust schmiegte, wie seine Haare über ihre Schulter glitten und sein Atem die winzigen Härchen auf ihrer Haut reizte. Seine Finger glitten tiefer. Unter ihren Slip und über das Vlies krauser Haare. Josephine erschlaffte unter seinem Gewicht, das sie gegen die Wand drückte. Endlich! Endlich spürte sie ihn, wie sie es sich erträumt hatte.

Als sie begriff, dass die Enge ihrer Jeans seine Finger hinderte, vorzudringen, öffnete sie hastig den Knopf und zog den Reißverschluss hinunter. Unerträglich war der Gedanke, aufzuhören. Sie musste ihn spüren. So, wie ein Teil von ihr ihn vom ersten Augenblick hatte spüren wollen.

Nathaniel nahm ihre Einladung nur zu gern an. Zielstrebig drängten seine Finger vor, legten sich um ihre heiß pochende Weiblichkeit und drückten zu, gerade so zart, dass Josephines Sehnsucht ihre Spitze fand und ein Wimmern ihrer Kehle entfloh.

„Willst du mir jetzt sagen, was du willst? Sag es mir, Tacincala.“

Sie blickte zu ihm auf. Sog jede Kleinigkeit in sich auf. Die dunklen Augen, in denen etwas ungezähmt Wildes lag. Die hohen Wangenknochen, den Schwung seiner Brauen und die langen, dichten Wimpern, die einen seidigen Schatten auf seine Haut warfen. Wenn er sie verlassen würde, irgendwann, dann wollte sie all das in ihrem Geist bewahren. Jede Kleinigkeit. Jeden Sinneseindruck.

„Dich“, brachte sie heiser hervor. „Ich will dich.“

Wieder ein Lachen, übergehend in schwere Atemstöße. Ein Finger tastete sich in ihr Innerstes vor, zögernd, erlesene Qual bereitend. Josephine drängte sich ihm entgegen, wollte mehr spüren, viel mehr, doch plötzlich zog er sich zurück und wandte sich ab. Fassungslos starrte sie ihm hinterher. Nein! Er durfte nicht verschwinden. Nicht jetzt, wo seine Abwesenheit sie umbringen würde. Nathaniel ging in die Gerätekammer – um keine drei Sekunden später mit zwei Decken unter dem Arm zurückzukehren.

„Wo?“, knurrte er nur.

Josephine hastete zu den aufgeschichteten Strohballen. Sie zerrte einen hinunter, bugsierte ihn mit Nathaniels Hilfe in eine leere Box und riss das Band ab, das den Ballen zusammenhielt. Halb verrückt vor Ungeduld verteilte sie das Stroh in einer Ecke, nahm die Decken, warf sie darauf und atmete, als es still um sie wurde, zweimal tief durch. Ihr Körper brannte. Nein, er schmerzte vor Leere. Als Nathaniel sich vor sie stellte, griff sie nach seinem Hemd, zog es ihm über den Kopf und ließ es zu Boden gleiten. Dann tasteten ihre Finger nach dem Band um seine Hüften. Eine Weile ließ er sie gewähren, bis es auch ihm zu lange dauerte.

„Warte.“ Er schob ihre Hand beiseite, löste den Knoten, den sie nicht hatte finden können, und ließ die altertümliche Kluft aus Schurz und Beinlingen an sich hinabgleiten. Zuletzt folgten die Mokassins, bis er sich endlich in all seiner Pracht ihrem hungrigen Blick zeigte.

Josephine schwindelte, als er nach ihr griff und mit groben, ungeduldigen Gesten ihre Kleider abstreifte. Zuletzt den Slip, den er mit einem Ruck von den Hüften fetzte. Jedem anderen Mann hätte sie ihren Unwillen über diese unnötige Zerstörung an den Kopf geworfen, doch jetzt war ihre Gier zu groß. Sie brauchte Nathaniel in einem Ausmaß, dass jede Körperzelle vor Sehnsucht brannte. Diesen Hunger in seinen Augen widergespiegelt zu sehen, erregte sie mehr als alles andere. Sie sah, wie sehr der Anblick ihres Körpers an seiner Beherrschung zerrte. Sie hörte es an seinem Atem, sah es in seinen Augen und an dem rasenden Puls seiner Halsschlagader, die unter der Haut anschwoll.

Mit einem dunklen Knurren warf er Josephine zu Boden. Sie schrie auf, doch irgendwie schaffte Nathaniel es, ihren Fall mit einem Arm aufzufangen. Endlich aneinandergepresst, Haut an Haut, küsste er sie mit einer Verzweiflung, als ginge es um ihr Leben. Seine Männlichkeit drückte gegen ihren Schoß. Er war groß. Deutlich größer als Daniels. Doch ihr Körper sehnte sich so sehr nach Vereinigung, dass diese Tatsache sie nicht erschrak, sondern ihre Lust steigerte. Sie wollte ihn endlich in sich spüren. Endlich eins mit ihm sein.

Nathaniels Körper bäumte sich auf, krampfhaft um den letzten Rest Beherrschung kämpfend. Warum? Wozu? Josephine ertrug es nicht, ihre Erfüllung weiter hinauszuzögern. Sie zog seinen Kopf zu sich, zwang ihre Zunge zwischen seine Lippen und hob ihren Unterleib an. Langsam glitt die Spitze seines Gliedes in ihren Körper, der sich bereitwillig dehnte. Ihr Innerstes schloss sich um ihn und nahm ihn auf. Zentimeter für Zentimeter.

„Großer Gott," keuchte Josephine. „Was ist das? Ein Tauchsieder?"

Nathaniel stieß irgendetwas Unverständliches hervor. Ein Arm schob sich unter ihr Becken und hob es an, genau in dem Moment, in dem er zustieß. Josephine keuchte, als er mit rauer Gewalt ihren Körper in Besitz nahm. Es blieb keine Zeit für Zärtlichkeiten, kein Raum für Sanftheit. Er murmelte irgendetwas in ihr Ohr, das sie nicht verstand, massierte ihr Innerstes mit harten Stößen, wieder und wieder, bis Josephines Unterleib sich zusammenzog, um die Welle höchsten Entzückens zu genießen. Die Lust überwältigte sie. Nie zuvor war es so schnell gegangen, doch ehe sie den Gipfel dieser köstlichen Welle erreicht hatte, zog Nathaniel sich aus ihr zurück und umfing ihr Gesicht mit beiden Händen.

„Nicht so hastig", raunte er. „Genieß es, Tacincala."

Für wenige Momente hielt er an seiner Reglosigkeit fest, um plötzlich erneut in sie einzudringen. Zunächst träge, jeden Zentimeter auskostend, der sie zusammenführte, um schließlich alle aufgestaute Gier herauszulassen und mit harten Stößen über sie herzufallen.

Diesmal hielt er nicht inne, als der Höhepunkt nahte. Gemeinsam trieben sie sich an die Spitze größter Wonne und darüber hinaus, bis Josephine die Zähne in seiner

Schulter versenkte, um den aus ihr dringenden Schrei zu unterdrücken. Noch einmal stieß Nathaniel mit aller Kraft zu, dann ein zweites und drittes Mal, bis auch er sich aufbäumte, ohnmächtig erschauderte und über ihr zusammensank.

Stille senkte sich über sie. Nur ihr schweres, keuchendes Atmen und das Schnauben der Pferde durchdrangen die Membran, in die sie eingehüllt waren. Es duftete nach dem Aroma ihrer Vereinigung. Nathaniels Gewicht drückte sie mit wunderbarer Schwere in das Stroh, ihre Hände hatten sich in seinem Haar vergraben. Um ihn noch intensiver zu spüren, zog sie die Muskeln ihres Unterleibs um den Teil seines Körpers zusammen, der sich tief in ihren gebohrt hatte. Josephine küsste die angespannten Muskeln seiner Schultern. Strich zärtlich über seinen schweißnassen Rücken und lachte, als ihre Berührungen ihn zucken ließen. Ewig hätte sie so liegen bleiben wollen. An ihn gepresst, seinen Geruch in sich einsaugend. Ihre Hände über seine Haut wandern lassend oder durch sein Haar streichend. Doch plötzlich rollte er sich so unvermittelt von ihr herunter, dass sie erschrak.

„Was ist los?"

Nathaniel starrte zum Fenster. Ein Streifen fahlen Mondlichtes fiel hindurch und versilberte seinen Körper.

„Ich muss weg", sagte er schließlich, gefolgt von einem wütenden Knurren. „Verdammt, warum gerade diese Nacht?"

„Du musst weg? Jetzt? Sofort?" Josephine schüttelte den Kopf. „Das lass ich nicht zu."

Sie drückte ihn zurück auf die Decken, beugte sich über ihn und küsste die aufgewölbten Narben auf seiner Brust. Sie tat all das, was sich ihre Fantasie oft und schamvoll ausgemalt hatte. Den Bogen seines Kiefers mit den Lippen nachfahren, seine Wangenknochen küssen, ihre Finger über seinen flachen Bauch gleiten lassen, um tiefer zu wandern und die zarte Haut an der Innenseite der Oberschenkel zu streicheln. Bis Nathaniel ihre Hände beiseiteschob, aufstand und seine Kleider zusammensuchte.

„Ja. Ich muss gehen." In seinem Blick vereinten sich Zorn und ehrliches Bedauern. „Es tut mir wirklich leid."

„Was ist los? Habe ich was falsch gemacht?"

„Nein, bei allen Geistern. Nein. Ich muss nur etwas erledigen."

Josephine seufzte. „Oh ja. Ich vergaß. Du bist der mysteriöse Held. Der einsame Wolf, der in den Sonnenuntergang verschwindet."

Nathaniel hob die Schultern, um sie resigniert sinken zu lassen.

„Und natürlich schleppst du ein Geheimnis mit dir herum und darfst dich mir nicht anvertrauen, weil es zu gefährlich wäre."

„Ich habe es dir nicht anvertraut, weil ich glaube, dass du noch nicht bereit dafür bist."

„Wie willst du ermessen, zu was ich bereit bin und zu was nicht?" Hier und jetzt, ergänzte sie im Stillen, wäre ich zu allem bereit. Also sag es mir. Sag es mir, verdammt. Und dann fall noch einmal über mich her. Was interessiert uns die Welt da draußen? Sie ist weit weg. Sie ist so wunderbar weit weg.

„Ich kann es dir nicht sagen", brachte er schließlich hervor. „Es ist …"

„Was? Nat, ich …" Sag es! Sag es schon, verdammt. „Ich brauche dich. Du hast mir geholfen, mich lebendig zu fühlen. Jetzt will ich dir helfen. Bitte, lass es zu."

Er schüttelte den Kopf. „Es wäre besser, wenn du es nicht weißt."

„Dann geh und leck deine Wunden der Einsamkeit. Heul den Mond an. Geh schon, bevor mich deine Geheimniskrämerei in den Wahnsinn treibt."

„Folg mir nicht", sagte er. „Bitte, du musst es versprechen."

„Befiehl es mir doch einfach. Das hast du doch gut drauf."

„Also gut. Ich befehle dir, hierzubleiben." Nathaniel setzte ein entwaffnendes Lächeln auf. Zwei Sekunden sah sie zu ihm auf, blickte in seine verzweifelten, vom Lächeln unberührten Augen – und nahm eine Handvoll Stroh, um ihn zu bewerfen.

„Geh, verdammt noch mal. Tu, was du tun musst. Und wenn du zurückkommst, dann reden wir ein ernstes Wort miteinander. Nur damit das …"

Josephine stutzte. Ihr Blick fiel auf ihre erhobene Hand. Noch immer klebten Blutkrusten darauf, doch der hässliche Schnitt des Splitters war verschwunden. Entgeistert starrte sie auf die unversehrte Haut.

„Wir werden reden." Nathaniel nickte, fuhr herum und verschwand so schnell, wie sie es von ihm gewöhnt war. Das Klappen der Tür erklang, dann das Knarzen der Stufen unter seinen Schritten.

„Was zum Teufel ist hier los?" Der Finger verschwamm vor ihren Augen. Kein Schorf war zu sehen. Keine Narbe. Einfach nichts. Schwankend stand sie auf, schlüpfte in ihre Kleidung und taumelte in den Gang. Sie hatte sich die Wunde nicht eingebildet. Genauso wenig wie der gebrochene Fuß eine Illusion gewesen war. Aber wie war das möglich? Was in aller Welt hatte diese Rothaut mit ihr angestellt? Selbst uralter Schamanen-Hokus-Pokus stieß an seine Grenzen, wenn es um das Wegzaubern von Wunden ging.

Josephine atmete tief ein und ließ ihren Blick schweifen. Auf dem Boden lag noch der Pfeil. Sie hob ihn auf. An seiner eisernen Spitze klebte Blut. Zäh und rot glänzte es auf ihrem Finger, als sie darüberstrich.

Ihr Verstand stand vor einem Puzzle. Sie wusste zwar, wohin die Teile gehörten, und doch wagte sie nicht, sie zusammenzusetzen. Seine Wunde, die plötzlich verschwunden war … Rätsel Nummer eins. Ihr Fuß, eindeutig gebrochen und durch seine Berührung geheilt. Der Splitter in ihrem Finger … Rätsel Nummer zwei. Das Blutritual und sein Krampfanfall, seine Aussage, er könne nicht krank werden … Rätsel Nummer drei und vier.

Was fehlte noch zu diesem ungeheuerlichen Bild, das sich schleichend manifestierte? Seine Magie im Umgang mit Pferden. Der scheue Vogel, der aus dem Dunkel der Nacht hervorgekommen war, um sich zutraulich auf seinen Arm zu setzen. Das Gefühl, das sie stets in seiner Nähe packte. Als würde sich ein blinder Spiegel klären und ein Tor zu den Tiefen seines Unterbewusstseins öffnen, um ihr einen Blick auf uraltes Wissen zu erlauben. Seine Sehnsucht nach alten Zeiten. Die Brandmarkung jener Zeiten, die jetzt, da sie die Wahrheit in Betracht zog, unübersehbar war.

Als sie ihn das erste Mal erblickt hatte, war ihr bereits klar geworden, dass er nicht hierhergehörte. Er war wie ein Relikt, hergeholt aus einer vergangenen Zeit. Gewaltsam hinübergezerrt in die Moderne.

„Großer Gott. Nicht auch noch das. Bitte, lass mir wenigstens den Verstand. Ich will nicht durchdrehen. Bitte."

Josephine hockte sich auf die Verandatreppe und starrte in die Nacht. Ein Schatten löste sich aus der Dunkelheit jenseits der Weiden. Es war Chinook, Nathaniels Hund. Als hätte er ihre Verwirrung gewittert, trabte er auf sie zu, setzte sich neben sie und legte den Kopf auf ihren Oberschenkel.

„Was ist?", murmelte Josephine. „Willst du mir beistehen? Willst du mir irgendetwas über deinen Freund verraten?"

Während sie das dichte, seltsam gefärbte Fell mit den Fingern durchkämmte, zog ihr Unterbewusstsein ungeheure Möglichkeiten in Betracht. Ihr Verstand sträubte sich mit Vehemenz gegen die Akzeptanz derselben. Warum sprachen beide Stimmen so selten dieselbe Sprache? Instinkt, Bauchgefühl. Vernunft, Logik. Die erste Stimme tastete sich in unbekanntes Gebiet vor, furchtlos und unvoreingenommen. Die zweite schlich zögernd hinterher, wollte sie zurückziehen, ihr sagen, welche Wege zu beschreiten waren und welche man besser im Dunkeln ließ.

Wenn sie alle Absonderlichkeiten zusammenzählte und auf einen ungeheuerlichen Nenner brachte, würde ihr rationaler Verstand daran scheitern?

Sie schloss die Augen und spürte seine Hände, seine Küsse, sein Haar auf ihrer nackten Haut. Den köstlichen Druck, als er in sie eingedrungen war. Sie kostete den Nachhall der Ekstase und den Geschmack seines Schweißes auf ihrer Zunge. Ihr Körper fühlte sich wund und übermäßig empfindsam an.

Seufzer, raues Atmen, sich ineinander verschlingende Glieder. Elfenbein und Bronze. Geraunte Worte, denen sie vertraut hatte.

Chinooks Seufzer, der den Hundeleib beben ließ, riss Josephine in die Wirklichkeit zurück. Sie blickte auf und sah eine Gestalt über die Wiese huschen. Es war Nathaniel, ganz in Schwarz gekleidet und erneut mit Bogen und Köcher bewaffnet. Er rannte am Weidezaun entlang, bog nach rechts ab und schwenkte über die Wiese zum Waldrand. Mehrmals wandte er sich um und blickte zur Farm, als befürchte er, sie könnte ihm folgen.

„Was bist du?", flüsterte sie, als er in der Dunkelheit verschwand. „Wir werden reden, wenn du zurückkommst. Oh ja, wir werden reden. Und ich lasse dich nicht gehen, ehe ich nicht die Wahrheit kenne. Zur Not lege ich dir Fesseln an."

Josephine schob Chinook beiseite, ging ins Haus und verharrte. Ihr Blick heftete sich auf die Garderobe.

Folge ihm!, raunte eine Stimme. Folge ihm und sieh dir an, was er vor dir versteckt.

Sie schüttelte den Kopf. Rieb sich die Schläfen und versuchte, den Schleier über ihrem Bewusstsein fortzuwischen, der sich ohne Vorwarnung darüber gesenkt hatte. Doch als ihr Geist sich klärte, hatte sie bereits die schwarze Regenjacke übergezogen. Getrieben von einem Willen, der nicht aus ihr zu kommen schien, schlüpfte Josephine nach draußen. Die Nacht war überraschend kalt für August. Prachtvoll wölbte sich die Milchstraße über das Firmament, so klar, als hätte der Mensch die Nacht niemals mit Licht erfüllt. Sie sah den vollen Erntemond über dem Wald schweben, orangerot und riesenhaft groß. Josephine fühlte sich, als wären Körper und Willen voneinander getrennt worden. Blicke bohrten sich in ihren Nacken, wartend darauf, dass sie ihrer Neugier nachgab. Lockend und reizend.

Folge ihm! Ich zeige dir, wo er ist.

Sie rannte los. Losgelöst von sich selbst und einem unwiderstehlichen Willen gehorchend.

***

„Da!“ Mario blaffte das Wort so lautstark, dass Jorge warnend den Finger auf seinen Mund legte. „Das sieht doch nach was aus“, fügte er leiser hinzu. „Was meinst du? Das ist es. Oder nicht?“

Der Strahl der Taschenlampe huschte über eine Anhäufung aus Steinen. Verborgen zwischen drei mächtigen Felsen, von deren Moosvorhängen Wasser tropfte, bildeten sie eine Pyramide. Mario deutete auf eine Art Traumfänger, der am Ast der Felsgebirgstanne baumelte, flankiert von zwei Bündeln getrocknetem Tabak. Auf den Steinen lag ein Sammelsurium an folkloristischem Ramsch. Angefangen von Federn über ein Skunkfell bis zu üppig geschmückten Rasseln und Totemfiguren. An einem Stock, der sich über das Grab neigte, baumelte ein lederner, fransenbesetzter Beutel.

„Das ist es. Scheiße, das ist es.“ Mario stieß einen Seufzer aus, in dem sich Erleichterung und Misstrauen vereinten. Nach einem anstrengenden Abstieg, der sie über glitschige Felsen und von Geröll übersäte Abhänge geführt hatte, wagte er es kaum, sich an diese Hoffnung zu klammern. Ihre Hände und Knie waren blutig, ihre Hosen zerrissen. Ein tiefer Riss prangte auf seiner Wange, während Jorge bei jedem Schritt unterdrückt jammerte. Die Wurzel, an der sein Bruder sich hatte festklammern wollen, war leider eine Spur zu morsch gewesen. Und so war er zwar sehr viel schneller als Mario hier unten gelandet, allerdings auch ramponierter.

„Das will ich hoffen.“ knurrte Jorge. „Ich habe langsam die Nase voll. Aber so was von.“

„Das ist es. Verlass dich drauf.“ Mario kam seine Großmutter in den Sinn, deren Aberglauben ihn durch Kindheit und Jugend begleitet hatte. Etwas Urtümliches umgab diesen Ort, dessen Finsternis nicht in der Dunkelheit begründet lag. Über den nassen, steinigen Boden der Schlucht krochen Finger aus Nebel. Das Stakkato fallender Tropfen durchdrang eine gähnende Stille, die über allem lag und den Eindruck erweckte, als wäre sie im Laufe der Jahrhunderte zu lähmender Schwere konzentriert worden. Nässe glänzte auf Tannennadeln, Überhängen aus Moos und schroffem Fels. Kein Windhauch ging. Ein Leichentuch aus Tod, Moder und Geheimnis lag über diesem Ort. Seine Großmutter wäre an diesem Ort vermutlich sämtliche ihr bekannten Gebete losgeworden. Und sie hätte, kaum diesem Ort entronnen, schaurige, poetische Geschichten erzählt, die einem das Herz in die Hose rutschen ließen.

„Los", zischte Mario und legte seinen Rucksack ab. „Hilf mir."

Jorge ging neben ihm in die Knie. Gemeinsam trugen sie Stein für Stein ab, stets mit dem Gefühl einer boshaften Präsenz im Nacken, hervorgerufen durch die Stille, den Nebel und das Bewusstsein, die Ruhe eines Toten zu stören.

„Es muss hier drin sein", flüsterte Mario, packte mit beiden Händen einen glitschigen Brocken und hievte ihn beiseite. „Das Grab sieht aus, als hätte sich ewig keiner mehr daran zu schaffen gemacht."

„Schön wär's", sagte Jorge. Er nahm eine Feder auf und betrachtete sie. Ihr Kiel war mit Lederbändchen und Perlenschnüren verziert. „Aber es ist nicht richtig, was wir tun."

„Nein", bestätigte Mario zerknirscht. „Aber du weißt, was uns blüht, wenn wir versagen. Wir müssen das durchziehen."

„Denkst du wirklich, dass er ..." Jorge berührte mit der Feder seine Lippen. „Denkst du, dass er unseren Familien zu Leibe rückt?"

„Er ist Anwalt", gab Mario zu bedenken und wuchtete einen weiteren Stein weg.

Jorge nickte, legte den Kopf in den Nacken und starrte zum Mond hinauf. Was zum Teufel war los mit ihm? Das letzte Mal hatte er ihn so entrückt erlebt, als sie nach einer Studentenfeier begriffen hatten, dass man Hanf besser nicht pur rauchte.

„Hilf mir endlich, verdammt", herrschte er seinen Bruder an.„Was ist los mir dir?"

„Nichts", Jorge seufzte und ließ die Feder sinken. „Oder doch."

„Schnauze, Mann. Hilf mir lieber."

Er wuchtete den nächsten Stein beiseite und nahm sich einen weiteren vor. Gerade als er glaubte, das bleiche Schimmern von Knochen zu entdecken, vibrierte es in seiner Hosentasche.

„Scheiße." Mario zerrte das Handy hervor, drückte den grün leuchtenden Knopf und flüstere ein „Ja?" in das Gerät.

„Rückzug", blaffte Hazlewood, offenbar im Auto unterwegs, denn Verkehrsgeräusche dröhnten im Hintergrund. „Was immer ihr gerade tun, schwingt euren Arsch zurück nach Great Falls."

Mario stutzte. Derart aufgewühlt hatte er den alten Sack nie erlebt. Etwas Gehetztes klang in seiner Stimme mit. Gepaart mit Wut, Erregung und Ungeduld. So viele Emotionen auf einmal. Das war seltsam, äußerst seltsam.

„Aber Sir.“ Mario räusperte sich. „Wir haben es gefunden.“

„Das Grab?“

„Ja. Es liegt unterhalb der Felsen, die man … wie nennt man sie hier, Jorge?“

„Adlerschnabel.“

„Man nennt die Felsen hier in der Gegend Adlerschnabel-Formation. Verdammt verwinkelt und schlecht einzusehen. Ein ideales Versteck. Wir waren schon mal hier, fanden beim ersten Mal aber nicht heraus, wie verwinkelt sie wirklich sind. Man muss bis ganz nach unten, erst dann sieht man, wo die Schlucht sich öffnet.“

„Aha.“

Als Mario bewusst wurde, wie abwesend die Stimme des Anwalts klang, loderte Zorn in ihm auf. Sie hatten Kopf und Kragen und sämtliche Knochen riskiert, um dieses verdammte Ding zu finden. Sie hatten ihren Kopf bereitwillig in die Schlinge gelegt – nein, direkt in das Maul des Löwen, und jetzt interessierte es ihn plötzlich nicht mehr? Mario hätte Hazlewood nur zu gern seinen Abscheu entgegengeschrien, verbunden mit den unflätigsten Schimpfwörtern, die seine Großmutter ihm beigebracht hatte, doch stattdessen sagte er gefasst: „Wir durchsuchen es gerade.“

„Rückzug“, wiederholte der Anwalt. Im Hintergrund hupte jemand und brüllte „Arschloch“, gefolgt von einer entsprechenden Entgegnung Hazlewoods. „Wir müssen die Sache neu besprechen. Das Gefäß ist kein Gefäß. Nicht im herkömmlichen Sinne.“

„Hä?“ Mario fing den Blick seines Bruders ein und runzelte die Stirn. „Das Gefäß ist kein Gefäß?“

Jorge zog ob dieser Worte eine perplexe Grimasse. „Wie meint er das?“, zischte er leise.

„Wie meinen Sie das? Wollen Sie sagen, dass wir nach etwas suchen, dass es nicht gibt?“

„Das Gefäß existiert“, brüllte Hazlewood derart lautstark aus dem Handy, dass die Felsen das Echo seiner Stimme zurückwarfen. „Es ist nur kein wortwörtliches Gefäß. Es ist weder ein Kelch noch eine Schachtel noch sonst was in der Art. Es ist ein Mensch.“

„Ein was?“ Mario grinste Jorge an und wedelte mit der Hand vor seinem Gesicht herum. „Sie meinen, das Gefäß ist ein Mensch? So wie Maria Magdalena der Heilige Gral sein soll?“

„Ja. Es ist derselbe Kerl, der auf euch geschossen hat. Ich habe sie gesehen, die Pfeile mit den roten Federn. Ich habe gesehen, was dieser Mann …“ Hazlewood fluchte etwas Unverständliches, räusperte sich und fuhr mit bebender Stimme fort: „Ich habe gesehen, wozu er fähig ist. Er ist es. Er muss es sein. So ergibt auch der Rest einen Sinn. Aber es ist eine Sache, ein Gefäß aufzusammeln, und eine ganz andere, einen Menschen zu entführen.“

„Sie wollen …“ Mario verspürte plötzliche Übelkeit in seinem Magen. „Das wollen Sie doch nicht im Ernst in Erwägung ziehen?“

„Ich will dieses Gefäß", fauchte Hazlewood. „Ich brauche es. Egal, was oder wer es ist. Und jetzt schwingt eure Hufe, wir müssen reden." Ein Klicken ertönte, dann war es still.

„Scheiße." Mario stopfte das Handy zurück in die Hosentasche und versuchte, seine kippende Beherrschung zu bewahren. „Scheiße. Große Scheiße. Das darf doch nicht wahr sein. Ich habe die Nase voll. Ich habe sie so was von voll. Mir reicht's mit diesem alten Sack."

„Ist er jetzt völlig übergeschnappt?" Jorge kaute auf seiner Unterlippe herum.

„Oh ja, das ist er." Mario massierte sich mit Daumen und Zeigefinger die Nasenwurzel. Die Schlinge, die ohnehin bereits zu fest um seinen Hals lag und ihm das Atmen schwer machte, zog sich enger zusammen. Er würde bei diesem ganzen Mist draufgehen. Und seine Familie gleich mit. „Jetzt stecken wir richtig in der Scheiße."

„Mario, wie meinte er das gerade?"

„Er will, dass wir jemanden einsacken und zu ihm bringen. Er glaubt, das Gefäß sei ein Mensch."

Jorge stöhnte. Die Momente, in denen sie sich schweigend anstarrten, zogen sich zu Ewigkeiten.

„Das ist Freiheitsberaubung", flüsterte sein Bruder schließlich. „Darauf steht deutlich mehr als auf das Betreten fremder Grundstücke. Das hier hätte uns im schlimmsten Fall eine Geldstrafe eingebracht. Aber jemanden zu entführen? Nein. Niemals. Vergiss es."

„Wir haben keine Wahl", gab Mario zu bedenken. „Du kennst ihn. Du kennst seine Mittel und Wege."

„Nein."

„Jorge, bitte …"

Ein Knacken ließ sie herumfahren. Mario riss die Taschenlampe hoch und ließ den Strahl durch die nebelverhangene Dunkelheit huschen. Im Licht erschien die Umgebung noch feindlicher. Schroffe Felsen glänzten schwarz. Tropfen, herabfallend von Zweigen, funkelten gespenstisch.

„Was war das?", wisperte Jorge. „Scheiße, was war das?"

„Vielleicht hat uns jemand entdeckt."

In Mario regte sich eine absurde Hoffnung. Wenn man sie jetzt entdeckte, wurden sie für Hazlewood vielleicht uninteressant. Wenn man ihre Gesichter hier kannte, würden sie ihre Aufgabe nicht durchziehen können. Es war eine Möglichkeit. Ja, das war es durchaus.

„Hallo?", rief er in die Nacht. „Ist da jemand?"

„Spinnst du?" Jorge stieß ihn heftig vor die Brust. „Wer weiß, wen du … oh Gott! Da!"

Der Strahl der Taschenlampe war über eine schwarze, menschliche Gestalt gehuscht. Mario schnappte nach Luft und ließ das Licht zurückgleiten, dorthin, wo die dürren Tannen besonders dicht standen und einen Hain bildeten. Die Gestalt war noch immer dort. Groß, schlank und bewaffnet. Mit einem Bogen.

„Jesus“, keuchte Jorge. „Wer ist das?“

Der Mann strich sich das lange Haar zurück. Er griff nach hinten, zog einen Pfeil aus seinem Köcher und legte ihn mit seelenruhiger Gelassenheit auf die Sehne. Dieser Kerl wollte auf sie schießen. Verdammt. Vermutlich war er derselbe, der schon einmal versucht hatte, sie um die Ecke zu bringen. Was bedeutete, dass es der Mann war, auf den Hazlewood es abgesehen hatte. Das Gefäß.

Mario gefror zur Salzsäule. Sein Bruder fluchte etwas Unverständliches, zerrte den Revolver aus dem Halfter und schoss. Dröhnend hallte der Schuss durch die Schlucht. Noch ehe sein Echo verklungen war, ließ Mario den Strahl erneut die Dunkelheit durchdringen. Der Mann war verschwunden. Doch getroffen hatten sie ihn wohl kaum, denn das Geräusch einer in Fleisch einschlagenden Kugel war unverkennbar.

„Da“, keuchte Mario. „Er ist da hinten.“

Er glaubte, einen Schatten zwischen den Felsen zu erblicken. Funken stoben auf, als die zweite Kugel krachend im Stein einschlug.

„Scheiße.“ Jorge drehte sich hyperventilierend um die eigene Achse. „Wer ist das? Will der uns umbringen? Verdammt, Mario, es war eine Scheißidee, hierherzukommen.“

Wieder ein Schuss. Trügerische Stille, die auf das verhallende Echo folgte.

Plötzlich flog ein Pfeil aus der Dunkelheit heran. Er traf Jorges Waffe und schleuderte sie ihm aus der Hand. Ein zweiter, unmittelbar folgender streifte ihn am Oberarm. Jorge schrie auf. Blut quoll zwischen seinen Fingern hervor, als er sie auf die Wunde presste.

Mario riss seine Waffe hoch. Vor ihm schälte sich ein Geist aus der Finsternis. Ein schwarzer, drohender Schatten, der auf ihn zuschritt. Der Mann legte Bogen und Köcher auf den Boden und lächelte. Dieser gottverdammte Scheißkerl lächelte. Schwarz war seine Kleidung. Schwarze Wildlederhose, schwarzes Hemd. Silberne Ohrringe. Irgendetwas baumelte auf seiner Brust, das aussah wie dieser Ramsch auf dem Grab. Mario begegnete dem Blick des Mannes und fühlte, wie Todesangst ihre kalten Finger nach ihm ausstreckte. Er war wehrhaft, er konnte kämpfen, doch irgendetwas flüsterte ihm ein, dass er keine Chance hatte. Er fühlte sich wie ein Hase, der vor einem Puma stand. Nicht einmal die Waffe in seiner Hand vermittelte Sicherheit.

Mario entlud seine Angst in einem Schrei und schoss. Der Mann wich zur Seite, so schnell, dass es eigentlich unmöglich war. Die Kugel schlug in einen Baumstamm und ließ Holzspäne zu Boden rieseln. Wieder schoss er, bis das Magazin leer war. Zweimal landete er Treffer, doch entlockte diese Tatsache dem Kerl nicht einmal ein Zucken. Sein Verstand wollte nicht akzeptieren, was der Instinkt längst begriffen hatte. Mario klammerte sich an dem Trugschluss fest, es wäre ein Mensch, der vor ihm stand, denn ein Mensch war verwundbar. Einen Menschen konnte er besiegen.

Plötzlich war der Kerl bei ihm. Mario wollte ihn mit einem Tritt zu Fall bringen, doch sein Gegner wich mit schattenhafter Schnelligkeit aus. Seine langjährige Erfahrung funktionierte unabhängig von Angst, sodass Mario den plötzlich gegen ihn gerichteten Schwung geschickt abfing, herumwirbelte und es mit einem Nierenschwinger versuchte. Erst im letzten Augenblick, als er bereits die Berührung spürte, wurde sein Arm abgefangen und zur Seite geschlagen. Mario taumelte. Wieder bewahrte ihn sein instinktiv funktionierender Körper vor einem Sturz. Er fuhr herum und traktierte seinen Gegner mit mehreren Schlägen und Fußtritten, doch jeder Versuch wurde mit einer Mühelosigkeit abgeblockt, die seine Angst einem verzweifelten Zorn weichen ließ. Dieser Mistkerl spielte mit ihm. Seine tänzerische Leichtigkeit, mit der er jeden Angriff parierte, gab Mario das Gefühl, absolut nichts zu können. Einen Augenblick durchzuckte ihn Hoffnung, als es ihm gelang, den Mann von hinten zu umklammern und seine Arme zu fixieren, doch eher er sich versah, rammte sich ein Ellbogen in seinen Magen. Mit Schwung wurde über die Schulter des Kerls zu Boden geworfen und krachte zu Boden.

„Jorge, verdammt! Hilf mir."

Mario sprang hoch und fing einen Schlag ab, der seinem Nacken gegolten hatte. Er drückte den Arm des Mannes beiseite und schwang seine freie Faust gegen dessen ungeschützte Seite, um ihm die Rippen zu brechen. Ehe er die Bewegung vollenden konnte, wurden ihm die Beine unter dem Körper weggeschlagen. Er stürzte, wurde aufgefangen, hochgezerrt und an der Kehle gepackt. Keine drei Schritte neben ihm stand Jorge, reglos, das Gesicht zu einer Maske des Schreckens verzerrt.

„Nein", keuchte Mario. „Bitte nicht. Ich … ich will nicht sterben. Meine Familie … ich habe Frau und Kinder. Bitte nicht. Bring mich nicht um."

„Sieh mich an." Die dunkle, hypnotische Stimme wehte durch seinen Kopf. Er hatte sie nicht gehört, nicht wirklich, so wie man Stimmen normalerweise hörte. Sie war in ihm drin. Wie ein Echo seiner eigenen Gedanken.

„Nein", wimmerte er.

„Sieh mich an."

Mario gehorchte. Er versank in den abgrundtief schwarzen Augen des Mannes. Diese Schwärze sog ihn auf, umschloss ihn und ließ ihn jedes Körpergefühl verlieren. Großer Gott, er würde sterben. Fühlte sich so nicht der Tod an? Finster und endgültig? Er dachte an seine Frau, an seine Kinder, seine Großmutter und an alle Gebete, die ihm auf die Schnelle einfielen. Dann sog ihn das Nichts in sich auf.

Als er zu sich kam, lag er am Rande einer unbefestigten Straße. Neben ihm hockte Jorge auf seinem Hinterteil, hielt sich den blutenden Arm und blinzelte zum Mond hinauf.

„Was ist passiert?" Mario war sicher, niemals solche Kopfschmerzen empfunden zu haben. Sein Gehirn pulsierte. Es drückte sich gegen den Schädel und schien mit jedem Atemzug größer zu werden. „Wo sind wir?“

„Keine Ahnung.“ murmelte Jorge.

„Wie sind wir hierhergekommen?“

„Keine Ahnung.“

„Scheiße.“ Seine Erinnerung glich einem schwarzen Loch. Irgendetwas war passiert. Irgendetwas hatte sie in diesen Wald geführt, aber was? In seinem vor Schmerz pochenden Gehirn gähnte Leere.

„Was ist das Letzte, an das du dich erinnerst?“

Jorge starrte ihn an. Dann das Blut auf seiner Hand. Schließlich den Mond. „Die Raststätte. Beschissener Kaffee. War pinkeln. Und dann ... nichts.“

„Ja“, murmelte Mario. „Geht mir genauso.“

„Haben wir Drogen eingeschmissen?“

„Keine Ahnung. Hatten wir welche dabei?“

„Ich glaube nicht.“

Mario massierte sich mit beiden Händen die Schläfen. Eine Weile saß er stumm neben seinem schweigsamen Bruder und versuchte, in der Leere seiner Erinnerung irgendetwas Hilfreiches zu finden. Vergeblich. Schließlich krochen die Lichter zweier Scheinwerfer durch die Dunkelheit. Ein Wagen bog um die Ecke und kam vor ihnen zum Stehen.

„Was ist denn hier los?“ Mario hörte eine raue Stimme, dann ein Lachen. Als das Fenster heruntergekurbelt wurde, blickte er in das Gesicht eines Mannes, dessen Gesicht unter all dem Haarwust kaum auszumachen war. „Hat euch der Blitz getroffen oder warum hockt ihr da wie zwei Uhus nach'm Waldbrand?“

„Wohin fahren Sie?“ Mario rappelte sich auf und hätte fast geschrien, als sein Gehirn diese Bewegung mit höllischem Schmerz bestrafte.

„Havre“, brummte der Fahrer.

„Können Sie uns in der nächsten Stadt absetzen? Am besten so nahe an Great Falls wie möglich.“

„Wenn ihr mir versprecht, keine Scheiße zu bauen, mach ich auch 'nen Umweg direkt nach Great Falls. Muss ich sowieso vorbei, mehr oder weniger. Also rein mit euch. Passiert ja nicht alle Tage, dass man auf zwei Käuze wie euch trifft. Touristen, was? Habt den Kompass vergessen und den Rucksack verloren?“

Mario schnaufte. „Wie wäre es mit alles verloren?“

***

Keine Kraft dieser Welt hätte es vermocht, ihm in dieser Nacht Beherrschung zu schenken. Absá spielte mit ihm. In ihrem vom Zahn der Zeit zerstörten Geist schien nur noch Raum zu sein für Grausamkeiten ohne Sinn. Zermürbende Spiele waren ihre einzige zurückgebliebene Leidenschaft, nur dazu dienend, ihre Macht unter Beweis zu stellen. Doch es war nicht nur der tiefe Abscheu, den er ob der Aussicht empfand, seine Kraft mit ihr teilen zu müssen. Es war nicht das unangenehme Ritual, das auf ihn wartete, oder das Wissen, wie Absá ihre neu gewonnene Kraft auszukosten pflegte. Es war in erster Linie die Tatsache, dass sie glaubte, auch mit Josephine spielen zu können.

Liebe durchfloss seinen von Zorn getränkten Geist, so stark und vertraut, dass er nicht wusste, ob er verzweifeln oder dem Mysterium auf Knien danken sollte. Nur ein winziger Schritt trennte ihn von der Schwelle, hinter der es gefährlich wurde. Oder hatte er die Schwelle längst überschritten? Mit einem Fuß zweifellos, und nun wartete der andere ungeduldig darauf, den letzten Schritt zu wagen.

Man war seinem Geheimnis auf der Spur. Der Mann namens Hazlewood, der Josephine seit Jahren bedrohte, kannte den wahren Kern in Woksapas Legende. Nathaniel hoffte, dass seine Einschüchterung und geistige Manipulation genügt hatten, die Besessenheit im Gehirn dieses Mannes zu heilen. Doch von allen Emotionen, die den menschlichen Geist vergiften konnten, war Hazlewoods Form der Besessenheit die stärkste. Geriet seine Macht in die falschen Hände, würde Absá ihn zwingen, das Nötige zu tun. Josephine würde nicht mehr sein als ein Spielball, dessen Opferung die Schamanin emotionslos in Kauf nahm.

Nathaniel verfiel in den weichen Laufschritt der Jäger, um die wüsten Szenarien aus seinem Kopf zu verbannen. Nichts befreite mehr, als einfach zu laufen. Zu laufen, bis die Welt hinter einem lag und der Geist frei war. Nichts zu spüren außer dem Schlagen des Herzens und dem Spiel der Muskeln, die den Körper immer weiter trugen. Doch diesmal fanden seine Gedanken keine Erlösung. Er hätte Hazlewood töten sollen. Einen wirren Geist wie diesen zu manipulieren, war schwierig und äußerst heikel. Was, wenn es ihm nicht gelungen war? Und selbst wenn, würde die Erinnerung des Mannes möglicherweise zurückkehren, wenn er bestimmte Dinge sah. Aufzeichnungen, die von der Legende erzählten. Artefakte oder sonstige Kleinigkeiten, die er zweifellos gesammelt hatte, um das Geheimnis zu lüften. Er hätte ihn töten sollen. Ein Fehler wie dieser war unverzeihlich. Doch nicht nur Josephine hatte ihn gehindert, sein Werk zu vollenden. Absás Stimme war in jenem Moment, da er Hazlewood hatte zerstören wollen, durch seinen Geist geweht.

Lass ihn leben. Seine Aufgabe ist noch nicht erfüllt.

„Räudige Kojotin“, fluchte Nathaniel. „Was führst du im Schilde? Was bedeutet das alles? Sag es mir, Weib.“

Er wusste, dass sie in der Nähe war. Die Präsenz ihres Geistes verpestete seine Wahrnehmung mit giftigen Schlieren. Kochend vor Wut kniete er neben dem geschändeten Grab nieder und wartete. Auf Absá und ihren Gehilfen. Wartete darauf, sich an dem Gefühl flüchtiger, sinnloser und doch köstlicher Rache ergötzen zu können. Seine Gedanken drifteten zu Josephine, dem wunderbaren Gefühl, eins mit ihrem Körper zu sein. Er hätte ihr gern mehr Zeit geschenkt, viel mehr Zeit und mehr Beherrschung. Er wollte sie stundenlang verwöhnen, liebkosen und ihr wahre Befriedigung verschaffen. Schmerzvoll war es gewesen, sie so schnell verlassen zu müssen. Er hatte es überstürzt. War Opfer seiner Gelüste geworden und bereute dennoch nichts. Alles war viel zu schnell vorbeigewesen, aber es hatte seinen und ihren Hunger ins Unermessliche getrieben und ließ ihn nach der Nacht lechzen, in der er endlich ganz ihr gehören würde. So lange, wie sie es wollte. So oft, wie sie es wollte.

„Mein Ziel ist immer dasselbe gewesen", erklang irgendwann Absás Stimme. „Ich will, dass unser Stamm lebt. Ich will, dass sein Geist stark bleibt. So lange, bis die Welt der Weißen untergeht und die Zeit der Jäger und Wanderer zurückkehrt."

Nathaniel sah zwei Silhouetten aus dem Dunkeln auftauchen. Unverkennbar war Absás gebeugte, dürre Gestalt, gehüllt in das hirschlederne Kleid, das inzwischen auf ihrer Haut verfaulte. Hinter ihr trug ein Mann seine schwere Last und ächzte unter dem Gewicht der Ledertaschen. Die gramgebeugte, vor ihrer Zeit gealterte Gestalt schürte Nathaniels Wut.

„Die Macht hat dich vergiftet." Er zog einen Pfeil aus dem Köcher und legte ihn auf die Sehne seines Bogens. „Du bist wie jene geworden, die du hasst. Selbst, wenn dir alles gehören würde, wäre dein Hunger nicht gestillt. Du bist blind vor Gier. Du siehst und spürst nichts mehr außer dem Rausch der Macht. Es ist sinnlos, die Übermacht der Weißen zu bekämpfen. Das schafft niemand."

So schnell, dass kein menschliches Auge dem Ablauf der Bewegungen hätte folgen können, spannte Nathaniel den Bogen, zielte und schoss. Dumpf durchschlug die steinerne Spitze des Pfeiles Absás Stirn. Zurückgeworfen von der Wucht des Schusses, prallte die Alte gegen einen Baumstamm und sackte zur Seite.

„Du rettest uns nicht, du versklavst uns." Angewidert beobachtete er, wie der Mann Trommel und Taschen fallen ließ, um neben der Schamanin in die Knie zu gehen und den Pfeil aus der Stirn zu ziehen. Fürsorglich zog er sie auf die Beine, wonach Absá, beseelt von einer Kraft, die den skelettartigen Körper Lügen strafte, ihr blutbeflecktes Kleid glatt strich.

Nathaniel wartete, bis sich das Loch in ihrem Kopf geschlossen hatte. Als die Finger der Alten über das frische Narbengewebe tasteten, legte er erneut an und schoss einen Pfeil in ihre Brust. Wieder warf es sie zu Boden, wieder half der Mann ihr auf und zog das Geschoss aus ihrem Fleisch. Das Funkeln seiner eingefallenen Augen täuschte nicht darüber hinweg, dass er irgendwo auf einer tief vergrabenen Ebene gegen seine Fesseln aufbegehrte. War da nicht ein Funken Befriedigung, als er der wütend gurgelnden und Blut spuckenden Absá das Haar aus dem Gesicht strich?

„Warum tust du das?", fragte er vorwurfsvoll.

„Weil es mir Vergnügen bereitet, dieses Miststück zu töten." Nathaniel war mit vier raumgreifenden Schritten bei ihnen, packte den Kopf der Schamanin und drehte ihn nach hinten, ehe sie ihn mit einem Fluch überschütten konnte. Das trockene Knacken ihres Genicks war Musik in seinen Ohren. Er griff den schlaffen Körper, warf ihn zu Boden und zog einen weiteren Pfeil aus dem Köcher. Schwungvoll trieb er ihn durch Absás Herz.

„Nein“, fauchte der Alte. „Du machst sie nur wütend.“

„Von mir aus.“ Nathaniel deutete ein angewidertes Ausspucken an. Absá wollte Angst und Erniedrigung, doch diesmal sollte sie weder das eine noch das andere bekommen. „Wenn es nach mir ginge, könnten wir den ganzen Abend so weitermachen.“

„Hör auf.“

„Du willst mir befehlen, Grabgemüse?“

„Nein“, wimmerte der Alte, als Nathaniel der Schamanin einen Tritt in die Seite verpasste, dass ihr dürrer Körper ein paar Mal herumrollte. „Das hilft dir nicht. Es zerfrisst dich nur.“

„Es hilft mir sehr wohl. Sie ist nicht die Einzige, die sich am Leid anderer ergötzt.“

„Wie sollen Zorn und Hass dir helfen?“, widersprach der Alte. „Wie soll Tod dir helfen?“

Fürsorglich nahm er Absás Kopf in seine Hände, um ihn zurück in die richtige Position zu drehen. Er zog den Pfeil aus ihrer Brust, warf ihn beiseite und half ihr zum dritten Mal auf die Beine. Als zorniges, feuchtes Gurgeln aus Absás Kehle drang, wusste Nathaniel, dass ihre Liebe zu Woksapa ihn diesmal nicht schützen würde. Das Eigentümliche war, dass er nach Schmerzen gierte. Er wartete voll euphorischer Wut auf sie, bereit, ihnen klaglos die Stirn zu bieten. Absá mochte ihn auf ihre Weise beherrschen, doch niemals würde sie seinen Geist brechen. Noch immer war er stärker als sie, denn es lag in seiner Macht, ihr das zu verwehren, wonach sie gierte.

„Jeden anderen hätte ich längst getötet.“ Aus den Augen der Schamanin sprühten Hass und sadistische Gier. Sie schlug die Arme des Alten beiseite und wankte auf Nathaniel zu. „Du lebst nur noch, weil er deinen Körper und deinen Geist als vollkommen empfindet. Er hat sich mit dir vereint und ich kann euch nicht trennen. Ich hasse und liebe dich, weil es niemals wieder ein perfekteres Gefäß für ihn geben wird. Ich hasse und liebe dich, weil du mir mit jedem Atemzug das Ende meines Daseins zeigst.“

Ein dürrer Arm streckte sich nach Nathaniel aus, Klauen krümmten sich und richteten sich auf seine Brust. Ein unsichtbares Gewicht lastete plötzlich auf seinen Schultern, drückte ihn zu Boden und zwang ihn in die Knie. Die nutzlose Anstrengung, sich gegen diese Macht zu wehren, ließ seinen Körper zittern.

„Ich hätte es dir leicht gemacht.“ Absá kniete vor ihm nieder. Mit dem Funkeln des Hungers in den Augen wand sie ihm den Bogen aus der Hand und streifte den Köcher über seine Schulter. Der Alte währenddessen bereitete im Hintergrund das Nötige vor. In murmelnden Sprechgesang verfallend, legte er jedes Heiligtum an den vorgesehenen Platz, entzündete ein Bündel Süßgras und übergab seine Bitten dem Rauch.

„Mögen unsere Tapferkeit und unser Mut sich des Totems würdig erweisen. Möge uns die Scharfsicht des Adlers gegeben werden und die Stärke des Heiligen Büffels, den nur die Auserwählten sehen. Mögen unsere Herzen stark genug sein, den falschen Weg bis zum Ende zu beschreiten, um die alten Zeiten zurückkehren zu sehen."

Absás Klauen griffen nach Nathaniels Hemd. Als sie den ersten Knopf öffneten, erfüllte bleierne Schwere seine Glieder und machte jede Bewegung unmöglich. Allein sein Zorn brannte mit unverminderter Heftigkeit und gab ihm das Gefühl, als fließe nicht Blut, sondern Feuer durch seine Adern. Es war unmöglich, sich zu wehren. Vollkommen unmöglich. Nathaniel schloss die Augen, er wusste, dass Absá die lodernde Verachtung getrunken hätte wie jenen wilden Honig, den sie seit Ewigkeiten liebte.

Mit wachsender Verzweiflung konzentrierte er sich auf den Geruch des Windes. Er hielt sich am Aroma der Erde und des Wassers fest, ließ das Zirpen der Grillen und das Rauschen der Bäume seinen Geist erfüllen. Er beschwor schöne Erinnerungen herauf und dachte an die Kanuausflüge, die ihn und Cuncana manchmal einen Mond lang über den Fluss geführt hatten. Irgendwann im Sommer waren sie das letzte Mal gemeinsam unterwegs gewesen. Mondhell war der Strom in der Nacht an ihnen vorbeigeglitten und am Tage oft so ruhig gewesen, dass nur das Geräusch ihrer eintauchenden Paddel die Stille gestört hatte.

Als Absás scharfe Nägel über seine Haut kratzten und zwei weitere Knöpfe öffneten, erinnerte er sich an das wohlige Rasen seines Herzens, als ihr Kanu nach dem Ritt auf den Stromschnellen unbehelligt in ruhiges Wasser geglitten war. Das Lachen seines Sohnes hallte von hoch aufragenden Felswänden wider, Stolz glitzerte in seinen Augen. Schließlich, als Absá geifernd vor Ungeduld das Hemd zerriss und beiseite schleuderte, dachte er an den Geschmack von Josephines Küssen. Er lag auf den Decken im Stall und vereinte sich mit ihr. Trank ihre Seufzer. Leckte den Schweiß von ihrer Haut.

„Wasu", fauchte die Schamanin den Namen des Alten und legte eine Hand flach auf Nathaniels Brust. Atem, geschwängert vom Geruch nach Fäulnis, glitt über seine Wange. „Du wolltest es so, mein Liebster. Alle Schmerzen, die du empfinden wirst, hast du dir und deiner Unbeugsamkeit zu verdanken. Es wäre so leicht, wenn du es endlich akzeptieren würdest."

„Niemals."

„Dann wirst du wie all jene enden, die vor dir dachten, sie könnten sich ihrem Schicksal entziehen."

Er hörte ein Rascheln, dann zog die Hitze von Rauch über seinen Körper. Absá segnete ihn mit einem Bündel glimmenden Süßgrases, murmelte Gebete und strich die duftenden Schwaden über seine Brust, seine Arme und das Gesicht. Früher hatten Rituale wie diese ihm Geborgenheit und Schutz vermittelt, waren Symbol für jene Einheit gewesen, die sein Volk mit allem, was existierte, verband. Aber das hier schmeckte nach bitterem Hohn. Nach Hass.

Als der Alte die Trommel zu schlagen begann, übernahm dieser Rhythmus die Kontrolle über Nathaniels Körper. Zunächst schlug sie im Takt seines Herzens, langsam und dumpf. Er wusste, dass Absás Gesicht sich mit dem schneller werdenden Rhythmus veränderte, so, wie der Druck der Hand auf seiner Brust fester wurde. Hunger begann ihre Züge zu verzerren, Ungeduld und die Gier nach verlorener Jugend. Erst, wenn Absá dem Tod in das Auge blickte, gab der Geist seine Kraft für sie frei, um ihr neues Leben zu schenken. Das letzte Mal vor sechsundvierzig Jahren.

Immer schneller schlug Wasu die Trommel, immer schneller schlug auch Nathaniels Herz. Nichts hätte er gegen den Sog dieser Macht tun können, denn sie bemächtigte sich seines Körpers auf einer Ebene, die nicht steuerbar war. Schweißtropfen perlten kitzelnd über seinen Nacken und die Schläfen, Muskeln begannen, sich zu verkrampfen. Absás Finger drückten fester zu, gruben sich in seine Haut, als wollten sie das Fleisch zerteilen und nach dem darunterliegenden Herzen greifen.

Noch schneller ging der Rhythmus der Trommel, raste der Puls in seinen Adern. Sengende Hitze brach in seiner Brust auf, loderte und wuchs, wurde immer heißer, immer mächtiger, je schneller die Trommel geschlagen wurde. Ekstase durchströmte seinen Körper, losgelöst von allem. Er rang nach Atem. Feuer legte sich um seine Lungen und presste die Luft heraus. Absás Nägel zerteilten seine Haut. Ihre Klauen glitten in ihn, langsam, genüsslich, hin zum Zentrum des Feuers. Bereitwillig teilte sich sein Fleisch unter dem Druck, als sei es weich wie eine überreife Frucht. Als sie tief genug war, strömte die Macht des Totems aus ihm hinaus wie ein Schwall pulsierenden Blutes. Hinein in ihre Klauen, die ihn in der Mitte durchbohrten. Das Ausmaß des Schmerzes war betäubend. Es durchzog seinen Körper mit einem einzigen, sämtliche Muskeln in Stein verwandelnden Krampf. Jeder Gedanke war so fern, dass nichts mehr existierte außer diesem Schmerz. Jeder Herzschlag verkörperte Unendlichkeit.

Als die Klauen sich zurückzogen, nahmen sie das Feuer mit sich. Es fühlte sich zäh an. Wie heißer Sirup. Der Schmerz endete, ging in matte Kälte über, die ihm jede verbliebene Kraft aus dem Körper saugte. Nathaniel spürte nicht mehr, wie er zur Seite sank. Irgendwann fand er sich am Boden liegend, die Wange an feuchtes Moos gedrückt. Arme und Beine waren taub und schienen nicht zu ihm zu gehören.

„Du hast keine Wahl“, säuselte es an seinem Ohr. „Begreifst du es endlich? Die Macht, die du trägst, ist zu groß. Du kannst dich ihr nicht widersetzen.“

Er sah ihr Gesicht in der Dunkelheit über sich schweben. Woksapa hatte Absá mit neuer Frische gesegnet und die hohlen Wangen gefüllt. Ihre Augen glänzten schwarz wie polierte Obsidiane, und ihre Lippen, die sich zu einem Lächeln hoben, waren keine trockenen Striche mehr, sondern voll und weich. Ihr Haar, so fein wie Spinnweben im Herbst, leuchtete noch immer weiß. Es hüllte sie ein in einen gleißenden Schleier.

„Ich danke dir.“ Sie umfing sein Gesicht und drückte ihre Lippen auf die seinen.

Süß und abscheulich war ihr Geschmack. Als sie zurückwich und ihm den Rücken zuwandte, wünschte er sich, ihr mit bloßen Händen die Wirbelsäule herausreißen zu können. Jetzt ließ sie ihn zurück, zu Tode erschöpft, zu schwach, einen Finger zu rühren. Doch war seine Kraft zurückgekehrt, würde sie ihn erneut unterwerfen. So war es immer gewesen. Ein Spiel aus Demütigung, Kampf und Niederlage, mit dem sie vergeblich versuchte, seinen Stolz zu brechen.

Nathaniel kehrte in seine Erinnerungen zurück. In Momenten wie diesen, da er dem Tod so nah und fern zugleich war, fand er nur dort Frieden. Sehnsüchtig nach allem, das Wärme und Schönheit vermittelte.

Erst eine Hand, die sich auf seine Schulter legte, holte ihn zurück in die Wirklichkeit. Es war eine zarte Berührung. Nicht zu vergleichen mit Absás besitzergreifenden Annäherungen.

„Nat?", schluchzte eine Stimme. „Oh Gott, Nat. Was ist hier los? Was war das?"

Fassungslosigkeit schlug über ihm zusammen, als er Josephine erkannte. War sie echt? War sie tatsächlich hier? Wie viel hatte sie gesehen? Wut durchdrang Nathaniels Delirium, Hand in Hand mit Sorge und Verblüffung. Er bemühte sich um Worte, doch nur ein Keuchen kam über seine Lippen. Josephine wischte sich eine Träne von der Wange und packte ihn unter den Armen. Ein kurzer Ruck und sie hatte ihn in eine Position bugsiert, die man mit gutem Willen als Sitzen bezeichnen konnte. Nathaniel versuchte, sich abzustützen, doch sein Arm knickte kraftlos ein. Josephine umfing ihn mit aller Kraft und drückte ihr Gesicht an seine Halsbeuge.

„Was ist passiert? Was hat sie dir angetan? Was war das? Bitte … klär mich auf. Erklär es mir so, dass ich es verstehe."

Er wollte sie trösten, ihr irgendetwas Hilfreiches sagen, doch Woksapas Zorn war größer. Er war hellrot und gleißend wie eine Feuersbrunst, zwang ihn, sich hochzustemmen, ließ ihn Josephine packen und gegen einen Baum werfen. Etwas, dessen Fremdartigkeit er niemals hatte begreifen können, trieb ihn vorwärts und schloss seine Hand um die Kehle der Frau. Woksapa schäumte vor Wut, dass sie ihm erneut heimlich gefolgt war und ihn in seinem schwächsten Moment gesehen hatte.

„Überanstreng dich nicht", spie Josephine ihm entgegen. „Willst du mich umbringen? Dann los, beeil dich. Ich habe nicht die ganze Nacht Zeit."

Ihr Gesicht, durch den abgeschnürten Atem hochrot, zeigte keinerlei Angst. Nein, ihr Blick durchbohrte ihn. Herausfordernd, furchtlos.

Nathaniel war nicht minder verblüfft wie der Geist in ihm. Beide traten irritiert den Rückzug an, lösten ihren Griff und musterten die Frau.

„Habe ich dein Schema durchbrochen?" Josephines Lippen pressten sich zu einem dünnen Strich zusammen.

Das Stakkato ihres Pulsschlags dröhnte in seinen Ohren.

„Was war das gerade? Erklär es mir. Werde ich verrückt? Habe ich mir nur eingebildet, dass ihre Hand … ihre Hand in deinen … verdammt, was bist du?" Sie schloss die Augen und atmete zweimal tief durch. Dann legte sie eine Hand auf ihre Brust. „Ihre Finger waren hier drin. Als wäre sie mit dir verschmolzen. Und dann dieses Licht. Was war das? Ich will es wissen, sonst drehe ich noch durch."

Nathaniel starrte sie an. Schweigend, hilflos, in seinen Grundfesten erschüttert. Woksapas Wutausbruch war zu viel für seinen geschwächten Körper. Es gelang ihm noch, einen Schritt zurückzuweichen, dann spürte er einen dumpfen Aufprall. Dunkelheit hüllte ihn ein. Es war eine Dunkelheit, deren flüchtiger Schleier sich nur kurz über sein Bewusstsein legte. Da war kein abgrundtiefer Schlaf, wie er ihn sonst nach dem Ritual der Erneuerung erfüllte, sondern nur eine Kostprobe dessen, was er gebraucht hätte, bevor ein wilder Schmerz ihn zurück in die Wirklichkeit riss.

***

Josephine saß neben ihm auf dem Bett und berührte mit einem Finger seine Brust. Brandmale, nässend und Blasen werfend, zeichneten sich ab. Auch wenn sie vorsichtig war, weckte diese Berührung Nathaniel.

„Erklär es mir", forderte sie, als sein Blick klarer wurde und er zu begreifen schien, wo er sich befand. „Ich will es verstehen. Entweder das, oder ich kann mich demnächst einliefern lassen. Vielleicht verkaufe ich dich auch ans FBI. Können die was mit dir anfangen?"

„Wie viel hast du gesehen?" Nathaniel stöhnte, als er versuchte, sich aufzurichten. Vorsichtig drückte sie ihn in das Kissen zurück, darauf achtend, nicht die verbrannten Stellen zu berühren. Wie zum Teufel konnte seine Haut nur derart heiß sein? Aber das war nur eines der Rätsel, die sie heute lösen würde.

„Du bist in deinem Zimmer", sagte Josephine. „Ich habe dich hierhergebracht. Und was ich gesehen habe? Nun, zu viel, würde ich sagen. Da war diese alte Frau. Du hast sie ein paar Mal getötet, aber jedes Mal stand sie wieder auf. Sie hat irgendetwas mit dir angestellt, das ich nicht begreife, und sie hat sich dadurch verjüngt. Dann, als du mich angegriffen hast – irgendetwas stimmte nicht. Du warst jemand anderes. Ich habe es gesehen. Das warst nicht du."

„Warum bist du mir gefolgt?" Nathaniel schien es Mühe zu bereiten, seine Augen offen zu halten. Er redete so leise, dass sie sich vorbeugen musste, um ihn zu verstehen.

„Ich wollte dir nicht folgen", antwortete sie. „Irgendetwas zwang mich. Es brachte mich dazu, nach dir zu suchen, und es führte mich in diese Schlucht. Es hört sich verrückt an, aber ich wusste, wo du warst. Obwohl … wieso solltest du mich für verrückt halten? Nach allem, was passiert ist."

„Könntest du einen der Ochsen auf den Grill packen?", murmelte er im Halbschlaf. „Und ich brauche etwas Süßes. Schokolade. Kuchen. Stark gesüßten Tee."

„Erst, wenn du mir die Wahrheit sagst."

„Nicht jetzt. Ich bin zu müde. Ich will nur noch …" Er fingerte nach der Decke und zog sie bis an sein Kinn. „Ich will nur noch schlafen. Komm später wieder. Dann erzähle ich dir alles. Verdammt, habe ich Kopfschmerzen."

„Was nimmst du dagegen?“ Ihr war nach Heulen zumute. Oder auch danach, laut loszulachen. „Irgendwelche Kräuter? Magische Zaubersprüche?“

„Aspirin“, erwiderte er. „Da in der Schublade.“

Sie fischte die Medikamentenpackung heraus und gab ihm eine Tablette nebst einem Glas Wasser. Als sie Nathaniel beobachtete, wie er – völlig normalsterblich – das Zeug schluckte, gewann das Bedürfnis zu lachen Oberhand. Das alles war verrückt. Und sie knallte fröhlich durch.

„Na fein. Vielleicht bist du ja später in der Lage, mir zu antworten.“ Sie nahm den Tiegel, der auf dem Nachttisch stand, und tauchte zwei Finger hinein. Als sie die Salbe zwischen den Handflächen verrieb, öffnete Nathaniel noch einmal die Augen. „Was ist das?“

„Etwas, das hoffentlich hilft.“

Ihre Finger zitterten, als sie über die Brandmale glitten, so behutsam, dass die Erinnerungen an ihr erstes Beisammensein mit aller Macht an die Oberfläche strebten. Ihm schien es ähnlich zu gehen. Er schloss die Augen und lächelte verklärt, es offenbar genießend, sich ihrer Behandlung auszuliefern.

„Warum tust du mir das an?“ Josephine ließ ihre Hände über seine Haut gleiten. Langsam und lasziv. Das feuchte Schmatzen der Salbe trieb ihr Kopfkino ungeachtet aller Verwirrungen zur Hochform an. „Warum?“

„Weil ich dich liebe“, kam es leise zurück. „Es tut mir leid.“

„Was tut dir leid? Dass du mich liebst?“ Ihre Augen brannten. Die Gefühle drohten, sie von innen her zu sprengen. „Ist es das?“

Nathaniel antwortete nicht mehr. Sein ruhiger Atem und der langsame Schlag seines Herzens verrieten, dass er eingeschlafen war. Sie fuhr in ihrer Behandlung fort, ließ keine Stelle seines Oberkörpers aus, verteilte die nach Ringelblumen duftende Salbe selbst auf seinem Hals und auf seinen Armen, jeden Zentimeter Haut liebkosend. Als der Tiegel leer war, trocknete sie ihre Hände an einem Handtuch und beugte sich wieder über ihn, um einen Kuss auf seine Lippen zu hauchen.

Lange saß sie da und sah ihm beim Schlafen zu. Manchmal legte sie ihren Kopf auf seine Brust und hörte seinem Herzen zu, mal fuhr sie mit der Spitze ihres Zeigefingers die Adern unter der Haut seiner Unterarme nach.

Irgendwann, als sie seine Hand in der ihren hielt, nahm eine zuvor nur rudimentär in ihrem Kopf herumgeisternde Idee Gestalt an. Leise schlich sie in die Küche, nahm ein Messer aus der Schublade und kehrte zu Nathaniel zurück. Ihr Herz raste, als sie die Klinge an seiner Daumenwurzel ansetzte. Wenn er jetzt aufwachte, würde sie sich erklären müssen. Doch sie musste es wissen. Sie musste irgendeinen Beweis sehen, dass ihre verrückte Theorie Wirklichkeit war.

Sein Gesicht nicht aus den Augen lassend, drückte sie die Klinge in die Haut. Als sie spürte, wie das Fleisch nachgab, zog sie das Messer zurück, überzeugte sich noch einmal, dass Nathaniel nach wie vor schlief, und beugte sich über den Schnitt, den sie ihm zugefügt hatte. Das Wunder geschah so unvermittelt, dass Josephine seine

Hand beinahe fallen ließ. Die flache Wunde schloss sich. Ihre glatten Ränder zogen sich zusammen, als unterlägen sie einer magnetischen Kraft, fügten sich zusammen und verschmolzen zu glatter, unversehrter Haut. Innerhalb dreier Herzschläge war nichts mehr zu sehen. Nicht einmal die zarteste Narbe.

Josephine sackte in sich zusammen. Sie zog sich auf das Bett, legte sich neben Nathaniel und tat für den Rest der Nacht nichts anderes, als sich von vertrauten Regeln und Gesetzen zu verabschieden. Sie liebte ihn. Nein, sie hasste ihn. Es war beides, und keine Emotion gewann die Oberhand.

Am nächsten Morgen war Nathaniel verschwunden. Ungläubig tastete Josephine über die leere Seite des Bettes – ungläubig, dass er verschwunden war, ungläubig darüber, was am Abend geschehen war. War er gegangen, weil sie zu viel wusste? Weil sein Geheimnis nicht mehr sicher war und er wusste, dass ein Zusammensein mit ihr die Aufdeckung nötig gemacht hätte?

Josephine kapitulierte. Sie flüchtete sich in ihre Arbeit, zurück in die Realität. Wiedersehen würde sie ihn wohl kaum, und mit Sicherheit – verdammt, warum hasste sie ihren Verstand für diese Einflüsterung? – war es gesund für sie. Nathaniels Bogen, sein Köcher und der Seesack waren nicht mehr da, genau wie Chinook und der altersschwache Jeep. Die leere Wohnung sprach klare Worte – er würde nicht zurückkehren. Für den Rest ihres Lebens musste sie damit leben, was geschehen war. Was sie gesehen hatte.

Josephine war froh, als sich am frühen Nachmittag die Notwendigkeit einer Fahrt in die Stadt ergab. Eine der Erntemaschinen war ausgefallen, und es galt, so schnell wie möglich das Ersatzteil zu besorgen. Die Erleichterung, Ablenkung zu finden, schlug schnell in Resignation um. Weder die Reizüberflutung der Stadt milderte ihre Qual noch Jacobs Beteuerung, dass das Schicksal zwar oft hinterhältige Wege ging, nie aber sinnlose. Was wusste er schon? Er hatte nicht gesehen, was sie gesehen hatte. Sein Weltbild lag nicht in Scherben und weigerte sich, nach dem alten Muster zu funktionieren.

Umgeben von Lärm und Chaos, durcheinanderwehenden Stimmen und dem Sirren unzähliger Sendeanlagen, auf das ihre Ohren empfindlicher denn je reagierten, drifteten ihre Gedanken in ungesunder Regelmäßigkeit zu Nathaniel ab. Sie dachte an seine Stimme und an seinen Blick. Beides konnte gnadenlos verletzen oder so samtweich liebkosen, dass die Erinnerung ihre Knie schmelzen ließ. Ein paar entrückte Augenblicke lang zählte es nicht mehr, dass er etwas war, das ihren Verstand überstieg. Ob es gefährlich für sie war oder nicht, oder wie groß sich die Wahrscheinlichkeit gestaltete, dass sie den Verstand verlor.

Sie sehnte sich nach ihm. Es war eine Sehnsucht, die körperlich schmerzte, die sie auseinanderzureißen schien und allem, was sie hätte ablenken können, Sinnlosigkeit verlieh. Das Essen in ihrem Lieblingsimbiss besaß keinen Geschmack. Die Wärme der Augustsonne drang nicht bis zu dem eiskalten Klumpen vor, der sich in ihr eingenistet hatte. Der blaue Himmel war blass und farblos.

Als sie zur Farm zurückkehrten, senkte sich bereits die Abenddämmerung herab. Ein Wagen stand vor der Veranda, doch es war nicht Nathaniels Jeep. Ein junger, schwarzhaariger Mann von eindeutig indianischer Abstammung hockte auf der Treppe, den sie nie zuvor gesehen hatte. Er mochte kaum älter als zwanzig sein. Vielleicht irrte sie sich und es lag an seinem spitzen, kleinen Falkengesicht, dass er einen derart jugendlichen Eindruck erweckte. Der Fremde trug eine schwarze Cargohose und ein gleichfarbiges Kapuzenshirt. Seine Haare, kaum fingerlang, waren mit viel Gel in ein surrealistisches Chaos verwandelt worden.

„Hi", sagte der Junge fröhlich, als sie aus dem Wagen stieg und zu ihm ging. „Ich bin Jeremy. Nat schickt mich."

Josephine Herz schien mehrere Takte auszusetzen.

„Nat?", wisperte sie atemlos. „Was ist mit ihm?"

Jeremy warf einen Blick auf Jacob, der sofort verstand und das Weite suchte. Als der alte Mann im Pferdestall verschwand, fuhr der Junge fort: „Er hat mich hergeschickt, damit ich dich zu ihm bringe."

Kälte sickerte in ihre Eingeweide. Gefolgt von der Hitze unendlicher Erleichterung. „Was ist los? Warum ist er verschwunden?"

„Ich warte schon ein paar Stunden auf dich, nur dass du nicht denkst, er hätte dich absichtlich schmoren lassen. Man rief Nat ins Reservat, weil ein Mädchen von einem Baum gefallen ist und sich das Genick gebrochen hat. Alles musste schnell gehen, und du warst heute Morgen nicht wach zu kriegen."

Josephine nickte. Ähnliches hatte auch Jacob berichtet, der erst vor ein paar Tagen daran gescheitert war, sie mitten in der Nacht wegen einer fohlenden Stute aus dem Schlaf zu reißen. „Er hat das Mädchen geheilt, oder?"

„Das hat er." Jeremy schob seine Hände in die Hosentaschen und wippte wie ein nervöser kleiner Junge auf den Zehenspitzen auf und ab. „Jedenfalls geht es ihr wieder gut. Nat allerdings ist etwas neben der Spur. Wegen dir."

Josephine schnappte nach Luft. „Raus mit der Sprache. Was ist los mit ihm?"

„Das soll er dir selbst erzählen. Aber ich warne dich vor. Wenn du dich mit ihm einlassen willst, wird das nicht ungefährlich. Nat ist völlig verrückt nach dir, wahrscheinlich würde er mich an den nächsten Marterpfahl binden, wenn er wüsste, dass ich … na egal. Ich finde, du solltest wissen, auf was du dich einlässt."

„Sag es mir." Josephine zitterte wie Espenlaub, und sie machte sich nicht die Mühe, ihren Aufruhr zu kaschieren.

„Es gibt da eine Frau, die große Macht über Nat hat. Gewissermaßen kann sie ihn zu allem zwingen, und sie hat keinerlei Skrupel, für die Durchsetzung ihrer Pläne den einen oder anderen Menschen aus dem Weg zu räumen. Ihr Name ist Absá. Sie hat Nat's Frau und seinen Sohn auf dem Gewissen. Nicht direkt, aber sie sorgte dafür, dass sie einem wütenden Bären in die Quere kamen. Das ist ihre Macht. Sie drangsaliert nicht nur Nat, sondern auch jeden, der ihr ein Dorn im Auge ist. Jetzt scheinst du auf irgendeine Weise zu ihren Plänen zu gehören, und das macht Nat ziemlich nervös. Dann hätten wir da noch die Tatsache, dass er anders ist. Sehr viel anders, wie du sicher mitbekommen hast. Selbst, wenn ihr glücklich miteinander werdet, wirst du an seiner Seite altern und er bleibt ewig jung."

Josephine starrte zu Boden. Ihr Gehirn war wie leer gefegt und arbeitete doch fieberhaft. Nathaniels Frau und sein Sohn. Der Bär. Ihr Traum. Das Puzzle, das sich zu einem logischen Ganzen zusammenfügte. Nur ein paar Teile fehlten zu einem kompletten Bild.

„Bring mich zu ihm", brachte sie hervor. „Ich will ihn sehen."

„Bist du sicher? Ganz sicher?"

„Machst du Witze?", fauchte sie zurück. „Natürlich bin ich mir sicher."

Die Nacht war bereits tief, als sie das Reservat erreichten. Viel erkannte sie nicht in der Dunkelheit, es gab nur wenige Laternen, deren orangefarbenes Schummerlicht jede Farbe und Lebendigkeit in sich aufsaugte. Das Reservat wirkte weder trostlos noch wohlhabend. Saubere, einfache Einfamilienhäuser reihten sich aneinander, unterbrochen von Schuppen, Garagen, Verschlägen und Gattern. Sie sah umherlaufende Hunde, Frauen mit ihren Kindern, die vor ihren Häusern saßen, eine mit Neonreklamen geschmückte Billardhalle und ein Café, vor dem mehrere Gruppen Jugendlicher herumlungerten und sich in nichts von ihren weißen Altersgenossen unterschieden, sah man von zwei Jungen ab, die ihr Haar lang trugen und es mit Stirnbändern versehen hatten.

Einzig das große Blockhaus – vermutlich der Sitz des Stammesrates – schindete Eindruck. Sein neu gedecktes Dach glänzte im Laternenlicht, rechts und links der mit Feldsteinen gepflasterten Auffahrt ragten zwei Totempfähle in den Nachthimmel und schienen einen Nachhall jenes Mysteriums in sich zu tragen, das längst aus dieser Welt verschwunden war. Bei Tageslicht mochten die Pfähle in allen Farben leuchten, doch jetzt hüllten sich die stilisierten Tier-, Menschen- und Götterfiguren in Töne aus schmutzigem Orange.

Bald tauchte zwischen den dunkel aufragenden Tannen der Silberglanz von Wasser auf, und kaum war Jeremy in den holprigen Pfad entlang des Ufers eingebogen, entdeckte sie ein Haus. Nathaniels Haus. Es entpuppte sich als überraschend schön, bestehend aus Baumstämmen, denen man die Rinde belassen hatte, gedeckt mit dunklem Blech. Eine Veranda ragte auf den See hinaus, getragen von den Stelzen. Auch hier thronte ein Totempfahl vor dem Eingang, doch war er kleiner und schlichter als jene, die das Verwaltungsgebäude flankierten. Soweit Josephine beurteilen konnte, war dieser Pfahl alt, seine Farbe war abgeblättert und die geschnitzten Darstellungen verwittert. Bitterkeit stieg auf, verbunden mit Herzrasen.

Selbst, wenn ihr beide glücklich miteinander werdet, wirst du an seiner Seite altern und er bleibt ewig jung.

Jeremy parkte den Wagen neben einem riesigen Holzstapel und begab sich ohne

Umschweife zur Haustür, um sie für Josephine zu öffnen. Es lag kein Sinn darin, das Unvermeidliche hinauszuzögern. In ihrem Leben hatte sie zu oft gezögert, den Bedenken und Sorgen das Feld überlassen, anstatt die Dinge anzupacken. Nicht diesmal, schwor sie sich.

„Nat?" Jeremy schlüpfte hinter ihr in das Innere des Hauses und sah sich um. Josephine wiederum biss sich auf die Zunge, tat einen weiteren Schritt in die Tiefe des Raumes und verharrte. Das Bild, das sich ihr bot, war chaotisch, aber ansprechend. Nur kurz war ihre Verblüffung groß genug, um alle Befürchtungen zu verdrängen. Obwohl lediglich die nötigsten Möbel vorhanden waren, hatte es Nathaniel geschafft, dem Haus eine Seele zu geben. Die offene Küche ging nahtlos in das Wohnzimmer über, getrennt durch einen geschnitzten Paravent. Es gab einen uralten Sessel aus dunkelgrünem Samt, ein Sofa, das mit einer schwarz-roten Webdecke bedeckt war, einen wurmstichigen Tisch, dessen Beine in Wolfstatzen endeten, einen Kamin und jede Menge Kissen und Decken, die wahllos auf dem Boden verstreut lagen. In einer großen Schale lagen geschätzte zwei Dutzend Tafeln Erdnuss-Karamell-Schokolade, in einem etwas kleineren Behältnis Pfefferminz-Toffees. Indianische Artefakte hingen an den Holzwänden: Traumfänger, bemalte Lederstücke, Felle und ein schwarzes Kalumet. Vor dem Kamin war ein Fell ausgebreitet, dessen Größe und Farbe vermuten ließ, dass es von einem Wapiti stammte. Es war gemütlich. Auf eine herbe, unordentliche Art. Neugierig nahm Josephine das an der Wand hängende, mit der Lederseite nach außen gekehrte Bisonfell in Augenschein. Mehrere Figuren waren mit schwarzer und roter Farbe darauf verewigt. Ein Mann und eine Frau, verbunden durch einen Kreis. Sternschnuppen, zwei Pferde samt Reitern, Bisonherden und ein Kanu neben einem brennenden Holzstapel, auf dem zwei Menschen lagen. Sie sah Zeichen, die ihr nichts sagten, unidentifizierbare Symbole und eine Gruppe Menschen, die etwas taten, das wohl ein besonderes Ritual darstellen sollte. Josephine berührte das Fell und spürte sein Alter. Eine Schicht Staub lag auf ihrem Zeigefinger, als sie ihn zurückzog. Staub, der nach altem Leder und nach Moder roch.

„Hast du schon mal von den Winterzählungen gehört?" Jeremy stand hinter ihr und lächelte.

War es aufmunternd? Missmutig? Sie wusste es nicht. Aus irgendeinem Grund gewann sie den Eindruck, es wäre dem Jungen lieber gewesen, ohne sie hierher zurückzukehren.

„Ich habe davon gehört. Im Winter malte man alles Bedeutende auf, das im Verlauf des Jahres passiert ist, um die Erinnerung zu behalten."

„Genau. Nat's Frau hat dieses Fell bemalt. Er ist ein Nostalgiker, musst du wissen, und er ehrt die alten Zeiten mehr als seiner inneren Mitte zuträglich ist. Siehst du das hier?" Er deutete auf die mit einem Kreis verbundenen Menschen. „Das stellt seine Hochzeit dar. Das Bild hier drüben erzählt von der Geburt seines Sohnes und hier werden Vater und Mutter seiner Frau nach ihrem Tod verbrannt. Das Kanu daneben ist das sogenannte Totenkanu. Dort hinein streut man die Asche und lässt sie bei Sonnenuntergang den Fluss hinuntertreiben. Es ist ein unübliches Bestattungsritual unter den Präriestämmen, aber Nat gehörte einem Unterstamm der Fluss-Absarokee an, die ihre eigenen Traditionen hegten."

Josephine nickte. Sie deutete auf die Zeichnung, deren Sinn sich ihr nicht erschloss. „Was soll das darstellen?"

„Eine ziemlich tragische Sache. Es stellt ein Ritual dar, das dazu diente, die Büffel herbeizurufen. Zu der Zeit, als das Fell bemalt wurde, waren weiße Jäger mit Feuereifer dabei, die Tiere zu Millionen abzuschießen. Es gab Hungersnöte unter den Präriestämmen, und dabei blieb es nicht, denn zahllose wichtige Dinge stammten dummerweise vom Büffel. Nahrung, Kleidung, Haushaltsgegenstände, Zeltwände, sogar die Trinkbecher und Tabakbeutel. In ihrer Verzweiflung griffen die Stämme auf dieses Ritual zurück, um die Tiere zurückzurufen. Geholfen hat es nichts. Innerhalb weniger Jahre hat man die gesamte Nordherde ausgerottet, und die letzten paar Tausend Tiere, die es schafften, ihren Jägern zu entkommen, richtete man besonders perfide hin. Man wartete auf den heißen Sommer, stellte an den wenigen übrig gebliebenen Wasserlöchern Scharfschützen auf und ballerte den Rest der Herde zusammen. Übrig blieben Berge von Knochen. Das Ergebnis war, das auch die letzten rebellischen Stämme aufgaben und halb verhungert in die Reservate verfrachtet wurden."

„Wie alt ist Nat?" Ihre Stimme war nur ein Flüstern.

„Verwandelt wurde er vor einhundertachtundvierzig Jahren", antwortete Jeremy so gleichmütig, als hätte er ihr verraten, dass sein Freund Kaffee statt Tee bevorzugte. „Da muss er ungefähr so alt gewesen sein, wie du jetzt bist."

„Verwandelt?"

„Ab hier wird es kompliziert. Deswegen überlasse ich den Rest lieber Nat. Komm, er ist sicher draußen in der Schwitzhütte."

„Schwitzhütte?"

„Inipi", erwiderte Jeremy. „Das Schwitzhüttenritual. Gut für Körper und Geist."

Als sie an Jeremys Seite das Haus umrundete und zu einem Hain aus alten Tannen marschierte, musste sie sich mehrmals kneifen, um zu begreifen, dass sie sich in der Realität bewegte. Jeder Gedanke war schwer und träge. Alles in ihr schien zu verharren, darauf wartend, von der Wahrheit geweckt zu werden.

„Da wären wir. Darf ich vorstellen? Scott Black Fox, der Hüter des Feuers und Leiter des Rituals."

Ein alter Mann mit langem, grauem Haar drückte ihre Hand. Er trug eine schmutzige Jeans, ein graues Hemd und einen Cowboyhut mit angesteckter Bussardfeder. Seine Augen, trüb vom Alter, musterten sie freundlich.

„Willkommen", schnarrte seine Reibeisenstimme. „Schön, dass du hergefunden hast."

Josephine lächelte. Sie betrachtete die runde, etwa zwei Meter hohe Kuppel. Das

Gebilde war umgeben von einem Kreis aus hellen Steinen, der vor dem Eingang in eine Art Pfad überging und in einem zweiten, mit einer Mulde versehenen Steinkreis endete. In dieser brannte ein Feuer.

„Sieht nicht aus wie die Dinger, in die ihr Touristen steckt." Josephine ließ ihren Blick schweifen. Der Gedanke, dass Nathaniel in dieser Hütte saß, traditionell kaum verhüllt, verstärkte ihre Nervosität.

„Ja", erwiderte Jeremy, während der alte Mann milde lächelte und den Eindruck vermittelte, nicht ganz anwesend zu sein. „Wir nehmen keine Decken, sondern Felle. So wie unsere Vorfahren. Hier ist auf Nat's ausdrücklichen Wunsch hin alles authentisch. Er legt höllisch Wert darauf."

Neben dem lodernden Feuer steckte eine Forke im Boden. Vermutlich diente sie dazu, die glühend heißen Steine in das Innere der Schwitzhütte zu tragen.

„Black Fox hat sicher schon einen Platz für dich vorbereitet." Jeremy warf dem Ritualleiter einen forschenden Blick zu, den dieser mit einem Nicken erwiderte. „Als Erstes erkläre ich dir ein paar Sachen, die du wissen solltest, wenn du heute Abend nicht am Marterpfahl landen willst. Black Fox ist, wie schon erwähnt, der Hüter des Feuers. Das heißt, er bringt euch die Steine und beschützt das Ritual."

„Wovor?"

„Vor bösen Geistern." Jeremys Miene und die des alten Indianers blieben unverändert ernst. „Nat dürfte die ersten beiden Runden bereits hinter sich haben, deswegen solltest du sie hier draußen nachholen. Danke für alles, was dir widerfahren ist, was du erlebt und gelernt hast."

„Wie mache ich das?"

„Sage einfach danke. Im Geiste."

Josephine nickte, während sie gehorsam einige stumme Worte gen Himmel schickte. Zu was oder wem auch immer.

„Gut." Jeremy schien zufrieden zu sein. „Jetzt bitte für dich und für alle, die du liebst."

„Wofür soll ich bitten?"

„Ideen", antwortete er schulterzuckend. „Einsicht, Energie, Heilung. So was eben. Was nicht zählt, sind Dinge wie Ferraris, Schönheitsoperationen, der neueste Computer oder ein Lottogewinn."

„Okay."

„Hast du es getan?"

„Ja."

„Dann solltest du dir überlegen, was du in der dritten Runde geben willst. Du musst etwas verschenken und deshalb vorher wissen, was du loswerden willst. Damit meine ich nichts Materielles. Wenn du in die Hütte eintrittst, sage die Worte Mitskuje Ojassin. Das bedeutet soviel wie: Danke all meinen Verwandten."

„Meine Verwandten?"

„Damit meinen wir traditionell alle Wesen aus dem Reich der Tiere, Pflanzen,

Menschen, Steine und Mineralien."

Josephine nickte. Noch einmal kniff sie sich in den Arm.

„Wenn du glaubst, es nicht mehr auszuhalten," fuhr Jeremy fort, „dann sage, dass du deine Verwandten sehen möchtest. In der Hütte ist es so dunkel, dass du kaum etwas erkennen kannst, also wirst du hinausgehen müssen, um deinem Bedürfnis nachzugehen. Es ist die höflichste Art, das Ritual zu verlassen. Meine Empfehlung geht jedoch dahin, es zu ertragen. Die Schwitzhüttenzeremonie dient nicht nur als Heilung und Reinigung, sie dient auch vielen anderen Zwecken. Raum und Zeit hören auf, zu existieren, wenn du lernst, deine Grenze zu überschreiten. Es sind zumeist eingebildete Grenzen, geboren aus Konditionierung und falscher Angst. Du kannst in diesem Zustand deine innere Stimme hören und bist frei für Neues. Für Veränderungen und Selbstreflexionen. Dunkelheit und Wärme bringen dich zurück in den Schoß unserer Mutter. Deshalb gib, wenn du glaubst, es nicht mehr auszuhalten, die zu stark gewordene Kraft zurück an die Erde. Oder an jemanden, von dem du glaubst, dass er sie brauchen kann. Bist du bereit?"

Josephine nickte.

„Gut, dann zieh dich aus."

„Hier und jetzt?"

„Du wirst wohl Unterwäsche tragen, hoffe ich. Und gib mir etwas als Dankesopfer."

Josephine angelte einen roten Stein aus ihrer Hosentasche, den sie seiner Farbe wegen in der Stadt von der Straße aufgesammelt hatte. Sie legte ihn in Jeremys Hand und begann, alle Ängste für diesen Moment ausklammernd, ihre Kleidung abzulegen. Jeans, Hemd, Socken und Schuhe landeten in einem Haufen vor der Schwitzhütte.

„Gut." Jeremy betrachtete sie mit unverhohlener Anerkennung. Der alte Mann wiederum lächelte verklärt. „Dann schlüpf rein. Und denke daran: Das Ritual dient dazu, inneren Frieden zu finden, die eigenen Grenzen zu überwinden und sich zu verändern. Sofern Veränderungen nötig sind. Lass es einfach fließen. Du wirst überrascht sein, was du alles ertragen kannst. Und wie stark du dich fühlst, wenn du dem Drängen deines falschen Wesens widerstehst."

„Aha." Josephine fühlte sich, als stünde sie am Ende ihres Lebens. Würde sie noch dieselbe sein, wenn sie aus dieser Tür herauskam?

„Und ganz wichtig: Sei dir der Heiligkeit der Zeremonie bewusst." Jeremy hob warnend einen Zeigefinger. „Nimmst du es nicht ernst, bin ich berechtigt, dich deiner Fußsohlen zu entledigen, auf dass sie unsere alten, zahnlosen Frauen über dem Feuer rösten."

Er gluckste, schlug das Fell zurück und deutete auf die schwarze Höhle. Josephine trat ein. Sie erhaschte einen kurzen Blick auf nackte Haut, bevor Jeremy hinter ihr das Fell vor den Eingang fallen ließ. Zwielichtige Düsternis umschloss sie, nur gemildert von etwas Glühendem, das sich unter den in der Mitte liegenden Steinen befand. Die Luft war so heiß und dick, als könnte man sie mit einem Messer zerteilen. Rauch biss ihr in Hals und Nase, intensiv nach Salbei duftend. Sie spürte Fell unter ihren Füßen, ließ sich niedersinken und starrte auf die schemenhafte, kniende Gestalt ihr gegenüber. Die Hitze war bereits nach wenigen Momenten unerträglich. Überrascht von ihrer Heftigkeit rang Josephine nach Luft, griff sich an die Brust und hustete.

„Nathaniel?", brachte sie keuchend hervor. „Rede mit mir."

„Nein", kam es leise zurück. „Sprich erst, wenn sich der Eingang öffnet."

Sie nahm eine Bewegung im Halbdunkel war. Es plätscherte und zischte. Der Geruch nach Salbei wurde unmittelbar intensiver, während Schwaden kochend heißen Dampfes ihren Körper umschlossen. Gequält stöhnte sie auf.

Grenzen überschreiten, das Unerträgliche ertragen, es aushalten, irgendwie …

Ihre Gedanken schweiften zu dem kurzen Eindruck nackter Haut ab, den sie erhascht hatte. Der Schweiß lief ihr aus allen Poren. Ihr schwindelte. Sie griff Halt suchend in das Fell unter ihrem Körper, dann durchdrang eine Stimme die brodelnde Hitze. Zunächst subtil wie eine Einbildung ihres von den Ausdünstungen der Kräuter betäubten Geistes, doch als sie lauter wurde, begriff Josephine, dass Nathaniel betete. Fasziniert lauschte sie der dunklen, einen monotonen Singsang säuselnden Stimme. Es war, als sinke sie tief in die Erde. Langsam, als schlösse sich zäher, warmer Sumpf um sie, rhythmisch an ihrem Körper saugend. Nathaniel schien ganz nah zu sein, obwohl er sich nicht bewegt hatte. Sie roch die Ausdünstungen seiner Haut – ein herber, anziehender Duft nach Männlichkeit. Wieder eine Bewegung, zeitlupenhaft verlangsamt. Ein weiteres Zischen. Die Hitze nahm derart zu, dass Josephine glaubte, ihr Körper werfe Blasen. Unbeeindruckt, ohne dass sich seine Stimme auch nur einen Hauch veränderte, sang Nathaniel weiter. Leise und entrückt. Sie musste sich darauf konzentrieren. An alles denken, nur nicht an diese Hitze – die gerade ihren Unterleib erreichte und ihre Gedanken wilde Blüten treiben ließ. Sie sank immer tiefer und es hörte nicht auf.

Noch einmal erklang das Plätschern, gefolgt vom Zischen verdampfenden Wassers.

Ihre Kopfhaut prickelte. Wirre Bilder tanzten durch ihren Geist. Nackte Haut, schwarze Haare, in die sie ihre Finger vergraben hatte. Zartes Narbengewebe unter ihren Lippen. Verglühte sie? Verlor sie den Verstand? Schwaden umwaberten sie wie die Glutwolke eines Vulkans, während Nathaniels Gebete leiser wurden. Je leiser sie wurden, umso tiefer versank sie in einem exstatischen Körpergefühl, das ihre Nerven zu sprengen drohte. Sie wollte fliehen, doch ihr Körper war gelähmt. Wie waren die Worte, die Jeremy gesagt hatte? Was musste sie sagen, um hinausgelassen zu werden? Es war längst zu spät. Sie war im Rausch ihrer Sinne hoffnungslos gefangen.

Plötzlich öffnete sich der Eingang. Die einströmende frische Luft war eine Wohltat, deren Genuss kaum in Worte zu fassen war. Josephine atmete so tief durch wie niemals zuvor. Black Fox erschien, trug mit der Forke zwei glühende Steine herein und ließ sie in die Mulde fallen, die sich in der Mitte der Schwitzhütte befand. Er streute getrockneten Salbei darauf, nickte Josephine mit feierlichem Ernst zu und ging hinaus. Ehe das Fell erneut zufiel und wieder diffuses Dunkel herrschte, fiel ihr Blick auf Nathaniel. Nackt bis auf seinen Talisman, einer Kette mit fünf Bärenkrallen und einem Schurz aus Wildleder saß er kaum einen Meter entfernt ihr gegenüber. Schweiß bedeckte seinen Körper. In der Glut der Steine glänzten die Tropfen tiefrot wie Perlen aus dunklem Blut. Sie benetzten seine Brust, seine Stirn und die wie gemeißelt hervortretenden Muskeln seines Bauches. Seine Augen waren geschlossen, als bereitete ihm das Licht Schmerzen. Feuchte Haarsträhnen klebten ihm auf Schultern und Rücken, wie sich windende Schlangen, deren Körper in Josephines hitzevernebelter Fantasie zu zucken schienen.

Plötzlich öffnete Nathaniel die Augen und sah sie an. Ein glühender Blick, dessen Intensität einer intimen Berührung gleichkam. Er wusste, was sie fühlte. Er wusste, was sie begehrte. Sie schauderte. Für jenen winzigen, ewigen Moment, in dem er sie ansah, gab es nur noch ihn. Seinen Moschusgeruch, seine Haut, die Wölbungen seiner Muskeln. Das Versprechen in seinen Augen.

„Ich will die Wahrheit wissen." Josephines Kehle brannte. Auf ihrer Zunge schien getrockneter Salbei zu liegen. „Erklär es mir. Was bist du? Sag es mir, und wenn du willst, gehe ich danach und komme nie wieder."

Warum sagte sie so etwas? Es war gelogen. Oh ja, es war eine elende Lüge, denn sie würde niemals gehen. Sie wollte Nathaniel so sehr, dass es wehtat.

„Ich will nicht, dass du gehst", antwortete er. „Vielleicht drehten sich meine Gebete nur um den Wunsch, mit dir zusammenbleiben zu können."

Josephine schwieg, denn sie wusste nicht, was sie hätte entgegnen können. Das Glühen der Feuerstelle verging, doch Black Fox hatte – in weiser Voraussicht oder aus reiner Gnade – einen kleinen Spalt offen gelassen, durch den das Licht der draußen entfachten Flammen fiel und Nathaniels Körper mit kupfernem Licht überhauchte. Befand sie sich noch in der Wirklichkeit, oder war sie auf magische Weise zurück in ferne Zeiten gereist? Behutsam nahm er einen Krug und goss dessen Inhalt über die heißen Steine. Neue Hitze, noch mehr Dampf und der beißende Duft nach Salbei.

„Stell dir vor, du sitzt im Schoß von Mutter Erde", sagte er. „Stell dir vor, es wäre die Dunkelheit und die Wärme ihres Mutterleibes. Du bist ihr Kind. Sie beschützt und umarmt dich."

Josephines Gedanken schweiften ab. Es war nicht der Schoß von Mutter Erde, den sie spüren wollte. Es war Nathaniels Schoß. Es war seine Wärme und Dunkelheit, die sie umarmte. Sein Körper, der ihren Geist beherrschte.

Eine Weile schwieg er, bevor er wieder zu singen begann. Der Klang seiner Stimme hallte köstlich in ihr wider, bis ihr Unterleib sich vor Verlangen zusammenzog. Die Hitze wurde erträglicher, eine wonnige Schwere drückte ihren Körper tief in die

Erde, die sie bereitwillig in sich aufnahm. Josephine rollte sich zusammen wie ein Embryo. Für immer wollte sie in dieser behütenden Wärme schweben, mit ihr verschmelzen und in dem Gefühl baden, eins mit allem zu sein.

„Komm, Tacincala", flüsterte eine Stimme. Fern und weich. „Komm zu mir."

Josephine spürte, wie Nathaniels Hände nach ihrem vom Schweiß durchtränkten Unterhemd griffen und es über ihren Kopf zog. Sie keuchte auf. Diese Berührung war wie ein Stromschlag. Feuchte Hitze strich über ihre nackte Haut wie ein Tuch aus Samt. Einen Moment begehrte ihr Verstand auf und wollte sich ihm entziehen, verwirrt von all den Dingen, die sie nicht verstand. Doch die Magie der Zeremonie war zu stark. Ihr Verstand schwand dahin.

Nathaniel war direkt vor ihr. Hingerissen starrte sie in sein Gesicht. In der Vertiefung über seiner Oberlippe hatten sich kleine Schweißperlen gesammelt und verlangten danach, fortgeküsst zu werden. Wie in Trance beugte sie sich vor. Umfing sein Gesicht mit beiden Händen und leckte, jeden Augenblick dieser Nähe hungrig verschlingend, die salzigen Tropfen mit der Zungenspitze ab.

Nathaniel seufzte. Sein ohnehin schwerer Atem wurde noch schleppender. Ehe Josephine wusste, wie ihr geschah, drehte er sie um und zog sie auf seinen Schoß. Ihr nackter Rücken und ihre Schenkel schmiegten sich an seinen Körper. Josephines Herz setzte zwei Schläge aus, als seine Hände sich unvermittelt auf ihre Brüste legten und das weiche Fleisch kneteten. Sein Daumen und Zeigefinger schlossen sich um die längst harten Knospen, massierten sie behutsam, zuerst sanft, dann fester. Josephines Verstand, ohnehin benommen von der Hitze, löste sich in Verzückung auf. Endlich! Endlich spürte sie ihn so wie gestern im Stall. Gestern … diese Zeitspanne erschien ihr wie eine Ewigkeit. Es war verrückt. Vollkommen verrückt.

Niemand würde sie hier, in der Dunkelheit der Erde, auseinanderreißen können. Und nie würde sie zulassen, dass er sie wieder zu schnell verließ.

Heiß strich sein Atem über ihren Nacken, als er einen Arm um ihre Taille legte und sie noch fester an sich zog. Eine fordernde Gier lag in seinen Berührungen, die Josephines Lust mit nie gekannter Intensität auflodern ließ. Sie war am sichersten Ort der Welt, tief verborgen in der Wärme der Erde, und sie wollte Nathaniel alles geben, wonach er sich verzehrte. Einladend spreizte sie ihre Beine, nahm seine Hand, die noch immer auf ihrer Brust ruhte, und führte sie hinunter. Über Schulter, Taille und Hüfte hinunter zu ihrem Schoß, bis seine Finger ihren Venushügel umschlossen und köstliche Impulse durch jede Nervenfaser jagten. Josephines Körper verdrehte sich, bis ihr Mund den seinen fand. Seine Lippen waren so heiß wie sein gesamter Körper. Die Intensität dieser Berührung ließ Josephine schier verzweifeln. Ihre Zungen spielten miteinander und ließen ob des Gefühls feuchter Wärme die Sehnsucht noch tiefer aufklaffen. Sie wollte ihn in sich spüren. Sie wollte ihn ganz und gar. Noch einmal. Wieder und wieder.

„Es ist nicht gut", hörte sie sich atemlos flüstern, während ihr schweißnasser Körper sich an dem seinen wand und ihre Finger sich in die feuchten Strähnen seines

Haares gruben. Was redete sie da? Oh ja, es war gut. Es war unfassbar gut. Ihr war vollkommen gleich, was er war. Oder welche Geheimnisse sich im Inneren seiner schönen Hülle versteckten.

„Hast du Angst?“ Nathaniels Hand, die sie nun freigab, zerrte an ihrem Slip und zerriss den Stoff, als sei er zart wie Spinnweben. Unwirsch warf er das Kleidungsstück beiseite. „Hast du Angst, deinen Verstand zu verlieren? Das ist längst geschehen. Wir sind hier, um gemeinsam etwas herauszufinden. Indem du hergekommen bist, hast du eine Entscheidung getroffen, Tacincala.“

Josephine keuchte, als seine Hände zitternd vor Begehren über ihren Bauch strichen. Erst, als sie ihre Oberschenkel erreicht hatten, packten sie fester zu. Indem Nathaniel seine Beine auseinanderschob, spreizte er auch die ihren. Hatte sie sich zuvor verletzlich gefühlt, so übermannte sie nun eine köstliche Schutzlosigkeit. Ihr Kopf fiel zurück, als seine Hand wieder zu wandern begann, hin zu dem Vlies kastanienbrauner Haare. Die Hitze der Steine und des Rauches liebkoste ihren nackten, schutzlosen Unterleib. Niemals hatte sie sich derart nach einer Berührung verzehrt. Niemals hatte sie sich so gefühlt – lebendig bis in die kleinste Körperzelle, vibrierend vor Lust. Verrückt vor Sehnsucht. Mehr noch als gestern im Stall, in dem sie von zu viel Ungeduld und Hast getrieben worden waren.

„Wir sind im Leib von Mutter Erde“, schnurrte Nathaniel in ihr Ohr. „Wir sind die Kinder des großen Mysteriums. Es wird uns leiten und uns sagen, was zu tun ist. Es gibt nichts, vor dem du Angst haben musst.“

Endlich umfasste seine Hand ihre weiblichste, längst heiß pochende Körperstelle. Fordernd tasteten sich die Finger vorwärts, schlangengleich und ungeduldig, doch gerade dieses Wissen um seine schwindende Kontrolle war es, die Josephines Erregung bis ins Unerträgliche steigerten.

„Ich will in dir sein“, raunte er atemlos. „Ich will dich. Vollkommen. Ganz und gar. Ich will dich besitzen, dich ausfüllen mit meinem Sein, mit meinem Körper.“

Mit zwei Fingern drang er tief und rücksichtslos in ihren erhitzten, pulsierenden Schoss ein. Sie spürte, wie ihr Fleisch sich um das seine schloss, sehnsüchtig an ihm saugend und seiner Kehle ein gequältes Knurren entlockend. Nathaniels Körper verkrampfte sich, als sie ihren Unterleib gegen seine Hand drückte, unverhohlen nach mehr verlangend. Seine Zähne gruben sich in ihre Schulter, während sein Daumen auf die kleine, verborgene Knospe drückte. Josephine keuchte heiser auf, als seine Hand sich rhythmisch bewegte und zeitgleich zwei empfindsame Stellen ihres Körpers massierte. Sie glaubte, es keine Sekunde länger zu ertragen. Seine freie Hand wanderte höher und schloss sich um ihre Brust, knetete und drückte sie in demselben Rhythmus, den seine Finger weiter unten vorgaben. Er raubte ihr den Verstand, trieb sie an die Grenzen des Erträglichen und darüber hinaus. Sie bäumte sich auf, ohnmächtig zitternd, entzog sich ihm und wirbelte herum. Ihre Lust vereinte sich mit hitziger Wut. Sie wollte ihn leiden sehen. Sie wollte ihm wehtun. Auf eine Art, wie es nur Frauen vollbringen konnten.

„Nimm dir, was du willst“, fauchte sie ihn an. „Aber tu es endlich. Bei Gott, tu es endlich.“

Nathaniel stieß ein wölfisches Knurren aus und packte sie an den Schultern. „Hier drin gehörst du nur mir, Tacincala. Ich werde dir alles geben, was du verlangst. Aber ich werde mir auch alles nehmen, wonach es mir verlangt.“

Diese Worte, rau und gierig ausgestoßen, ließen Josephine erneut fallen. Wieder spielte sein Daumen und Zeigefinger mit ihrer Brustwarze. Reizten sie so lange, bis Josephine zuckte vor Qual und Zorn, dass er sie weiterhin leiden ließ.

„Willst du mich?“, fragte er dunkel. „Sag es mir. Lass mich von deinem Begehren schmecken. Lass mich von deinem Körper kosten, um mich zu überzeugen.“

„Ich will dich.“ Sie hätte vor Sehnsucht weinen wollen. „Bitte, ich will dich.“

„Stirbst du, wenn ich dich nicht nehme? Wirst du verrückt vor Sehnsucht, wenn sich unser Fleisch nicht vereint? Wenn ich dich nicht vollkommen ausfülle?“

„Ja!“

Wie eine Schlange entwand sie sich ihm, glitt von seinem Schoß hinunter und fetzte das Hüftband seines Schurzes auf. Mit der Aggression zu lange aufgestauter Lust warf sie das Kleidungsstück beiseite, genoss den Anblick seines schweißglänzenden Körpers, dessen Muskeln vor Erregung zitterten. Sein aufgerichtetes Glied war das fleischgewordene Versprechen seiner Worte und schaltete ihren Verstand endgültig aus. Ungeduldig glitt sie wieder auf seinen Schoß. Die Spitze seiner Männlichkeit drückte gegen die feuchten Lippen ihrer Vagina, doch sie erlaubte ihm nicht, weiter vorzudringen. Noch nicht. Josephine zwang sich, tief und ruhig zu atmen. Sie musste Geduld üben. Herausfordernd träge betastete sie die Kette aus Bärenkrallen, die auf Nathaniels Brust lag. Spielte sadistisch mit seiner und ihrer Lust. Erst, als seine Fingernägel sich verzweifelt in die Haut ihrer Hüfte gruben, senkte sie sich langsam auf den heißen Phallus hinab. Millimeter für Millimeter, sich selbst und ihn genüsslich folternd. Ihr Becken bewegte sich währenddessen vor und zurück, in trägen, langsamen Bewegungen, um ihrer beider Qual noch zu verstärken. Bis Nathaniel es nicht mehr ertrug. Seine Hüfte drängte sich ihr entgegen, doch Josephine entzog sich ihm mit einer geschickten Bewegung und entlockte ihm ein Knurren.

„Hast du ihn selbst getötet?“, keuchte sie in sein Ohr und nahm eine besonders lange Kralle seiner Kette in die Hand. Noch erlaubte sie ihm nicht, das wahre Ausmaß ihrer Lust zu sehen und zu hören. Stattdessen lächelte sie innehaltend, die glatte Härte der Kralle streichelnd.

„Ja.“ Nathaniels Stimme zitterte. „Mit meinen Händen und einem Messer. Damals vor einhundertzweiundvierzig Jahren. Großer Geist, warum tust du mir das an? Willst du mich umbringen?“

„Hat er dich verwundet?“ Josephine beugte sich vor, verfiel in Reglosigkeit und küsste seine Kehle. Willenlos sank Nathaniels Kopf zurück. In einer wunderbaren Geste der Verletzlichkeit bot er sich ihr dar, lieferte sich ihr aus und flehte so um

Erlösung.

„Hier." Seine Finger berührten eine Stelle an seiner rechten Hüfte. „Und am Rücken. Knapp neben der Wirbelsäule."

„Viele Narben für ein langes Leben." Sie sog die Haut seiner Kehle zwischen ihre Zähne und spürte den heißen Puls unter ihren Lippen. Im selben Rhythmus wie sein Herz, dessen Schlagen ihre an seinen Oberkörper gedrückten Brüste spürten. „Aber was ist mit dir? Willst du mich?"

Mit einer lasziven Bewegung nahm sie ihn ein wenig tiefer in sich auf. Jedes Seufzen, jeden Laut seiner Qual genüsslich aufsaugend.

„Ich sterbe, wenn du nicht ..."

„Wenn ich nicht was?" Ein letztes Mal hielt Josephine inne und spannte die Muskeln ihres Unterleibes an. Ihn so intensiv zu spüren und doch nicht dem Drängen nach hemmungsloser Paarung nachzugeben, war ein allzu köstliches Leid. Nur noch ein wenig. Nur noch ein paar Momente, bevor sie loslassen würde.

„Das ist zu viel." Mit einem wütenden Knurren fuhr Nathaniel hoch und warf Josephine auf den Rücken. „Ich will dich ganz."

Er drückte ihre Schultern in die Felle, nur einen Moment, um sie seine Kraft spüren zu lassen. Dann ließ er sie frei, doch nur, um einen Atemzug später ihre Schenkel zu packen und auseinanderzudrücken.

„Meine Ausdauer wurde über die Jahrzehnte geschult", sagte er mit wölfischem Lächeln und schob ihre Beine noch weiter auseinander. Sein Blick, gierig wie der eines ausgehungerten Raubtiers, ruhte auf ihrem entblößten Schoß. „Ich will die ganze Nacht in dir sein. Ich will dich nehmen, bis der Morgen graut. Niemand wird uns hier stören. Niemand wird deine Qualen hören, die du am Marterpfahl ertragen musst."

Josephine kicherte. Sie wollte ihn zu sich hinabziehen, doch Nathaniel kam ihr zuvor. Mit beiden Händen umfasste er ihre Pobacken und hob ihren Unterleib seiner zustoßenden Männlichkeit entgegen. Ein Schrei kam über ihre Lippen. Ohnmächtig vor Lust krallte sie ihre Nägel in seinen Rücken, als er sie mit solch brachialer Unbeherrschtheit nahm, dass es wehtat. Und doch war es genau das, wonach ihr Körper schrie. Wonach sein Körper schrie. Nach Unbeherrschtheit, nach wilder, ungezähmter Vereinigung. Sehnsüchtig bog sie sich ihm entgegen, drängte ihren Unterleib bei jedem Stoß gegen den seinen und küsste ihn so wild, dass das Aroma von Blut auf ihrer Zunge lag. War es das Adrenalin ihrer vergangenen Angst, das ihren Körper so empfindsam machte? War es die Tatsache, dass sie vor der Lüftung eines Geheimnisses stand, das ihr Denken und Fühlen für immer verändern würde?

Josephine war es gleich. Ihre Nägel gruben sich in Nathaniels Hüften, während er wieder und wieder in sie eindrang, mit gnadenlosen Stößen, als wäre sie ein Feind, den es zu besiegen galt. Der Orgasmus überflutete sie mit aller Macht und trug sie fort in eine sanft auslaufende Brandung. Mit einem angespannten Zittern seines Unterleibs und einem letzten, ungezügelten Stoß gab sich auch Nathaniel dem Höhepunkt hin. Seine verschwitzte Stirn sank auf Josephines Brust, Atemstöße streiften die Haut ihres Bauchs.

Sie liebten sich noch mehrere Male. Mal sanft, mal unbeherrscht. Hin und wieder lagen sie still, küssten einander, streichelten sich und sogen den Atem des anderen auf. Mal lag Josephine mit ausgebreiteten Armen und weit gespreizten Beinen in den Fellen, während Nathaniel seine Zunge in ihrem Schoß spielen ließ und ihr Körper sich ihm zuckend entgegenbog.

Ihr Spiel, in dem sie ihre Körper in Altäre der Lust verwandelten, schien sich endlos hinzuziehen, und doch kam der Morgen schneller als jemals zuvor.

Als die Dämmerung durch die Lücke im Eingang schien, bedeckte Josephine seine Lippen mit Küssen. Ein letztes Mal vereinten sie sich, Träge und lasziv, gegenseitig ihren vom Duft der Lust geschwängerten Atem einsaugend. Der Rhythmus ihrer Körper sprach von einer vollkommenen Einheit, doch noch immer war Josephine erfüllt von einer unbeschreiblichen Sehnsucht.

„Danke", flüsterte Nathaniel und strich über ihr Haar. „Danke, dass du zu mir gekommen bist. Auch wenn ein Teil in mir sich wünscht, du hättest es nicht getan."

Sie nahm sein Gesicht in beide Hände und bedeutete ihm mit Küssen, was sie fühlte. Als sie schließlich nebeneinander ruhten, nahm er sie in den Arm und wiegte sie behutsam. Lange lag Josephine da, den Kopf auf seine Brust gebettet, beobachtete das Flackern des von außen hereindringenden Feuerscheins und das erwachende Licht des Morgens. Nichts dort draußen berührte sie mehr. Alles, was ihr bisheriges Leben ausgemacht hatte, lag in weiter Ferne. Es gab nur noch ihre Nähe zueinander, den Duft seines Schweißes, das Gefühl seines Körpers. Feuchtes Haar, das auf ihrer Haut klebte, und weiche, bronzene Haut unter ihren Fingern.

Es war Abend geworden, als Josephine erwachte. Unter einer schwarz-rot gemusterten Decke, liegend auf einem Sofa. Ihr Körper schmerzte, so wundervoll, wie er nur nach der vollkommensten Nacht ihres Lebens schmerzen konnte. Müde rieb sie den Schleier von ihren Augen und erblickte Nathaniel.

Er saß ihr gegenüber auf dem grünen Sessel und lächelte. Zufrieden – nein, glücklich. Und doch lag ein Schatten über seinen Augen. Josephine betrachtete ihn und fühlte sich wie eine Auserwählte. Er trug eine schwarze Wildlederhose, über der sein obligatorischer Gürtel hing, ein eng anliegendes schwarzes Hemd und einen dieser traditionellen Brustpanzer aus waagerecht angeordneten Knochen, der mit zwei Silberplättchen und kupferfarben schillernden Federn verziert war. Sein Haar fiel offen herab, bis auf zwei geflochtene Zöpfe, die jeweils von seinen Schläfen ausgingen und mit Lederbändern umwickelt waren. Das Licht zweier Kerzen, die auf dem Tisch brannten, ließ seine Haut wie bronzene Seide schimmern. Nathaniels Erscheinung war eine perfekte Mischung aus Tradition und Moderne. Ohne Zweifel wusste er, welche Wirkung sein Auftritt erzielte, denn das Lächeln troff vor Selbstzufriedenheit.

Er strich dem Hund, der vor ihm hockte, mit gekrümmtem Zeigefinger über die Schnauze. „Gut geschlafen?"

Josephine nickte. „Wie ein Stein."

„Jetzt wirst du vermutlich danach gieren, endlich die Wahrheit zu erfahren." Nathaniel blickte zur Seite. Kupferfarbenes Abendlicht legte sich auf sein Gesicht und verlieh ihm den wehmütigen Ausdruck eines Mannes, der alten Zeiten nachtrauerte. „Du willst wissen, was ich bin."

Wieder nickte sie.

„Hab noch ein wenig Geduld." Er stand auf, hob etwas vom Boden auf und reichte es ihr. Es waren ihre Kleider. „Draußen hat das Fest begonnen. Sie warten schon auf uns."

„Welches Fest?"

„Ein Fest ohne besonderen Anlass. Wir lieben so was. Komm, du musst keine Angst haben. Die Zeiten, als wir am Feuer die rohen Lebern unserer Feinde gegessen haben, sind vorbei."

„Ich will es jetzt wissen." Josephine starrte auf ihre Kleider hinab, als sähe sie dieselben zum ersten Mal. Alles war anders. Alles hatte sich auf subtile Weise und doch vollkommen verändert.

„Heute Nacht wirst du alles erfahren", sagte Nathaniel. „Ich werde ganz dir gehören. Mit meinem Körper und meiner Seele. Zelebriere diese Nacht, Tacincala, als wäre sie deine erste und deine letzte. Feiere mit mir, und dann hör dir meine Geschichte an."

Rohe Lebern gab es keine, wohl aber ganze, über dem Feuer gebratene Hirsche, zwei Dutzend bemalte Tipis, die im Schein der Flammen schimmerten, Gesang, Geschichtenerzähler und Trommler, die bereits lange vor Mitternacht den Eindruck erweckten, in anderen Sphären zu schweben. Josephine war von dem Treiben derart beeindruckt, dass sie lange Zeit nur dasaß und beobachtete. Nathaniel saß an ihrer Seite, sprach in seiner Muttersprache mit Jeremy und genoss einen Eintopf. Angesichts des Mienenspiels des Jungen wurde Josephine klar, das Nathaniel ihm soeben von ihrer gemeinsamen Nacht erzählte. Es störte sie nicht. Jeremy hatte zweifellos so manches gehört, und dass sie die Nacht nicht mit Philosophie verbracht hatten, war ihm ohnehin klar. Unter diesen Menschen schien es keine Scham zu geben, und vielleicht war diese natürliche Unbeschwertheit auf sie übergesprungen.

Nur wenige Mitglieder des Stammes ehrten die alten Zeiten und trugen traditionelle Kleidung. Ein Großteil dieser Nostalgiker bildete einen versunkenen Reigen um das größte Feuer. Sie ließen ihre Fransen, Stachelschweinborsten, Pferdeschweife und Federn in einem wilden Kaleidoskop tanzen und wirbelten mit stampfenden Füßen Staub auf. Dieser Reigen war kein Vergleich zu jenen Tänzen, die sie im Fernsehen gesehen hatte. Kunterbunte Pow Wows, abgehalten in Basketballhallen oder auf Sportplätzen. Männer und Frauen mit Nummerschildern um den Hals, die in meist künstlich wirkenden Kostümen wetteiferten.

Josephine bewunderte prächtige Stickereien, funkelnde Silberplatten und Schmuck, der den Eindruck von Authentizität erweckte. Lachende Blicke streiften sie, freundliche Hände berührten ihre Schultern, voller Zurückhaltung und doch unverhohlen neugierig.

Die meisten Männer und Frauen hatten wie Nathaniel Altes mit Modernem gemischt, kombinierten Jeans mit traditionellen Brustplatten oder Coca-Cola-T-Shirts mit Federn im Haar. Andere saßen in moderner Kleidung um die Feuer und hatten Pfeifen gegen Zigaretten getauscht. Manche Jüngere trugen Kopfhörer in den Ohren, spielten mit ihren Handys und taten gelangweilt.

Josephine beobachtete eine traditionell gekleidete Frau beim Flötenspiel. Der Mann neben ihr sang mit weicher Stimme ein Lied, in dessen Tönen etwas Melancholisches lag.

„Wovon singt er?", wollte sie wissen und schluckte das Fleisch hinunter, das von einem der gebratenen Hirsche für sie abgeschnitten worden war. Es schmeckte köstlich. Wild, salzig und zart.

„Er singt von dem, was geschieht, wenn wir sterben", antwortete Nathaniel.

„Und was ist das?"

Er lächelte, als erfreute es ihn, dass sie ihm diese Frage stellte. „Das Volk der Tiere und der Pflanzen richtet über uns, wenn wir in das Land jenseits des Sonnenuntergangs gehen. Ehe wir in das immergrüne Tal gelassen werden, müssen wir uns ihrem Urteil beugen. Hast du jemals einem Tier Böses angetan, es ohne Grund getötet oder ihm aus Spaß Schmerzen bereitet, dann wirst du auf die Erde zurückgeschickt, um Respekt zu lernen. Hast du jemals einen Baum gefällt, ohne ihn um Verzeihung zu bitten und ihm zu danken für das, was er dir gibt, wirst du vom Gericht der Pflanzen verurteilt und zurückgeschickt, um Demut zu lernen."

„Dann muss das Tal heute ziemlich leer sein." Josephine aß das letzte Fleischstück und sprach im Geiste ein Dankgebet für das Tier, das für sie gestorben war. Es fühlte sich richtig an. Dann hörte sie, wie die Stimme des Mannes von der Frau abgelöst wurde.

„Worüber singt sie?"

„Von dem betrügerischen Herrn der Sorge", antwortete Nathaniel bereitwillig. „Er kam einst zu den Menschen und tarnte sich als mächtiger, weiser Gott. Er sagte ihnen, es sei eine Sünde, in vollkommenem Glück zu leben. Erleuchtung fände man nur durch Entbehrung und Verzicht. Der Herr der Sorge führte die Menschen an einen kargen Ort ohne Freude. Er trennte Männer und Frauen, lehrte sie eine unterschiedliche Sprache, damit sie einander nicht mehr verstanden, und versagte ihnen die Tänze und Feste. Eine Zeit lang gehorchten ihm die Menschen, denn der Herr der Sorge sprach von grausamen Qualen, die jeder erleiden würde, der sich nicht an die Gesetze hielte. Doch je länger sie unter der Last ewiger Angst und Entbehrung dahinvegetierten, umso größer wurde ihre Sehnsucht nach Freiheit. Eines Tages, als der Adler über ihnen erschien und ihnen von alten Zeiten erzählte, erhoben sich die Menschen gegen den Herrn der Sorge und besiegten ihn in einem langen, kräftezehrenden Kampf. Sie kehrten zurück in die grünen Hügel ihrer Heimat, um so zu leben wie ihre Vorfahren. Männer und Frauen lernten, wieder dieselbe Sprache zu sprechen, sie feierten und lachten gemeinsam, lebten ohne Angst vor dem Jenseits, weil sie wussten, dass der Tod nur ein Überwechseln in etwas Neues ist. Wie ein Schmetterling seine Puppe zurücklässt, um in einem anderen Zustand des Seins weiterzuleben."

Josephine dachte über diese Worte nach, während sie Nathaniels Hand hielt. Der Rhythmus der Trommeln floss durch ihren Körper, dröhnend wie das Stakkato ihres Herzens. Passte sich ihr Herz der Musik an, oder war es umgekehrt? Automatisch zuckte sie im Takt der Schläge, was Nathaniel nicht verborgen blieb.

„Lass uns tanzen", raunte er.

„Aber ich …"

„Nicht denken, handeln." Abrupt zog er sie hoch und lotste sie durch die Masse der Liegenden und Sitzenden, nicht zum Feuer, sondern zu einem großen Fell, auf dem mehrere Schälchen standen.

„Warte kurz." Er kniete nieder, nahm eine Handvoll weißer Farbe aus einer der Schalen und verteilte sie in den Händen.

Josephine erwartete, von ihm verziert zu werden, doch als er beide Hände unvermittelt auf ihr Gesicht drückte, zuckte sie zurück.

„Jetzt kannst du den Geistern gegenübertreten", verkündete er feierlich. „Denn du siehst selbst aus wie einer."

Josephine gluckste. Sie bückte sich, wählte die Schale mit der roten Farbe und tauchte ihrerseits die Hände ein. „Dann will ich mal sehen, was ich für dich tun kann."

Sie legte die Fingerspitzen an seine Wangen an, weitaus zarter, als er es getan hatte, und ließ sie genüsslich tiefer gleiten. Über Kiefer, Hals und Schlüsselbein, bis der Stoff des Hemdes den Weg ihrer Finger beendete. Noch einmal nahm sie Farbe auf, um diesmal seine Stirn rot zu färben. Zu guter Letzt, als Nathaniel genüsslich die Augen schloss, strich sie mit der Spitze ihres Zeigefingers über seinen Nasenrücken und die Lippen.

Ihr Atem ging schwer. Er fing ihre Hand ein, küsste jede einzelne Fingerkuppe und ließ seine Zunge über der zarten Haut ihres Unterarms kreisen.

„Später," schnurrte er. „Später gebe ich dir alles, was du willst. Hier und jetzt kannst du alles sein, was du sein willst." Er ließ sie los, zwinkerte ihr zu und lief voraus, hinein in die Menge der Tanzenden. Josephine folgte ihm. Als er seine Arme ausstreckte, tat sie es ihm gleich. Als er sich wie ein Vogel in der Thermik drehte, ahmte sie ihn nach, schloss die Augen und stampfte im Rhythmus der Trommelschläge auf den von vielen Tänzern aufgewühlten Boden.

„Sei ein Vogel", hörte sie Nathaniel rufen. „Sei ein Hirsch oder ein Wolf. Sei, was immer du willst."

Josephine blieb kaum eine andere Wahl. Inzwischen hatte die Zahl der Tänzer zugenommen, sodass sie einen Strudel bildeten und jene Wenigen, die noch zögerten, mit sich rissen. Körper wirbelten um sie herum, Haare streiften über ihre Haut, Federn berührten ihre Wangen. Sie roch Feuer, Leder und Holz, verschwitzte Haut, Leidenschaft und das Aroma der Sommernacht. Ehe ihr Verstand Bedenken anmelden konnte, hatte der Sog sie bereits erfasst. Ohne noch einen Gedanken an Blamage oder misslungene Bewegungen zu verschwenden, ließ sie sich in den Strudel fallen, warf den Kopf zurück, wiegte sich in dem Rhythmus, den die Trommeln vorgaben, und wirbelte mit ihren nackten Füßen Staub auf. Dieser gemeinsame Tanz war etwas vollkommen Neues, Berauschendes. Er gab ihr das Gefühl, wie ein Vogel abzuheben. Sie stellte sich vor, ihre Flügel auszubreiten und über einen Abgrund zu gleiten. Ihre Bewegungen wurden schneller, immer ausgelassener wirbelte sie herum, mitgerissen von der Leidenschaft ihrer Mitstreiter, der Hitze und dem ekstatischen Spiel der Trommler. Bald fiel sie in das allgegenwärtige Gejohle und Geschrei mit ein und ließ alles hinaus, was hinauswollte. Jede Zelle ihres Körpers vibrierte im Taumel der Lebendigkeit. Erschöpfung kam, verflüchtete sich und verging.

Als Nathaniel sie irgendwann packte und aus der tanzenden Meute zog, lachte sie, dass ihre Muskeln sich verkrampften. Glucksend und keuchend ließ sie sich von ihm zum Seeufer ziehen, fiel zu Boden und rollte sich herum wie ein Kind. Über ihr glommen die Sterne, Wind kühlte ihre verschwitzte Haut. Sie empfand eine solche Verbundenheit mit allem, dass es ihr war, als umarme sie die Schöpfung selbst.

„Willst du bei mir bleiben?" Nathaniel legte sich neben sie in das Gras. Sein schönes, rot bemaltes Gesicht vor dem Hintergrund des Sternenhimmels besaß etwas Überirdisches. Etwas Magisches.

„Das will ich", gurrte sie.

„Auch wenn es schlimm enden könnte?"

„Ich glaube an das Schicksal." Fern hörte sie das Gelächter der Menschen und das Johlen der Tänzer. „Ich glaube, dass alles, was uns passiert, Vorhersehung ist. Das Furchtbarste für mich wäre, allein zu sein und irgendwann in dem Wissen zu sterben, zu viel versäumt zu haben."

Nathaniel küsste sie. Weiche Haarsträhnen strichen über ihre Wangen. „Wenn ich dich verliere, wird mein Leben zu Ende sein."

„Keine Angst", flüsterte Josephine an seinen Lippen. „Alles wird gut."

„Hattest du eine Vision? Oder einen Traum?"

„Nein. Ich weiß es einfach. An dem Abend, an dem du auf meine Farm gekommen bist, habe ich von einer Frau geträumt. Und von einem Kind. Sie wurden beide getötet. Von einem Bären. Es war deine Familie, habe ich recht? Deine Frau und dein Sohn?"

Nathaniel sah sie lange an. Ihre Seele hätte sie hergegeben, um zu erfahren, was er in diesen Momenten dachte. Was er fühlte.

„In unserem Glauben ist das ein Zeichen, dass zwei Menschen zusammengehören", sagte er irgendwann. „So wie Morgen und Abend. Der eine träumt Erinnerungen des anderen, weil es auch seine eigenen sind."

Er setzte sich auf, zog etwas aus seinem Gürtel und hielt es ins Mondlicht. Es war eine kaum fingerlange Klinge, offenbar aus Stein. Nathaniel nahm eine Strähne seines Haares, schnitt sie ab und schob das provisorische Messer in seine Hülle zurück.

„Setz dich vor mich", sagte er leise.

Josephine gehorchte. Gänsehaut überzog ihren Körper, als er sanft ihren Zopf löste, das Haar auf ihrem Rücken ausbreitete und mit den Fingern hindurchfuhr. Sie spürte, wie er mehrere dünne Strähnen abteilte und begann, sein abgeschnittenes Haar mit ihrem zu verflechten.

Die Zeit hielt in ihrem Lauf inne. Es gab nur noch Nathaniels Wärme in ihrem Rücken, seine Berührungen und das Geräusch seines Atems. Josephine sah zu, wie der abnehmende Mond sich über die Wipfel der Tannen schob, wie er den See versilberte und von kleinen Schatten durchkreuzt wurde. Fledermäuse, Motten, Nachtvögel. Teile eines wunderbaren Ganzen, dem sie sich zum ersten Mal wirklich zugehörig fühlte.

„In unserer Tradition sind wir jetzt miteinander verbunden", sagte Nathaniel feierlich. „Wir waren es schon vorher, aber das ist eine kleine Geste, die es jedem zeigen wird."

Josephine fühlte Bedauern, als er aufstand und ihr damit seine Wärme entzog.

„Komm. Du wolltest doch meine Geschichte hören."

Sie rekelte sich genüsslich im Gras. „Ja, unbedingt. Aber du kannst sie mir auch hier erzählen."

„Nein. Ich möchte allein mit dir sein. Wirklich allein." Er nickte zum Festplatz hinüber. Josephine folgte seinem Blick und sah, dass viele Gesichter in ihre Richtung gewandt waren. Frauen, Männer und Kinder. Sie erkannte Black Fox, der ebenso wie Jeremy eine Hand über die Augen gelegt hatte, um das Licht des Feuers abzuschirmen und mehr zu erkennen.

„Es gibt viele, die sehr neugierig sind", setzte Nathaniel hinzu. „Normalerweise macht es mir nichts aus, aber diesmal will ich ungestört sein."

Sie nickte, nahm seine Hand und ließ sich von ihm aufhelfen.

***

„Wir sehen uns", sagte die Stimme. „Morgen."

„Und Sie sind sicher, dass es funktionieren wird?" Hazlewood zwang sich, ruhig zu bleiben. Für Triumph blieb Zeit, wenn das Gefäß tatsächlich vor ihm stand. Wenn es sich unzweifelhaft in seiner Gewalt befand.

„Ich garantiere es", antwortete die Stimme. Im Hintergrund waren Stimmen zu hören. Singende, lachende und schwatzende Stimmen, begleitet von traditioneller

Musik. „Sorgen Sie nur dafür, dass mein Geld bereitsteht."

„Es liegt vor mir und wartet nur darauf, seinen Besitzer zu wechseln."

Die Stimme schwieg eine Weile. Hazlewood kannte diese Art von Stille. Sie war geschwängert von schlechtem Gewissen und dem Hadern mit der getroffenen Entscheidung. Daher half er dem wankenden Gemüt ein wenig auf die Sprünge.

„Bringen Sie mir das, was ich will, und für den Rest Ihres Lebens haben Sie ausgesorgt. Unser Geschäft ist nunmehr verbindlich. Das wissen Sie doch, nicht wahr?"

„Morgen", erwiderte die Stimme. „Am vereinbarten Ort. Irgendwann im Laufe des Abends."

„Sehr gut. Wir sehen uns."

Hazlewood legte den Telefonhörer auf, lehnte sich zurück und gönnte sich ein hauchfeines Lächeln. Lange starrte er vor sich hin, den pochenden Schmerz in seinem Kopf ignorierend. Seit seine Erinnerung wiedergekehrt war, war die Qual abgeflaut, doch nach wie vor nicht gewichen. Weder Tabletten noch Hausmittel halfen. Hazlewood war gewöhnt an Schmerzen. Er war gewöhnt daran, sie zu ignorieren und die von ihnen ausgelösten, negativen Schwingungen an andere weiterzugeben. Doch dieses monotone, dumpfe Pochen war ein anderes Kaliber als das Stechen in seinem Knie. Egal. Bald würden all diese Schmerzen der Vergangenheit angehören. Bald würden weder Alter noch Tod ihn berühren.

„Du bist mächtig," raunte Hazlewood. „Aber nicht mächtig genug. Du besitzt dieselben Schwächen wie jeder gewöhnliche Mensch. Ich kenne diese Schwächen, und deshalb gehörst du mir."

Fahrig riss er noch einmal den Hörer an sich und wählte die Nummer seiner Sekretärin.

„Sir?"

„Rufen Sie Dr. Timmons an. Sagen Sie ihm, er soll sich bereithalten."

„Worum geht es, Sir?"

„Er weiß Bescheid", schnauzte Hazlewood. „Sagen sie ihm, dass es morgen Abend so weit ist. Falls er noch irgendetwas braucht, soll er damit rausrücken. Außerdem will ich ihn heute Abend sehen, um noch ein paar Einzelheiten zu besprechen. Eine Absage nehme ich nicht in Kauf, verstanden?"

„Ja, Sir." Die Sekretärin legte auf. Als ihn die Stille umschloss, erlaubte sich Hazlewood einen kleinen Vorgeschmack auf jenen Triumph, der bald seinen Höhepunkt finden würde. Er ging zu der Vitrine, in dem seine kostbarste Weinflasche auf ihren Einsatz wartete. Seine Finger zitterten, als er den Korken entfernte und ein Glas mit der dunkelroten, süß duftenden Flüssigkeit füllte.

„Auf die Ewigkeit", raunte Hazlewood dem Schutzgeist zu, wo auch immer er gerade steckte. „Und auf den Beginn einer wunderbaren Freundschaft."

***

Sein Schlafzimmer war einfach eingerichtet, aber so gemütlich wie der Rest des Hauses. Mit Zedernholz vertäfelte Wände, ein flaches, scheinbar selbst gezimmertes Bett und eine Truhe neben einem riesigen Schrank. Durch das große, bis zum Boden reichende Fenster sah man das Glänzen des Sees, durchbrochen von den schwarzen Stämmen dreier Tannen.

Als er sich und sie auszog, glaubte Josephine, sie würden sich erneut lieben. Nathaniel schlug die mitternachtsblaue Webdecke und das weiße Laken zurück, bedeutete ihr mit einer Geste, dass sie sich auf das Bett legen sollte, und bettete sich, als sie es tat, vorsichtig hinter sie. Josephine seufzte, als sein Körper sich an den ihren schmiegte, Wärme und Geborgenheit vermittelnd. Er zog Decke und Laken hoch, umfing sie mit beiden Armen und legte seine Lippen auf ihren Nacken.

Josephine war glücklich. Selbst, wenn die Welt untergegangen wäre, hätte sie sich sicher gefühlt. Beschützt von seiner Umarmung.

„Beginnen wir ganz klassisch", sagte Nathaniel und schmiegte seine Wange an ihr Haar. „Geboren wurde ich irgendwann um das Jahr 1845. Ein genaues Datum weiß ich nicht, denn wir besaßen damals weder Uhren noch Kalender. Ich weiß nur, dass ich im Frühjahr geboren wurde, und dass der Wind, der in das Zelt wehte, nach Krokussen und Wildrosen roch."

„Du kannst dich daran erinnern, wie der Wind roch?" Josephine verschränkte ihre Finger mit den seinen. „Nach deiner Geburt?"

„Ja", erwiderte er. „Ich glaube jedenfalls, mich daran zu erinnern. Wenn ich Wildrosen oder Krokusse rieche, denke ich an die Biberpelze, in denen ich lag, und an den Geschmack der Milch meiner Mutter. Als ich geboren wurde, lebte mein Stamm bereits in den Großen Ebenen. Ich erinnere mich gern an damals. Es waren vollkommene Jahre. Ungetrübt von Sorgen und frei. Natürlich gab es immer Kämpfe, denn wo mehrere Stämme aufeinandertrafen, ließ Ärger nie lange auf sich warten. Eine Art inoffizieller Ehrenkodex schrieb vor, dass ein Stamm, der mit dem anderen Krieg führen wollte, drei Tage vorher einen Boten aussenden musste, um dem Gegner Gelegenheit zu geben, Frauen, Kinder und Kranke in Sicherheit zu bringen und sich auf die Schlacht vorzubereiten.

Viele Kriege wurden nach diesem Kodex geführt, aber natürlich besaßen nicht alle Stämme genügend Ehre, sich daran zu halten. Auch unter unseresgleichen gab es grausame Kämpfe, aber niemals waren sie katastrophal. Die tödlichsten Waffen, die wir besaßen, waren Kriegsäxte, Bögen und Lanzen, abgesehen davon brachte nur ein fairer Sieg Ehre ein. Als einer der größten Coups galt es zum Beispiel, sich an einen Schlafenden des feindlichen Stammes heranzuschleichen und ihn zu berühren. Oder das Pferd des Gegners zu stehlen.

Wie auch immer, ich genoss meine Kindheit in vollen Zügen, was auch an meinem älteren Bruder lag, denn sein Ehrgeiz spornte mich zu Leistungen an, die ich ohne ihn für unerreichbar gehalten hätte. Gemeinsam ritten wir, kaum dass ich auf einem Pferd sitzen konnte, über die Prärie. Wir stürzten uns in die Stromschnellen, schwammen um unser Leben und lagen, nachdem wir dem Tod knapp entronnen waren, nackt im Sonnenschein und sahen dem Gras zu, das vom Wind bewegt wurde wie ein Meer. Tokala, so war der Name meines Bruders, brachte mir sehr früh bei, mit Bogen, Lanze und Kriegsaxt umzugehen. Ich erinnere mich, dass meine Mutter sich vor Lachen kaum halten konnte, wenn ich Winzling versuchte, meinem Bruder mit der schweren Lanze zu Leibe zu rücken."

„Was bedeutet Tokala?", fragte Josephine. Sie konnte sich nicht erinnern, jemals so zufrieden gewesen zu sein. Hier in diesem Zimmer, in Nathaniels Armen und seiner Stimme lauschend. Sie befand sich in einer Welt, in der ihr rationaler Verstand nicht mehr zählte, und dieses Wissen war erregend und herrlich.

„Es bedeutet kleiner Fuchs", antwortete er.

„Wie war dein Name?"

Nathaniel lachte. „Damals hieß ich Tawitko. Das bedeutet soviel wie verrückter Büffel."

„Warum das denn?"

„Meine Mutter träumte in der Nacht vor meiner Geburt von einem Büffel, der durch das Dorf stürmt und sämtliche Tipis umreißt. Sie ging davon aus, dass es ein Zeichen war. Also nannte sie mich Tawitko. Jedenfalls ... eine der liebsten Beschäftigungen meines Bruders und mir war es, uns den unwirtlichsten Bedingungen auszusetzen. Im Sommer nahmen wir uns jeweils ein Kanu und paddelten flussaufwärts, so lange, bis jeder Muskel sich wie Stein anfühlte und wir vor Erschöpfung zu halluzinieren begannen. Wir schliefen, wenn der Mond aufging, und ließen die Kanus wieder zu Wasser, wenn er hoch am Himmel stand. Irgendwann glitten unsere Boote so leicht über den Fluss, als lenkten die Geister sie. Wir spürten keine Schmerzen mehr, keinen Hunger, keinen Durst.

Erklomm mein Bruder wiederum den Fuß des Gipfels unseres heiligen Berges, musste ich Leib und Leben riskieren, um bis ganz nach oben zu kommen. Harrte er sieben Tage in der Schneewüste aus, musste ich wenigstens zwei Tage länger dem Winter die Stirn bieten, selbst, wenn der Dämon des Frostes meine Finger abzunagen drohte. Ich erinnere mich an ein Lacrosse-Spiel, das gegen Ende des Frühlings ausgetragen wurde. Während dieses Spiels schlug jemand meinem Bruder einen Schläger gegen das Schienbein, und zwar so heftig, dass es brach. Er verzog keine Miene, obwohl der Knochen durch die Haut brach, als er stürzte. Das Mädchen, auf das wir beide ein Auge geworfen hatten, beobachtete ihn nämlich. Die Eifersucht, dass er ihr seine Tapferkeit beweisen konnte, während ich unversehrt geblieben war, machte mich ganz verrückt. Am Abend, als alle um das große Feuer herumsaßen, nahm ich einen glühenden Zweig und bohrte ihn mir in das Bein. Anschließend rieb ich Salz in die Wunde, nur um meiner Angebeteten zu zeigen, dass ich nicht weniger Schmerz ertrug als mein Bruder. Vermutlich übertrieb ich es, denn ich wachte in der Nacht vom Schimpfen meiner Mutter auf, die mich, nachdem ich ohnmächtig geworden war, in unser Zelt getragen hat."

Nathaniel lachte, küsste ihren Nacken und schwieg eine Weile. Schließlich, als Josephine ganz trunken von der Stille war, fuhr er mit seiner Erzählung fort: „Zweimal im Jahr wechselte mein Stamm das Lager, zog durch die Großen Ebenen und suchte nach einer neuen Heimat. Wir folgten den Bisons, die damals in unvorstellbarer Zahl die Prärie bevölkerten und von uns gejagt wurden. Im Frühjahr, um die Fleischvorräte aufzufüllen, und im Spätherbst, wenn ihre Felle dick und weich waren.

Alle Dinge konnten damals noch frei atmen. Grenzen existierten für uns nicht. Aber eines Tages zogen unsere Krieger aus, um einen Treck Siedler zurückzuschlagen. Sie kehrten siegreich zurück, aber mein Vater lag tot auf einer Bahre. An dem Abend, da wir seine Asche in das Totenkanu streuten und es dem Fluss übergaben, endete mein erstes Leben und mit ihm die Zeit, in der uns die Prärie grenzenlos erschien. Immer häufiger trafen wir auf Wagenspuren. Immer kürzer wurden die Zeiten, in denen Frieden herrschte. Krankheiten kamen zu uns, für die wir keine Namen hatten. Viele starben, auch meine Mutter. Deshalb töteten wir fortan jeden weißen Missionar, der in unser Dorf stolperte."

„Auch, wenn sie in Frieden kamen?"

„In Frieden?" Nathaniel schnalzte missbilligend mit der Zunge. „Sie kamen, um unseren Geist zu vergiften. Sie griffen uns nicht mit Waffen an, stattdessen schlichen sie sich heimlich in unsere Seelen und versuchten, uns vom Pfad unserer Ahnen abzubringen. Zuerst übergaben wir die gefangenen Missionare unseren Frauen, damit sie sie drei Tage lang foltern konnten. Aber als wir erkannten, dass diese Männer Krankheiten mit sich brachten, erschossen wir sie, sobald sie sich unserem Dorf näherten."

„Ihr habt sie gefoltert? Drei Tage lang?"

„Manche ließen wir gehen", beschwichtigte Nathaniel sie. „Nur nicht in vollständigem Zustand."

„Das ist ..."

„Barbarisch? Sicher, aber es waren andere Zeiten."

Josephine nickte schaudernd. „Wie ging es weiter?"

„Der Rest steht in zahllosen Geschichtsbüchern. An einem Wintermorgen wurde unser Dorf niedergemacht und mein Stamm nahezu ausgerottet. Ich entkam mit drei Männern, zwei Frauen und einem Kind. Mein Bruder blieb im Kugelhagel zurück. Sein Tod weckte einen Hass, der mich bis heute nicht ganz verlassen hat. Ich wusste, dass die Soldaten nicht nur seinen Körper getötet hatten, sondern auch seinen Geist. In unserem Glauben muss ein Toter sich mit der Seele des Baumes vereinen, mit dessen Holz er verbrannt wird, um das Land hinter dem Sonnenuntergang zu erreichen. Mein Bruder verfaulte stattdessen auf dem Schlachtfeld."

„Ich bin sicher, dass er das Land trotzdem erreichte."

Nathaniel lächelte. Dann fuhr er fort. „Nachdem wir mehrere Tage durch die Prärie gezogen waren, fanden wir eine neue Heimat bei einem Nachbarstamm. Ich vervollkommnete alles, was mein Bruder mir beigebracht hatte, und selbst, als ich in Petala meine erste große Liebe fand und sie mir einen Sohn schenkte, wurde der Hass in mir nicht gemildert. Er war hellrot und grell wie das Feuer, das im Sommer die Prärie auffraß, und er konnte durch nichts gelöscht werden. Wo immer wir auf Weiße trafen, tötete ich sie. Mein Feldzug gegen sie wurde zu einer bitteren Medizin, deren Wirkung nie lange anhielt. Als Unmengen von Skalps vor Petalas Tipi hingen und die Zahl meiner Coups alles in dem Stamm bisher Erreichte überstieg, erkannte man mich zum Kriegshäuptling. Viele Jahre lang kämpften mein Heer und ich gegen eine immer größer werdende Bedrohung.

Wir schlossen uns mit den Comanchen, den Kiowas und Cheyenne zusammen, zogen nach Süden und überfielen Missionen, Minen und Forts. Unsere Kriegszüge errangen einen gefürchteten Ruf. Viele Absarokee anderer Gruppen, musst du wissen, wurden zu Verbündeten der Weißen, doch wir küssten niemals die Füße unserer Feinde, geschweige denn, dass wir zu ihnen krochen, um unser eigenes Blut zu verraten.

Irgendwann aber, nach vielen grausamen Jahren, erkannten auch wir, wie aussichtslos unser Kampf war.

Wir löschten einen Siedlertreck aus, und drei neue zogen von Osten heran. Wir nahmen ein Fort ein, und drei neue wurden errichtet. Unsere Waffen töteten viele, doch bald besaßen die Weißen neue Gewehre, die aus großer Entfernung präzise töteten und weiter reichten als jeder Bogen oder jede Lanze. Das Schlimmste aber war, dass sich der Gestank von Tod über die Prärie legte. Tausende und Abertausende Büffel verwesten auf den Ebenen, nur erschossen, um ihre Zungen herauszuschneiden und uns die Lebensgrundlage zu nehmen. Unsere Zahl schrumpfte so schnell wie unsere Zuversicht. Im letzten, großen Krieg kämpfte ich mit vielen Hundert Männern. Zurück kehrte ich mit vierundzwanzig, von denen mehr als die Hälfte schwer verwundet war. Wir begriffen, dass unser Widerstand sinnlos geworden war. Mein Volk war ausgeblutet und schwach wie ein Büffel, dem die Wölfe zu viele Wunden zugefügt hatten. Also zogen wir nach Westen. Wir zogen weiter und weiter, aber nirgendwo fanden wir die Ruhe, nach der wir uns sehnten. Überall tauchten sie nach kurzer Zeit des Friedens auf. Die Planwagen, die Forts und die Gewehre.

Aber erst, als ich an einem Frühlingstag meine Frau und meinen Sohn fand, zerrissen von einem Bären, gab ich wirklich auf. Von diesem Tag an resignierte ich. Es gab nichts mehr, für das es sich zu kämpfen lohnte. Das Herz meines Stammes war nicht mehr stark, in seinen Augen lag keine Leidenschaft mehr. Frauen gebaren keine Kinder mehr, weil sie es nicht ertragen hätten, sie in einer sterbenden Welt aufwachsen zu sehen.

Also stellten wir uns den Weißen, und sie brachten uns an einen Ort, den man Reservat nannte. Freie Nomaden, daran gewöhnt, die Weiten der Prärien zu durchziehen, hockten plötzlich in einem winzigen, eingezäunten und von Soldaten bewachten Terrain. Man verbot uns die Jagd. Man verbot uns, Zeremonien abzuhalten und Feste zu feiern. Die Erde, so sagten sie, gehöre dem weißen Mann und er sei die Krone aller Schöpfungen, womit er das Recht erwarb, sie nach Belieben mit Füßen zu treten. Man sagte, der große Gott der Weißen würde auch uns segnen, wenn wir nur seinen Weg beschritten, doch alles, was diesen Weg ausmachte, erschien uns wie eine Besudelung all dessen, was heilig war.

Man schnürte uns die Luft zum Atmen ab und erschoss jeden, der sich nicht einsperren ließ. Unsere Jungen wollten sich beweisen, so, wie sich alle Menschen in einem gewissen Alter beweisen wollen. Die überschüssige Energie, die in ihnen gärte, machte das Leben im Reservat zusätzlich zur Hölle. Ich versuchte, wenigstens einige Freiheiten für meinen Stamm zu erlangen, doch selbst wenn man sie uns gewährte, dauerte es nur wenige Tage, bis man sie uns wieder entzog. Angeblich, weil wir uns nicht an Vereinbarungen gehalten hätten.

Eines Tages, als mein letzter Lebensmut im Staub des Reservats versickert war, kam ein General namens George Jeremiah Sheridan zu mir. Seine Truppe hatte uns über Jahre hinweg erbittert verfolgt, und weil er mich als ebenbürtigen Gegner ehren wollte, bot er mir an, mich zum Verwalter des Reservats zu ernennen. Er zeigte mir ein Haus, das einer erstickenden Schachtel glich, er zeigte mir all die Annehmlichkeiten, die ich mir, sofern ich sein Angebot annahm, hätte leisten können. Doch ich lehnte ab, denn was brachte mir so ein Leben, wenn mein Volk vor meinen Augen dahinsiechte? Mit dem Ausschlag seines Angebots besiegelte ich mein Schicksal. Denn eine Schamanin namens Absá, die Frau, die du im Wald gesehen hast, verfolgte jeden meiner Schritte. Indem ich der Aussicht auf ein gutes Leben den Rücken kehrte, lieferte ich ihr den letzten Beweis dafür, dass ich der Richtige war."

„Der Richtige wofür?", wisperte Josephine.

„Das richtige Gefäß für eine Macht, die zu groß war, um von gewöhnlichen Seelen getragen zu werden. Ich erinnere mich genau an jenen Tag, da ich aufhörte, Mensch zu sein." Nathaniels Stimme wurde leiser, schien seine Erinnerungen wie im Halbschlaf wiederzugeben.

„Die gelb gefärbten Blätter der Baumwollpappeln funkelten im Sonnenlicht, der Herbsthimmel war wolkenlos und strahlend blau. Ich saß am Bach und wusste, dass der General mich beobachtete. Jedes Zeichen meiner Resignation erfüllte dieses Ungeheuer mit Triumph. Aber es war mir egal. Die Freiheit, für die ich jahrelang gekämpft hatte, war verloren. Übrig geblieben war nur der Wunsch nach dem Jenseits, denn dort, in der Welt hinter dem Schleier des Lebens, würde meine Trauer ein Ende finden. So dachte ich wenigstens. Ich beschloss, als letzte Handlung den General zu töten. Danach würde man mich hängen, und ich würde die Welt, die nicht mehr meine war, endlich verlassen können.

Absá spürte meine Gefühle, also kam sie an diesem Nachmittag zu mir. Ich entdeckte sie am gegenüberliegenden Ufer des Baches, gerade als ich meinen Plan in die Tat umsetzen wollte.

‚Komm mit mir', sagte sie. ‚Komm mit. Du kennst dein Schicksal nicht, aber ich kenne es.'

Der Druck ihrer Hand war sehr fest. Zu fest für eine alte, schwache Frau. Willenlos ließ ich mich von ihr führen, quer durch den Pappelwald und hin zu jener Lichtung, die den Zelten der Berg-Absarokee vorbehalten war. Überall starrten mich leere Gesichte an. Fragende Gesichter. Gesichter, auf denen sich nur noch ein Hauch des einstigen Stolzes spiegelte.

Als die Schamanin mich in das große Tipi am Rande des Dorfes führte, erwartete man mich bereits. In jeder anderen Situation hätte ich mich gefragt, was die seltsamen Mienen der Anwesenden bedeuteten, oder warum sie von meiner Ankunft wussten. Aber damals empfand ich nichts. Keine Verwirrung, keine Angst, nichts.

Ich sah ihre Gesichter im Dunkeln schimmern. Alte und junge Gesichter, hoffnungsvolle und resignierte, versunkene und erwartungsvolle. Ich sah zwei uralte Männer, deren Augen in Tränen schwammen, und einen jungen Mann, dessen strahlende Schönheit nicht darüber hinwegtäuschen konnte, dass sein Alter das jedes anderen in diesem Zelt überstieg. Ich begriff nicht, warum die Augen des Jungen trüber blickten als die jedes Greises. Mir war nicht klar, warum er jene Art von bleierner Erschöpfung ausstrahlte, wie sie nur Menschen erfüllte, die alles gesehen und alles erlebt hatten.

‚Gib einem Menschen Macht, und du erkennst seinen wahren Charakter', sagte Absá zu mir, als ich mich auf den leeren Platz an ihrer Seite niederließ. ‚Lange haben wir gesucht. Viel zu lange, um jemanden zu finden, der der Macht würdig ist. Rauch eine Pfeife mit uns, mein Sohn. Die Zeiten sind schlecht, und in solchen Zeiten sollten wir begreifen, dass wir alle zusammengehören.'

Ich nahm das Kalumet entgegen, das sie mir reichte. Es war das, was du vielleicht schon gesehen hast, an der Wand in meinem Haus. Es besteht nicht aus Holz, sondern aus irgendeinem Material, das nicht von dieser Welt stammt."

„Wie meinst du das?", flüsterte Josephine.

„Ich habe es einmal von einem Freund untersuchen lassen. Das Material war ihm völlig unbekannt. Es gibt nichts Vergleichbares."

„Weißt du nichts darüber, woher es stammen könnte?"

„Nein." Nathaniel streichelte versonnen ihren nackten Arm. „Unbekannte Schriftzeichen sind in die Pfeife geschnitzt, die keiner menschlichen Sprache zugeordnet werden können. Eine Untersuchung ergab, dass sie uralt ist. Viele Tausend Jahre. Schon, als ich damals den ersten Zug aus diesem seltsamen Ding nahm, begann sich die Welt um mich herum zu drehen. Ein Schleier legte sich auf meine Augen, der beim zweiten Zug noch dichter wurde. Zuerst dachte ich, man hätte etwas von dem heiligen Kaktus in den Tabak getan. Ich wollte die Pfeife weiterreichen, doch der Greis zu meiner Rechten forderte mich auf, einen dritten Zug zu nehmen.

Ich wollte mich weigern, weil ich spürte, wie mein Verstand mir entglitt. Ich wollte diesen Tag mit dem Tod des Generals beenden, um endlich Petala und Cuncana wiederzusehen, und was immer sich im Tabak befand, es wirkte viel zu gut und viel zu schnell.

‚Tu es', sagte schließlich der junge, schöne Mann. ‚Lass alles hinter dir. So wie ich es getan habe.'

Sein Gesicht schwebte vor mir, als sie es ein Traumgebilde. Ich konnte seinem Willen nicht widerstehen, also nahm ich die Pfeife und sog den Rauch in mich hinein. Wieder und wieder, bis ich spürte, wie ich zur Seite kippte. Jemand fing mich auf und umklammerte meine Arme. Ich erkannte das Gesicht der Schamanin. Etwas funkelte hell in der Dunkelheit. Es war die Klinge eines Messers, das sie in der Hand hielt. Ich versuchte, mich zu wehren, aber plötzlich waren es drei Männer, die mich festhielten und zu Boden drückten. Jemand zog meinen Kopf zurück. Kaltes Metall legte sich an meine Kehle. Ich wusste, dass die Schamanin mich töten wollte, und deshalb kämpfte ich mit aller Kraft gegen die Betäubung des Rauches an. Vergeblich. Mir wurde klar, dass ich sterben würde, und ich fand mich damit ab. Es war nicht der Tod, den ich mir ausgesucht hatte, aber ich würde meine Frau und meinen Sohn wiedersehen. Nur das zählte.

‚Nimm es an', sagte Absá, als ich meine Gegenwehr aufgab. ‚Nimm dein Schicksal an. Du wirst sie beschützen. Deine Macht wird sie in die neue Welt führen und Licht in die Finsternis bringen.'

Ich hörte, wie sie keuchend Luft holte und irgendjemand im Hintergrund hustete, dann löste sich alles in glühendem Schmerz auf. Die Klinge durchtrennte meine Kehle mit einem einzigen Schnitt. Ich spürte, wie sie durch Hautschichten, Sehnen und Kehlkopf säbelte. Ströme von Blut schossen hervor, durchnässten meine Kleidung, flossen in meine Luftröhre und ließen mich würgen. Der Griff um meine Arme löste sich, und ich fiel hustend zur Seite und versuchte, das offene Fleisch meines Halses zusammenzuhalten. Panik überfiel mich, nur um sich so schnell aufzulösen, wie sie gekommen war. Als wäre es nicht ich selbst, der gerade starb, hörte ich mein Husten und Röcheln. Ich spürte das nasse, heiße Fleisch unter meinen Fingern, als gehörte es nicht zu mir, und erstickte an meinem eigenen Blut. Alles wurde schwarz. Schmerz und Angst verschwanden, ausgelöscht von einem Gefühl der Erlösung.

Es wurde dunkel.

Es wurde still.

Mein Körper schwebte im warmen Nichts, beschützt von der Anwesenheit eines Geistwesens, dessen Größe und Güte allmächtig war.

Ich reiste weiter durch das stille Dunkel, bis ein Licht von alles versengender Helligkeit mich packte. Es riss mich hoch, zog an mir und schleuderte mich zurück.

Zurück ins Leben.

Plötzlich war ich der Gefangene meines eigenen Körpers, angewidert vom Zustand der Fleischlichkeit. Mein Herz schlug, zuerst langsam, dann immer kräftiger. Irgendwann öffnete ich die Augen. Spürte Fell an meiner Wange. Schmerzen und Atemnot. Die Wunde an meinem Hals prickelte. Etwas zog und zerrte daran, und als ich danach griff, spürte ich unter meinen Fingerspitzen, wie das Fleisch zusammenwuchs. Vor mir lag der junge, alte Mann, gehalten von den Armen der Schamanin. Sein Körper welkte dahin. Als wollten Jahrhunderte in wenigen Momenten verstreichen, vertrocknete seine schöne, makellose Haut, verdorrte und platzte auf. Er starb, und ehe ich zweimal nach Atem ringen konnte, hielt Absá eine uralte Mumie in ihren Armen.

‚Leb wohl', flüsterte sie. ‚Finde den Frieden, nach dem du so lange gesucht hast. Ein anderer trägt nun deine Last.'"

Nathaniel verfiel in Schweigen. Er drehte eine Strähne ihres Haares zwischen den Fingern, langsam und versunken. Alles in Josephine schrie danach, mehr zu erfahren, doch sie zwang sich, still zu bleiben. Endlich, nach einer gefühlten Ewigkeit, fuhr Nathaniel fort:

„Meine Sinne schwanden erneut, und als ich irgendwann zu mir kam, hielt ich ein Messer in der Hand und ging auf das Haus des Generals zu. Eine seltsame Kraft trieb mich vorwärts. Mühelos durchdrangen meine Augen die Dunkelheit jenseits der im Wind schaukelnden Petroleumlampen. Ich musste nicht sehen, wann die Soldaten beiseite blickten und wann ihre Aufmerksamkeit nachließ. Ich musste nicht darauf achten, wohin ich meine Füße setzte, um keinen Laut zu verursachen. All das spürte ich, so als wäre die Art, sich wie ein Geist zu bewegen, seit Ewigkeiten meine natürlichste Fähigkeit. Etwas übernahm die Kontrolle über meinen Körper, aber es tat das so schleichend, dass ich nicht mehr wusste, wo mein eigenes Wesen aufhörte und das Unbekannte begann.

Immer wieder durchzuckten Gefühle meine Wahrnehmung, die nicht meine eigenen waren. Wie Eindringlinge huschten sie durch meinen Geist, tauchten auf, verschwanden, und hinterließen ein Gefühl, als befände ich mich in einem Traum, der nicht enden wollte. Es war wie damals, als ich draußen in der Prärie nach Visionen suchte. Ich spürte Verwirrung, aber auch das Wissen um eine schlafende Macht, die nur darauf wartete, geweckt zu werden.

Als ich die Nähe des Generals spürte, vergaß ich meine Frau und meinen Sohn. Ich vergaß meinen Wunsch, ihnen zu folgen und sogar das, was kurze Zeit vorher geschehen war. Es gab kein Gestern und kein Morgen mehr. Alles, was mich erfüllte, war der Wille, zu töten. Ich huschte auf die Veranda des Hauses und stieß die Tür auf. Nichts konnte mich jetzt noch aufhalten. Nicht einmal eine Horde Soldaten, die mich mit ihren Kugeln durchsiebten. Einmal war ich in dieser Nacht bereits gestorben. Was spielte es für eine Rolle, wenn es ein zweites Mal geschah?

‚Ich wusste, dass du kommst', raunte eine Stimme, als ich die Tür hinter mir zuzog.

Der General stand vor seinem Schreibtisch, bewegungslos und unbewaffnet. Er wandte sich nicht einmal um, als ich so nahe hinter ihn trat, dass wir uns beinahe berührten. Im großen Feldsteinkamin knisterten Flammen. Ihr Licht tanzte über helle Holzwände, Antilopenfelle, Hirschgeweihe und Bücher, die in hohen Regalen aufgereiht waren. Auf einem polierten Eichentisch standen zwei benutzte Teller und die Reste eines üppigen Mahles. Ich sah die Reste eines Truthahns, große Schüsseln voll Gemüse, Kartoffeln und verschiedene Sorten Brot, einen Teller mit Käse und eine Schale voller Trauben. Angesichts dieses Überflusses brannte heiße Wut in mir auf, denn mein Volk zwang man, mit wurmverseuchtem Mehl und ungenießbarem Fleisch vorliebzunehmen. Viele Kinder waren bereits verhungert, und das, obwohl der Winter noch fern war. Was in den kalten Monaten geschehen würde, war mir schon nach kurzer Zeit klar geworden. Nur die wenigsten würden einen neuen Frühling erleben. Aber dieses Schicksal unterschied sich kaum von dem, das uns in Freiheit vorbestimmt gewesen wäre. Die Büffelherden waren verschwunden, die Hirsche und Gabelböcke standen am Rand der Ausrottung. Unsere Heimat war zu einer toten Welt geworden, die uns nicht mehr ernähren konnte.

Ich dachte an all das und legte dem General das Messer an die Kehle. Danach gierend, ihn zu töten. Ich wolle ihm seinen Skalp Stück für Stück abziehen und sein zuckendes Herz zerschneiden, in jenen kurzen Momenten, da ein so Verwundeter noch wahrnahm, was geschah.

‚Wenn du es gewusst hast', sagte ich zu ihm, ‚warum hast du dein Haus dann nicht besser bewachen lassen? Warum hast du es mir so leicht gemacht? Ist das eine Falle? Oder willst du sterben?'

‚Vielleicht.'

Der Körper des Generals regte sich nicht, er zitterte nicht einmal. Meine Sinne, plötzlich mit einer schmerzhaften Schärfe geschlagen, witterten nicht einmal den Hauch von Angst. Was ich stattdessen wahrnahm, war das Aroma lebensmüder Hingabe. Vielleicht war es dieser Hauch von Vertrautheit, der meine Hand ruhig hielt. Selbst dann noch, als der General sich umwandte. Plötzlich waren wir uns so nah wie nie zuvor. Wir blickten einander in die Augen, lange und intensiv. Wir studierten einander, blickten in unsere Seelen, lasen in unseren Gedanken.

‚George Jeremiah Sheridan.' Ich flüsterte seinen Namen und drückte die Klinge gerade so fest in seine Haut, dass sie eine flache Wunde hineinschnitt.

‚Tawitko', entgegnete er, aber ich sagte ihm, dass das nicht mehr mein Name sei.

‚Was ist geschehen, dass du ihn aufgegeben hast?' Der General neigte den Kopf in einer Geste der Darbietung. Ich erinnere mich, dass das Ticken der Standuhr mir unerträglich laut erschien. ‚Der Krieger, den ich kenne, hätte niemals aufgegeben. Er wäre gestorben für seine Freiheit.'

‚Die Freiheit nützt mir nichts mehr', sagte ich. ‚Sie ist gleichgültig geworden.'

‚Dann hast du jemanden verloren, ohne dessen Existenz dein Leben sinnlos erscheint.' Er lächelte, während sein Blick tiefer glitt. Hin zu den Blutflecken auf meinem Jagdhemd, die noch immer feucht waren. ‚Ich weiß es, weil ich dasselbe erlitten habe. Warum bin ich wohl hier? Warum wurde ich zu dem, was du vor dir siehst?

Ich wollte vergessen. Und niemand hat mir je mehr dabei geholfen als du. Ja, vielleicht will ich sterben, weil auch ich jemanden verloren habe, ohne den mein Dasein keinen Sinn macht. Und das zum zweiten Mal.‘

Ich presste bei diesen Worten die Lippen aufeinander, sah bereits das klaffende Fleisch vor mir, die Ströme von Blut und den fahlen Glanz toter Augen – aber meine Hand blieb ruhig.

‚Du weißt, was ich meine.‘ Sheridans Körper zitterte, doch noch immer entströmte ihm kein Geruch nach Angst. ‚Du weißt es sehr gut. Wir sind engste Vertraute, mein Freund, ob es uns gefällt oder nicht. So lange Zeit habe ich deinen Stamm gejagt, so lange saß ich ihm im Nacken, und immer warst du mir einen Schritt voraus. Du warst die Herausforderung meines Lebens. Meine gesamte Existenz war darauf ausgerichtet, irgendwann besser zu sein als du und zu triumphieren. Auf der Jagd fühlte ich mich lebendig. Ich schlief nächtelang nicht, weil ich im Dunkeln lag und versuchte, deine Taktik zu durchschauen. Das Fieber der Besessenheit befiel mich, wenn ein weiterer Schlag gegen euch bevorstand und ich glaubte, diesmal überlegen zu sein. Dennoch empfand ich bei jedem Scheitern meiner Angriffe eine gewisse Genugtuung, denn ein Teil von mir wusste, dass es genau das war, was mich am Leben hielt.

Und jetzt? Jetzt, da ihr meine Gefangenen seid, spüre ich keine Leidenschaft mehr. Alles ist banal. Alles ist gleichgültig geworden. Sag mir, was gibt es Ehrenvolleres, als durch die Hand seines einzig wahren Feindes zu sterben? Durch das Messer jenes Mannes, der Hunderte Male bewiesen hat, dass er meiner würdig ist?‘

Sheridan beugte sich vor, drückte seine Kehle sehnsüchtig gegen meine Klinge und schloss die Augen. Dann, in einer schier unmenschlich schnellen Bewegung, packte er das Messer und drehte es so abrupt herum, dass ich kaum wusste, wie mir geschah. Ehe ich reagieren konnte, entriss der General mir die Waffe, stieß mich gegen die Wand und setzte seinerseits zum Kehlschnitt an.

‚Oder verschafft es mehr Befriedigung, genau diesen Mann zu töten, bevor man selbst geht?‘ Er lachte. Sein Atem roch nach zu viel Alkohol. ‚Als letzten Triumph? Wäre ich der Sieger gewesen, wenn du nicht aufgegeben hättest? Hätte ich triumphiert, wenn der Verlust dir nicht die Kraft genommen hätte? Ich werde es nie erfahren. Das hinterlässt eine große Bitterkeit nach allem, was wir gemeinsam durchgestanden haben. Es war kein fairer Kampf. Es war niemals fair. Und das vergällt mir den Triumph. Haben wir wirklich gesiegt? Oder besiegten euch der Hunger und die Krankheiten?‘

Ich antwortete nicht. Vollkommene Ruhe senkte sich über mich. Selbst das Rauschen des Blutes in meinen Ohren verstummte, genauso wie mein Herzschlag, wie das Ticken der Uhr und die Atemstöße des Generals. Sein Körper erschlaffte und sank gegen mich. Nur Sheridans Hand, die das Messer umklammert hielt, blieb unnachgiebig. Ich spürte seine heiße Stirn, die sich gegen meinen Hals drückte. Und die Silberknöpfe seines Jacketts, die sich in meinen Brustkorb bohrten. Und dann hörte ich ihn weinen. Trotz allem, was er uns angetan hatte, trotz all dem Schmerz, den er meinem Volk bereitet hatte, empfand ich Mitleid. Ich wollte die Klinge von meinem Hals fortdrücken, aber das war nicht mehr nötig, denn im gleichen Augenblick ließ der General die Waffe fallen.

‚Es ist egal', flüsterte er, während er an mir hing wie eine Frau an ihrem Geliebten. ‚Alles ist vollkommen egal. Beende es. Ich bitte dich, beende es.'

Ich zögerte. War es der Alkohol, der ihm diese Worte in den Mund legte? Oder war es etwas Tieferes? Etwas, das den Rausch lange überdauern würde und durch nichts gemildert werden konnte? Vielleicht war es genau die Leere, die ich selbst nur zu gut kannte.

Wie von einer fremden Macht gesteuert, legte ich meine Finger um Sheridans Hals. Der General sog den Atem ein und schwankte. Ein Lächeln umspielte seine Lippen, geschwängert von Alkohol und Verzweiflung. Ich wusste nicht, was ich tat. Eine mörderische Hitze brach in meinem Innersten auf, wuchs heran und flutete meinen Körper mit einer Wucht, die ich kaum beschreiben kann. Ich schloss den General in meine Arme, ließ zu, dass er schwer gegen mich sank und mich mit seinem Gewicht an die Wand drückte. Die Hitze wurde noch brennender, bis sie mit unerträglicher Intensität durch meine Adern kroch. Sie floss durch meinen Arm hinunter zur Hand, sie glitt durch Muskeln und Sehnen und trat schließlich an meinen Fingern aus. Sheridan wollte schreien, aber aus seinem aufgerissenen Mund kam kein Ton. Er verkrampfte sich und zuckte, und als ich ihn zu Boden sinken ließ, warf seine Haut bereits Blasen. Rohes, verbranntes Fleisch kam zum Vorschein, als ich meine Finger von seinem Hals löste. Da waren Fassungslosigkeit und Sehnsucht in Sheridans Augen. Schmerz und Erlösung. Der entstellte Körper erschlaffte, ich hörte einen letzten Atemzug. Dann lag er still. Mein erbitterter Feind. Der Mann, der über viele Jahre hinweg mein Leben ausgefüllt hatte, Tag und Nacht, egal, wo ich war, was ich tat, ob ich schlief oder wachte.

Ich war so müde und erschöpft, dass ich kaum klar denken konnte. Das Feuer in meinem Körper verebbte, bis es nur ein schwaches Glimmen war. Ich fiel neben dem General zu Boden, und als Augenblicke später die Tür aufflog, tat ich nichts. Ich ließ mich festnehmen, ließ mich aufhängen und floh am nächsten Morgen aus meinem Grab. Ich führte mein Volk in einer Nacht- und Nebelaktion zurück in die Freiheit, begann den Kampf erneut und lernte, mit meinen Kräften umzugehen."

Als Nathaniel schwieg, summte die Stille in Josephines Ohren. Sie fühlte sich ruhig, vollkommen gefasst. Kein Zweifel keimte in ihr auf, obwohl es vielleicht so hätte sein müssen.

Als er sie mit leiser Stimme fragte, ob sie ihm glaubte, antwortete sie mit einem Nicken.

Nathaniel nahm ihr Gesicht in beide Hände und küsste sie. Seine Erleichterung erfreute sie, machte sie traurig und glücklich zugleich.

„Eines verstehe ich nicht", fragte sie nach einer Weile, in der sie sich schweigend im Arm gehalten hatten. „Warum hast du den Mann im Zelt nicht erkannt? Der, der zuvor der Bewahrer des Totems war?"

„Weil er sich seit Jahren in die Berge zurückgezogen hatte. Die Jahrhunderte hatten ihm alle Kraft geraubt, sodass er nichts mehr außer der Einsamkeit ertragen konnte. Erst, als Absá mich aufgespürt hatte, brachte man ihn heimlich in das Reservat. Zu diesem Zeitpunkt waren die Geschichten über Woksapas Geist nur noch Legenden, die man sich am Feuer erzählte. Man sagte, er sei eines jener göttlichen Wesen gewesen, die vor Tausenden von Jahren vom Himmel herabgestiegen waren, um den Menschen Lehrer zu sein."

Josephine schüttelte den Kopf. Sie fühlte Entzückung, aber auch Angst. „Warum erlaubt sie dir meine Nähe? Was für einen Plan verfolgt sie?"

„Ich weiß es nicht. Fakt ist, dass sie unser Zusammensein gutheißt. Aber diese Tatsache beruhigt mich nicht, denn das bedeutet, dass du in irgendeinen ihrer Pläne passt. Was ist, wenn sie ihr Ziel erreicht hat? Was ist, wenn sie entscheidet, ihr Spiel zu beenden?"

„Sie hat deine Frau und deinen Sohn getötet", murmelte Josephine.

„Ja." Nathaniels Lippen pressten sich zusammen und bebten. „Aber ich lasse nicht zu, dass sie dir wehtut. Niemals."

„War sie bei der Feier dabei?"

„Nein. Seit Langem nimmt sie nicht mehr an unseren Festen teil. Sie lebt allein im Wald. In ihrem alten, halb verfaulten Tipi."

„Ich habe keine Angst", flüsterte Josephine. Ihre Finger strichen behutsam über sein Gesicht. Liebkosten Stirn, Wangen und Lippen. „Alles ist gut so, wie es ist. Ich will bei dir sein. Egal, was kommen mag. Ich will einfach nur bei dir sein."

***

Campbell-Farm

Seit er denken konnte, war es seine Aufgabe, zu trösten. Immer war er für andere stark, schenkte ihnen seine Kraft und war für sie das Licht in der Dunkelheit. Diesmal aber spendete man ihm Trost. Man milderte seine Angst. Hörte ihm zu, wenn er reden wollte, und schloss ihn in die Arme, wenn es ihm nach Nähe verlangte. Diese kleine, zierliche Frau, die er für so verletzlich gehalten hatte, war stark für ihn. Sie wurde zu jener Stütze, nach der er sich Ewigkeiten gesehnt hatte.

In ihrer Gesellschaft fühlte er sich jung und frei. Der Schalk saß ihm im Nacken, die Zeit verflog wie im Traum, einen bittersüßen Geschmack hinterlassend. Süß, weil sein Glück ihm Flügel verlieh und Absá nichts tat, um es ihm zu vergällen. Bitter, weil er schon vor langer Zeit begriffen hatte, dass alles irgendwann sein Ende fand. Geschichten erzählten, dass es für alle Liebenden ein Wiedersehen gab, und an diese Geschichten dachte er jeden Tag. Sie boten Hoffnung, Kraft und Zuversicht.

„Leg dich wieder hin“, sagte Josephine zu Jacob, als sie an dem Morgen nach ihrer Rückkehr zur Farm gemeinsam am Frühstückstisch saßen. „Nat und ich schaffen das schon. Glaube mir. Jetzt geh und kuriere dich aus.“

„Seid ihr sicher?“ Jacob prustete in sein Taschentuch, stopfte es zurück in die Hosentasche und blinzelte mit glasigen Augen in das Sonnenlicht. „Ich werde keine Ruhe finden, wenn ich weiß, dass ihr die ganze Arbeit allein machen müsst.“

„Im Moment ist nichts Arbeit für uns.“ Nathaniel setzte ein zweideutiges Grinsen auf, das Josephines Herzschlag beschleunigte. „Leg dich ins Bett, wir machen das schon.“

„Soso. Nun dann.“ Jacob nahm einen Schluck Kaffee und stemmte sich mit einem Stöhnen hoch. „Ich sehe schon, so langsam werde ich überflüssig.“

„Du wirst niemals überflüssig sein“, widersprach Josephine. „Ab ins Bett mit dir. Du sollst uns noch viele Jahre erhalten bleiben.“

„Wie ihr meint.“ Sein Lachen endete in einem Hustenanfall. Er schnappte nach Luft, wobei er sich die Brust hielt und gefährlich schwankte. Nathaniel studierte ihn mit einem kurzen Blick und erkannte, was in seinem Körper vorging. Entschlossen griff er nach Jacobs Hand. Dessen Blick zeigte Verwirrung, doch er entzog sich ihm nicht.

„Was tust du da?“

„Ein kleines indianisches Geheimnis.“ Seine Finger massierten Jacobs schwielige Hand. Es währte keine zwei Sekunden, bis die Zeichen mühsam zurückgehaltener Verzückung sich auf das Gesicht des alten Mannes legten. Leise Ah's und Oh's kamen über seine Lippen und endeten in einem enttäuschten Seufzer, als Nathaniel sich lächelnd zurückzog.

„Deine Hände wurden ganz heiß“, keuchte Jacob.

„Ich weiß.“

„Es fühlte sich ein bisschen an wie Strom.“

„Hat es geholfen?“

„Oh ja.“ Er starrte seine Hand an, als wäre sie ihm soeben gewachsen. „Wie hast du das gemacht? Ich fühle mich gut. Ich fühle mich gesund. Beinahe jedenfalls.“

Nathaniel zuckte die Schultern. „Uraltes Schamanengeheimnis.“

„Tatsächlich?“

„Tatsächlich.“

„Na, wie auch immer. Danke jedenfalls.“ Jacob lüpfte seinen Hut, wedelte sich damit Luft zu und verließ das Haus, diesmal nicht schwankend, sondern energischen Schrittes.

„Er war ziemlich krank“, sagte Nathaniel, als die Haustür hinter dem alten Mann zufiel. „Ich glaube nicht, dass er von allein gesund geworden wäre.“

Josephine sah aus dem Fenster und blickte Jacob hinterher. Der Gedanke, dass sie ihn ohne die Kraft des Totems vermutlich verloren hätte, schien sie zutiefst zu erschrecken. „Hast du ihn geheilt?“

„So gut wie.“ Nathaniel warf Noname, der sich unter dem Tisch zusammengerollt hatte, eine Schinkenrolle zu. Chinook wiederum lag friedlich neben der Katze und tat das, was er am liebsten tat – schlafen. Vorhin hatte Josephine ihn erwischt, wie er die mitgebrachte Erdnuss-Karamell-Schokolade vernichtet hatte, und nun stand zu erwarten, dass zeitnah eine gewaltige Kotzlache weggeputzt werden musste.

„Was meinst du mit so gut wie?“, fragte sie. „Er wird doch wieder, oder?“

„Ja. Den Rest schafft sein Körper allein.“

Josephine nickte. Das Lächeln in ihrem Gesicht war betretenem Ernst gewichen. „Ich wüsste nicht, was ich ohne Jacob machen würde. Er ist wie mein Vater.“

Sie legte ihre Hand auf seine. Unter der zarten Wärme ihrer Haut schloss Nathaniel die Augen. Er wollte sie auf immer und ewig beschützen. Vor allem Bösem bewahren. Doch irgendwann … irgendwann würde diese Frau, wenn das Schicksal sie in Frieden leben ließ, alt werden.

„Nichts zu danken.“ Er gab seiner Stimme einen sorglosen Klang. Irgendwann war ein weit entfernter Zeitpunkt, an den er nicht denken wollte. „Aber jetzt sollten wir uns um ein paar Dinge kümmern. Findest du nicht?“

„Wir sollten mit dem Pferdestall anfangen.“ Ihr Zeigefinger glitt in den Ausschnitt des Hemdes, schob den Talisman beiseite und kratzte mit dem Nagel sanft über seine Haut. „Genauer gesagt mit dem Heuschober.“

Nathaniel lachte. „Du lüsterne, kleine Haselmaus. Über den Schober denken wir nach, wenn alles erledigt ist.“

„Wenn wir alles erledigt haben, kommt dieser Kerl aus Wyoming.“

„Der sich für den Cremello interessiert?“ Nathaniel knurrte mürrisch. Zu intensiv hatte er mit dem Pferd gearbeitet, zu vertraut waren sie füreinander geworden. Und so war der Gedanke, das Tier zu verkaufen, ein Messer in seinem Herzen.

„Genau der. Aber ich verspreche dir etwas.“ Josephine legte ihre Hand flach auf seine Brust und setzte eine feierliche Miene auf. „Wenn wir nicht vollkommen überzeugt sind, dass das Pferd bei ihm gut aufgehoben ist, bekommt er es nicht.“

„Versprochen?“

„Versprochen. Hoch und heilig. Oder wie sagt ihr das?“

„Hoch und heilig ist in Ordnung.“

„Gut. Dann wollen wir mal. Ich will so früh wie möglich fertig sein. Vielleicht bleibt uns dann noch Zeit für den Heuschober. Oder für den See.“

„Oder für den Geräteschuppen.“

„Dann wäre da noch das Bett. Ganz klassisch.“

„Oder die Ladefläche des Transporters.“

„Der Kartoffelkeller war auch nicht schlecht.“

Josephine sprang auf und kicherte, als er sie blitzschnell von hinten packte und ihren Nacken mit Küssen bedeckte. Wenn es nach ihm gegangen wäre, hätte er sich gründlich über ihren wunderbaren Körper hergemacht, doch Josephine war Besitzerin einer Farm und somit überhäuft mit Verpflichtungen.

Also fütterten sie als Erstes die Pferde, Rinder und Schweine, füllten die Raufen auf den Weiden mit Heu und die Tröge mit Wasser, was wunderbar geeignet war, Josephine eine Dusche zu verpassen. Kreischend schlug sie Haken auf der Weide, stürzte sich mit einem Hechtsprung auf den Schlauch, entriss ihn seinen Händen und verpasste ihm ihrerseits eine Dusche.

„Du weißt schon," keuchte er und wrang seinen tropfnassen Zopf aus, „dass weiße T-Shirts in gewissen Zuständen durchsichtig werden? Wieso ziehst du zur Farmarbeit überhaupt so was an? Sieh mich an. Erdfarbene Hose, schlammfarbenes Hemd. So ist es richtig."

Josephine streckte ihm zur Antwort die Zunge raus. Wieder übergoss sie ihn mit einem Schwall kaltem Wasser und kreischte, als er blitzschnell über sie herfiel und sie zu Boden warf.

„Lass mich, du Schuft."

„Warum?" Er schob ihr durchnässtes Shirt hoch und entblößte ihre Brüste. Ein wohliges Knurren rollte seine Kehle empor. Ihre feucht glänzende Haut, die aufgerichteten, dunklen Warzen und das wilde Auf und Ab ihres Brustkorbs ließen seine Contenance zerfließen wie Schnee in der Sonne.

„Wenn uns jemand sieht …" Josephine seufzte, als er gierig ihre rechte Brustwarze einsaugte und an ihr knabberte. „Nat … großer Gott. Nicht hier. Nicht …"

Ihre Worte endeten in einem Seufzer, als er fester zu saugen begann und die andere Knospe zwischen Daumen und Zeigefinger nahm, um an ihr zu zupfen. Sein Knie drückte sich zwischen ihre Beine, schob sie auseinander und spürte die aufkochende Hitze ihres Schoßes. Die Erregung überflutete ihn mit einer solchen Macht, dass er ihren Körper auf der Wiese in Besitz genommen hätte, ohne Rücksicht auf Verluste – wäre nicht plötzlich die Gruppe Erntehelfer an den Südweiden aufgetaucht.

Hastig sprang Josephine auf, als sie die Männer näher kommen sah, zog ihr T-Shirt herunter und rang nach Atem.

„Du bist …"

„Ja?" Nathaniel rekelte sich schnurrend im Gras. Er fühlte sich wie ein ausgehungertes Raubtier, dem man seine köstliche Beute unter den Pranken weggerissen hatte, und diese Gier zeigte er Josephine in unverhohlener Offenheit.

„Gott …", wimmerte sie nur.

„Nachher", knurrte er, sich lauernd aufrichtend. „Wenn der Typ verschwunden ist. Im Heuschober. Stundenlang. Du wirst mir nicht entkommen. Ich werde dich nehmen, dich besitzen. So oft, bis wir beide den Verstand verlieren."

Josephine keuchte auf. Sie nickte, wandte sich um und lief davon, doch der Duft ihrer Erregung blieb. So intensiv, dass er vor Hunger am Liebsten geschrien hätte.

Glücklicherweise flogen im Laufe des Tages die Stunden nur so dahin. An jeder Ecke wartete Arbeit auf sie. Ein Rind war in den Bach gefallen und hatte sich für sein Abenteuer ausgerechnet eine Stelle ausgesucht, die vollkommen verschlammt war. Es währte zwei Stunden, bis sie den Bullen mithilfe einer Seilkonstruktion und eines Traktors aus seiner misslichen Lage befreit hatten. Kaum war diese Aufgabe bewältigt, zog ein Gewittersturm auf und fegte mehrere Schindeln vom Dach des Rinderstalles. Unter Josephines bangen Blicken kümmerte sich Nathaniel um dieses Übel, nicht ohne sie zwischendurch zur Weißglut zu bringen, indem er ab und zu einen Absturz vortäuschte.

„Wenn du das überlebst, bringe ich dich um." Josephine warf einen Stein nach ihm, gerade als er, ein Blechstück in der linken Hand und den Hammer in der rechten haltend, theatralisch hin und her schwankte. „Ich meine es ernst."

„Wieso? Wenn ich mir das Genick breche, wächst es wieder zusammen." Er brachte das Blech an und klaubte ein neues aus dem Karton. „Gib es zu, du würdest es gern einmal sehen."

„Was? Wie dir das Genick zusammenwächst?"

„Ihr Frauen liebt es doch, uns Männer leiden zu sehen."

„Ich werde dich gleich leiden lassen, wenn du nicht damit aufhörst. Wie wäre es mit Nägeln, die ich dir durch Füße und Hände treibe?"

„Nicht umsonst waren bei uns die Frauen für das Foltern der Feinde zuständig." Nathaniel hatte das letzte Blech befestigt und ließ sich zurücksinken. Die Sonne stand tief, doch ihre Wärme war noch immer drückend. Dank des schwarzen Haares fühlte sich sein Kopf mittlerweile an, als zerkoche sein Gehirn in einer dampfenden Suppe. „Du wärst eine ganz wunderbare Folterin gewesen." rief er ihr zu. „Da bin ich mir sicher."

„Komm runter."

„Nein."

„Komm sofort da runter."

Nathaniel schüttelte den Kopf. Josephine war unwiderstehlich, wenn sie wütend war, außerdem gefiel es ihm hier oben. Sein Blick schweifte über die umliegenden Wälder, der Himmel über ihm schien zum Greifen nahe. Je genüsslicher er sich auf dem Dach rekelte und je zufriedener sein Grinsen wurde, umso wütender wurde die Frau unter ihm. Seine Vorfreude, diese aufkochenden Emotionen in lustvolle Bahnen zu lenken, ließ ihn vor Genuss schaudern. An ihren Körper denkend, an verschwitzte Gliedmaßen und die vulkanische Hitze ihres Innersten, hielt er das Gesicht in die Sonne und überlegte, wo er sie diesmal lieben würde. Wirklich im Heuschober? Oder lieber im Wald? Unter den schützenden Zweigen einer Tanne? Oder auf dem algenbewachsenen Felsblock, der unter dem Wasserspiegel des Sees lag?

Nathaniel spürte, wie das Blut in tiefere Körperregionen schoss. Seine Erregung wurde schmerzhaft, als er an den Felsen dachte, der sich außerhalb des Sees inmitten von Farngestrüpp befand. Gerade hoch genug, um Josephine darauf zu legen und über sie herzufallen. Wieder und wieder.

Nathaniel dankte allen Geistern, die ihm einfielen, für ihr wundervolles Geschenk. Doch seine Hochstimmung fand ein jähes Ende, als ein silbergrauer Transporter aus dem Wald auftauchte. Bei dem Störenfried konnte es sich nur um den Interessenten aus Wyoming handeln. Wie war sein Name noch mal? Irgendetwas mit Jonathan und einer Farbe.

Nathaniels Laune stürzte ab. Er stieg vom Dach und gönnte dem hochgewachsenen, adretten Mann keinen Blick, sondern begab sich sofort zur Pferdekoppel. Ob dieser Mensch es wert war, den Cremello mitzunehmen, würde er noch herausfinden.

„Mein Name ist Jonathan Grey. Das ist also unser Prachtjunge?"

Der Mann empfing Nathaniel und das Tier mit einem Lächeln, dessen Offenherzigkeit seinen unterschwelligen Zorn kaum milderte. Der Kerl besaß ein angenehmes Äußeres, trug schwarze Jeans, ein weinrotes Hemd und glänzende, schwarze Lederschuhe. Seine Augen waren bemerkenswert blau und für gewöhnliche Beobachter undurchschaubar, was Nathaniel verblüffte, denn heutzutage waren die meisten Menschen so leicht zu analysieren wie Figuren aus Glas. Er studierte die Haltung des Mannes und all jene subtilen Gesten, die einem wachsamen Auge vieles verraten konnten. Nervosität war erkennbar, ebenso wie Ungeduld und eine Art von Freude, die er noch näher analysieren musste.

Nathaniel schwang sich in den Sattel, lenkte den Cremello in das Paddock und drehte zwei Runden im Schritt. Danach ließ er das Pferd in Trab und Galopp laufen, zügelte es nach drei weiteren Runden und brachte es vor Jonathan zum Stehen. Die Augen des Mannes glänzten.

„Typvoll und bewegungsstark", schwadronierte er drauflos. „Sein Gang, seine Farbe. Eine Perle in elfenbeinfarbener Jacke. Dieser Glücksgriff muss gefeiert werden. Darf ich Sie beide auf eine Flasche Château Branaire Duluc-Ducru einladen? Neunzehnhundertachtundneunziger?"

„Vergessen Sie's." Nathaniel hatte für die Dauer eines Herzschlags den Blick des Mannes eingefangen. Lang genug, um seine wahren Interessen zu erkennen. „Verschwinden Sie von dieser Farm und schieben sich den Wein sonst wo hin."

„Wie bitte?" Jonathan öffnete den Mund zu einem wütenden Protest, doch Nathaniel drang ein weiteres Mal in seinen Geist ein, um das zu tun, was nötig war.

„Verschwinden Sie", wiederholte er. „Und denken Sie in Ruhe über sich nach."

„Ich …"

„Na los. Soll ich etwa nachhelfen? Wir verkaufen keine Pferde an Subjekte, die sich nur für Leistung interessieren. Was hätten Sie getan, wenn er ihre exorbitanten Erwartungen nicht erfüllt hätte? Ihn an den nächstbesten Idioten weiterverkauft? Oder eine Metzgerei mit ihm beliefert? Gehen Sie. Schwingen Sie die Hufe."

Jonathan wandte sich um und stolperte zu seinem Wagen zurück. Mit vor Verblüffung aufgerissenen Augen stieg er ein, schnallte sich an und raste davon, als sei der Leibhaftige ihm auf den Fersen.

Josephine währenddessen hing über dem Zaun und lachte, bis sie kaum mehr Luft bekam.

„Sein Gesicht," keuchte sie. „Ich werde mein Leben lang dieses bescheuerte Gesicht nicht mehr vergessen."

„Tut mir leid wegen des entgangenen Gelds." Nathaniel glitt vom Rücken des Cremello und befreite ihn von Sattel und Zaumzeug. „Aber dieser Typ gehörte zu der Sorte Menschen, die es in der Pferdebranche eindeutig zu häufig gibt. Wir finden eine Lösung, wie wir deine Farm auf Vordermann bringen. Okay? Altes, bewährtes Wissen kann da manchmal hilfreich sein."

„Du würdest es mit mir teilen?" Josephine fing seine Hände ein, gerade als er den Sattel über den obersten Querbalken gelegt hatte. „Deine alten, geheimnisvollen Weisheiten?"

„Warum nicht? So geheimnisvoll sind sie nun auch nicht. Ich bin zwar kein Experte, was Ackerbau und dergleichen betrifft, aber ich kenne mich mit Pferden aus. Mein Stamm besitzt ein paar Prachtexemplare. Fangen wir doch einfach damit an. Was meinst du?"

„Liebend gern. Und was machen wir jetzt?"

Nathaniel legte den Kopf schief. „Wie wäre es mit einer entspannenden Einstimmung auf einen anstrengenden Abend?"

***

„Das hier." Josephine hielt das Kleidungsstück ausgebreitet vor sich. Sein dunkelbraunes Leder war weich, aber relativ dick. Es war eine Art ärmelloses Wams, oder wie auch immer man so etwas nannte, und grob mit Sehnen vernäht worden. „Es sieht so schön archaisch aus. Ist es auch von deiner Frau genäht worden."

„Nein." Nathaniel lachte und begann, sich auszuziehen. Die Ungeniertheit, mit der er es tat, rührte sie. „Ich habe es gemacht. Beides. Sieht man doch, oder?"

„Jetzt, wo du es sagst." Josephine hielt ihm die ausgesuchte Hose entgegen. Sie bestand aus demselben Leder wie das Wams und war ähnlich verarbeitet. Nachlässig, aber gerade das gefiel ihr daran.

„Was sind deine Kräfte?", fragte sie, während Nathaniel sich umzog. „Was kannst du mit deinem geistreichen Symbionten anfangen?"

Er lachte über diese Bezeichnung. „Ich kann mich selbst und andere Körper sehr schnell heilen, wie du selbst schon erfahren hast. Ich kann Menschen manipulieren, ihr Gedächtnis verändern und sie in die Irre führen, genauso, wie ich sie auf den richtigen Weg zurückbringen kann. Der Geist bringt Menschen auch ohne meinen bewussten Einfluss dazu, wichtige und unwichtige Dinge zu erkennen. Er kann eine Art Erkenntnis auslösen. Selbstreflexion. Veränderung. Er tröstet und gibt Kraft an die, die es brauchen. Vielleicht hast du es selbst bemerkt. Das Gefühl, als gäbe dir meine Nähe Halt. Wie der sprichwörtliche Fels in der Brandung. Egal, wie wütend du auf mich warst. Oder wie sehr ich dich verwirrt habe."

Josephine nickte. Jetzt, da er sich umgezogen hatte, schien sich die Zeit zurückzudrehen. Sie wurde unwirklich. Brachte sie in vergangene Ären. „Du solltest nie etwas anderes tragen“, flüsterte sie. Ihre Hände legten sich auf seine Brust, als sie sich zu ihm gesellt hatte. „Das hier gehört zu dir. Das und nichts anderes.“

„Ich lebe nicht mehr im neunzehnten Jahrhundert“, antwortete er. „Auch wenn ein großer Teil von mir immer noch dort festhängt.“

Josephine lächelte. Entrückt befühlte sie das Leder, roch daran, strich über die groben Nähte und wünschte sich, durch seine Augen, durch seine Erinnerung sehen zu können. Als sie nach seinem Haarband griff, um es zu lösen, fing er ihre Hand ein.

„Nein. Das stört nur. Und nimm das hier. Weiß ist im Wald zu auffällig.“

Er gab ihr eines seiner braunen Hemden, ließ es sie über ihr T-Shirt ziehen und nahm sie an der Hand. Jacob, der mit mehreren Helfern auf der großen Wiese Heu wendete, winkte ihnen zu, als sie auf den Wald zuhielten, und rief gegen den Lärm des Motors an, dass ihnen alle Zeit der Welt gehöre.

An Nathaniels Seite wanderte Josephine durch den Wald. Genüsslich ihre Ungeduld schürend, voller Wonne mit Gesten, Blicken und Berührungen spielend. Wie gefangen war sie in diesem Taumel der Verzauberung. Stunden verflogen, während Nathaniel ihr den Wald zeigte, so wie er ihn sah. Es gab zahllose Kleinigkeiten, die einem flüchtigen Blick verborgen blieben. Zeichen, die ihr Geheimnisse verrieten. Spinnennetze, die das Wetter vorhersagten. Winzige Tiere in hohlen Baumstämmen oder unter dem Farn, die sie nie zuvor erblickt hatte. Spuren, die Geschichten erzählten. Eine kleine Schlange, die er unter einem verfaulenden Baumstamm hervorholte und auf ihren Arm legte.

„War das gerade die Schlangenfrequenz?“ Josephine beobachtete, wie sich das Tier zutraulich um ihre Hand wickelte. „Könntest du sie mir beibringen?“

„Das ist nicht so einfach.“ Nathaniel strich mit dem Zeigefinger über den Kopf des Reptils. „Das heißt, es ist nichts, was man jemandem einfach so beibringen könnte.“

Josephine setzte das Tier auf dem Boden ab. „Ich wollte schon immer mal ein Reh von Nahem sehen. Ich meine ein Lebendiges. Hast du auch die Rehfrequenz drauf? Könntest du eins anlocken?“

„Ja und nein. Ich könnte es, aber ich werde den Teufel tun, eines dieser armen Dinger zu verwirren. Nehmen wir mal an, ich tue dir den Gefallen. Infolgedessen denkt sich das Tier: Oha, so übel sind die hässlichen, zweibeinigen Dinger gar nicht. Also verliert es seine berechtigte Scheu und gleichzeitig bei der nächsten Gelegenheit sein Leben.“

Josephine nickte. „Aber letztens hast du eines getötet.“

„Das ist kein Widerspruch.“ Nathaniel grub eine Wurzel aus und ließ sie Josephine kosten. Sie schmeckte angenehm nussig, besaß aber einen seltsamen Nachgeschmack. „Ich will mein Essen vorher sehen. Ich will es mit meiner eigenen Hand töten und mich bei ihm entschuldigen. Das ist in meinen Augen ehrlich. Ich habe gesehen, wie ihr euer Fleisch macht. Neunzehnhundertdrei in Chicago."

„Seitdem hat sich einiges geändert. Und als du es gesehen hattest? Warst du dann eine Weile Vegetarier?"

„Nein. Ich bin nach Hause zurückgekehrt und machte Absá klar, dass ich genug gesehen hatte."

Josephine legte fragend den Kopf schief.

„Sie wollte damals, dass ich ein paar Monate durch das Land ziehe, um die Welt der Weißen kennenzulernen", beantwortete Nathaniel ihre unausgesprochene Frage. „Ihr Handeln und Tun, ihre Denkweise, ihre Angewohnheiten. Ich vagabundierte ein paar Jahre durch die Gegend und nahm jeden Job an, den ich bekommen konnte, was sich dank meiner Herkunft fast ausschließlich auf Drecksarbeit beschränkte. Es war eine interessante Zeit. Ich schlief sowohl in seidenen Betten als auch unter Brücken. Mein letzter Job hätte darin bestanden, Schweine auszuweiden. Aber als ich sah, dass viele Tiere zu diesem Zeitpunkt noch lebten, beschloss ich, genug von der Welt der Weißen gesehen zu haben. Absá war glücklicherweise derselben Meinung."

„Nicht hier und nicht heute" knurrte Josephine.

„Was?"

„Keine schlechten Gedanken. Keine üblen Geschichten. Nichts, was auch nur annähernd negativ ist."

Nathaniel lächelte. „Nichts lieber als das."

Sie liefen weiter, diesmal schweigend. Er gab ihr die zarten, eingerollten Spitzen eines Farns zum Kosten, pflückte Beeren und fütterte sie, bis seine Finger und ihre Lippen rot glänzten und sie sich gegenseitig mit der Zunge säuberten. Er brachte ihr bei, wie man mithilfe eines Grashalmes pfiff, um Hirsche herbeizulocken, und versuchte vergeblich, sie den Gesang eines Finken nachahmen zu lassen.

Lieber saß sie neben ihm und lauschte seiner Kunst, denn er vermochte es mit der Perfektion eines Jägers vom alten Schlag, die Stimmen wilder Tiere nachzuahmen. Josephine versank im Glanz seiner Augen und seines Lächelns, genoss seine warmen Hände auf ihrem Körper und das Gefühl, als sei die ferne Vergangenheit ebenso nah wie die Gegenwart.

Als der Abend dämmerte, saßen sie am Ufer des Sees und beobachteten das Einbrechen der Nacht. Josephine wusste, dass er jederzeit damit beginnen würde, ihren Körper zu liebkosen. Die Ungeduld machte sie schier verrückt, und doch besaß es einen tief gehenden Zauber, einfach still nebeneinanderzusitzen, dem Wald zu lauschen und die Zeit an sich vorbeifließen zu lassen.

Irgendwann wandte sich Nathaniel zu ihr um, setzte sich vor sie und begann, ihr Gesicht zu streicheln. Langsam fuhr er die Linie ihres Kiefers nach, berührte ihre Wimpern, strich über ihre Lippen. Bewunderung lag in seinen Augen. Nein, Hingabe. Und ein Ausmaß an geduldiger Zärtlichkeit, das sie nie zuvor im Blick eines Mannes gesehen hatte.

Josephine ließ sich in diese entrückten Momente fallen. Sie schloss die Augen, spürte, wie sein Zeigefinger über ihre Schläfe glitt, dann hinunter zum Wangenknochen – als plötzlich ein Geräusch erklang.

Es ähnelte einem Sirren, gefolgt von etwas, das sie nicht einordnen konnte. Der Finger verschwand von ihrer Haut. Blinzelnd öffnete sie die Augen. Das Erste, was sie sah, war Nathaniels starres, verwirrtes Gesicht. Dann entdeckte sie das Ding, das seitlich in seinem Hals steckte. Etwas, das aussah wie ein …

„Nat!" Sie streckte die Arme aus, gerade in dem Moment, da seine Augenlider zufielen und er zur Seite kippte. „Nat, bitte nicht!"

Sein Gewicht zog sie zu Boden. Halb auf seinem schlaffen Körper lehnend, packte sie den Betäubungspfeil und zog ihn aus seinem Hals. Schritte erklangen. Dann das Rascheln von trockenen Tannennadeln.

Josephine sah zwei Gestalten aus dem Dunkel des Waldes treten. Der größere Mann war ihr vollkommen fremd, doch der Kleinere daneben …

„Du?" stieß sie hervor. „Warum? Warum tust du das?"

Sie sah, wie er die Waffe hob. Unmöglich! Wie konnte das passieren? Nach diesen wunderbaren Stunden? Nach all diesem … Frieden? Ein zweites Mal erklang dieses Geräusch. Josephine spürte einen scharfen Stich in ihrem Oberarm, griff nach dem Ding, das sich in ihr Fleisch gebohrt hatte … und spürte, wie sie neben Nathaniel zu Boden sank.

„Tut mir leid", sagte eine Stimme über ihr. Höhnisch vertraut. „Tut mir echt leid."

Dann war da nichts mehr. Nur noch tiefe, zähe Schwärze.

***

Nathaniel erwachte mit höllischen Kopfschmerzen. Obwohl seine Sinne in Watte gehüllt waren, registrierte er sofort, wo er sich befand. In einem Transporter, der schnell fuhr. Sehr schnell. Seine Hand- und Fußgelenke waren gefesselt, und neben ihm lag Josephine.

Regungslos.

„Jo!" zischte er. „Jo, hörst du mich?"

Nathaniel rollte sich herum, bis ihre Körper sich berührten. Sie schlief. Gefangen in der Tiefe ihrer Betäubung. Sein Verstand weigerte sich, zu begreifen, wie grenzenloses Glück plötzlich in das hier umgeschlagen war – Wut, Verwirrung, Angst. Als er an sich hinabsah, erkannte er, dass man ihm den Gürtel abgenommen hatte. Verdammt! Die Steinklinge darin hätte ihm hier und jetzt gute Dienste geleistet.

Benommen von der Chemie in seinen Adern, gehorchte ihm der Geist nicht in gewöhnter Weise. Nicht einmal, als Nathaniel vor Anstrengung keuchte und alle Konzentration auf die Fesseln an seinen Handgelenken richtete. Es waren Handschellen, jedoch aus einem plastikartigen Material, das schwer zu zerstören war. Er brauchte mehr Zeit. Mehr Klarheit. Josephines Duft inhalierend, wartete er. Wartete auf das

Schwinden seiner Betäubung oder darauf, Absás Kraft zu spüren, die ihn durchdringen und zwingen würde, das Nötige zu tun.

Das Nötige tun …

Bedeutete das auch, Josephine zu töten?

Nathaniel wartete schreckensstarr, doch die Schamanin blieb ihm fern. Endlich, nach einer gefühlten Ewigkeit, gelang es ihm, die Hitze zu entfesseln und zu konzentrieren. Schmerz wischte den letzten Schleier von seinem Bewusstsein, als die Fesseln schmolzen und seine Haut verbrannten. Mit einem Ruck zerriss er den letzten Widerstand, spürte, wie Fleisch sich von seinen Knochen schälte, und lenkte die aufbrechende Qual nach innen, um sich nicht durch einen Schrei zu verraten.

Schnell schloss der Geist seine Wunden. Ließ Fleisch und Haut zusammenwachsen. Nach wie vor raste der Transporter über eine gerade Straße dahin. Vermutlich der Highway. Nathaniel stemmte sich hoch, löste die Fesseln an seinen Fußgelenken, die aus einem gewöhnlichen schwarzen Seil bestanden, und machte sich daran, die Tür des Transporters zu untersuchen. Gepanzertes Material. Unter Einsatz aller Kraft gelang es ihm zwar, das Metall zu verformen, nicht jedoch, ihr Gefängnis zu öffnen. Große Energie hätte vonnöten sein müssen, diese Tür zu zerstören. Zuviel Energie, die er verlieren würde. Also machte er sich zunächst daran, Josephine zu befreien. Nathaniel spürte seine Kraft bereits jetzt schwinden. Würde es reichen? Er konnte es nur hoffen.

„Nat?“ Als er die Fußfesseln entfernt hatte, öffneten sich ihre Augen. Verwirrung trat in ihren Blick, gefolgt von Begreifen und Angst. Josephines Anblick ließ Zorn in ihm auflodern. Zorn gegen jenen, der ihn verraten hatte – und gegen sich selbst, weil er diesen Verrat nicht vorher gesehen hatte.

„Nat, wo sind wir?“

„Sieh mich an“, sagte er leise.

„Was ist passiert?“

„Ich muss die Fesseln auflösen. Sieh mich an, dann wird es nicht wehtun.“

Hilflos lieferte sie sich seinem Blick aus. Er spürte, wie die Hitze auch ihre Haut versengte, doch ihr Gesicht blieb reglos. Kein Ton kam über Josephines Lippen. Die Manipulation ihres Geistes zehrte an seiner geschwächten Energie, und als die Fesseln endlich von ihr abfielen, den strengen Geruch nach schmelzendem Plastik verströmend, sank er kraftlos gegen die Wand des Transporters.

„Nat?“ Josephine stemmte sich hoch, umfing sein Gesicht mit beiden Händen – und keuchte entsetzt auf.

„Oh mein Gott.“

Ihre Handgelenke waren verbrannt. Blasen warfen sich auf, Haut schälte sich in Fetzen von ihren Knochen. Der letzte Rest Farbe wich aus ihrem Gesicht.

„Ich kann es heilen“, flüsterte Nathaniel.

Er griff nach ihren Armen, doch sie entzog sich ihm. „Was ist los mit dir? Warum bist du …“

„… so schwach?“, vollendete er ihren Satz. „Verliere ich Energie, muss ich sie an Woksapas Grab auffüllen. Aber in den letzten Tagen waren andere Dinge wichtiger. Ich war zu nachlässig. Ich hätte länger dort bleiben müssen.“

„Ich habe dich gefunden und fortgeschleppt“, schluchzte sie. „Weg von dem Grab. Es tut mir leid.“ Tränen rannen über Josephines Wangen. Sie biss sich auf die Lippe und schüttelte den Kopf. „Wenn du mich heilst, dann wirst du noch schwächer. Das lasse ich nicht zu.“

„Du musst fliehen.“ Zu schnell, als dass sie sich ihm hätte entziehen können, fing er ihre Handgelenke ein. Jetzt, da sein Zauber abflaute, stöhnte Josephine gequält auf. „Wenn die Tür aufgeht, fliehst du. Bitte. Ich weiß, dass du es schaffst.“

„Nein, ich lass dich nicht allein.“

„Schsch.“ Nathaniel ließ den Rest an Kraft, der noch in ihm war, in seine Hände strömen. Josephine weinte stumm, während Haut und Fleisch heilte und Schmerz verging. Sie weinte ohne einen Laut, doch ihr Körper bebte vor Verzweiflung. Schließlich, als er ihre unversehrte Haut unter seinen Fingern spürte, zog er sich von ihr zurück. Unendlich müde. Und so leer, dass es sich anfühlte, als versinke er in einem schwarzen, kalten Vakuum.

„Jeremy“, schluchzte Josephine und schmiegte sich an ihn. „Es war Jeremy.“

„Ich weiß“, antwortete er. Jedes Wort hallte in der Leere wider. Aber er durfte der Schwäche nicht nachgeben. Noch nicht.

„Warum?“ Ihre Finger strichen durch sein Haar. Wieder und wieder, mit wachsender Verzweiflung. „Ich dachte, er wäre auf deiner Seite. Wie viele im Stamm wissen, was du bist?“

„Nur ein kleiner, auserwählter Kreis. Niemand, dem ich nicht hundertprozentig vertrauen würde.“

Josephine stieß die Luft zwischen den Zähnen hervor. „So, wie du Jeremy vertraut hast? Warum hast du es nicht gewusst? Ich dachte, du würdest so was erkennen.“

Nathaniel schüttelte müde den Kopf. „In dieser Hinsicht bin auch ich nur ein Mensch. Jeremy hätte es gespürt, wäre ich in seinen Geist eingedrungen. Er war wie mein Sohn. Wie hätte ich ihn ausspionieren können? Vertrauen ist in dieser Welt allzu oft eine Schwäche. Es tut mir so leid.“

„Hast du sie nicht kommen gehört? Du hörst doch sonst so vieles.“

„Jo“, erwiderte er zärtlich, „in den Momenten, da ich vor dir saß, hätte eine Horde Wildschweine auf uns zugaloppieren können, ohne dass ich es wahrgenommen hätte. Meine Sinne waren einzig und allein bei dir.“

Josephine ließ den Kopf hängen. Ihren zarten Körper derart zittern zu spüren, tat zutiefst weh. Er trug an allem die Schuld. Allein er. „Aber warum warnte Jeremy mich?“, wimmerte sie. „Warum hatte ich das Gefühl, es wäre ihm lieber gewesen, allein zu dir zurückzukehren?“

Nathaniel erwiderte ihren Blick schweigend. Er wusste, warum, doch sagen konnte er es ihr nicht.

„Ein Zeichen, oder?“, hörte er sie sagen. „Er sah es als Zeichen. Ihr gebt doch eine Menge auf so was. Indem ich ihm gefolgt bin, habe ich ihn in seinem Entschluss bekräftigt. Ich machte seinen Plan erst möglich. Wäre ich nicht mit ihm gegangen, dann wäre das hier vielleicht nie passiert.“

„Nein“, flüsterte Nathaniel. „Nein, gib dir keine Schuld.“

„Aber warum hat Absá es nicht verhindert? Warum hat sie ihn das tun lassen? Sagtest du nicht, dass sie die Macht hat, jeden zu beherrschen?“

„Sie hat seinen Verrat gebilligt, weil er in irgendeinen ihrer kruden Pläne passt. Ich weiß es nicht. Es würde mich nicht wundern, wenn sie mit Jeremy unter einer Decke steckt.“

„Warum nur? Warum? Ich will dich nicht verlieren.“ Josephine klammerte sich an ihn, weinend und verzweifelnd. Sie zitterte wie ein verwundetes Reh in seinen Armen, die kaum noch die Kraft fanden, sie zu umschließen. Der Schmerz, der in ihm aufbrach, spottete jeder Beschreibung. „Wohin bringen sie uns?“

„Ich weiß es nicht.“

„Kannst du es nicht herausfinden?“

„Um Gedanken zu lesen, muss ich demjenigen in die Augen sehen. Ich kann mich nicht in den Kopf der Männer dort vorn hineinversetzen, wenn du das meinst.“

„Vielleicht hat Jeremy dich an das FBI verkauft.“ Josephine lachte bitter. Ihre Wut stand der seinen in nichts nach, und das berührte ihn zutiefst. „Sie glauben, dass sie dich durch mich in der Hand haben. Nat, du darfst nicht an mich denken, wenn es so weit ist …“

„Was könnten sie denn tun?“, erwiderte er matt. „Hier und jetzt bin ich sogar noch schwächer als ein gewöhnlicher Mensch. In ein paar Stunden halten sie einen leblosen Zombie gefangen.“

„Es sei denn, sie wissen, was zu tun ist. Vielleicht kennen sie das Geheimnis der Knochen.“

Der Wagen verließ den Highway. Nathaniel hörte Menschenstimmen, Großstadtlärm und das Quietschen eines Zuges.

„Wenn sie dir die Knochen bringen sollten, damit du zu Kräften kommst, dann befreie dich.“ Josephine lehnte ihre Stirn an die seine. Als ihre Finger über seine nackten Arme glitten, stach der Schmerz wie ein Messer in sein Herz. Vor wenigen Stunden noch hatten sie im Wald gesessen, unberührt von allem Schlechten, von nichts weiter erfüllt als Verlangen und Liebe.

„Denk nicht an mich, Nat. Verschwinde! Versprich mir das.“

„Du wirst dich befreien“, knurrte er, „hier und jetzt.“

Der Wagen hielt. Sie hörten das Klappen von Türen und die Schritte dreier Männer.

„Ich versuche, dir zu helfen“, zischte er ihr zu. „Sobald du frei bist, rennst du einfach los. Du rennst, bis du nicht mehr kannst, am besten irgendwohin, wo viele Menschen sind. Versuche, so schnell wie möglich zurückzukehren, fahre ins Reservat und erzähle Scott Black Fox, was passiert ist."

„Nat …" wisperte Josephine. „Ich will dich nicht verlieren."

„Ich schaffe es schon. Vertrau mir. Wenn mir jemand helfen kann, dann der Rat."

„Woher weißt du, ob sie dich nicht loswerden wollen? So wie Jeremy?"

„Weil es Tradition ist, dass sie mir in jeder Ratssitzung ihre Gedanken offen legen. Ich weiß, dass einige nicht mit meiner Meinung konform gehen und dass sie gern Dinge hinter meinem Rücken beschließen. Aber sie würden mich niemals verraten. Niemals. Unser Zusammenhalt ist immer noch stark. Es liegt außerdem im Interesse des Stammes, dass mein Geheimnis gewahrt bleibt."

Josephine schüttelte den Kopf. „Dafür dürfte es zu spät sein. Ehe ich den Rat hierherbringen kann, haben sie dich schon sonst wo hingebracht. Wie sollen wir dich finden?"

Nathaniel kam nicht mehr zum Antworten, denn die Tür wurde aufgerissen. Er war so schnell, dass den Männern keine Zeit zum Reagieren blieb. Mit einem Aufbäumen seiner letzten Kraftreserven trat er dem am nächsten Stehenden vor den Kopf und schleuderte ihn zu Boden. Josephine sprang auf, ließ ihren Fuß in das Gesicht des zweiten Mannes krachen und sprang. Sie war schnell. Vielleicht schnell genug.

Ehe der Kolben einer Waffe Nathaniel das Bewusstsein nahm, sah er, wie sie eine leere Straße hinunterrannte, verfolgt vom dritten Mann.

„Lauf", war sein letzter Gedanke. „Du musst es schaffen. Lauf, Tacincala."

Die Stille summte in seinem Kopf, als er erwachte, noch immer gefangen im Transporter. War Josephine entkommen? Er konnte es nur hoffen. Mochten sie mit ihm anstellen, was sie wollten. Er hatte lang genug gelebt und würde Schmerzen ebenso in Kauf nehmen wie Tod. Nie aber hätte er es sich verziehen, wenn Josephine wegen ihm Qualen hätte erleiden müssen. Er begann, zu beten. Flehte die Geister und das Mysterium darum an, dass sie entkommen war.

Der Lärm des Verkehrs schwoll an. Sie bewegten sich durch eine Innenstadt. Nathaniel wand sich mit letzter Kraft, zerrte an den neu angelegten Fesseln seiner Hände und versuchte, seine Arme durch Auskugeln der Schultergelenke nach vorn zu biegen. Doch es gelang nicht. Er war zu schwach. Viel zu schwach.

Als der Wagen zum Stehen kam, nach einer Fahrt, deren Dauer er auf eine halbe Stunde schätzte, durchströmte ihn Erleichterung. Alles war besser als Ungewissheit. Doch als sein noch immer betäubtes Gehirn weiterdachte, gefror diese Erleichterung zu kalter Angst. Wer immer hinter seiner Entführung steckte, würde erkennen, dass Nathaniel in diesem Zustand nutzlos war. Wenn er nicht an das Grab zurückkehrte und Absá weiterhin passiv blieb, würde seine Kraft spätestens nach einem Tag so verkümmert sein, dass er in Apathie versank. Damit war auch Josephine nutzlos. Ihre gelungene Flucht war und blieb seine einzige Hoffnung. Denn Absá würde nicht eingreifen. Das spürte er mit aller Deutlichkeit, auch wenn er sich nicht erklären konnte, warum es so war.

„Josephine ist mir wichtiger als das Grab“, vermittelte er ihr im Geiste. „Lieber lasse ich sie die Knochen der Erde entreißen und hierherbringen, als mitzuerleben, wie sie getötet wird.“

Möglicherweise interessierte sich sein Entführer gar nicht für das, was er tun konnte, sondern trachtete danach, seinem Körper das Geheimnis seiner Andersartigkeit zu entreißen. In diesem Fall würde man schnell erkennen, dass ein Druckmittel überflüssig war, denn er konnte ihnen schon jetzt geben, was sie wollten – einen willenlosen Zombie ohne jede Möglichkeit zur Flucht. Würden sie Josephine, falls sie es geschafft hatte, also in Ruhe lassen? Oder wusste sie zu viel?

Wieder wurde die Tür aufgestoßen. Diesmal waren es vier Männer. Einer löste seine Fußfesseln, drei packten ihn und zerrten ihn hinaus in eine laue, von künstlichem Licht geflutete Sommernacht. Alles in ihm schrie danach, die Männer zu töten, sie in Stücke zu reißen und ihr Blut zu vergießen, wie er das Blut Hunderter Feinde vergossen hatte. Doch er wusste, dass es sinnlos war. Er besaß nicht einmal annähernd die nötige Kraft.

Vor ihm lag ein gewaltiges, mit schwarzem Glas verkleidetes Gebäude, dessen kegelförmige Spitze in den Himmel zu reichen schien.

„Wir machen dich jetzt los“, sagte einer der Männer, in dessen blutverschmiertem Gesicht vier halbmondförmige, tiefe Wunden klafften. Stammten sie von Josephines Fingernägeln? „Falls du diesen Umstand zur Flucht nutzen willst, sollte ich dir vorher etwas erklären. Deine Freundin hat es nicht geschafft. Sie hat sich gewehrt wie eine Wildkatze, aber wir haben sie erwischt. Jeder deiner Schritte und jede Bewegung wird von Kameras überwacht und verfolgt. Jedes Wort, das wir wechseln, wird mitgehört. Sollte irgendetwas nicht so laufen wie geplant, verliert deine Freundin ein paar Finger. In einem leichten Fall deiner Weigerung, uns zur Verfügung zu stehen, wohlgemerkt. Im schwereren Fall verliert sie ihr Leben. Und zwar langsam und schmerzhaft. Hast du das verstanden?“

Nathaniels Blut kochte vor Wut. Seine einzige Befriedigung lag darin, dass Josephine es geschafft hatte, zwei der Männer mit Kratzern und Bissen übel zuzurichten. Hätte sie nur ein Messer dabei gehabt. Irgendetwas, mit dem sie hätte töten können. Nathaniel warf einen Blick auf den glasfunkelnden Eingang des Gebäudes. Eine Kamera schwenkte leise schnurrend zu ihnen herüber. Kaum hatte er genickt, löste sich der Griff um seine Arme und er sank in die Knie.

„Was ist los?“ fauchte der Mann rechts von ihm. „Noch so zugedröhnt? Das sah mir vorhin aber nicht danach aus.“

Er antwortete nicht. Starrte nur auf den grau gepflasterten Boden. Man nahm ihm die Handschellen ab, doch das trügerische Gefühl von Freiheit war niederschmetternder als der vorherige Zustand. Sie durchquerten eine Eingangshalle, in deren poliertem Marmorfußboden Lichter ihren Widerschein fanden. Hinter einem riesigen Mahagonitresen saß eine junge Frau mit aufgesteckten roten Haaren und blickte ihnen neugierig entgegen. Ihr Lächeln gefror ob des sich ihr bietenden Bildes – ein finster blickender Mann in seltsamer Kluft, hängend in den Armen zweier Anzugträger. Sie keuchte leise, als sie den Tresen passierten, und dieser Laut erinnerte ihn so sehr an Josephine, dass er seine Zähne in die Unterlippe graben musste, um nicht vor Wut zu schreien.

Sie betraten einen Fahrstuhl von der Größe eines Wohnzimmers und glitten lautlos nach oben. Zwanzig Stockwerke über dem Erdboden empfing sie hinter einer Wand aus Glas die nächtliche Pracht der Stadt. Nathaniel wurde zu einer Tür aus poliertem Ebenholz bugsiert, die sich lautlos öffnete. Dahinter lag ein fast leerer Raum von verschwenderischer Größe. Immerhin, erkannte er mit einem Hauch von Erleichterung, warteten kein Labor und keine Traube wissbegieriger Wissenschaftler darauf, ihn wie eine Ratte auseinanderzunehmen.

Ein Bildschirm stand auf einem schwarzen Schreibtisch, gedreht in ihre Richtung. Vor dem Fenster, das eine gesamte Wand einnahm, stand ein runder, ebenfalls schwarzer Tisch, umringt von silbergrauen Stühlen. Nathaniel sah ein chromglänzendes Bücherregal, das bis unter die Decke reichte, die Bronzefigur einer nackten Frau und mehrere indianische Artefakte an der Wand, die sich mit der kühlen Atmosphäre des Raumes nicht vertrugen. Es gab einen prächtig geschmückten Kriegsspeer, eine Axt, mehrere Bögen und einen roten Pfeil in einer Vitrine. Seinen Pfeil, den er letztens auf die beiden Eindringlinge abgeschossen hatte.

„Hinsetzen." Der blonde Mann mit den ausgerissenen Haaren deutete auf einen Lederstuhl, der gegenüber dem blau flimmernden Bildschirm stand. „Du wirst schon erwartet."

Nathaniel tat, was man von ihm verlangte, wobei er vielmehr in den Stuhl fiel, als sich hineinzusetzen. Diese Schwäche, die er nicht kaschieren konnte, machte ihn umso wütender. Nur eines konnte er zum jetzigen Zeitpunkt tun – ihnen die Befriedigung verweigern, ein furchtsames Opfer vor sich zu haben.

Der Bildschirm wurde heller. Er flackerte auf, dann erschien ein Gesicht. Ein feistes, teigiges Gesicht, gekrönt von schütterem Haar.

„Gregory Hazlewood." Nathaniel seufzte. „Wie schön, dich wiederzusehen."

„Die Freude ist ganz auf meiner Seite. Ich muss schon sagen. Dein Freund hat ganze Arbeit geleistet. Vertrauen ist eine gefährliche Sache, nicht wahr? Wir fallen alle gern auf diese Illusion herein."

Nathaniel atmete tief ein, sagte jedoch nichts.

„Dein Zögling hat mir eine Menge über dich erzählt", fuhr der Anwalt fort. „Zum Beispiel, dass du nicht nur in seinen Augen die Entwicklung des Stammes aufhältst, dich neuen Wegen verschließt und lieber gedanklich in der Steinzeit festhängst. Dank ihm weiß ich auch, dass es dir unmöglich ist, jemanden aus der Entfernung zu manipulieren. Noch praktischer ist die Tatsache, dass dein Opfer es spürt, sobald du in seinen Geist eindringst. Du brauchst direkten Augenkontakt, und wenn man deine Kraft kennt, ist es relativ leicht, dich auszusperren. Voraussetzung ist natürlich, dass man versteht, woher das Prickeln kommt, das einem das Gehirn vernebelt. Zu allererst sollten wir daher klarstellen, dass deine Freundin für jede Dummheit, die du versuchst, bezahlen wird. Falls du also versuchen solltest, einen meiner Männer zu manipulieren, wirst du schnell herausfinden, dass ich nicht lange fackele."

„Was willst du?", knurrte Nathaniel. „Wo ist Josephine?"

„Es geht ihr gut." Hazlewood faltete die Hände zu einem Spitzdach und nickte jemandem zu. Ein zweites, kleineres Bild erschien auf dem Monitor. Ein Zimmer war darauf zu sehen, großzügig und gediegen ausgestattet. Nathaniel erkannte ein mit einer roten Damastdecke bezogenes Bett. Darauf hockte Josephine, zusammengekauert und ängstlich. Sie schien, wenigstens auf den ersten Blick, unverletzt zu sein. Ihre Finger drehten unaufhörlich die Strähne, in der er sein Haar mit ihrem verflochten hatte, und diese Geste zu sehen, schmerzte heftiger als jede körperliche Wunde.

„Wir behandeln sie gut", sagte Hazlewood in unverhohlenem Triumph. „Solange du kooperierst."

„Was willst du?" Nathaniel schloss die Augen, denn er spürte eine ungeheure Wut in sich aufsteigen. Entglitt sie seiner Kontrolle, würde er alle Hoffnung zerstören. Er würde Stunden später zu klarem Verstand kommen, erschöpft, blutbesudelt, inmitten von Leichen. Zusammengekauert auf den Überresten eines endgültig verlorenen Lebens.

„Ich gebe dir mein Wort, dass ihr kein Haar gekrümmt wird." Hazlewoods Gesicht zierte ein Lächeln, sodass es einem feisten Vollmond glich. „Voraussetzung ist, dass du nichts Dummes versuchst und mir auf meine Fragen mit der Wahrheit antwortest. Mein Leben lang wurde ich darauf geschult, Lüge und Wahrheit zu unterscheiden. Ich würde es spüren, wenn du mich belügst."

„Was seht ihr schon?", presste Nathaniel hervor. „Ihr werdet geboren, ihr lebt und sterbt, ohne etwas zu sehen."

Hazlewoods Gesicht war einen Augenblick reglos. Getroffen an wunden Punkten senkte der Anwalt den Blick.

„Wenn es euch darum geht, dass ich eure Laborratte spiele, braucht ihr Josephine nicht. Ich habe keine Kraft mehr, mich zu wehren. Wartet ein paar Stunden und ich kann nicht mal mehr aufstehen. Ihr braucht sie nicht. Lasst sie gehen, und macht mit mir, was ihr wollt."

„Wie nobel." Hazlewood klopfte sich mit dem Zeigefinger auf die gespitzten Lippen. „Wenn es nur darum ginge, würde ich vielleicht sogar einwilligen. Aber ein Zombie nützt mir nichts. Bevor ich mein Ziel erreiche, brauche ich dich, um mir die Zukunft zu versüßen. Ich weiß, dass du deine Kraft durch Woksapas Knochen schöpfst. Wir werden sie dir bringen."

„Dann halte Josephine und mich zusammen gefangen." Nathaniel beugte sich vor und sah Hazlewood tief in die Augen. Es war nutzlos, wenn dieser Mann nicht persönlich vor ihm stand, doch er kannte die Wirkung seines Blickes – auch vollkommen ohne Magie. „Lass uns zusammen sein, und ich tue, was du willst."

Solange ich keine andere Möglichkeit sehe, fügte Nathaniel in Gedanken hinzu. Aber mache einen Fehler. Einen winzigen Fehler, und du wirst für alles bezahlen.

„Mal sehen. Vielleicht bist du so umgänglich, dass ich dir eine Belohnung zukommen lasse." Hazlewood lehnte sich zurück und blickte nachdenklich ins Leere. „Hast du jemals einen Verlust erlitten, so tief greifend, dass dein Verstand sich weigert, sein Ausmaß zu ermessen?"

Nathaniel antwortete mit Schweigen. Sein Blick glitt über die Artefakte, die in diesem Raum ebenso inhaftiert wirkten wie er selbst. „Musst du dich mit fremder Vergangenheit schmücken, weil du keine eigene hast?" spottete er. „Bedienst du dich an unserer Seele, weil deine längst verloren ist?"

„Ich bin alt", erwiderte Hazlewood. „Ich habe viel gesehen in all den Jahrzehnten. Ich bin so reich, dass ich nicht weiß, wie ich das Geld in einem Leben ausgeben soll. Ich habe unendlich viel erreicht. Ich habe mir zahllose Wünsche erfüllt, so viele, dass mir schlecht davon wurde. Aber ich weiß immer noch nicht, wer ich bin. Und ich will nicht sterben, ehe ich das nicht weiß." Der Anwalt beugte sich vor. Gier legte sich wie ein spiegelnder Schleier über seine Augen. „Was geschieht, wenn ich dich töte? Würde die Macht auf mich übergehen? Was wäre, wenn dein Blut sich langsam mit meinem vermischt? Würde ich so werden wie du? Sag es mir."

„Der Geist ist wählerisch", erwiderte Nathaniel. „Zeig ihm tausend Menschen, die du für stark und würdig hältst, und er wendet sich ungerührt ab."

„Was müsste ich tun, dass er mich für würdig hält?"

„Nichts." Nathaniel lächelte kalt. „In hundert Leben wird er dich nicht für würdig halten. Und was geschieht, wenn du mein Blut auf dich überträgst, weiß ich nicht. Versuch es. Ich habe selbst nach Wegen gesucht, den Geist loszuwerden. Ich sehnte mich nach Ruhe. Ich sehnte mich so sehr danach, dass ich sogar versuchte, mich zu töten, um den Geist loszuwerden und Frieden zu finden. Ich sagte dir schon – du brauchst Josephine nicht. Nimm dir meine Kraft, wenn du es schaffst. Ich gebe sie dir. Mein Leben war lang genug."

„Nun, wir werden es vorsichtig angehen lassen." Ein merkwürdiger Zug umspielte Hazlewoods Mund. „Zu schade, dass wir es nicht umgekehrt realisieren können. Mein Geist in deinem Körper, ausgestattet mit der Macht des Totems. Ich müsste Frauen endlich nicht mehr dafür bezahlen, mit mir ins Bett zu steigen."

Der Anwalt lachte und tätschelte seinen hervorquellenden Bauch. „Aber gut, solange ich nicht an die Macht des Gefäßes gelange, mache ich mir das Gefäß selbst zunutze. Woksapas Knochen sind bereits hierher unterwegs."

Nathaniel lächelte hasserfüllt. „Du kennst die Legende, aber kennst du sie gut genug? Die Anwesenheit des Totems bringt Menschen dazu, klarer zu sehen. Es gibt viele, für die die Erleuchtung einer Katastrophe gleichkommt. Bist du bereit, dich selbst zu sehen? Bist du wirklich bereit?"

„Du bekommst, was du brauchst." Hazlewood vollführte eine Geste, woraufhin auf dem kleinen Bildschirm Josephine erschreckt auffuhr. „Aber zuerst will ich, dass du etwas für mich tust."

Zwei Männer stürzten sich auf sie, zerrten sie vom Bett und so vor die Kamera, dass Nathaniel ihr Gesicht erkannte. Einer der Männer hielt sie fest, der andere packte ihren Arm, spreizte einen Finger ab und setzte ein Messer an. Kein Ton war zu hören, doch er sah Josephines stummen, flehenden Schrei.

„Tu, was ich dir sage, und sie wird ihre Gliedmaßen behalten." Hazlewood lehnte sich zurück, verschränkte die Arme vor der Brust und wirkte wie jemand, der eine gute Show zu genießen gedachte. „Zwinge den Mann rechts von dir, aus dem Fenster zu springen."

Nathaniels Finger krallten sich so fest um die Lehne des Stuhls, dass das Holz knirschte. Er sah Josephine, ihre Angst und das Flehen in ihrem Blick. Er erinnerte sich an die wenigen, wunderbaren Momente, die sie geteilt hatten, und wusste, dass er alles tun würde, um sie zurückkehren zu lassen.

Sein Blick glitt zu dem Mann rechts von ihm, der nicht an die Macht des Totems glaubte und spöttisch schnaufte. Umso größer war seine Verblüffung, als Nathaniel ihn zwang, sich umzudrehen. Er tat einen Schritt. Dann einen weiteren. Steifbeinig und hilflos, gesteuert von einem Willen, dem er nichts entgegenzusetzen hatte.

„Bitte nicht", wimmerte der Mann. „Nein, bitte nicht."

Jetzt begann er, zu rennen. Er riss die Glastür auf, taumelte auf die Terrasse hinaus und lehnte sich über die Brüstung. Ohne zu zögern, würde sich sein Opfer in die Tiefe stürzen, wenn Nathaniel es von ihm verlangte.

„Du siehst, ich habe Macht über ihn", sagte er. „Wieso ihn sinnlos opfern?",

„Wie edel von dir", säuselte Hazlewood triumphierend. „Aber gut, lass ihn frei."

Der Mann an der Brüstung sank aufatmend in sich zusammen.

„Christian?" Hazlewood rieb sich die Hände. „Führen Sie unseren ehrenwerten Gast in sein Zimmer. Und keine Sorge, er wird fromm sein wie ein Lamm."

Grobe Hände packten Nathaniels Schultern und zogen ihn hoch. Das Aroma von unterschwelliger Angst schwängerte die Luft. Ehe er weggezerrt wurde, sah er, wie Josephine auf das Bett gestoßen wurde und sich zusammenrollte. Ihr zarter Körper glich dem eines verwundeten Tieres. Wenn ihm nur eine Lösung in den Sinn gekommen wäre. Irgendeine Fügung des Schicksals, ein Zeichen der Geister, irgendetwas, das hilfreich war. Absá schwieg nach wie vor, sein analytischer Verstand ebenso. Dennoch prägte er sich binnen eines Sekundenbruchteils Kleinigkeiten ein, die ihm, falls der Spieß sich umkehrte, vielleicht helfen konnten.

Christian stieß ihn in Richtung Ausgang. Wutentbrannt, doch nur noch ein Schatten seiner selbst, warf sich der Geist gegen sein Gefängnis, unfähig, eine Niederlage zu ertragen. Er zerrte an seinen Fesseln aus Fleisch und verfiel in Raserei, umso verzweifelter, da seine Kraft längst nicht mehr ausreichte, die Kontrolle über Nathaniel zu gewinnen.

„Willkommen in der Luxussuite." Christian öffnete eine Tür und stieß ihn in einen leeren Raum.

Gedämpftes Licht aus drei Strahlern, die in die Decke eingearbeitet waren, floss über einen graublauen Teppich. Die Abdrücke mehrerer Stühle, eines Tisches und eines Schrankes waren zu sehen, was bedeutete, dass der Raum erst vor Kurzem geleert worden war, um ihm keine Möglichkeit zu geben, irgendetwas als Werkzeug zur Befreiung zu nutzen.

Inzwischen zu Tode erschöpft, sank Nathaniel in einer Ecke zu Boden und lehnte den Kopf gegen die Wand. Die Kraft des Totems strömte aus ihm wie Blut aus einer tiefen Wunde. Im Glückstaumel seiner neu erwachten Liebe hatte den Aufenthalt am Grab immer wieder hinausgeschoben, und jetzt rächte sich dieser Fehler. Ungeachtet seiner wachsenden Angst um Josephine gewann schnell die Müdigkeit die Oberhand und er nickte ein, unfähig, seine bleischweren Lider länger offen zu halten.

Als irgendwann ein grauhaariger Mann mit einem Koffer ins Zimmer kam, nahm er das, was geschah, nur verschwommen wahr. Mit mühsam aufrechterhaltener Contenance hockte sich der Mann neben ihn, jagte eine Nadel in seinen Arm und füllte mehrere Röhrchen mit Blut.

Nathaniel hörte sich lachen. Hazlewoods Enttäuschung war vorprogrammiert. Skurrile Bilder schossen ihm durch den Kopf. Ein sich aufblähender, explodierender Körper. Ein Körper, der sich in Krämpfen wand und blitzartig mutierte. Herausquellende Augen und ein aufgerissener Mund. Ausschlag der ekelhaftesten Sorte. Abfallende Gliedmaßen. Noch niemals hatte es ein Mensch versucht, sich die Kraft des Totems auf diese Weise anzueignen, und Nathaniel bezweifelte, dass ein solcher Versuch von Erfolg gekrönt sein würde. Andererseits kannte er sich in der modernen Medizin nicht aus. Was, wenn es tatsächlich gelang? Was, wenn der Geist ihn nach so langer Zeit verließ und er gehen konnte? Noch vor Kurzem wäre ihm diese Idee verlockend erschienen, doch jetzt, da Josephine in sein Leben getreten war, wehrte er sich mit aller Macht gegen diesen Gedanken.

Hastig packte der Mann alles zusammen, sprang auf und beeilte sich, das Zimmer zu verlassen. Wieder fiel die Tür zu. Das zweifache, metallene Geräusch der Verriegelung erklang. Zurück blieb ein saurer Geruch nach Angst und kaltem Schweiß. Nathaniel rollte sich zusammen, schloss die Augen und driftete in Finsternis ab.

Eine Tür wurde aufgestoßen. Jemand, den er in seinem Dämmerzustand nur als Schatten wahrnahm, legte einen Sack vor ihm ab, drehte sich um und verschwand. Die Stille summte, untermalt vom leisen Rauschen einer Klimaanlage.

„Darin befindet sich das, was du brauchst", erklang Hazlewoods Stimme aus unsichtbaren Lautsprechern. „Tanke Kraft, du wirst sie brauchen. Ich habe eine Aufgabe für dich."

Nathaniel zog den Sack an sich. Er fühlte die Knochen darin. Augenblicklich floss

Kraft durch seinen Körper, tröstend und warm, doch mit ihrer Wohltat, die seine ausgehungerten Zellen füllte, kam die Wut zurück. Man hatte diese Knochen aus dem Grab geholt und damit eine heilige Stätte entweiht. Ungeheuerlich musste Absá dieser Frevel erscheinen. Warum schwieg sie, selbst jetzt, da man ihr Heiligstes geschändet hatte? Es konnte nur eines bedeuten: Sein Schicksal verlief in den Augen der Schamanin so, wie es vorausbestimmt war. Nicht gerade ermutigend.

Nathaniel zog den Sack fester an sich, hungernd nach Kraft. Es gab Geschichten, dass die Knochen nicht das Aussehen menschlicher Gebeine besaßen. Manche sagten, sie seien durchsichtig wie Kristall. Andere erzählten von einem bläulichen Licht, das ihnen entströmte, und von einer hauchzarten Struktur, die die Knochen wie ein Netz überzog.

Er hatte sie nie gesehen. Damals, als sein Stamm nach Montana kam, auf der Flucht vor dem Unausweichlichen, hatte der Medizinmann sie in jener unzugänglichen Schlucht nach altem Ritus bestattet. Seitdem waren sie von niemandem mehr berührt worden. Der Frevel ihrer Entweihung wog so schwer, dass nichts ihn hätte mildern können. Nathaniel sah das Grab vor sich, ausgeplündert und leer. Zerstört für immer.

Unvermittelt sprang er auf, entlud seine neu gewonnene Kraft in einem wilden Schrei und stürzte sich auf die Tür. Er hämmerte dagegen, bis das Metall sich verbog, ließ die Kraft des Totems hervorströmen, bis der Abdruck seiner Hände sich darin einbrannte und der Schmerz wie Eissplitter die Hitze seiner Raserei durchdrang.

„Nat?" erklang plötzlich eine zarte, vertraute Stimme. „Nat, hörst du mich?"

Er erstarrte. Neben den Knochen sank er zu Boden und blickte auf seine zerstörten Hände hinab. Knochen wuchsen wieder zusammen, Sehnen, Fleisch und Haut entstanden binnen weniger Sekunden neu.

„Josephine?" brachte er hervor.

„Ja. Ich bins. Nat, du musst …" Er hörte einen dumpfen Schlag, gefolgt von einem Schmerzenslaut.

„Lasst sie in Ruhe!" schrie er die Lautsprecher an. „Lasst sie verdammt noch mal in Ruhe."

Wieder hieb er seine Faust gegen die lädierte Tür, dann ein zweites und drittes Mal, bis Josephines Stimme ihn innehalten ließ: „Vergiss mich. Denk nur an dich. Ich will nicht, dass du wegen mir …"

Wieder ein Schlag, doch ihm folgte kein Stöhnen wie zuvor. Er hörte Josephine fluchen. Wild, furchtlos und zornig. Es knackte im Lautsprecher, dann erklang Hazlewoods Stimme: „Eine mutige kleine Katze. Kein Wunder, dass du alles für sie tust. Wenn du ihre Haut demnächst nicht in kleinen Puzzleteilen vor dir liegen haben willst, tu das, was Christian dir gleich sagen wird."

„Du spielst mit etwas, das du nicht beherrschen kannst", spie Nathaniel ihm entgegen. „Du spielst mit einer Macht, die älter ist als alles, was Menschen zu kennen glauben."

„Aber auch diese Macht hat ihre Schwächen", antwortete Hazlewood unbeeindruckt. „Kennt man sie, beherrscht man selbst das stärkste Geschöpf auf Gottes Erden."

„Ja, ich habe Schwächen. Schwächen, von denen du nur träumen kannst. Aber der Geist hat sie nicht. Spiel mit ihm und er wird dich mit einem Augenzwinkern vernichten."

„Warum hat er es dann nicht längst getan? Weil du ihn kontrollierst, deshalb. Du liebst diese Frau und würdest alles für sie opfern. Wie auch immer, Christian wird gleich bei dir sein. Ich rate dir, ihm anstandslos zu folgen. Und falls du versucht bist, ihm irgendeine Information zu entlocken – er weiß nicht, wo deine Freundin ist. Ich bin nicht so dumm, wie du vielleicht gehofft hast."

Sie redeten viel und sagten nichts. Man hatte ihm ein Hemd und einen Anzug aus teurem, schwarzem Stoff gegeben, der ihm Professionalität verleihen sollte. Die Leute, die an dem riesigen Tisch saßen, vor sich ein auf den Millimeter genau ausgerichtetes Gedeck, unterschieden sich kaum voneinander. Sie besaßen strenge, emotionslose Gesichter, perfekt sitzende Kleidung in dunklen Farben, kurzes, ordentlich gekämmtes Haar. Regungen in ihren versteinerten Zügen zeigten sich nur, wenn ihre Blicke in auffälliger Regelmäßigkeit zu Nathaniel herüberglitten. Pikiertheit, Neugier, Überraschung, Verwunderung. Die Tatsache, dass er silberne Creolen und langes Haar trug, schien sie tief zu bestürzen. Er ignorierte es. Mit einer Gelassenheit, die vorzuspielen ihm seltsamerweise leicht fiel, trank er seinen Kaffee, probierte das Gebäck und rief sich in Erinnerung, dass er jeden Einzelnen mühelos töten könnte, wenn es nicht die Kamera in der Ecke gegeben und Josephine nicht an einem Ort, den er nicht kannte, auf ihr Schicksal gewartet hätte. Mit der Geduldigkeit eines Kriegers des alten Schlages wartete Nathaniel auf eine Erkenntnis. Auf die sich ihm zeigende Lücke im scheinbar perfekten Gefüge. Christian, der ihm gegenübersaß, konnte der Verlockung eines näheren Blicks nicht lange widerstehen, sodass Nathaniel bereits zwei Minuten nach Beginn der Sitzung in Erfahrung gebracht hatte, dass der Mann tatsächlich nicht wusste, wo Josephine sich befand.

Resigniert widmete er sich dem Kaffee. Die Sitzung zog sich dahin, denn der Anwalt am Kopfende des Tisches brütete mit stoischer Ruhe über dem Vertrag. Irgendwann, als der Anzugträger endlich aufblickte und mit einem Räuspern kundtat, dass seine Studien beendet waren, wurde es Zeit für Nathaniels Eingriff.

„Wie stellen Sie sich das hier vor?" Der Mann tippte auf den vor ihm liegenden Papierstapel. „Eine einundfünzigprozentige Stimmenmehrheit? Das soll wohl ein …"

Nathaniel stieß scheinbar zufällig sein halb volles Wasserglas um. Sechs Augenpaare hefteten sich voller Empörung auf ihn. Eine Frau erschien, leise wie ein Geist, räumte das Glas auf ein Tablett und wischte die Pfütze auf.

Sobald das Objekt seiner Manipulation den Blick zu ihm wandte, drang Nathaniel in den Geist des Mannes ein und räumte seine Bedenken beiseite.

Alles hat seine Richtigkeit, flüsterte er ihm ein. Nichts wird entschieden ohne vorherige Abstimmung. Alles ist in Ordnung. Sie können uns vertrauen.

Als der Anwalt die Lider senkte und in seine Kaffeetasse blickte, wurde sein Blick glasig. Ein träumerisches Lächeln umspielte seine Mundwinkel.

„Gut." sagte er schließlich, nahm einen Stift, versah das letzte Blatt mit einer schwungvollen Unterschrift und schloss das Geschäft mit einem seligen Nicken. Ein halbes Dutzend Gesichter erbleichten um mehrere Facetten. „Ich habe mich getäuscht", setzte der Anwalt angesichts dieser Reaktion hinzu. „Alles hat seine Richtigkeit. Es war mir eine Ehre, mit Ihnen ins Geschäft zu treten."

Er erhob sich, schüttelte Christian die Hand und ergriff seinen Aktenkoffer. Den Blick ins Leere gerichtet, verließ er steifbeinig das Zimmer. Dicht gefolgt von seinen sechs Begleitern, deren Tuscheln sich bald zu einem handfesten Streit hochschaukeln würde.

Als die Tür hinter den Männern zuglitt und Nathaniel mit Christian allein war, schloss sich eine Membran aus Stille um den Raum. Draußen im Sonnenschein rauschten die Kaskaden des Flusses dahin, durch das Glas so gedämpft, dass sie nur dann zu hören waren, wenn er seine Sinne über das gewöhnliche Maß hinaus schärfte. Ausgesperrte Natur. Die Freiheit nur noch eine Ahnung hinter makellosem Glas. Nathaniel dachte an den Wald, an die Kühle des Mooses und den See im Schatten der Bäume. Würde er jemals wieder dort sein, gemeinsam mit ihr? Die Maske äußerlicher Fassung wahrend, trank er den Rest seines Kaffees aus.

„Ich bin stolz auf dich", sagte eine Stimme in die Stille hinein.

Hazlewood betrat den Raum. Höchstpersönlich. Seine Aura aus Ungeduld und Euphorie durchdrang die hauchdünne Maske seiner zur Schau getragenen Ruhe. Offenbar hatte er inzwischen etwas herausgefunden, was ihn zuversichtlich stimmte. „Das lief reibungsloser als ich dachte. Christian, lassen Sie uns bitte allein. Aber bleiben Sie vor der Tür."

Der blonde Mann gehorchte. Hazlewood ließ sich in den Sessel am Kopfende des Tisches sinken und seufzte theatralisch, als wolle er mit einem Laut demonstrieren, dass allein er die Last der Welt zu tragen hatte. Seinen Blick währenddessen hielt er stur gesenkt.

„Verrate mir eins", sagte er schließlich, die Arme locker über die Lehnen seines Sessels hängen lassend. „Wer war Woksapa? War er ein Mensch?"

„Nein", erwiderte Nathaniel. Die Sonne wärmte sein Gesicht. Sanft. Sehnsuchtsvoll. Wie eine Berührung. Wie ihre Berührung.

„Was war er dann?"

„Ich weiß es nicht."

„Wirklich nicht?"

„Nein."

Hazlewood spitzte seine fleischigen Lippen und nickte einige Male. „Die Abstoßreaktion meines Blutes auf deines war bei Weitem nicht so heftig, wie wir erwartet hatten. Verwunderlich, wenn man bedenkt, dass sich beide Elixiere um Welten voneinander unterscheiden. Das Rätsel ist vielleicht leichter zu knacken, als ich befürchtet hatte." Hazlewood massierte mit einer Hand sein Knie. Der Schatten großen Schmerzes zog über sein Gesicht. „Die erste Priorität liegt für mich darin, deine Kraft auf mich übergehen zu lassen. Mir läuft die Zeit davon. Ich trachte nach ewigem Leben."

„Nichts kann ewig leben", entgegnete Nathaniel kalt.

„Aber Auserwählten wie dir ist es möglich, Jahrhunderte zu überdauern." Begeisterung funkelte in Hazlewoods Augen und erinnerte ironischerweise an ein Kind, dem offenbart worden war, dass seine Traumgestalten Realität waren. „Für gewöhnliche Menschen stellt das annähernd die Ewigkeit dar. Solange ich nicht weiß, wie ich die Kraft extrahieren und mir einpflanzen kann, werde ich das Gefäß nutzen. Das Leben, das ich zu führen gedenke, ist sehr lang. Es kann nicht schaden, noch einige finanzielle Polster anzuhäufen. Mit diesem kleinen Zauber heute hast du mir übrigens ein paar Millionen Dollar in die Hand gespielt. Ich danke dir."

„Das Elixier des Totems? Glaubst du wirklich, es wäre etwas, das man berühren könnte? Etwas Greifbares?"

„Es überträgt sich von Körper zu Körper, also muss es greifbar sein. Derzeit wird einer der Knochen untersucht. Möglicherweise liegt das Geheimnis nicht in dir, sondern in Woksapas Gebeinen."

„Das ist Totenschändung." Nathaniel fuhr hoch. Die Macht in seinem Inneren riss so aggressiv an der Hülle aus Fleisch, dass er in den Sessel zurückfiel und alle Konzentration ballte, um den Käfig des Totems aufrechtzuerhalten. Es durfte nicht sein. Noch nicht. Der richtige Zeitpunkt würde kommen, und wenn er kam, würde er seine Befreiung genießen wie niemals etwas zuvor.

„Du trittst unser Heiligstes mit Füßen. Wie könnte dir jemals etwas gehören, vor dem du nicht den geringsten Respekt besitzt?"

Hazlewood zuckte die Schultern. „Ich darf dir versichern, dass wir die Gebeine mit größter Sorgfalt behandeln."

„Ihr habt sie der Erde entrissen. Und sie mir in einem Sack vor die Füße geworfen."

„Man muss es mit der Sorgfalt nicht übertreiben. Komm her. Deine Aufgaben für heute sind noch nicht vorbei."

Als Nathaniel sich nicht rührte, deutete der Anwalt auf die Kamera. „Komm her, oder wir probieren ein paar indianische Foltermethoden an deinem Kätzchen aus."

Nathaniel stieß die Luft zwischen zusammengebissenen Zähnen aus. Als er zu Hazlewood hinüberging, tauchte ein Lächeln auf dem Gesicht des Anwalts auf, so widerwärtig milde, dass er sich in der Vorstellung verlor, es ihm mit einer Kriegsaxt zu zerteilen.

„Ich weiß nicht mehr, wie es ist, ohne Schmerzen zu leben", sagte Hazlewood. „Elf Mal wurde dieses Knie bereits operiert, aber die Schmerzen sind geblieben. Medikamente helfen nur noch ansatzweise oder gar nicht mehr. Ich schlafe seit Jahren kaum, weil sie mich in der Nacht um den Verstand bringen. Schaff sie mir vom Leib, und ich werde mich erkenntlich zeigen."

„Erkenntlich?" Nathaniel spie das Wort angewidert aus.

„Du wirst mit Josephine reden können. In deinem Zimmer, über die Lautsprecher. Befreie mich von dieser Qual, und ich werde dir zeigen, dass ich mein Wort halte."

„Und was nützt es mir, mit ihr reden zu können?" Nathaniel beugte sich zu ihm hinunter. Niemals wäre es ihm eingefallen, vor diesem Menschen zu hocken oder gar zu knien. Er umfasste das Knie mit beiden Händen, um augenblicklich den fahlen, bitteren Geschmack chronischen Schmerzes zu spüren. „Bring sie zu mir oder mich zu ihr. Dann sehen wir weiter."

„Hältst du mich für so dumm? Ich begehe nicht den Fehler vieler Menschen und unterschätze meine Gegner."

„Dann lebe weiter mit den Schmerzen." Nathaniel zog seine Hände zurück. „Abgesehen davon würden sie ohnehin wiederkommen. Du bist zu fett."

„Und du scheinst deine Lage noch nicht realisiert zu haben. Ich habe dich in der Hand. Möchtest du, dass wir dir ihre Nase bringen? Oder ihr Ohr? Oder lieber etwas, dass man damals den Frauen deines Volkes beim Sand-Creek-Massaker abgeschnitten hat, um es an die Sättel der Pferde zu hängen?"

„Du hast mich in der Hand?" Nathaniels Hände zuckten vor. Er packte Hazlewoods Knie so fest, dass die Knochen unter seinem Griff knackten. „Tu Josephine etwas an, und ich werde den Geist nicht länger zurückhalten. Er wird dich vernichten, dich verbrennen, bis dein Fleisch brodelt und schmilzt, bis deine Knochen verkohlen und deine Augäpfel platzen. Du ahnst nicht, mit was du spielst. Dein Glauben, mich in der Hand zu haben, ist nur Illusion. Erfreu dich kurze Zeit daran, und dann stirb. Ja, ich liebe diese Frau. Ich würde alles für sie tun. Aber der Geist weiß nichts von solchen Dingen. Noch kann ich ihn zurückhalten, um ihretwillen, aber nicht mehr lange."

Hazlewood schrie, als Nathaniel die Hitze in sein Knie jagte. Der Schrei wurde schnell von einem Ausmaß an Schmerz erstickt, der jeden Ton in der Kehle verdorren ließ.

„Ihr wollt Dinge beherrschen, die nicht beherrschbar sind", knurrte Nathaniel. „Ihr wollt den Sturm einsperren, die großen Ströme einfangen, die Erde in die Knie zwingen. Aber am Ende steht immer eines: euer Scheitern."

Ein gellender Schrei aus den Lautsprechern des Computers ließ Nathaniel herumfahren. Er sah, wie Josephine zusammensank, während ihre linke Hand die Rechte umklammert hielt. Blut floss zwischen ihren Fingern hervor. Einer der Männer, zwischen denen sie kauerte, zerrte sie hoch, bog ihren Kopf zurück und hielt die Spitze eines Messers gegen ihren Hals.

„Tu das noch einmal," keuchte Hazlewood, „und ich erlaube meinen Männern, sich an deinem Schätzchen nach Herzenslust auszutoben. Christian! Schaff ihn weg. Er soll erst mal zur Besinnung kommen."

Nathaniel schloss die Augen. Die Kraft in ihm ballte sich zusammen, wuchs und wuchs, bis er wusste, dass nichts mehr sie zurückhalten konnte. Nicht einmal seine Angst um Josephine. Doch in jenem Moment, da er die Macht des Totems entfesseln wollte, fühlte er Absás Anwesenheit in seinem Geist. Sie sagte nichts, vermittelte ihm nichts. Doch sie löschte die Hitze in ihm aus, füllte ihn mit Kälte und sorgte dafür, dass er bewegungslos blieb. Dass er nichts tat. Nichts, außer sich zurück in sein Gefängnis führen zu lassen und dort in eine Paralyse zu verfallen, die nicht aus ihm selbst kam.

Sie gaben ihm eine schwarze Hose und schwarzes Hemd, führten ihn in ein großzügiges Badezimmer und ließen ihn allein – doch über seinem Kopf verfolgten zwei Kameras jede Bewegung. Er roch die Angst der beiden Männer und ihre verzweifelten Bemühungen, ihn genau dieselbe nicht spüren zu lassen. Nathaniel ergötzte sich daran. Nachdem er sich gewaschen und die frische Kleidung angezogen hatte, brachten sie ihn zurück in das Zimmer, schafften ein Tablett mit Essen und zwei Wasserflaschen herbei und verschwanden. Die Knochen aber gab man ihm nicht zurück. Seit zwei Tagen hatte man sie ihm entzogen, und seine Kraft schwand an diesem Ort schneller, als er es gewöhnt war. Steckte Absá dahinter? War das hier eines ihrer Spielchen? Gefiel es ihr vielleicht, ihn so zu sehen, oder verfolgte sie einen Plan, den er noch nicht begriff?

Nathaniel trank das Wasser, rührte jedoch das Essen nicht an. Zorn schwärte unter einer Maske aus Emotionslosigkeit, lauernd im Schatten wie ein Raubtier, das darauf wartete, hervorzubrechen. Der Hunger danach, ihn hinauszulassen, wurde stärker. Es würde nicht mehr lange währen, bis dieser Hunger erneut mächtiger war als seine Angst um Josephine – bis er ausbrach, um ein weiteres Mal von Absá zurückgeschlagen zu werden?

Am Nachmittag erschien der grauhaarige Arzt ein zweites Mal, diesmal aufgelöst in blanker Angst. Wieder nahm er ihm mehrere Röhrchen Blut ab, was sich diesmal, da seine Finger beträchtlich zitterten, weitaus schwieriger gestaltete. Nathaniel erlag um ein Haar dem Drang, diesen Mann umzubringen. Doch erstens hätte es ihm nichts eingebracht und zweitens spürte er die Unschuld des Arztes, der seinerseits verzweifelt darum betete, seiner Misere mit heiler Haut zu entkommen.

Froh, noch zu leben, verließ der Mann nach Erledigung seiner Aufgabe das Zimmer und hinterließ einen Übelkeit erregenden Geruch nach Panik. Keine Minute später brachte Christian den Sack mit den Knochen und legte ihn Nathaniel vor die Füße.

„Irgendwie krank", hörte er ihn nuscheln, bevor sich die Tür schloss.

Nathaniel zog den Sack an sich und fuhr damit fort, seine Sinne zu trainieren. Er schärfte sie, bis er selbst leiseste Stimmen hörte, deren Quelle mehrere Räume entfernt lag. Gierig sog er währenddessen die Kraft der Gebeine in sich auf, in der Hoffnung, er könnte sie in seinem Körper bevorraten und speichern für den Fall, dass man ihm die Quelle entzog.

Für den Rest des Tages geschah nichts, doch als er die Nacht draußen hereinbrechen spürte, hörte Nathaniel etwas, das ihn hochfahren ließ.

„Wir tun es", blaffte Hazlewood mit Befehlsstimme. „Morgen Mittag, nachdem die große Sache über den Tisch ist."

„Sir," wagte eine weiche Stimme zu bemerken. „Ich verstehe ihre Ungeduld genauso wie Ihren Optimismus, aber ich bin noch nicht so weit."

„Die Tests verliefen vielversprechend. Worauf warten wir noch?"

„Ich kann noch nicht hundertprozentig abschätzen, wie Ihr Körper auf die Transfusion reagiert. Die Sache mit Ihrem Knie verlief blendend, aber das ist keine Garantie für einen reibungslosen Verlauf."

„Blendend?" Hazlewood lachte. „Es verlief fantastisch. Ich habe keine Schmerzen mehr. Nicht die Geringsten. Haben Sie eine Ahnung, wie es ist, nach so vielen Jahren das erste Mal schmerzfrei zu sein? Und das, nachdem Sie mir nur diese winzige Menge verabreicht haben. Ich bitte Sie. Wir warten keinen Tag mehr. Morgen, oder niemals."

„Sir, es handelt sich um eine Massivtransfusion. Sie erhalten ein gesamtes Blutvolumen innerhalb von drei Stunden. Die Nebenwirkungen können beträchtlich ausfallen. Kreislaufschock, Hämolyse, Gerinnungsstörungen. Es ist ein unerforschtes Feld, auf das wir uns begeben. Sie haben seine Blutwerte gesehen."

„Sterbe ich dabei, war es Schicksal. Aber dass es so endet, wage ich zu bezweifeln. Ich fühle mich fantastisch. Körperlich zumindest. Ach ja, Christian, kommen Sie morgen früh bei mir vorbei. Da gibt es noch einige Unterlagen, die ihr für den großen Deal morgen brauchen werdet. Ich habe sie zu Hause liegen lassen und komme wegen des Termins bei Blossom's nicht dazu, sie vorher hierherzubringen. Und bevor ich es vergesse: Wenn alles nach Plan verläuft, tötet ihr sie."

„Töten?" In Christians Stimme klang ein Entsetzen mit, dass einen winzigen Hauch Sympathie in Nathaniel aufkeimen ließ. „Sie meinen die Frau?"

„Wen sonst? Den Pudel meiner Mätresse? Ja, wir töten sie. Demnächst dürfte sie überflüssig werden. Oder nein – vielleicht habe ich doch noch Verwendung für sie. Sprecht mich morgen noch mal darauf an, wenn alles über die Bühne ist."

„Aber …"

„Herrgott, seien Sie nicht so zimperlich. Wenn Sie es nicht tun, tue ich es. Und meine Methoden sind in jeder Hinsicht unerfreulich. Dr. Timmons, falls Sie mich heute noch für Tests brauchen, zögern Sie nicht, mich anzusprechen. Diese Angelegenheit stelle ich vor alles andere. Auch vor meinen Schlaf. Darf ich die Herren jetzt bitten?"

Die Stimmen verstummten. Nathaniel hörte Schritte, gemurmelte Flüche und das

Rasen zweier nervöser, von Angst erfüllter Herzen. Er zwang sich, tief und langsam zu atmen. Morgen also. Morgen würde es sich entscheiden. Er fühlte eine seltsame Art von Zuversicht. Jene bittersüß schmeckende Euphorie vor einem Kampf, die er schon viele Male gekostet hatte.

Langsam und ruhig ging sein Atem, während er die Knochen an sich zog. Er spürte Hazlewoods Anwesenheit, noch ehe die Tür seines Gefängnisses aufgeschlossen wurde.

„Warum?“ Der Anwalt stellte sich vor ihn und verschränkte die Arme vor der Brust. „Warum? Sag es mir? Warum lebe ich? Warum das alles? Wo ist der Sinn?“

„Wirkt es schon?“ Nathaniels Stimme war monoton und emotionslos. „Erkennst du schon das, was du wirklich bist?“

„Warum leben wir? Sag mir irgendetwas, das mir hilft, und ich sorge dafür, dass du hier raus kommst.“

„Ich bin sicher, dass du dein Wort hältst.“ Nathaniel lachte spöttisch. „Aber ich glaube nicht, dass ich dir helfen kann.“

„Was meinst du damit?“

„Alles, was einatmet, muss auch wieder ausatmen. Alles entsteht, entwickelt sich und stirbt. Was aufsteigt, muss wieder absteigen. Was voll war, muss wieder leer werden. Das Leben hat seinen Rhythmus, in den wir uns einfügen sollten. Es ist der große Kreislauf aus Geburt und Tod. Ein Kreis in einem Kreis.“

„Ein Kreis in einem Kreis? Und was ist die Quintessenz des Ganzen? Sag mir irgendetwas, das hilft.“

„Du fühlst dich elend, weil du deinen Platz und deine Aufgabe nicht kennst. Aber im Leben hat alles seinen Platz und seine Aufgabe. Kommen wir vom Weg ab, müssen wir ihn noch einmal gehen. So lange, bis wir endlich begreifen.“

„Aber was ist das Geheimnis? Wie fühle ich mich richtig?“

„Wenn man versteht, wann es Zeit ist, voranzugehen. Und wann es besser ist, zu warten.“ Nathaniel genoss die Verwirrung, die seine Worte auslösten. „Wenn du den Rhythmus des Lebens verstehst und mit ihm fließt, wenn du den Wandel der Dinge akzeptierst, dann fühlst du dich richtig. Das Große Mysterium ist in allem. In dir, in mir, in jedem Tier, jedem Stein, jeder Pflanze. In allem. Nichts endet, alles verändert sich nur. Und wir sind Teile einer großen Einheit. Keine Herrscher, die die Gesetze des Lebens bestimmen. Das, woran du glaubst, ist erbärmlich. Es frisst dich auf, weil deine Seele nicht weiß, wo sie sich ausruhen soll.“

Hazlewood entließ stoßweise Luft aus seinen Lungen. Ruhelosigkeit entströmte ihm, die sich bald in Verzweiflung auflösen würde. Der Moment, in dem er begriff, welche Irrwege er beschritten hatte, würde der Furchtbarste seines Lebens werden. Nathaniel hatte es oft erlebt. Viele überlebten diese Erkenntnis nicht, andere verloren den Verstand. Seltsamerweise waren es nur wenige, die die gefundene Antwort nutzten, ihr Leben zu ändern.

„Erzähl mir von den alten Zeiten“, bat Hazlewood. „Erzähle mir, wie es war, bevor sich alles veränderte."

„Weil du hoffst, darin etwas zu finden, was dir hilft?" Nathaniel lehnte den Kopf gegen die Wand. Eine meditative Ruhe durchfloss ihn, genährt von der Gewissheit, dass er siegen würde. „Dann musst du zuerst den Menschen vergessen, der du jetzt bist."

„Ich will es versuchen." Hazlewood setzte sich auf den Boden, nach wie vor Nathaniels Blick ausweichend, und verschränkte die Arme in seinem Schoß. „Aber denke daran, dass jede deiner Bewegungen verfolgt wird. Tu etwas Dummes, und sie wird leiden."

„Nicht ich bin es, der Dummes tut." Nathaniel neigte entspannt den Kopf. Der Fluss des Lebens schlug eine andere Richtung ein, und er war mehr als bereit, ihm zu folgen. „Aber trotzdem will ich dir heute einen Gefallen tun."

Behäbig rauschte der Wagen durch die Stadt. Auch hier verfolgte eine winzige Kamera, angebracht am Rückspiegel, jede Regung. Nathaniel war nach wie vor von Zuversicht erfüllt. Das Mysterium würde ihn leiten. Ein Zeichen schicken, eine Offenbarung, eine Gelegenheit. Er fühlte eine tiefe, von den Geistern geschickte Gewissheit, dass sich heute sein Schicksal entscheiden würde.

Der Wagen verließ die bevölkerte Innenstadt und erreichte eine ruhigere Gegend der Stadt, in der altehrwürdige Villen im Schatten mächtiger Platanen ruhten. Eine Nervosität stieg in Nathaniel auf, die nichts mit Angst zu tun hatte, denn jede Anwandlung dieser Emotion verdrängte er entschlossen. Zunächst war ihm nicht klar, worauf sich diese Empfindung richtete, doch als der Wagen vor einem schmiedeeisernen Tor hielt und sein Blick zur dahinterliegenden Villa glitt, überfiel ihn die Erkenntnis in einer heißkalten Schockwelle. Kam sie von ihm selbst? Oder war es Absá, die endlich beschlossen hatte, einzuschreiten. Wie auch immer, er wusste, dass Josephine dort war. Er spürte sie. Sie deutlich, als säße sie neben ihm.

Der apricotfarbene Putz des Hauses bröckelte. Es war von den auf ihm lastenden Jahrzehnten in eine Aura verfallender Pracht gehüllt worden. Gewaltige Platanen warfen ihre Schatten auf das von Gauben und Türmchen verzierte Dach, steinerne Löwen bewachten eine breite Steintreppe, die zur Terrasse führte. Nur zwei der zahlreichen Fenster waren vergittert. Eines war klein und befand sich nahe dem Eingangsportal, das andere lag halb versteckt hinter dem Laub eines Baumes. Nathaniel erkannte es sofort. Diese eisernen Weinranken und den kleinen Balkon, dessen Geländer aus sanduhrförmigen Säulen bestand, hatte er flüchtig auf den Kameraaufnahmen gesehen.

Seine Gedanken begannen, fieberhaft zu arbeiten. Was immer er tat, man würde es sehen und Josephine dafür bezahlen lassen. Wie viel Zeit blieb ihm? War sie allein oder kontrollierte man das Geschehen von ihrem Zimmer aus? Binnen Sekundenbruchteilen berechnete sein Gehirn den schnellsten Weg hinauf zum Balkon. Das Tor zu überwinden würde ein Leichtes sein. Nur wenige Augenblicke, und er wäre beim Haus. Die Struktur der Wand erlaubte jedem, der über das nötige Geschick verfügte, ein schnelles Hinaufkommen. Es gab zahlreiche Nischen, Vorsprünge und Efeuranken, an denen er sich hinaufziehen konnte. Zwei Sekunden, um das Gitter samt dem Fenster zu zerstören. Insgesamt kaum zehn. Lange genug? Oder viel zu kurz?

„Tu es", wehte eine Stimme durch seinen Geist. „Tu es jetzt."

„Absá." Nathaniel stieß dieses Wort unbewusst aus und ließ Christian herumfahren.

„Benimm dich, verstanden?", zischte der blonde Mann. „Ich bin in ein paar Sekunden wieder hier."

Er drehte sich um und wollte die Tür öffnen, doch ehe seine Hand den Griff packen konnte, hatte Nathaniel ihm bereits das Genick gebrochen. Der zweite Mann riss seine Waffe hoch, doch auch sein Kopf wurde blitzartig und mit einem mühelosen Ruck nach hinten gedreht. Ohne den Bruchteil einer Sekunde zu zögern, öffnete Nathaniel die Wagentür, huschte hinaus und rannte zum Tor. Er musste es schaffen. Er musste. Seine Instinkte arbeiteten rasch und fehlerlos. Ohne jegliche Anstrengung überwand er das Tor, spürte kaum, dass eine der schmiedeeisernen Ranken seine Hose und die Haut darunter aufriss, ließ sich fallen und landete federnd auf dem Rasen. Er rannte weiter, hinüber zum Haus, während jede Sekunde zäh an ihm vorüberfloss. Er stieß sich vom Boden ab, packte einen der Efeustämme und zog sich hoch.

Wie viele Sekunden waren vergangen? Fünf? Sechs?

Instinktiv fanden seine Finger Halt in Nischen und Spalten, trugen ihn höher und höher, bis er sich über das Geländer des Balkons schwang und nach dem Gitter griff, dass das Fenster versperrte.

Die Macht des Totems vibrierte voller Ungeduld. Kaum öffnete er die Fesseln, die sie gefangen hielten, strömte sie heiß und gierig hervor. Das Eisen zerbröckelte unter seinen Fingern und wurde so heiß, dass seine Haut Blasen warf. Schmerz, zuckend durch sämtliche Nervenbahnen, flutete seinen Körper mit Adrenalin.

Acht Sekunden. Neun.

Wütend riss er eine Eisenstange ab, holte aus und zerschlug das Fenster. Scherben knirschten unter seinen Schritten, als er in das Innere des Raumes huschte. Kein Geruch nach Tod. Kein Aroma nach frisch vergossenem Blut. Er war rechtzeitig gekommen.

„Nat?" Josephine starrte ihn an, unfähig, seine Erscheinung für real zu halten. Ausgezehrt war ihr Gesicht, blass und müde. Ihr rechter Daumen war nur noch ein mit Binden umwickelter Stumpf. „Bist du es? Bist du hier?"

Er legte einen Finger auf seine Lippen und nickte ihr zu, lächelnd, obwohl angesichts ihrer Verstümmelung ein Hass in ihm aufloderte, der kaum zu kontrollieren war. Ein Funkeln huschte durch ihre Augen, kündete vom Ausmaß ihrer Erleichterung. Keine Sekunde später stürmten zwei bewaffnete Männer in das Zimmer. Nathaniel griff nach dem nächstbesten harten Gegenstand, den er fand, um ihn auf den ersten der Eindringlinge zu schleudern. Eine ägyptische Statue. Anubis' Schnauze durchschlug mit voller Wucht die Stirn des Mannes, tötete ihn und warf seinen Körper zu Boden. Der Schuss des zweiten Mannes ging fehl und traf den Sessel neben dem Fenster. Blitzschnell war Nathaniel bei ihm, trat ihm die Waffe aus der Hand und betäubte ihn mit einem schnellen Handkantenschlag in den Nacken.

„Kannst du damit umgehen?" Nathaniel war mit drei raumgreifenden Schritten bei Josephine und hielt ihr die Waffe entgegen. Zitternd blickte sie darauf und nickte. Ihre Augen schwammen in Tränen, doch als sie nach dem Revolver griff, legte sich ein harter, kalter Zug um ihre Lippen. Er wusste, dass sie bereit war, für ihre Freiheit alles zu tun.

„Zögere nicht zu schießen, wenn jemand reinkommt", beschwor er sie. „Versprich mir das."

„Ich verspreche es."

„Gut. Wenn er aufwacht, dann ziele auf ihn und halte ihn ruhig. Ich kann sein Gedächtnis erst löschen, wenn er wach ist. Will er dir nicht gehorchen, erschieße ihn zur Not. Ich komm so schnell zurück, wie ich kann. Und dann kümmere ich mich darum."

Er deutete auf ihren Fingerstumpf, gab ihr einen schnellen Kuss und huschte hinaus. Während er die Umgebung sondierte, summte die Stille in seinen Ohren. Helle Erdfarben und weiche Teppiche hüllten das Haus in trügerische Freundlichkeit. Eine Lanze hing an einer Wand, umwickelt mit Otterfell und geschmückt mit heiligen Federn. Nathaniel erlaubte sich einen Moment des Innehaltens und fragte sich, welchem Krieger sie einst gehört hatte, in welche Kämpfe sie ihn begleitet und durch welch blutige Zeiten sie ihn getragen hatte. Er sprach zu diesem unbekannten Mann, als er die Lanze nahm und ihr Gewicht in seinen Händen spürte, darauf hoffend, dass der Krieger im Land jenseits des Sonnenuntergangs seinen Dank hörte und billigte, was er tat.

Keine Sekunde zu früh lag die Waffe in seiner Hand. Ein in Schwarz gekleideter Mann tauchte am anderen Ende des breiten Flurs auf, schoss ohne zu zögern. Die Kugel streifte Nathaniels Schulter. Triumph spielte auf den Lippen des Angreifers, um einen Atemzug später wie vom Dämon des Frostes berührt zu gefrieren. Die Lanze durchschlug seine Schulter und nagelte ihn an die Wand.

Binnen eines Atemzugs war Nathaniel bei ihm. Der von Panik erfüllte Geist des Mannes bot ihm keinerlei Widerstand, sodass sein Gedächtnis innerhalb weniger Sekunden bereinigt war. Mit einem Ruck zog er die Lanze aus der Schulter des Bewusstlosen, ließ ihn zu Boden sinken und leitete gerade so viel Energie in die Wunde, dass sie sich notdürftig schloss. Er musste sparsam mit seiner Kraft umgehen.

Kaum war er hinter einer Phönixpalme in Deckung gegangen, tauchte ein weiterer Mann auf. Blitzschnell hieb er ihm den Lanzenschaft in die Kniekehlen, brachte ihn zu Fall und schlug ihm beim zweiten Streich den Revolver aus den Händen. Als er diesmal in den Geist eindrang, um ihn zu säubern, schlug er um ein Haar über die Stränge. Die Kraft des Totems brannte machtvoller denn je, gierte danach, endgültig befreit zu werden. Diese Energie berauschte ihn, ließ seinen Willen, sie zu kontrollieren, mehr und mehr dahinschmelzen. Als er von dem Mann abließ, war dessen Geist in einem Maße manipuliert worden, dass es vermutlich Wochen dauern würde, bis er die Fähigkeit zum klaren Denken zurückerlangen würde.

Nathaniel stand auf und lauschte auf die Stille des Hauses. Sie trug ihm den Schlag eines ängstlichen Herzens zu. Hazlewood.

Angst sickerte köstlich in seine Sinne. Der Anwalt wusste, was geschehen war. Warum blieb er? War es der Irrglaube, auf irgendeine Weise stärker zu sein? Er sog die Witterung seines Opfers voll bitterer Vorfreude in sich auf, labte sich an dem Geschmack der Angst, der bald noch weitaus köstlicher sein würde. Mit dem gemächlichen Schritt eines Raubtiers, das sich seiner Beute sicher ist, ging er den Flur entlang und bog nach rechts ab. Ein weiterer Gang erschien vor ihm, ausgelegt mit bordeauxroten Teppichen und endend bei einer zweiflügeligen Eichenholztür. Nathaniels Finger gruben sich in das weiche Otterfell der Lanze.

In seinem Leben als Mensch hatte er viele Gegner getötet, so viele, dass er die meisten Gesichter vergessen hatte und, wenn er an die Kämpfe dachte, nur noch wimmelnde Schlachtfelder vor seinem geistigen Auge entstanden. Inzwischen hatte er gelernt, dass das Töten niemals Befriedigung verschaffte. Auch Hazlewoods Leben würde er nicht beenden. Über ihn zu richten, lag in der Hand anderer Mächte, doch es gab andere Alternativen, die ihm Befriedigung verschaffen würden.

Abrupt riss Nathaniel die Tür auf. Er sah Hazlewood an einem protzigen Mahagonischreibtisch sitzen, hob die Lanze und schleuderte sie von sich. Ihre Spitze streifte die Wange des Anwalts, schlitzte sie auf und bohrte sich in die Wand hinter ihm. Splitternd rieselte das Glas eines zerstörten Leonardo da Vinci Kunstdrucks zu Boden. Die Studie eines menschlichen Skelettes. Sehnen, Muskeln, Blutgefäße. Das ungläubig aufgerissene Auge eines Toten, der vor Jahrhunderten als Inspiration gedient hatte.

„Verschwinde“, keuchte Hazlewood.

„Plötzlich willst du mich loswerden?“ Nathaniel verfolgte den Strom des Blutes mit hungrigem Blick. So köstlich schmeckte Panik. Süß und bitter zugleich. „Hast du Angst? Erkennst du etwa gerade, wie schwach du bist?“

Hazlewood hob seine Waffe und schoss. In die Seite getroffen taumelte Nathaniel zwei Schritte zurück, doch die Macht des Totems war so stark, dass die Wunde zu heilen begann, noch ehe sein Körper das Gleichgewicht zurückgewonnen hatte. Sein Lächeln pflanzte Todesangst in das Herz seines Gegners. Wieder schoss der Anwalt, doch diesmal zitterten seine Hände derart, dass das Projektil weit danebenging und in der Eichentür einschlug. Nathaniel lachte. Er zerschlug das Glas einer Vitrine mit bloßer Hand, nahm die darin aufbewahrte Kriegsaxt heraus und warf sie gegen Hazlewood. Surrend durchschnitt der Tomahawk die Luft und schlug ihm die Waffe aus der Hand.

Nathaniel ließ sich Zeit. Er ging auf den schockgefrosteten Anwalt zu, umrundete den Schreibtisch und lächelte.

„Du bekommst mich nicht." Hazlewoods Lippen pressten sich zu einem weißen Strich zusammen. Sein Herz schlug schneller und schneller. Schien sich beinahe zu überschlagen. „Nein, du bekommst mich nicht."

Nathaniels Hand streckte sich aus. Er ließ Zeige- und Mittelfinger über die blutige Wange seines Gegners gleiten, zog sie zurück und malte jeweils zwei senkrechte Streifen auf seine Wangen.

„Nur um dem klassischen Bild zu entsprechen." Er ließ seine Hand um Hazlewoods Kehle zuschnappen. Sein Blick bohrte sich in die schreckgeweiteten Augen des Anwalts, bohrte sich tiefer und tiefer hinein. Es gelang ihm nur mühsam, denn der Geist seines Opfers begann, sich mit überraschendem Geschick zu verschließen. Es fühlte sich an, als versuche er, durch zähen Teer zu schwimmen.

„Nein!" Ein Schauder ging durch Hazlewoods Körper. „Ich bin … noch nicht fertig."

Er drückte irgendetwas gegen Nathaniels Oberschenkel. Zu spüren war lediglich eine kühle Berührung, also ignorierte er es und fokussierte seine Sinne allein darauf, die Mauer des sich ihm widersetzenden Geistes zu durchdringen. Doch unvermittelt zuckte ein Stromschlag durch seinen Körper. Nathaniel fiel gegen den Schreibtisch und spürte einen weiteren Impuls, der seine Beine lähmte und ihn zu Boden zwang. Hazlewood drückte das Gerät gegen seine Schulter. Wieder zuckte ein Schlag durch seinen Körper, dann ein zweiter und dritter. Ein Netz schien sich um Gehirn und Nerven zusammenzuziehen und machte jede kontrollierte Bewegung unmöglich.

„Was für ein nettes Spielzeug." Blut tropfte auf Nathaniel hinab, als Hazlewood sich über ihn beugte. „Und bestens geeignet, jemanden wie dich in Schach zu halten. Die Lähmung hält nur kurz an, aber es dürfte genügen. Du hättest fliehen sollen, gemeinsam mit deiner Gespielin. Es war ein Fehler, zu mir zu kommen. Jemanden zu überschätzen, ist nicht gut. Aber jemanden zu unterschätzen, hat schon viele Karren in den Dreck gefahren."

Er wandte sich um, ging zur Wand und nahm das Messer aus der Halterung. Seine Klinge, elegant gebogen und nadelspitz, steckte in einem reich verzierten Elfenbeingriff.

„Ich hätte nicht übel Lust, ein paar Dinge an dir auszuprobieren." Hazlewood ging neben Nathaniel in die Knie und legte die Spitze des Messers an seinen Hals. Die Schmerzen der aufgeschlitzten Wange und der Nachhall der Angst legten einen fiebrigen Glanz auf seine Augen. „Würde sie wieder zusammenwachsen, wenn ich dir die Kehle durchtrenne? Würde das Herz, das ich herausschneide, neu entstehen?"

Nathaniels Stimmbänder versagten ihm den Dienst. Ein Hauch von Gefühl kehrte in seine Finger zurück, genügte jedoch bei Weitem nicht, um die Kontrolle zurückzuerlangen. Dennoch empfand er zaghafte Hoffnung. Die Impulse wurden schwächer. Noch ein paar Momente, und …

„Vielleicht finde ich in deinem Schmerz eine Antwort.“ Hazlewood setzte das Gerät erneut an. Nathaniels Hoffnung ging unter in einer Kaskade greller Blitze, die über seine zusammengepressten Augenlider tanzten. „Vielleicht öffnet mir dein Tod die Augen. Ich würde gern sehen, was du siehst. Oder sehen wirst.“

Das Messer glitt in die Vertiefung seiner Kehle, wanderte tiefer hinab und trennte den ersten Knopf des teuren, schwarzen Hemdes auf, das man ihm heute Morgen überreicht hatte. Hazlewoods Gesicht verwandelte sich in versteinertes Holz. Mit einem wütenden Schnitt trennte er das Hemd ganz auf und schob den Stoff beiseite.

„Ich frage mich eines.“ Die Hand des Anwalts legte sich auf Nathaniels Brustkorb. Wild und zornig schlug sein Herz gegen kalte Haut. „Wie lange wärst du tot, wenn ich es dir herausschneide? Würdest du wiederkehren oder wäre der Geist gezwungen, sich einen neuen Körper zu suchen?“

„Töte mich,“ stieß Nathaniel hervor, „und der Geist wird für dich verloren sein.“

„Du warst ein Mensch, bevor er dich veränderte. Es muss etwas Greifbares sein. Etwas, das extrahiert und übertragen werden kann. Die moderne Medizin entpuppt sich als Heiliger Gral. Nein, ich töte dich nicht. Das wird Dr. Timmons für mich erledigen.“

Hazlewood verpasste ihm einen weiteren Impuls, stand auf und nahm das Telefon vom Schreibtisch. Er drückte eine einzelne Ziffer. „Bereite alles vor“, knurrte der Anwalt. „Wir tun es jetzt. Aber zuerst komm her und hilf mir, unseren Ehrengast hochzubringen. Ach ja, und sage Greg, er soll sich um die Frau kümmern. Ich will, dass sie zusieht.“

***

Josephine stand da und starrte die Tür an. Sie tat so lange nichts anderes, bis ihr Arm verkrampfte und ihr Blick verschwamm. Wo blieb er nur? Es musste bereits eine Stunde verstrichen sein. Mindestens. Der Mann, den Nathaniel bewusstlos geschlagen hatte, befand sich nach wie vor im Delirium. Hin und wieder schnaufte und zuckte er, als stünde das Aufwachen unmittelbar bevor, doch jedes Mal, wenn sie mit der Waffe auf ihn zielte, verfiel er wieder in Reglosigkeit.

Vielleicht war etwas schief gelaufen. Vielleicht brauchte Nathaniel ihre Hilfe. Josephine lauschte. Die Stille war so tief, wie Stille nur sein konnte. Vorsichtig ging sie auf die Tür zu, die Waffe vor sich haltend. Sie öffnete sie, lugte in den Gang hinaus, zuerst nach rechts, wo er nach etwa drei Metern in einer Wand endete, dann nach links. Nichts. Nur eine reglose Wache, tot oder bewusstlos, die schlaff wie ein Sack an der blutbespritzten Wand lehnte. Wieder verharrte sie einige Momente still lauschend. Dies wäre ein perfekter Zeitpunkt gewesen, verdächtige Geräusche zu hören. Schreie, Kampfgeräusche, irgendwelche Hinweise, wohin sie sich wenden musste.

Doch es blieb still.

Langsam pirschte sie sich voran. Alles war besser, als nichts zu tun, denn das hatte sie zu viele Tage und Nächte lang ertragen müssen. Eingesperrt, hilflos, dem Wissen ausgeliefert, dass sie nichts wusste. Jetzt, da Nathaniel in ihrer Nähe war, durchströmte sie Kraft. Und eine Hoffnung, die sie nicht wieder verlieren wollte. Den Drang unterdrückend, seinen Namen zu rufen, aus vollem Hals und mit aller Verzweiflung, schlich sie weiter. Zu ihrem Leidwesen war das Haus verteufelt groß. Sie sah eine breite, mit Teppich ausgelegte Treppe, die nach unten führte – und eine ebensolche in ein höheres Stockwerk. Eine zweite bewusstlose Wache lag vor einer Phönixpalme.

Wo sollte sie nach ihm suchen? Hörte sie da nicht Stimmen? Fern und leise, aber – sie lauschte konzentriert – ja, es schienen Stimmen zu sein. Josephine versuchte, herauszufinden, ob sie von oben oder unten kamen.

Sie tat es so konzentriert, dass sie den Schatten hinter sich erst bemerkte, als es zu spät war. Ein Fußtritt schlug ihr die Waffe aus der Hand, so plötzlich und brutal, dass sie unwillkürlich aufschrie. Ein stechender Schmerz zuckte durch ihr Handgelenk. Der Mann, den sie als Greg kennengelernt hatte, packte ihren Arm, drehte ihn auf den Rücken und zog ihn zugleich hoch, sodass Josephine glaubte, er würde jeden Augenblick ausgekugelt werden.

„Still!" herrschte er sie an. „Ich soll dich zu deinem Freund bringen."

Sie hatten ihn erwischt. Josephine würde übel vor Verzweiflung. Ungeachtet der Schmerzen wehrte sie sich gegen den Griff, wand sich und keuchte vor Wut, bis Greg ihr eine Ohrfeige verpasste. Josephine gab ihm nicht die Befriedigung, sich zu fürchten. Kampflustig funkelte sie ihn an.

„Du kannst es dir aussuchen", knurrte er. „Entweder ich erschieße dich hier an Ort und Stelle und rufe die Putzfrau oder ich bringe dich zu deinem Freund."

Josephine gab sich geschlagen. Grob packte Greg ihren Arm, zerrte sie die Treppe hinauf und stieß sie einen Flur entlang. Ein merkwürdiger chemischer Geruch stieg in ihre Nase, den zu zuerst nicht zuordnen konnte. Doch dann klärte sich ihre Erinnerung. Es war Desinfektionsmittel. Krankenhausgeruch.

„Rein in die gute Stube." Greg packte sowohl ihren linken als auch ihren rechten Arm, drückte so fest zu, dass sie aufkeuchte, und schob sie in ein Zimmer hinein. Josephine sah sich einer seltsamen Szenerie gegenüber. Es musste sich ursprünglich um ein klassisches Gästezimmer gehandelt haben, mit alten Teakholzmöbeln, Seidentapeten und im Laufe der Jahrzehnte zusammengesammelten Ramsch. Doch eine Hälfte dieses Zimmers sah aus, als hätte man es in ein modernes Labor verwandelt. Josephine sah zwei Liegen aus weißem Leder, umgeben von medizinischen Apparaturen. Auf einer der Liegen befand sich Hazlewood, totenblass, angeschlossen an mehrere Geräte. Auf der anderen – Josephines Herz setzte zwei Schläge aus – lag Nathaniel. Mit mehreren Riemen gefesselt, war er so gut wie bewegungsunfähig. Seine Augen unter den halb geschlossenen Lidern schienen nichts mehr zu fixieren.

In seinem linken Arm steckte ein Zugang. Josephine sah Blut durch einen Schlauch fließen, hinüber zu Hazlewood, in dessen Gesicht kaum merklich die Farbe zurückkehrte. Farbe, die Nathaniels Haut verlor.

„Es wird nicht funktionieren", hörte sie sich sagen. „Es kann nicht funktionieren."

Der grauhaarige Mann, der die Transfusion überwachte, antwortete mit einem hilflosen Blick. „Ich tue nur, was mir befohlen wurde."

„Aber er stirbt." Sie wehrte sich gegen Gregs fest zupackende Hände, doch alles, was sie erreichte, war ein noch festerer Griff. „Sie lassen ihn ja völlig ausbluten. Hören Sie auf! Hören Sie auf damit."

„Jo?" Nathaniels Stimme ließ sie innehalten. Hatte er wirklich gesprochen? So leise, dass sie es fast nicht gehört hatte?

„Ja", schluchzte sie. „Ja, ich bin hier."

„Warum?", kam es matt zurück. Sie sah, wie er versuchte, die Augen offen zu halten. Sein Blick suchte nach ihr, schien sie jedoch nicht mehr wahrnehmen zu können. Nach wenigen Momenten gab er auf. Seine Lider fielen zu, sein Kopf sackte zur Seite. Inzwischen hatte die einst bronzefarbene Haut einen kranken, gräulichen Ton angenommen. Er starb. Er starb vor ihren Augen, während Hazlewood mit jeder verstreichenden Sekunde an Kraft gewann.

Josephine hielt ihre Tränen nicht mehr zurück. Sie weinte, bis ihre Kehle ein einziger Schmerz war und ihre Augen wie Feuer brannten. Wie viel Zeit war vergangen? Sie wusste es nicht. Alles war vollkommen entrückt. Durch den Tränenschleier sah sie, wie Hazlewood die Atemmaske von seinem Gesicht riss und hochfuhr.

„Bei Gott", stieß er hervor. „Bei Gott, ich fühle mich ... es hat funktioniert. Es hat wirklich funktioniert. Los, ziehen Sie mir das Ding raus. Und lassen Sie's weiterlaufen, sofern noch was in ihm drin ist."

„Aber, Sir ..."

„Tun Sie, was ich Ihnen sage. Er ist sowieso hinüber."

Ein Blackout ließ Josephine in Gregs Armen zusammensinken. Die Schwärze wich so schnell, wie sie gekommen war, und als sie zu sich kam, saß sie in einem Sessel. Hazlewood stand vor dem Fenster und kicherte albern, flankiert von Greg und dem grauhaarigen Arzt. Niemand achtete auf sie. Taumelnd stürzte Josephine nach vorn, hin zu Nathaniel. Auf dem Boden vor der Liege hatte sich eine Pfütze aus Blut gesammelt, tropfend aus dem Zugang, der sich in Hazlewoods Arm befunden hatte.

„Nat? Oh nein, bitte nicht."

Sein lebloser Körper war so bleich, dass die letzte Hoffnung in Josephine kapitulierte.

„Bitte nicht ..." Ihre Ahnung wurde zur Gewissheit, als sie seinen Arm berührte. Die fleischliche Hülle vor ihr war leer. Sie war wie ein verlassener Kokon. Ohne jedes Leben. „Nat, es tut mir leid. Es tut mir so ... leid."

Mit zitternden Fingern zog sie die Nadel aus seinem Arm und presste den Daumen auf den Einstich. Vergeblich. Es war idiotisch. Aber irgendetwas übernahm die

Kontrolle über ihr Denken und Handeln. Wimmernd sank sie über ihm zusammen. Presste ihren Körper an den seinen, als könnte sie ihm von ihrer Wärme abgeben. Von ihrem Leben.

„So lebendig habe ich mich in meinem gesamten Dasein noch nicht gefühlt."

Die Stimme schwebte dicht über ihr. Eine Hand packte ihren Nacken, eine andere ihren Arm. Josephine wurde hochgerissen und an einen feisten, weichen Körper gepresst. Sie spürte die Hitze. Bis zum Bersten voll mit Energie. Erinnerungen auslösend, die schmerzhafter waren als jede körperliche Wunde.

„Ich werde mich ein bisschen um Miss Campbell kümmern."

Hazlewood zerrte sie in Richtung Tür. Sie wollte sich wehren, doch ihr Körper schien nur noch aus Leere zu bestehen. „Dank dieser Frischzellenkur erwachen noch so manch andere Dinge in mir zu neuem Leben. Schafft den Leichnam weg und bringt mir die Knochen."

Schafft den Leichnam weg …

In diesen Worten lag eine Grausamkeit, die Josephine nicht ertrug. Während Hazlewood sie durch einen Gang zerrte und in ein Zimmer stieß, verlor sie jedes Körpergefühl. Die Beine gaben unter ihr nach. Selbst, als Hazlewood sie hochhob und auf ein Bett fallen ließ, fühlte sie … nichts. Nur die Gewissheit, dass es zu Ende war. Alles rückte in seltsame Ferne. Hazlewoods Gesicht, hochrot vor Eifer. Sein Körper, der tonnenschwer auf ihrem zu lasten schien und ihre Rippen knacken ließ. Seine Hände, die fahrig an ihrem Hemd zerrten. Jenes Hemd, das Nathaniel ihr gegeben hatte. Vor einer Ewigkeit.

Sie spürte den Stoff reißen. Wie ferngesteuert griff Josephine hoch, krallte ihre Fingernägel in Hazlewoods feistes Gesicht und zog sie mit aller Kraft durch sein Fleisch. Lang, wie sie waren, hinterließen sie klaffende Wunden. Der Anwalt schrie auf. Er holte aus, wollte seine Faust in ihr Gesicht rammen – und gefror zur Salzsäule.

Tu es, dachte Josephine. Tu es endlich. Bring auch mich um.

Doch Hazlewood schlug nicht zu. Er stemmte sich hoch, wich zurück, griff sich an die Brust und öffnete den Mund zu einem stummen Schrei. Seine Haut glühte. Ein Strahlen schien aus den Poren zu dringen, rein und kraftvoll und pulsierend wie ein Herzschlag aus Licht.

Als sei sie ein Zaungast, der etwas aus weiter Ferne verfolgt, beobachtete Josephine das Geschehen. Hazlewood sah an sich hinab, in einem Wechselbad aus Entsetzen und Euphorie badend. Er lachte, begann sich zu drehen, keuchte unter Schmerzen auf und rang nach Atem. Das Strahlen wurde intensiver. Es hüllte den Körper in ein Kraftfeld, dessen Energie über Josephines Haut floss und vertraut und fremd zugleich anmutete. Schloss sie die Augen, war es, als sei Nathaniel noch am Leben. Da war es, dieses Prickeln, diese Hitze … schmerzhaft schön und unbegreiflich.

Ein Schrei erklang. Gurgelnd und panisch. Josephine öffnete die Augen. Sie sah Hazlewoods Haut aufplatzen, gesprengt von der Macht der Energie. Gleißendes

Licht strahlte aus seinen Augen, aus seinem weit geöffneten Mund und aus Dutzenden tiefer Wunden. Hazlewoods Hände, die über seinen Augen lagen und von dem Strahlen durchdrungen wurden, erinnerten an erkaltete und aufplatzende Lava.

Dann ein alles erfüllendes Strahlen ... ein Schmerz in ihren Augen, der sie aufschreien ließ ... und Stille.

Josephine lag da. Schwer atmend, allem entrückt. Etwas berührte ihren Arm, zwang sie, aufzublicken. Ein Wesen stand vor ihr. Nein – es schwebte. Das Licht, konzentriert zu einer Gestalt, die entfernt menschenähnlich anmutete. Sie sah kein Gesicht, nur den flirrenden Umriss eines langen, schmalen Kopfes, getaucht in ein Halo hellen Lichtes. Josephine richtete sich auf. Plötzlich spürte sie, wie das Geschöpf durch sie hindurchglitt. Eine Macht erfüllte sie, die jeder Beschreibung spottete. Es war die flüchtige Berührung von etwas Göttlichem, etwas wahrhaft Uraltem, das sich jedem menschlichen Begreifen entzog.

Josephine fand sich zusammengesunken auf dem Boden wieder. Die Erinnerung fiel wie ein Ungeheuer über sie her. Keine drei Schritte entfernt lagen Hazlewoods Überreste, kaum mehr als ein Haufen weißer Asche, die den groben Umriss eines menschlichen Körpers formten.

Josephine sprang auf. Sie stürmte zurück in das Zimmer, in dem die Transfusion stattgefunden hatte, erfüllt von neuer Hoffnung, huschte durch die Tür und – sank in sich zusammen.

Gregs Körper und der des Arztes waren in weiße Asche verwandelt worden, doch Nathaniel lag nach wie vor auf der Liege. Bleich, starr und unzweifelhaft tot.

Josephine taumelte zu ihm. Jeder Schritt war von bleierner Schwere. Als sie über Nathaniel zusammensank, wusste sie, dass sie nie wieder aufstehen würde. „Warum? Warum bist du nicht in ihn zurückgekehrt?"

Der Geist hatte sich einen anderen Körper gesucht. Es musste so sein. Oder hatte er entschieden, dass die Menschheit seiner Hilfe nicht mehr würdig war? War er dorthin zurückgegangen, woher er vor Urzeiten gekommen war?

„Ich liebe dich", flüsterte Josephine, die Lippen an Nathaniels eiskalte Wange gelegt. „Ich liebe dich mehr, als ich es dir jemals hätte zeigen können."

Sie nahm ihre letzte Kraft zusammen, löste seine Fesseln und zog sich hoch, um Körper an Körper zu liegen. Kälte sickerte in ihre Glieder. Eine saugende, endgültige Kälte, die ihre Wärme und ihr Leben in sich aufnehmen würde. Es hatte etwas Friedvolles an sich. Hier bei ihm zu liegen, aus dem Fenster zu blicken und das Laub zu sehen, das im Sonnenlicht flirrte und tanzte. Sie würden sich wiedersehen. Nicht in dieser Welt, doch irgendwo anders. Josephine schloss die Augen. Der Schlaf kam so schnell, dass sie nicht einmal spürte, wie die Müdigkeit sie übermannte. Irgendwann durchdrang ein seltsamer Rhythmus die zähe Schwärze, in der sie schwebte. Ferne Trommeln? Der Ruf jenes Ortes, den Nathaniel als Land jenseits des Sonnenuntergangs bezeichnet hatte? Sie lauschte ihrem Klang. Er wurde lauter und kräftiger. Lebendiger. Wärme hüllte sie ein.

„Ich komme“, murmelte sie. „Ich bin hier. Aber alles ist dunkel.“

„Wie wäre es, wenn du einfach die Augen aufmachst?“

Die Stimme riss Josephine so abrupt aus dem Schlaf, dass sie hochfuhr. Es war noch immer dunkel. Aber es war die Dunkelheit der Nacht. Sie war in diesem Zimmer ... diesem furchtbaren Zimmer. Die Apparate, all diese scheußlichen Dinge.

Nathaniel ...

... der neben ihr lag und lächelte.

Josephine brachte kein Wort hervor. War es eine Illusion? Eine Täuschung? Träume sie nur? Was, wenn sie sich bewegte – wenn sie auch nur blinzelte – und er würde wieder tot neben ihr liegen?

„Sag etwas“, forderte er irgendwann.

„Du ...“

„Ja?“

„Bist du es wirklich? Ich meine ... lebst du?“

Nathaniel sah an sich hinab. Er hob eine Hand, kniff sich in den Arm und nickte.

„Ich dachte ... der Geist, er ...“

„Wollte wohl tatsächlich entschwinden, entschied sich aber anders.“

„Warum?“

„Vielleicht wegen dir.“ Nathaniel lächelte, was Josephine unvermittelt zum Weinen brachte. Dieses Lächeln ... sie hatte es verloren geglaubt. Für immer. Unwiederbringlich. „Der Geist ist ein Teil von mir und auf gewisse Weise ein Geschöpf für sich. Ich habe immer gespürt, dass auch er dich liebt. Sicher hatte er nach dieser Aktion die Nase voll von dieser Welt, aber seine Zuneigung zu dir war stärker. Ohne dich wäre er längst über alle Berge und hätte der Menschheit seine Kehrseite gezeigt.“

Josephine sah sich um. Sie nahm Nathaniels Hand, stand auf und zog ihn mit sich. Schwankend wie eine Schlafwandlerin. „Ich will hier raus. Lass uns verschwinden, bitte. Ich will keine Sekunde länger hierbleiben. Keine Sekunde mehr.“

„He, ganz ruhig.“ Er fing ihren zitternden Körper ein und drückte sie an sich. „Ganz ruhig, Tacincala.“

Jede Beherrschung löste sich in Wohlgefallen auf. Sie warf sich an ihn, weinte und schluchzte und stammelte irgendwelche Worte. Sie küsste ihn und grub ihre Finger in sein Haar, roch an seiner Haut, legte ihr Ohr an seinen Brustkorb und lauschte – sich auf die Lippe beißend, um das Schluchzen zu unterdrücken, seinem Herzen.

„Verdammt!“, fluchte sie irgendwann. „Ich dachte, ich würde dich nie wieder sehen. Es war ... Scheiße noch mal.“

„Genau das dachte ich auch.“ Nathaniel hielt sie fest. Er hielt sie so fest, als wolle er sie niemals wieder freigeben. „Aber ich bin zurück. Der Geist und ich sind vereint. Alle, die von dem Geheimnis wussten, sind tot oder ordentlich gehirngewaschen worden.“

„Bring mich nach Hause.“ Josephine sank in sich zusammen und spürte, wie sie hochgehoben wurde. „Bring mich einfach nur nach Hause. Weg von hier. Nur weg von hier.“

***

„Was ist geschehen?“ Jacobs Blick war ein einziges Flehen. „Bitte sagt mir wenigstens, warum ihr geht.“

„Das können wir nicht.“ Josephine glaubte, ihr Herz müsse zerspringen. „Vielleicht kommt jemand, der etwas über uns wissen will. Und dann ist es besser, wenn du nichts weißt.“

„Was um Himmels willen hat man euch angetan?“ Der alte Mann drückte den Schlapphut gegen seine Brust. „Ich dachte, ich sehe euch nie wieder. Plötzlich wart ihr weg. Einfach verschwunden. Keine Nachricht, gar nichts.“

„Sei vorsichtig“, beschwor ihn Josephine. „Ich glaube zwar nicht, dass jemand kommen wird, aber falls doch, solltet ihr alle besser verschwinden. Für eine Weile. So wie wir.“

„Nein.“ Jacobs Stimme erlaubte keinen Widerspruch oder gar den Versuch, ihn umzustimmen. „Ich bleibe, und Carla ebenfalls. Die anderen werde ich vor die Wahl stellen, aber wenn ich bedenke, wie sie über Jahre für diese Farm gekämpft haben, kenne ich schon jetzt ihre Entscheidung.“

„Ich werde dafür sorgen, dass man euch alles zukommen lässt, was ihr braucht.“ Nathaniel legte eine Hand auf Jacobs Schulter. „Wir kommen zurück. Das ist kein Lebewohl. Ich habe dem Rat aufgetragen, euch zu unterstützen. Solange wir weg sind, wird man dafür sorgen, dass es euch an nichts fehlt.“

„Wie ihr meint.“ Jacobs Beherrschung wurde von Rissen durchzogen. „Bitte seid vorsichtig. Ich will euch gesund wiedersehen.“

Nathaniel lächelte, doch ein hauchfeiner, bitterer Zug lag um seine Lippen. Dann ging er in die Knie und grub seine Finger in Chinooks Nackenfell. „Und du, Hund, entscheide dich. Bleibst du hier oder läufst du zurück ins Reservat?“

Das Tier schnaufte, als fiele ihm die Entscheidung schwer. Sein Blick, der zu Jacob hinaufglitt, erschien Josephine in seiner Ratlosigkeit und seinem Anflug von schlechten Gewissen menschlich.

„Du hast ihn schrecklich verwöhnt“, sagte Nathaniel. „Er will bei dir bleiben.“

Jacob lächelte. Es war sein typisches, unerschütterliches Lächeln. „Ich kümmere mich gut um ihn“, versprach er feierlich.

„Das bezweifle ich nicht. Sein Umfang ist dabei, sich zu verdreifachen.“

„Er teilt Nonames Vorliebe für fette Wurst.“

„Sag dem Kater, er soll nicht beleidigt sein.“ Josephine versuchte vergeblich, dem Kloß in ihrer Kehle Herr zu werden. „Ich komme zurück. Sag ihm das. Und denk daran, dass er Thunfisch mag.“

Jacob setzte seinen Hut auf und nickte. „Verlass dich auf mich.“

„Wir müssen los.“ Nathaniel nahm ihre Hand. „Du siehst deine Farm wieder. Versprochen.“

Josephine nickte. Vom Maisfeld winkten ihr die Frauen und Männer zu, Carla stand an der Südweide und hob zum Abschied den Arm.

Sie erwiderte den Gruß, stieg in den Jeep und verbarg ihr Gesicht in den Händen. Erst als Nathaniel den röhrenden Motor anwarf und der Wagen fuhr, kehrte das Gefühl zurück, frei atmen zu können. Niemals wieder wollte sie solche Angst empfinden. Angst wie in den vergangenen zwei Wochen oder wie gestern Nacht, als sie in einem Taxi hatte warten müssen, während Nathaniel an den Ort seiner Gefangenschaft zurückgekehrt war, um die Gebeine zu holen. Er war schneller wieder aufgetaucht als erwartet, mit einem schwarzen Sack unter dem Arm. Doch gewichen war die Angst nicht.

„Denkst du, sie haben sich um alles gekümmert?“

„Ja“, antwortete er mit tröstlich fester Stimme. „Sie dürften gerade dabei sein, alle Spuren zu verwischen. Es ist nicht das erste Mal.“

„Was, wenn sie etwas vergessen? Was, wenn Hazlewood zu viel ausgeplaudert hat?“

„Ich bezweifle, dass er mit seiner Entdeckung hausieren gegangen ist.“ Nathaniel zwinkerte ihr aufmunternd zu. „Er ist wie eine Krähe, die eifersüchtig jeden Leckerbissen unter ihren Flügeln versteckt.“

„Du und deine komischen Sprüche. Was ist mit Jeremy?“

„Sie haben ihn verstoßen.“ Nathaniels Stimme klang bitter. „Und sie haben erkannt, dass ein paar neue Regelungen eingeführt werden müssen. Ich werde mich trotzdem aus dem Rat zurückziehen. Offiziell jedenfalls. Inoffiziell bin ich weiterhin für jeden da, der meine Hilfe will. Absá scheint seltsamerweise nichts dagegen zu haben.“

„Hm.“ machte Josephine. Den Rest der Fahrt schwieg sie, sah dem Wald zu, wie er an ihnen vorüberzog, beobachtete das Leuchten des Sonnenuntergangs und die sich verändernden Farben des Himmels. Sie hörte den kreischenden Gesang der Schwalben und das Singen einer Goldamsel. Alles, jede noch so winzige Kleinigkeit, erschien ihr kostbar.

Josephine kam erst zu sich, als sie das Dorf erreichten und eine Schar aufgeregter Menschen ihren Wagen umringten.

Sie hörte, wie Nathaniel ihnen antwortete, ein freundliches Lächeln aufsetzend und jede Umarmung erwidernd. Doch als er Josephines Hand nahm und sie weiterzog, wurde ihr klar, wie aufgesetzt seine geduldige Höflichkeit war.

Aufatmend schloss er die Haustür hinter sich, sank gegen die Wand und wischte sich den Schweiß von der Stirn. „Wir sind allein. Endlich.“ Er zog sie an sich und schloss sie so fest in seine Arme, dass Josephine mit einem Keuchen Protest anmelden musste.

„Tut mir leid. Ich dachte …“, Nathaniel starrte für Sekunden ins Leere. „Ich dachte während dieser Tage, das hier nie wieder zu sehen. Ich dachte, dich nie wieder zu sehen."

Er löste sich von ihr, ging zum Sofa und schnappte sich zwei Webdecken. „Komm mit nach draußen. Ich ertrage es nicht, in einem Raum zu sein."

Er nahm ihre Hand, zog sie quer durch das Haus und hinaus auf die Veranda. Die ruhige Fläche des Sees zu sehen, die Tannen, die sich an seinen Ufern im Wind neigten und das Gefühl des Windes auf ihrer Haut – all das war Josephine nie so wunderbar erschienen.

Den Rest der Nacht verbrachten sie schweigend. Körper an Körper, Haut an Haut. Das Gefühl in sich aufsaugend, vereint zu sein. Nathaniel schmiegte sich von hinten an sie, warme, behütende Kraft vermittelnd. Halb schlafend, halb wachend drehte sie eine Strähne seines Haares zwischen den Fingern, driftete in sanfte Dunkelheit ab oder tauchte daraus auf, um müde in die Sterne hinaufzublinzeln.

Irgendwann spürte sie, wie er sich zurückzog. Leise, vielleicht weil er glaubte, sie würde schlafen, zog er seine Jeans an und kehrte in das Haus zurück. Eine Weile blieb es still, dann erklang eine Stimme. Die trockene, brüchige Stimme einer Frau.

„Ich habe die Gebeine in das Heilige Fell gewickelt. Sie werden dich begleiten, denn ohne ihn kannst du nicht sein. Und ohne dich kann er nicht sein."

„Wie lange wirst du mir erlauben, wegzubleiben?" Nathaniels Stimme triefte vor Sarkasmus. Sie hörte, wie er etwas Weiches auf den Tisch warf. „Zwei Tage? Drei Tage?"

„Bleibe, solange du willst", antwortete die Stimme. „Es liegt nicht mehr in meiner Hand. Aber bevor du gehst, muss etwas getan werden."

Josephine richtete sich auf, als sie Schritte näher kommen hörte. Eine Frau tauchte in der Verandatür auf, deren Alter unmöglich zu bestimmen war. Es war die Schamanin. Jenes Wesen, das sich vor ihren Augen an Nathaniels Kraft genährt und sich so verjüngt hatte. Doch die Jugend ihres Gesichtes war nur oberflächlich. Haut, dünn wie Pergament, zog sich über zerbrechlich wirkende Knochen. Graue Strähnen durchzogen langes Haar, der Gang war der eines müden, alten Menschen und ohne Kraft. Sie trug ein traditionelles, langes Kleid aus Wildleder, dessen einziger Schmuck aus zwei Reihen bunt gefärbter Stachelschweinborsten bestand, die man quer über die Brust aufgestickt hatte.

„Mein Name ist Absá", sagte die Frau, während sie etwas in Leder Gewickeltes umklammert hielt. „Ich weiß, dass du mich kennst. Ich habe dich in den Wald gelockt, damit du siehst, was er ist. Und was ich bin."

Josephine hielt die Decke schützend vor ihre Brust. Im Hintergrund sah sie Nathaniels starres Gesicht, dessen Schrecken sie hochfahren ließ. Was immer diese Frau vorhatte, es schien ihn mit blankem Entsetzen zu erfüllen. Absá schlug das Lederbündel auf und zog ein Messer hervor. Makellos blitzte die lange Klinge im Schein des Lichtes, das aus dem Wohnzimmer drang. Schmerz und Tod versprechend. Absá lächelte. Sie wankte auf Josephine zu, gemächlich, als wüsste sie um die Lähmung, die ihr Opfer erfüllte.

Nathaniel sank hilflos in die Knie, blanken Zorn in den Augen. Josephine begriff, dass er ihr nicht helfen konnte. Er stand unter dem Bann der Schamanin und musste ihr gehorchen. Sie wollte sich bewegen, wollte aufspringen. Doch ihr Körper wurde wie von einer Last nach unten gedrückt. War es dieselbe Macht, die auch ihn gefangen hielt?

„Ich bin müde“, sagte Absá. „So müde, wie du es dir niemals vorstellen kannst.“

Sie griff nach ihrer Schulter, und Josephine gelang es nicht einmal, vor dieser Berührung zurückzuweichen. Finger krallten sich in ihr Haar und legten sich auf ihre Brust. Zogen ihren Kopf zurück, drückten sie zu Boden. In den gebrechlichen Gliedern der Schamanin lag eine Kraft, gegen die sie nichts ausrichten konnte. Ein Schrei löste sich aus ihrer Kehle, und plötzlich war Absá über ihr, das Messer hoch erhoben.

Josephines Blick streifte Nathaniel, der sich mit aller Wut gegen unsichtbare Fesseln warf und doch nichts ausrichten konnte. Alles war verloren. Sie würde ihn verlieren, diesmal endgültig. Sie würde ihn allein lassen. Warum nur, nach allem, was sie durchgestanden hatten? Warum hatte das Schicksal sie gerettet, wenn sie nun doch sterben würde?

Das Messer stieß herab und drang in ihre Brust. Josephine fühlte einen kurzen, gewaltigen Schmerz, als Absá die Klinge hinauszog, und dann war alles, was sie noch spürte, das warme, sprudelnde Gefühl hinausschießenden Blutes. Es rann auf das Holz der Veranda und sickerte in ihren Brustkorb. Ein schwarzer Schleier zog sich vor ihr Gesichtsfeld, gerade, als sie zu spüren begann, wie das Blut ihre Lungen füllte und ihren Atem erstickte. Ein ferner Schrei erklang. Nathaniels Schrei. Sie hatte diesen Laut schon einmal gehört, doch diesmal war es ihr Name, der klagend verhallte. Trauer übermannte die letzten, wachen Momente. Unendliche Trauer. Doch die Schwärze war gnadenlos. Sie griff nach ihr und zog sie hinab, tief hinab in einen Abgrund, der endgültig war.

„Alles, was von ihr übrig blieb, ist mit dem Wind gegangen.“

Eine ihr vertraute Stimme hallte durch das Dunkel. Warm und samtig. Sie spürte zwei Arme, die sie umfangen hielten. Ihr Kopf ruhte in jemandes Schoß. „Ich habe mich immer gefragt, wie alt sie ist. Es müssen Jahrtausende gewesen sein. Keine Asche blieb übrig, die ich in das Kanu hätte legen können. Aber gibt es etwas Schöneres, als einfach vom Wind verweht zu werden?“

Josephine spürte mit eigenartiger Befremdlichkeit, wie ihr Körper nach Atem rang. Ohne es bewusst zu entscheiden, öffnete sie die Augen, blinzelte und sah in ein verschwommenes Gesicht hinauf. Wie schön es war. Wie vertraut. Ewig wollte sie es ansehen. Ewig hier liegen, gehüllt in zeitlose Dämmerung. Nathaniel war ihr so nah, dass sie seinen Atem auf ihren Lippen spürte. Atem? Spüren? Sie lebte noch?

Josephine tastete nach ihrer Brust, doch von einer Wunde war nichts zu spüren.

Stattdessen fühlte sie sich … anders. Undefinierbar. So musste es sein, wenn man gestorben war. Aber warum und wie war sie zurückgekehrt? War sie im Elysium? Träumte sie sich Nathaniel herbei, um in der anderen Welt nicht einsam zu sein?

„Willkommen zurück“, flüsterte er liebevoll und strich ihr das Haar aus der Stirn. „Du bist nicht tot. Und ich bin echt.“

„Was ist passiert?“

„Absá hat ihre Kraft auf dich übertragen.“

„Was? Das kann nicht sein. Wie?“

„Sie tötete dich, um ihre Kraft auf deinen Körper zu übertragen“, sagte Nathaniel. „Sie war müde. So, wie mein Vorgänger seine Aufgabe an mich abtrat, hat Absá dich ausgewählt. Deswegen griff sie nicht ein, als all das geschah. Die Geister, sagte sie mir in ihren letzten Momenten, hätten ihr aufgetragen, den Dingen ihren Lauf zu lassen. Durch dich würde ich lernen, mich mit meinem Totem zu arrangieren. Durch dich würde ich stark werden. Sie erlaubte uns, einander nah zu sein, weil sie wusste, was deine Aufgabe sein würde. Alles geschah, um uns beide starkzumachen. Um uns zusammenzuschweißen.“

„Das wäre auch so geschehen“, murmelte Josephine, unfähig, das Ausmaß dieser soeben gehörten Worte zu begreifen.

„Du bist begnadet.“ Nathaniel hob den Blick und lächelte. Es war ein Lächeln, in dem ungetrübtes Glück lag. Der Schleier, der sonst stets über seinen Augen gelegen hatte, war verschwunden. „Deine Lebensdauer ist fortan unbegrenzt, und du kannst mich beherrschen. Das heißt, sobald du herausgefunden hast, wie deine neue Macht funktioniert.“

„Ich bin ihre Nachfolgerin?“ Josephine richtete sich auf. Da war keine Schwäche in ihrem Körper, kein Schwindel. In jeder Zelle floss prickelnde, warme Energie. War es nur das zurückkehrende Leben und die Erleichterung, Nathaniel nicht verloren zu haben? Oder war es eine Macht, die nicht von dieser Welt war? Sie erinnerte sich an die Berührung des leuchtenden Wesens und spürte einen Nachhall dieses Gefühls unendlicher Macht nun in sich. Nicht flüchtig sondern dauerhaft. Nicht fremd sondern mit ihrem Sein verbunden.

„Ich glaube“, murmelte sie, „dass ich noch ein wenig Zeit brauche.“

„Wohl eher ein wenig mehr Zeit. Aber ich helfe dir gern über die gröbste Verwirrung hinweg.“

Josephine nickte und starrte eine Weile ins Leere. Über dem Wald graute der Morgen. „Das heißt, sobald ich weiß, wie ich meine Kräfte kontrollieren kann, bist du mir ausgeliefert?“

Nathaniel hob betreten die Schultern. „Sozusagen. Aber bitte übertreibe es nicht. Er hat ihr damals nicht einen Teil seiner Kraft geschenkt, damit sie über ihn herrscht. Sondern damit sie für immer zusammen sein können. Als Liebende.“

„Ich will, dass wir frei sind.“ Josephine lehnte ihre Stirn gegen die seine und spürte, wie sein Atem sich mit ihrem vermischte. Sie lebten. Sie waren zusammen. Nichts anderes zählte. „Ich will, dass wir glücklich sind."

„Ich für meinen Teil bin glücklich. Komm, ich muss raus. Raus in den Wald. Ich brauche Leben um mich."

„Was willst du tun?"

Er lächelte. Verschwörerisch und lockend. „Frei sein, wie du schon sagtest. Und dir zeigen, wie sehr ich dich liebe. Im See. Unter einer Tanne. Oder wo immer du willst, Tacincala."

Anmerkung:

Leider fand ich trotz intensiver Recherche nichts, das mir mehr über die Sprache der Absarokee verriet. Deshalb bediente ich mich letztendlich an der Sprache der Lakota. Ein Muttersprachler bzw. sonstiger Experte möge mir gnädig gestimmt sein. Auch war ich niemals in Montana oder in den Great Plains, geschweige denn, dass ich eine Zeitmaschine auftreiben konnte. Daher beschränkt sich alles hier Verfasste auf Buch-, Film- und Internet-Recherche, Fantasie, einer Portion Freiheit, die ich mir beim Fabulieren erlaubt habe sowie dem Versuch, bestehende Lücken bei Ersterem bestmöglich auszufüllen.

Die Autorin

Geboren 1978 in Sachsen-Anhalt, wo nach wie vor meine Wurzeln liegen, habe ich meine metaphorischen Zweige und Äste seit 2001 zum schönen, bergischen Land ausgestreckt. Ich schreibe, um mich selbst zu entführen. Um nachts durch ferne Wälder zu laufen, auf einem Pferderücken dahinzufliegen, in die Tiefen des Universums einzutauchen oder mit Walen zu schwimmen. Und ich schreibe, um meine Leser zu entführen. Für eine Weile die Realität vergessen. Verführt werden.

In meinem Leben erlaube ich mir so viele Freiheiten wie möglich und gehöre zu den glücklichen Wesen, die ihre wahre Liebe gefunden haben. Ich glänze durch Chaos, Zerstreutheit, Naturvernarrtheit, Vorliebe für Dresdner Stollen, Kaffee und sonstige Leckereien, sowie einen exorbitanten Hang zum Träumen und Fabulieren, dem sehnsüchtigen Streben nach Erfüllung. Wo ich in der Realität an Grenzen stoße, muss mein Laptop ran. Denn im Geiste ist die Freiheit grenzenlos.

Motto: Die Wahrheit ist irgendwo da draußen. Oder woanders.

Muse: Mein Liebster. Meine Kollegin Jennifer Benkau. Die Erde, der Himmel und das Universum.

Britta Strauß

Heißkaltes Spiel: Team Zero 01
Eva Isabella Leitold

ISBN: 978-3-941547-18-6

Team Zero – Special Agents mit außergewöhnlichen Fähigkeiten.

Detective Josephine Silvers Gabe, in den Geist anderer einzudringen, hat schon oft dazu beigetragen, dass ihr SWAT-Team brutale Killer stellen konnte. Ihre überraschende Versetzung in eine andere Stadt, schreibt sie ihrem jüngsten Fall zu, bei dem nicht alles nach Plan lief, und der sie vor ein unerklärliches Rätsel stellt.

Als Special Agent William Turner seine neue Mitarbeiterin kennenlernt, sprühen sofort die Funken! Diese Frau ist in jeder Hinsicht eine Herausforderung für den Leiter des Team Zero. Josy bringt eine Seite in ihm hervor, die er zu unterdrücken gelernt hat, um seine Gabe zu kontrollieren. Josy wirft ihn nicht nur als Vorgesetzten aus der Bahn, sondern auch als Mann.

Doch Josys Leben ist ihn höchster Gefahr, denn ein Serienkiller ist ihr auf den Fersen – und dieser ist noch weitaus gefährlicher, als jeder andere Verbrecher, dem Josy und William je entgegen getreten sind. Doch wie erwischt man einen Mörder, der seinen Häschern immer um einen Schritt voraus ist?

Phoenixfluch
Jennifer Benkau

ISBN: 978-3-941547-11-7

Ein Fluch, eine grenzenlose Liebe und Magie

Seit Jahrzehnten erträgt Samuel seine verfluchte Existenz. Einst hatte er in seiner Verzweiflung dem Werben des Teufels nachgegeben, der ihn in den Selbstmord lockte. Doch der Schicksalsgöttin Moira, die andere Pläne mit Samuel hatte, gelang ein Handel mit Satan und sie schickte Samuel zurück ins Leben. Aber alles hat seinen Preis – einen Preis, den Samuel jeden Tag bezahlen muss.

Helena ahnt nicht, wie sehr das zufällige Zusammentreffen mit Samuel ihr Leben verändern wird. Als Nachfahrin einer alten Hexenzunft spürt sie, dass Samuel ihr etwas verheimlicht. Doch so sehr er sich auch sträubt, Helena gibt so schnell nicht auf. Für ihre Liebe zu Samuel ist sie bereit zu kämpfen, auch wenn der Gegner eine unbekannte Größe darstellt.

Sinnlich, stark und magisch. Ein Roman über Liebe und Schicksal, der unter die Haut geht.